中国政府出版品国际营销平台精选图书·文学书系　　王昕朋 主编

血染木棉花更红

Searching For Love

马维干　著

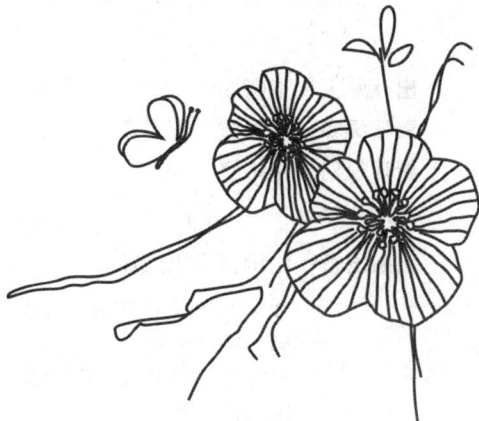

中国言实出版社

图书在版编目（CIP）数据

血染木棉花更红 / 马维干著 . -- 北京：中国言实出版社，
2021.7
（中国政府出版品国际营销平台精选图书·文学书系 /
王昕朋主编）
ISBN 978-7-5171-3365-0

Ⅰ . ①血… Ⅱ . ①马… Ⅲ . ①长篇小说－中国－当代
Ⅳ . ① I247.5

中国版本图书馆 CIP 数据核字（2021）第 090288 号

出 版 人 王昕朋
责任编辑 宫媛媛　李昌鹏
责任校对 张国旗

出版发行　中国言实出版社
地　　址：北京市朝阳区北苑路 180 号加利大厦 5 号楼 105 室
邮　　编：100101
编辑部：北京市海淀区花园路 6 号院 B 座 6 层
邮　　编：100088
电　　话：64924853（总编室）　64924716（发行部）
网　　址：www.zgyscbs.cn
E-mail：zgyscbs@263.net

经　　销　新华书店
印　　刷　北京温林源印刷有限公司
版　　次　2021 年 7 月第 1 版　2021 年 7 月第 1 次印刷
规　　格　880 毫米 × 1230 毫米 1/32　13 印张
字　　数　261 千字
定　　价　58.00 元　　　ISBN 978-7-5171-3365-0

有风骨讲美学接通全球

——"中国政府出版品国际营销平台精选图书·文学书系"总序

王昕朋

中国言实出版社是国务院研究室主管主办的国家级出版单位，出版定位是：主要出版党和国家重大政策的研究成果以及相关的辅导读物。1995 年成立以来，我们一直坚持这一出版定位，围绕党和国家中心工作开展出版活动，因而，国内外读者很少见到由中国言实出版社出版的文学类图书。但是，近几年文学界对中国言实出版社已不陌生。这源于出版理念的一次变革。习近平总书记在文艺工作座谈会上的重要讲话指出："一部小说，一篇散文，一首诗，一幅画，一张照片，一部电影，一部电视剧，一曲音乐，都能给外国人了解中国提供一个独特的视角，都能以各自的魅力去吸引人、感染人、打动人。"这给了我们启示、启迪，文学也是讲好中国故事、传播中国好声音的重要途径。所以，我们也用心、用功、用力打造文学板块，并将它推向世界。2018 年 8 月，由中国言实出版社出版的李春雷报告文学作品《朋友——习近平与贾大山交往纪事》获第七届鲁迅文学奖，同时入选"丝路书香"出版工程在国外出版，于是文学界发现，中国言实出版社在文学出版领域同样有不俗的表现。中国言实出版社的文学图书品种少而精，中国文学的声音在通过中国言实出版社持续传播到海外，承载着文化和文学信息的《温文尔雅》翻译成英文、日文、俄文、德文、法文、意大利文、西班牙文、葡萄牙文、阿拉伯文等多种语言向全球推介，英文版、中文繁体版荣获第十三届"输出版引进版优秀图书"奖，长篇小说《京西胭脂铺》一举登榜"中国图书世界馆藏影响力图书 20 强"。付秀莹、金仁顺、乔叶、魏微、滕肖澜、叶弥、戴来、阿袁等 8 位"当代中国最具实力女作家"的作品集同时推出，之所以在名称中冠以"中国"二字，是出于对外推介的考量，其中付秀莹、魏微、戴来等人的小说集后来入选"经典中国"项目在美国出版，产生良好反响。

近年来，中国言实出版社加快国际出版步伐，与英、美、日等多家国外出版单位建立战略合作关系，近百名当代中青年作家的作品陆续推介到美国纽约、日本东京、德国法兰克福等多个国际书展，被多个国家的图书馆收藏，图书受到国外图书界关注，连续 6 年入选中国图书世界馆藏影响力百强出版单位。2015 年经财政部批准立项，中国言实出版社建设并主办中国政府出版品国际营销平台，为推动"文化走出去"提供支持。2020 年，有感于体量庞大的中国当代文学无法快捷地被全球关注所带来的传播学遗憾，有感于年度文学选本出版周期较长，有感于众多具有潜力、实力、影响力的青年作家的作品没有很好的对外传播渠道，中国言实出版社整合资源，决定专门为中国政府出版品国际营销平台的文学板块打造出一种比年度选本出版周期短、对当代文学创作反应更为灵敏的季度文学选本。《中国当代文学选本》应运而生，书名由王蒙题写，选稿编委梁鸿鹰、李少君、王干、付秀莹、古耜皆为业内名家行家，所选作品为国内新近发表的文质兼美的力作。作为一种有公信力的季度文学选本，《中国当代文学选本》因"让国外读者快捷阅读当代中国文学精品"的窗口作用，以及"为中国作家走向世界铺筑交流合作桥梁"的桥梁作用，受到作家、汉学家、国内外读者一致好评。《中国当代文学选本》传播中国声音，讲述中国故事，产生良好社会效益。有鉴于此，中国言实出版社决定打造这套"中国政府出版品国际营销平台精选图书·文学书系"。

出版社并不承担培养作家的使命，但是这套"中国政府出版品国际营销平台精选图书·文学书系"的入选作品多是出自青年作家之手，原因在于，我们始终关注着中国当代文学最具活力与实力的鲜活部分，求取风骨与审美的统一，始终在精心遴选极具当代性的中国文学好声音，始终把推动中国当代文学与全球接通作为出版人的责任，这套"中国政府出版品国际营销平台精选图书·文学书系"的入选作家和作品便是如此。有风骨、讲美学，是选取这套丛书的思考维度。"有风骨"是要对民族精神有所反映，要为人民而文学，要关怀民生，帮助读者把无病呻吟、凌空蹈虚的作品以独特筛选眼光来淘汰掉；而"讲美学"是指中国言实出版社遴选书稿时看重作品的文本质量，内容和形式互为表里，是为美。美为作品飞向全世界插上翅膀，中国言实出版社人始终认为，美是全人类可通融的共同语言，有风骨、讲美学才能接通全球，成为文学精品。这些优秀作品里，都跳动着时代的脉搏，展现着当代中国日新月异的面貌，蕴含着深厚的文化自信。出版是文学生产的终端，对于中国言实出版社而言是文学传播的开始。中国言实出版社将始终秉持"好作品主义"，重视名家不薄新人，盘点、整合中国文学资源，积极开展对外译介和推广工作，自觉地将有风骨、讲美学的文学精品作为永不改变的出版追求。

2020 年 12 月

目 录
CONTENTS

第一章

一

民国十三年（1924）的春节和立春碰在了一起，同一天，老辈人说"百年难逢岁交年"，据说会带来好运，会带来丰收。那年的木棉花开得早，也开得格外红，感觉是刚过完年，一树一树的木棉花就都争先恐后地开了，江岸，山下，路边，宅院里外，到处都是红彤彤的，铺满大地。

每到木棉花开的时候，荔雯总是要挎着竹篮去拾那些飘落下来的花瓣，挑大的捡，挑茁壮的捡，这样的花瓣晒干了才是好药。荔雯她爸是医生，望闻问切样样精通，自己配的药也好，远近闻名，木棉花瓣捡回家，爸爸总是要亲自精挑细选，用凉白开水清洗，再晾晒干了，做成上好的中药。

荔雯从小就喜欢木棉花，听阿咪讲，阿咪生她的时候正是木棉花红的季节，荔雯来到世间睁开眼睛看到的第一个物相就是满树红彤彤的木棉花，刚会走路就满院子捡木棉花，挂在身上，放在枕头边，她喜欢那种淡淡的香味。荔雯从小管妈妈叫阿咪，这一带人管妈妈也有叫奶奶、阿奶的。阿咪有时候把荔雯采摘回来的新鲜花瓣，洗净了，放在鲫鱼汤里，荔雯每每想到阿咪做的木棉花鲫鱼汤就会情不自禁地流口水，真的，太好喝了。

荔雯家住在一条不大的小河边，院门口有几级台阶，伸到河间，拎水洗东西都方便，听人讲这条小河通到东江，东江弯来弯去不晓得弯了多少弯就到了珠江，再通到大海。荔雯有时候坐在河边的台阶上，把花瓣轻轻放在河面上，看花瓣随水漂流，想象花瓣会漂到江里，漂到海里，那样子，红红的海，想来一定很好看，荔雯把这个感觉写进了作文。

　　太阳照在花蕊上，红彤彤的，像一团团燃烧的火焰。花瓣透着阳光，仿佛能看见里面的经络。落在花瓣上的露珠，娇艳欲滴，清澈透明，蜜蜂飞来了，蝴蝶飞来了，木棉花带来了春天，带来了生机，朝气蓬勃。木棉树高大挺立，不管不顾地向上向上一个劲地向上，一定要超过身边的伙伴，那些花草树木争不过他，似乎只能对他仰视，任由他去挡风遮雨。红花绿

叶两相痴，连理同根栖一枝。木棉花似乎不屑于绿叶
的扶衬，急匆匆地独自绽放，开得满山满坡满世界都
是。木棉花盛开的季节，山，是红的；水，也是红的。
那些随风飘落在河里的花瓣，铺满了河，漂到江里，
流到海里。海，也被染红了，红红的海，风平浪静时，
一望无际，想象踏在这红毯之上，飘飘然如仙，心醉。
惊涛骇浪时，拍岸惊起，溅起的浪花，如同喷出去的
血，令人心碎。

　　惠州的项伯伯常来越罗湾拜访蔡老医生，看见荔雯的作文，
拍案叫好，说荔雯豆蔻年华，文采飞扬，小小年纪，文笔这么
好，就要了那篇作文，带回惠州，推荐给报社，加了个名字叫
《木棉礼赞》，居然在报纸上登出来了。翰林那几天跟他爸到惠
州玩，看到报纸上有蔡荔雯的名字，就买了一大摞报纸带回越
罗湾。蔡老医生当然高兴，见人就送报纸，弄得蔡荔雯的名气
在学校在越罗湾比蔡老医生还要大。那年荔雯十三岁，赵裕泰
夸她"娉娉袅袅十三余，豆蔻梢头二月初"。蔡荔雯晓得这是杜
牧的诗句，夸十三岁的女孩子娉娉袅袅，身姿轻盈，像二月初
的豆蔻花一样娇美可爱。从那以后，荔雯就喜欢写作文，翰林
也喜欢在报纸上翻找蔡荔雯的名字，有时候在报纸上也能看到
赵裕泰写的新体诗。荔雯最不喜欢的是女人裹小脚，男人们津
津乐道的三寸金莲简直是丑死了，荔雯还专门去桥头看卖"阿
嬷叫"的老阿嬷的小脚，听老阿嬷讲束小脚的痛楚，荔雯就把

老阿嬷的事写出来，痛斥裹小脚的残忍，批判男人的变态，号召女人把脚解放出来，走出自己的人生。那年罗恒义营长娶了一房姨太太，蔡荔雯写文章列举世界一夫一妻的文明和三妻四妾的罪过，这两篇文章把蔡荔雯的名气弄得更响，惠州的报纸登了，广州的报纸也登了，听人讲廖仲恺的夫人何先生看了都说好。

刘翰林和赵裕泰也都喜欢木棉花，因为荔雯喜欢，他俩有时候会爬到树上帮她摘又大又壮的鲜花。荔雯有一次跟翰林跑到罗秀山那边去摘花，罗秀山在河对岸，有个石桥通过去，走不了多远就到山脚下了，山也不高，她阿爸有时候也带荔雯上山去采药。刘翰林教荔雯爬树，还在下面托她的屁股举她的腿，荔雯爬到树上能看得好远，正玩得高兴，看到她阿爸从石桥那边跑过来，荔雯吓得急忙喊翰林赶紧扶她下来。荔雯跌下来的时候，幸亏翰林抱住她，要不然不晓得会摔成什么样子。荔雯刚站稳，就见她阿爸虎着脸，荔雯被她阿爸吓回家，罚站哭了好长时间，要不是阿咪跟阿爸求情，她不晓得要哭到什么时候才能逃此一劫。从那以后，荔雯就不敢再爬树了，好在有翰林和裕泰帮她爬树摘花，翰林有时候还神不知鬼不觉地爬到树上偷看她在院子里摇头晃脑地背古人的诗。蔡荔雯和刘翰林、赵裕泰都住在这个叫越罗湾的粤东小镇，叫越罗湾大概是因为家门口那条小河在他们这块地界上有个大湾子，把由北往南的河水弯到西边去了。荔雯家就在石桥边上，蔡家诊所在这一带是出了名的，四邻八乡的人有个大病小疾什么的，都要到蔡家诊所看看，拎两包药回家吃吃就好了。裕泰家在河湾的拐角，有一个码头，裕泰他家祖上是做船运生意的。翰林家在河上头，北边，也靠着河，他爸新建了个码头，比裕泰家的那个石码头气派许多，荔雯和翰林、裕泰从小一起长大，一起在学校里读书。

讲到读书，赵裕泰同学是个天生读书的料，一有空就看书，十二分地刻苦用功，能背好多诗词古文，外国的东西他也能背出许多，自己还会写诗，好多家长都拿他做榜样来教训自家的孩子，你看人家裕泰那孩子多用功，多让家里大人省心，你就不能学学人家裕泰？刘翰林从来不学人家裕泰，死不用功，也不晓得他家人怎么偏偏给他起了个翰林的名字，按理说翰林都是一些大学士，学富五车，越罗湾这个调皮捣蛋的翰林真是糟蹋了这么好的名字。但人家刘翰林不晓得怎么搞的，没有不会做的作业，做起来还特别快，三下五除二，做完就跑出去疯玩，玩得一身汗，甩掉衣裳接着玩，有时候脱下来的衣裳都找不见，光着脊梁跑回家。翰林的手还巧得要命，什么东西看一眼就能自己捣鼓成，听人讲他爸有杆短枪，他闭着眼睛都能拆装，他爸的手表他都敢拆，拆了再装，一个零件不多，一个螺丝不少。

赵裕泰看的书多，懂得也多，光是木棉花就能讲出很多道理，木棉花也叫红棉花，还有人叫它攀枝花，因为它长得高大，又挺拔坚强，好多人也叫它英雄花。裕泰不但会背好多赞美木棉花的诗词名句，比如"木棉花尽荔枝垂，千花万花待郎归"，"十丈珊瑚是木棉，花开红比朝霞鲜"。连荔雯写的《木棉礼赞》

都能背得滚瓜烂熟。裕泰还会朗诵远在天边的苏联的一个叫马雅可夫斯基的诗,"假如你们愿意,我可以变成由于肉欲而发狂的人,变换着自己的情调,像天空时晴时阴;假如你们愿意,我可以变成无可指摘的温情的人,不是男人,而是穿裤子的云!"弄得国文老师都不晓得"穿裤子的云"到底是什么意思。翰林喜欢琢磨,把木棉花一瓣一瓣地撕开,看它是怎么长的,看里面的花蕊,还有跟棉花一样的花絮。翰林盯着手里的木棉花看半天,都快看傻了,突然冒出一句,荔雯,你看,对着太阳看,越看越觉得木棉花里面流淌着的是血,裕泰,你盯着看,眼睛不要动,像不像血?翰林还真的咬破手指头,把自己的血和木棉花放在一起,让荔雯看,哪个更红?荔雯虽然出生在医生家庭,但她见血就害怕。赵裕泰凑近了看,比了比,当然是血红。翰林又把手指头上的血抹到花瓣上,对着太阳看,好像更红了。赵裕泰同学马上就能给他接上一句听起来很文雅的诗句"木棉花红艳如血"。刘翰林同学觉得"艳"字不好听,太女人香粉气了,不如说"血染木棉花更红",两个人就争,让荔雯评哪句好,荔雯觉得哪个都不好,她不喜欢带血的字,她倒是喜欢"木棉花开红似火"这样的句子。这几句诗传到国文老师那里,一向喜欢赵裕泰的国文老师自然是夸赞赵裕泰的文采,光是"艳如血"三个字就讲了半堂课。赵裕泰得意得很,刘翰林就不服,他觉得是他咬破指头出了血,赵裕泰才胡诌出"艳如血"这三个字的。

刘翰林从来就不会服谁,他觉得天老大他老二,有时候是他刘翰林老大天老二，就像木棉树一样，总是要争到最高。说起刘翰林的故事，蔡荔雯三天三夜恐怕都说不完，镇上的老人能说出他调皮捣蛋的事不晓得有多少，孩子们倒是喜欢跟他疯，爬树，掏鸟窝，摘人家的荔枝，偷人家的芒果，反正坏事找他算账大都没得错。他自己说他爬树掏鸟窝的时候看见国文老师光着屁股在院子里洗澡，还把这事在学校里说，弄得大家都在传老师的笑话，气得国文老师拎着翰林的耳朵找他爸算账。他爸一通乱棍，没把他打死，也没把他打好。他刘翰林可以说是他阿爸棍棒底下揍大的，他刘翰林的耳朵被他阿爸一而再，再而三地反反复复拧成麻花，明显地比别人家孩子的耳朵大许多。有人笑他耳朵大，翰林却大言不惭地说耳大听四方。荔雯记得她十一二岁的时候，翰林也就十三岁吧，翰林比荔雯大一岁多几个月，有一回，刘翰林翻墙跳进荔雯家的院子，偷偷给荔雯送去新摘的木棉花，说他就喜欢看荔雯笑。荔雯反而觉得他刘翰林好笑，就笑起来。刘翰林得意忘形放开嗓子大笑，引来了蔡老医生，盘查他是怎么进来的，责问他进来做什么。刘翰林坏脑筋直转，跟变戏法一样就抱着肚子说他肚子疼得不得了，肠子要断了，想让蔡伯伯看看。蔡老医生对待病人都是严肃认真的，让翰林躺下，一本正经地望闻问切，拿起纸笔，写下“坏脑筋”，荔雯忍不住好笑，被父亲严厉的目光遏制住了。荔雯想让翰林赶紧逃走呀，刘翰林还不识相，反而跟蔡伯伯争理，说我是肚子疼，你怎么看出我坏脑筋？难道脑筋坏了，肚子就疼吗？蔡老医生又认认真真摸摸翰林的肚子，一本正经地在纸上写道"翰林肚子里憋着坏屎",让他回家给他阿爸看看这个诊断书,他的病就好了。翰林自然是不敢拿给他阿爸看蔡老医生这个诊断书的。

刘翰林的爸爸刘兆民嗓门大得不得了,骂起翰林来,半条街都听得到,刘兆民一脸的军人相,一身的军人气,走路快得跟跑似的,跑起来就跟飞似的,身子板笔挺笔挺,听人讲这是他在日本军校练出来的,听翰林讲他爸打过好多仗,前几年还打到福建那边,后来不晓得什么原因,他爸再也不想打仗了,就回到老家越罗湾,买了几条船,做起航运生意,平时很少出门露面,就喜欢坐在家里看报纸,查地图。刘翰林有时候也学他爸的样子翻翻报纸看看地图,知道外面世界的一些事,就跟荔雯和裕泰讲。翰林他妈谭香漪跟他阿爸不一样,讲话细声细气的,跟唱戏一个样,她本来就是出了名的粤剧名旦,在广州城里红得不得了,很少回越罗湾,听人讲跟刘兆民过不到一起,一年回不来一两次,想翰林的时候就带信回来,让翰林去广州看她。翰林家的船经常到广州那边拉货送人,捎带着就把翰林带过去住几天。这两年翰林大了,自己就可以去广州找他妈了,不过,他反而去得少了。

要说船运生意,那是赵裕泰他爸赵利丰的本行,从裕泰爷爷那会儿起,他们家就跑运输,跑广州,跑香港,跑南洋,那儿生意好做,哪儿赚钱就跑哪儿,所以赵家的生意在粤东这一带是有名的航运世家,底子厚,加上赵利丰精打细算会经营,丰裕航运公司做得稳当,钱也挣了不少,但赵家在房子和吃穿用物上节俭得有点抠门，给外人看上去他家的日子过得并不富裕，听人讲赵利丰买了好多金条藏在香港那边，连他儿子赵裕泰都不晓得。裕泰他阿妈姓谢，叫阿贞，是个居家过日子的贤妻良母，人缘好，长辈同辈就叫她阿贞，晚辈就叫她阿婶。谢阿贞嫁给赵利丰生下裕泰这么一个儿子就再也没怀孕生孩子，她倒是一心想再生个女儿，女儿贴心，长大了有人陪她讲话，可就是怀不上女儿，越怀不上就越想女儿，所以阿贞见到女孩就喜欢得不行。荔雯有事没事跑过来找裕泰玩，把写的作文也给裕泰看。裕泰他妈喜欢荔雯，捏她的脸抱着她玩，给她吃好吃的，渐渐地就把荔雯当成了亲闺女。阿贞有个心愿，一直埋在心里，等荔雯长大了，托个媒人把荔雯娶回来当儿媳，拴住裕泰的心，儿女的事情也就圆满了。阿贞相信圆满，相信因果报应，相信心诚则灵，自从她想要女儿，就迷上了烧香拜佛，初一十五就进山到庙里拜，后来就在厅堂的隔壁收拾了一间屋子，恭恭敬敬请来了佛像，摆上香炉，设了一个佛堂，一天好几拜，家里的事，心里想的事，阿贞她都对菩萨讲，求菩萨保佑。

越罗湾的小河弯弯曲曲一直通到东江，东江又弯弯曲曲通到珠江，镇上的人跑买卖走亲戚办个什么事，都坐丰裕公司的船，乡里乡亲的，人熟路熟，方便，赵利丰眼看赵家财运亨通，到裕泰这一辈就要兴旺发达了，没想到刘兆民突然解甲归田，要搞什么实业救国，买了几条大船，办起了兴华航运公司，跟他赵利丰抢生意。刘兆民在外面闯荡好多年，跑的码头多，结识了好多朋友，有的在军界政界都是呼风唤雨的人物，在商界也都是做大生意的，所以好多赚大钱的单子都落在刘兆民的兴华公司。赵利丰看在眼里，也不明说，暗自调整自己的运营模式，做熟人乡亲老客户的小本生意，在粤东一带"稳当"出名，不像刘兆民大赚大赔大起大落，前年有一个大客户让刘兆民拉了几船大米粮油和应季的水果，走到珠江口，被人截住，查出大米里藏了好多枪，还有数不清的子弹，船上的枪弹连同米和油都被扣了，弄得刘兆民血本无归，赔了不少钱。

　　赵利丰比不过刘兆民，心知肚明也斗不过他，盘算来盘算去，盘算出兴旺赵家航运业的三条家策，一是"稳当"求生存，二是培养赵裕泰，让赵家航运业后继有人，可赵裕泰心思根本不在这上面，整天读诗写诗，诗能当饭吃吗？赵利丰无数次当面考问这个不孝之子，可这个顽劣却越发不把赵家航运大业当成事，整天吵吵嚷嚷要去摸不着边的苏联，找什么马雅什么斯基，简直要把赵利丰气死！赵利丰第三个策略就是背靠大树好乘凉，你刘兆民在外有大官巨贾帮你，赵利丰就讨好拉拢罗恒义，县官不如现管，罗恒义是粤军原来的总司令陈炯明部下的一个营长，他的营部就设在越罗湾！

　　罗恒义细瘦精猴的身材看上去不像个军人，倒像个跑单帮做买卖的，他不是本地人，他家在粤西那边有个叫封开的地方，靠近西江，离广西的梧州很近，他爹一直在封开做生意，娶了广西梧州的妹子，就是罗恒义他娘，罗恒义的一个舅舅好像在梧州那边还是个不小的官，跟军界很熟，就带他到梧州在桂军里面混了个差，后来跟着桂军住进了广州。陈炯明在广州做都督的时候，罗恒义又自称是广东人，老家是封开的，脱离了桂军，投靠到陈炯明手下当差，机灵，猴精，打仗的时候冲得快跑得也快，这些年仗打来打去，他没挨枪子反而官运亨通，当了排长连长又升成了营长，驻守在越罗湾这一带。越罗湾临江靠海，也算富裕，罗营长镇守一方，也就自然富起来，置了地，盖了宅院，还娶了一房姨太太，大太太在广州那边吃燕窝玩牌，也不管罗恒义这些风流事。罗恒义在别人面前吆五喝六威风十足，偏偏在刘兆民面前不敢造次，刘兆民见他走路的姿势就皱眉头，说罗恒义走路哪像个军人，分明是在赶集，还说他坐没个坐相，军人坐姿腰腿都得挺直，呈九十度直角，手还得放在膝盖上，不能像他罗恒义那样斜躺在椅子上，还跷着个二郎腿。要是一般人说他罗恒义，罗恒义早就抡起巴掌上去了，不打也得挨骂，唯独刘兆民怎么说他，罗恒义不敢，刘兆民是粤军的前辈军官，跟陈炯明一起在援闽粤军里共过事，在福建那边一起打过仗，粤军里不少军官都是刘兆民的朋友，有的还是罗恒义的上司，罗恒义惹不起刘兆民，心里不舒服，只能暗地里骂两句。赵利丰就比刘兆民识相得多，有好吃好喝的，总是想着罗营长，隔三岔五还会给罗营长捎回来一点儿外面的好东西，罗恒义的天平自然要往赵利丰这边偏一点，眼明人都看得出来。

二

刘翰林又不进学校念书了，这已经不是第一次了，小时候他动不动就跟老师吵架，愤怒的小脸蛋涨得比木棉花还要红，冲着老师嚷一句"老子不给你念了"就昂首挺胸地跑走了，然后，一而再，再而三地被他爸教训，这是什么话？念书是给老师念的吗？是给你自己念的！多识字，长知识，学科学，懂道理，还要跟你讲多少遍？！再然后就是被他爸拧着他耳朵重返学校逼他向老师赔礼认错保证不顶撞老师了。翰林犟得很，给老师赔礼可以，但打死就不认错，因为他觉得不是他的错！他爸就当着老师的面大着嗓门吼道，下次再跑老子非打断你的腿不可，可是翰林下次还跑，他爸也没打断他的腿，还是拧着翰林的耳朵再把他送到老师面前，所以他耳朵十分硕大，他还以耳大听四方而自豪。在越罗湾，翰林的犟是出了名的，他认准的事非要做到底，而且是想尽一切坏脑筋不做到底不罢休，人家是不撞南墙不回头，他撞了南墙也不回头，还要把南墙撞倒了才罢休。刘兆民眼看着儿子长大了，懒得再讲那些教训他的话了，也不好再拧着他的耳朵去学校给老师赔礼，刘兆民盯着儿子看了半天，看出来翰林这次是执意不肯再迈进学校了。问他为什么？翰林说老师是个笨蛋，刘兆民一听就火了，教训他说不管老师怎样的不对，你不该骂老师笨蛋，又是跟老师说老子不给你念了？翰林昂着头，不说话，刘兆民伸手要拿木棍，刘翰林抢先一步，夺过木棍，扔得远远的，说这次是跟科学老师干翻了，他爸就纳闷儿说你不是就喜欢这门课吗？怎么也干翻了？说实在的，翰林确实喜欢科学这门课，正因为喜欢，他才听得认真，其他的课他都不怎么爱搭理，所以老师讲什么他并不在意，唯独科学这门课，他听得认真，一认真了就发问，问着问着老师就烦他了。这次，科学老师给他们讲地球是圆的，刘兆民说对呀，地球本来就是圆的呀。翰林说老师攥着拳头比画，说这好比是地球，它围着太阳转的时候自己也转，你们看我们广东在这儿，转到下面的时候就见不着太阳了，就是夜里，我就问老师，那人头朝下怎么不掉下去？老师说是因为地球有引力，人飞不出去，我就问那河里的水呢？也是被地球吸住了？吸住了怎么还一个劲地往下游流？老师就不高兴，拉着个脸说水往低处流，接着他又讲我们国家西边高东边低，所以大江大河都是从西往东流的，我说老师你没看见我们这里的东江从北边过来，在前面拐了个弯，水从东边流到西边去了，依你讲，那不是倒行逆施吗？倒行逆施这个词，国文老师刚教过他们，翰林就记住了，而且还用上了。翰林说科学老师讲不过我就生气，骂我笨蛋，我也生气，就回他一句你才是笨蛋，老师火了，让我滚！滚就滚，老子……他刚想说下面的"老子不给你念了"，就看他爸脸色难看地瞪着他，翰林就不再往下讲了。刘兆民倒是蛮喜欢儿子这种打破砂锅问到底的倔劲，学问学问一边学一边问嘛，瞅着儿子个头长高了，身上的肉也结实了，嘴边上也长了些茸毛，刘兆民寻思，也好，我自己不愿意在外面奔波，不想再跑来跑去，就让翰林他去跑生意吧，翰林眼看就十八了，也该替他接管兴华的航运业务了。

兴华的船都是大船，说它大，只是比丰裕的船大，跟外面的小火轮还是没法比。船靠在兴华航运公司自己的码头边，这次货装得满满的，吃水很深，翰林他爸让他带着他家的伙计钱小玉去跑一趟广州，这批货是刘兆民在香港的一个朋友辗转从汕尾那边运到越罗湾，再转运到广州，为什么不从香港走珠江直接运到广州？翰林没问，但凭他的脑筋，也能猜出八九不离十，他爸多给了小玉一些盘缠钱，叮嘱小玉路上遇到麻烦不要舍不得钱，该打点一点就打点一点。钱小玉跟翰林差不多大，是刘兆民招来的伙计，也是在河边长大的，从小就在水面上行船，水性好，人也机灵懂事，翰林读书的时候，刘兆民自己不亲自跑码头，都交给小玉，小玉办事牢靠，嘴也严实，深得刘兆民的喜欢。刘兆民提醒翰林路上要小心，远离那些盘查的码头闸口，送货要紧，少惹麻烦。

麻烦没想到来得那么快！兴华的船过了石桥，刚转过弯，往西边走了没多远，就被罗恒义拦住了。

罗恒义早就盯上这条吃水很深的大船，等刘兆民目送大船离开，等大船过了石桥，等大船过了赵家码头，等大船向西边转了弯，罗恒义就命令他的兵截住这条大船。钱小玉发现岸上有人追着喊话，就把目光投向翰林，翰林看见当兵的，晓得是罗恒义的人，在自家门口，刘翰林不怕这些兵痞，无非是要几个过路费打点他们，所以翰林还是让小玉不要停，往前走。可是兵们岸上追，河里的稽查船又横在前面，还都耀武扬威地端着枪，小玉提醒翰林还是靠岸，这帮兵痞不好惹，弄不好真的打几枪，子弹可是不长眼的。翰林眼一瞪，他敢？悄声叮嘱小玉，让小玉等船一靠岸就跑回家告诉翰林他爸，在越罗湾，只要他爸出来，兵们是不敢胡来的。

船还没靠稳，小玉就跳上岸，没跑几步，就被罗恒义抓住，说这么急就回家通风报信去？心里有什么鬼？罗恒义让两个兵看住钱小玉，带人跳上船，说是要查违禁物品，所谓违禁物品无非是枪支弹药大烟之类的。

　　刘翰林比他爸还要看不起这个兵痞老油子罗恒义！罗恒义也早就想收拾这个从来不正眼看他这个营长的野孩子，碍他的事，也挡过他的好事。去年春天，也是木棉花开的季节，罗恒义看见蔡荔雯到罗秀山那边捡木棉花，罗恒义的宅院就在罗秀山那边，山脚下有好多高大的木棉树，花开起来，整个山沟里都红遍了，镇上的老人小孩都来看花捡花。罗恒义的眼睛喜欢看女人，那天看见一个亭亭玉立的大姑娘，一身白色衣衫，十分扎眼，定睛一看，没想到蔡老医生家的荔雯姑娘像吹气似的转眼就成了前凸后翘的美人。罗恒义走到蔡荔雯跟前，盯着她看了半天，荔雯弯腰捡花的那一瞬间，圆圆的屁股翘得老高，罗恒义感觉全身都燥得不行，荔雯感觉有人在看她，抬起头，发现罗恒义一双色眯眯的眼睛正在她身上搜寻，荔雯本能地掖紧领口，仿佛不掖紧领口，罗恒义那双贼眼就要溜进来似的。罗恒义捡起一朵大个儿的花瓣，递给蔡荔雯，蔡荔雯有意躲开，往人多的地方去。罗恒义居然挡住她，说他家院子里的木棉树上的花又肥又艳，荔雯不肯去，罗恒义居然动手拉她，罗恒义的手碰到蔡荔雯身上的那一刹那，荔雯好像碰到了癞蛤蟆一样恶心，本能地呼喊翰林！引来好多人往这边看，罗恒义似乎被激怒，更像是被点着了什么火，强拉硬拽地偏要把蔡荔雯拉到罗家宅院去。也许是刘翰林耳大听四方听见了荔雯的呼喊，罗恒义正蛮横拉扯蔡荔雯的时候，一记重拳落在罗恒义的脸上，刘翰林用劲推开罗恒义，把蔡荔雯挡在身后，摆出架势要跟罗恒义干架，罗恒义哪受过这种委屈？！掏出腰间的手枪，顶在刘翰林的脑门上，吓得蔡荔雯尖声叫起来。刘翰林胆子倒也大，从来不晓得害怕，居然用头顶着枪，瞪着眼睛说你小子有种就开枪，看我爸不打断你的狗腿！看花捡花的乡亲也过来劝罗营长不要跟孩子斗气，枪子打进脑壳里人就没了。罗恒义举着枪顶在刘翰林的脑门上，心里盘算思量，打死这个小兔崽子，那个老家伙不会饶了他，刘兆民跟陈总司令熟识，陈总司令治军也是严厉的，更不让手下的兵糟蹋他家乡的人，加上这么多人好言相劝，他就顺着这个台阶下来。罗恒义收起枪，骂了一句你小兔崽子等着我收拾你，甩手就走了。这次截住大船，罗恒义总算找到收拾刘翰林这个小兔崽子的机会了！

罗恒义带着兵们跳上船，嚷嚷着要搜查。刘翰林挡住罗恒义，问他凭什么上船凭什么搜查？罗恒义掏出手枪，又一次顶在刘翰林的脑门上，说老子凭的就是这个！罗恒义看了看船帮，阴阳怪气地问，船上装的是金子？吃水这么深，要是查出违禁物品，不要说你个小兔崽子，就是你爸那个老家伙也他妈的乖乖地吃枪子。你家那个老不死的不是天天看报纸吗？难道就不晓得滇军桂军从去年打到今年还在打陈炯明吗？私自往广州运枪运弹运钱财货物，是不是私底下支持他们打我们？这是要杀头的！你个小兔崽子晓得不晓得？赶紧给老子闪开。船还没离开越罗湾地界，刘翰林不怕他罗恒义，跟木桩似的牢牢地站在罗恒义前面，挡住罗恒义，就是不让查。罗恒义给身边的兵使个眼色，本以为兵们就会扑上去押牢刘翰林这个小兔崽子，没想到兵们却闪开了。顺着兵们胆怯的眼神，罗恒义看见刘兆民飞跑过来，跳上船的瞬间，迅雷不及掩耳地拔枪顶在罗恒义的脑门上。

　　罗恒义手下的兵们哆哆嗦嗦地端着枪，指向刘兆民，又不敢造次，平时他们看罗恒义都不敢惹这个军界前辈，兵们更是不敢惹了。罗恒义示意手下的兵放下枪，对刘兆民说刘前辈您放下枪，我们奉命检查一下，没有违禁物品，你们把船开走，我们弟兄们也好有个交代。刘兆民收起枪，说在越罗湾还没人敢搜我的船，都给我滚下去！罗恒义不下船，威胁说刘前辈刘长官，您是晓得的，滇军桂军跟陈炯明的仗一直就没停，这时候向外面私运违禁物品是要杀头的，万一你不小心把枪支弹药混进舱里，被关卡查出来，不是白白送了条命吗？他本来是要说白白送条狗命的，对刘兆民他还不敢太放肆。刘兆民说我的船装什么我心里有数，不用你瞎操心。罗恒义执意要到船舱里看看，万一有什么事，好给上峰回个话。刘兆民问你罗营长的上峰是哪个？罗恒义笑着说刘前辈你这就是说笑话了，我罗恒义的上峰您还能不晓得？当然是陈总司令叶总指挥了。罗恒义说的叶总指挥，刘兆民当然也熟，叶举是陈炯明的左右手，去福建作战的时候是陈炯明的参谋长。刘兆民对翰林伸出手，翰林从衣服口袋里面掏出一张纸，递给他爸，刘兆民又把那张纸递给罗恒义，罗恒义扫了一眼底下的名字，吓了一跳，居然是他罗恒义上峰的亲笔签名！罗恒义仔细看了上面的字，连忙双手递还给刘兆民，责怪刘翰林说你这孩子不早说，你早说有上峰的亲笔条子，何苦让你爸跑过来呢？你看把你爸热的，对不住刘前辈，他给刘兆民敬了个不标准的军礼，冲着兵们一挥手，带着兵们跳下船撤走了。

刘翰林厌恶地朝河里啐了一口，仿佛是把飞进嘴里的苍蝇啐出去。刘兆民把那张纸条重新折好，交给翰林，叮嘱他一定要放好，在粤东一带好使，到了广州那边的地界，千万不要让人看见了。刘兆民跳上岸，目送翰林和小玉他们的船远去了，这才转身回家。

刘翰林和钱小玉一路顺东江而下，经河源到惠州，看见龟山，就进了珠江，避开了虎门，虎门那边盘查很严，然后再沿着珠江，经大蚝沙到黄埔长洲岛，前面就是广州了。一路上虽提心吊胆，处处警觉，倒也算顺利，船在广州南堤靠了码头，早已有人等在那里，清点完了货物就卸船，跟小玉把账结清就都拉走了。

广州的码头实在是太大了，各式各样的大船小船数也数不清，翰林家的船虽然比裕泰家的大，但靠在广州的码头，跟那些小火轮靠在一起就跟个小划子差不多，翰林好羡慕人家的小火轮，装得多，跑得也快，小玉说他有一次跟他表叔去香港，船大得不得了，还有军舰，上面可以开大炮。小玉初来学徒的时候就管翰林他爸叫表叔，也不是亲表叔，小玉家在韶关那边的山里面，跟着江西那边的人喊长辈喊表叔喊习惯了。刘翰林听科学老师讲过英国的蒸汽机革命，觉得烧柴烧煤就能让轮子转起来真是太神奇了。翰林看那些小火轮，心里痒痒的，就想要看它到底有多大能耐，一天要烧多少柴？从越罗湾到广州要烧多少煤？把木船烧着了怎么救？半途熄火了怎么办？带着一大堆问号，刘翰林偷偷混进一个小火轮。码头上工人正在往小火轮上扛麻袋，刘翰林就混进去，扛起一个麻袋，也跟着搬运工送进了船舱，趁人不注意，翰林溜进了蒸汽机房，塞了两块大洋给那个满脸黑灰的锅炉工，他就切切实实地看到摸到了小火轮的心脏，锅炉工见他学生样，闲着也是闲着，就给翰林讲蒸汽机的事，翰林还亲自铲了两锹煤扔进锅炉里面，冒出的热汽果然就往外喷。要不是烫手，翰林真想把它拆了看个究竟。

刘翰林跑回来跟小玉讲，小玉就算计一条小火轮不少钱吧？翰林就问小玉，这趟出来我爸给你多少钱？小玉说刚才运走的货看上去不是一般的货，表叔多给了不少盘缠，防着半路上遇到什么麻烦，好在一路上顺风顺水没出什么事，一个子都没用上，钱都在这。还有这次的运费，也都记了账的。翰林把两份钱加起来都数了数，恐怕还差远着呢，就把钱又都塞给小玉，叮嘱收好，小玉有经验，晓得大地方小偷多，他把钱藏在裤裆里面，轻易偷不着的。小玉说我收拾一下船舱，让翰林进城去看看他妈。刘翰林好久没见阿妈了，这次来广州，也是想要去看看。

1924年广州的早春，木棉花也开得很旺，比木棉花还要旺的是广州的革命烈火，孙中山领导的革命在这里如火如荼，跟陈炯明所在的粤东地区完全不一样，大街小巷，热血青年喊着口号游行，标语旗帜到处都是。刘翰林边走边看，很快就走到了阿妈演出的美仑戏院。戏院关着门，海报上谭香漪的演出时间都是在晚上，阿妈此刻不在戏院，翰林就直奔阿妈住的地方。

　　谭香漪住的地方离美仑戏院不远，靠近上九路，穿过繁华的马路，拐进一条小巷子，倒也清静。一座西式小洋楼，有个小院，看门的李婶是翰林他妈请的用人，见到翰林，热情得很，翰林想见阿妈，直接奔进楼，欣喜地推开门，第一眼见到的却是他极不愿意见到的男人何鹏宇。何鹏宇也是行武出身，以前是陈炯明手下的一个什么司令，后来弃武从商，在广州做什么生意，翰林不喜欢这个油头粉面的男人，阿妈有家有丈夫有儿子，这个何鹏宇却喜欢捧戏子，一天到晚黏着粤剧名旦谭香漪，两人几乎是公开同居，以前翰林来，谭香漪还让何鹏宇回避，现在索性不回避了。刘翰林恨透这个男人，心想假如没他这样没脸没皮地玩命追阿妈，阿妈唱戏不忙的时候也许能回越罗湾跟他们父子一起过几天。见到何鹏宇嬉皮笑脸的样子，刘翰林本想转身就走，谭香漪喊住翰林，把儿子拉进屋，喜欢地搂住翰林，心呀肉呀地疼爱半天。说心里话，翰林晓得阿妈是爱他的，喜欢他的，感觉爸爸除了威严就是打，阿妈却是又搂又抱好吃的好穿的疼爱得不行。阿妈拿出一样一样好吃的，翰林不太喜欢吃零食，阿妈就剥开糖纸喂他吃，问这问那，就是没问一句阿爸的事，这让翰林心里很难过，阿妈连问都懒得问一声阿爸的事。心里不爽，加上这个讨厌的油头粉面男人在他们母子面前晃来晃去，刘翰林急着要赶回码头，小玉还在船上等他回越罗湾呢。谭香漪拉住翰林要留他住两天，还要带他看戏，带他去好吃的馆子吃好吃的，翰林执意要走，阿妈反而不高兴了，噘着嘴说阿妈想死你了，你就不能陪阿妈讲几句话吃两顿饭再走？翰林只好又坐下，拿眼睛看屋子里的东西，居然看见一个小火轮的模型船。阿妈说那是你鹏宇叔新买的船的模型。提起何鹏宇，翰林就不痛快，心想你买了船，还把模型放在我妈家里，这不是显摆吗？翰林的坏脑筋突然转起来，有意说阿爸把兴华航运的船交给他了，他看见广州的江面上都是小火轮，也想买一个，何鹏宇就插嘴说好呀，早该这样了，蒸汽机都好几代了，木帆船迟早要被淘汰。阿妈也跟着说好。翰林说本想这次买一条开回去，就是钱不够，想跟阿妈凑点钱，谭香漪听儿子要凑钱干大事，一脸的高兴，噔噔地跑上楼，然后又噔噔地跑下楼，拿出一个钱盒子塞到儿子手上，说钱不够妈再给你凑，何鹏宇讨好地要掏自己的钱包再凑些钱，翰林不愿沾他的钱，匆匆跟阿妈告别就跑走了，真的是跑，他要是不跑，害怕何鹏宇掏出大把大把的钱塞给他，他怎么扔掉？他刘兆民的儿子就是穷死了也绝不会拿这个占他妈便宜的油头粉面的坏男人的臭钱！

刘翰林跑回码头，跑上船，小玉看他跑得急，以为被什么人追了，着急忙慌地把他让进舱里。翰林一把拽住小玉，把阿妈给的那一盒钱都塞给小玉，问小玉，这么多钱够买一条小火轮了吧？小玉一时没反应过来，愣愣地看他，翰林说他要买条小火轮，现在就去买，他要开着小火轮回越罗湾。将来还要买好几条小火轮，买更大的小火轮，兴华的航运眼看着就要兴旺发达起来。小玉看了看码头外面，没发现什么人盯着他们，就一五一十地把这次的运费，加上翰林他爸给的盘缠钱，还有翰林他妈给的钱，二一添作五地算出个明细总账，算计半天，摇了摇头说恐怕不够，小玉不晓得要花多少钱才能买得起一条小火轮，听说那个蒸汽机贵得很，还要买煤，加起来肯定要花不少钱。翰林急脾气，就催小玉拿着钱去问人家，赊账也行。小玉不像翰林这样的急脾气，翰林一个劲地催他，小玉不急不慌地说先回家，这么大的事问问表叔，表叔要是答应了，钱就不是问题了。翰林等不及回家，现在就要买小火轮，他要开着小火轮回越罗湾，让大家看看兴华的小火轮厉害不厉害。小玉也不说不，也不说行，一声不吭，一言不发，急得翰林要把他推出舱。小玉想了个主意，说跟表叔来广州跑货，好几次到过一个叫肖老板的家，肖老板买卖做得大，小玉让翰林去试试问一下肖老板，肖老板要是肯帮忙，买条船应该不会有什么问题。

小玉说的肖老板，翰林见过，肖老板大名叫肖祥和，爽快人，嗓门比翰林他爸还要大，以前来过越罗湾，跟刘兆民喝酒能喝到半夜，两个人比着嗓门跟吵架似的讲他们在福建打仗的事，谁死了谁跑了谁拼命了谁孬种了谁躲在米缸里了。翰林也不晓得他们说谁，翰林对打仗的事没兴趣，就捣鼓肖老板送给他的玩具。肖老板见翰林专心，夸翰林说这孩子手巧，刘兆民就说翰林这孩子什么东西都要捣鼓个明白，手表都敢拆。小玉就把肖老板家住的地方告诉翰林，顺着江边走，过了海关大钟楼，从西濠口那边拐上去，到了官禄路，中间那幢楼，楼前面有个喷水池子，你一打听肖老板的宅子，没人不晓得的。翰林把钱都揣在身上，小玉不放心，拿了个带子绑在翰林的腰肚前面，翰林寻着小玉讲的路线，跑了约莫半个小时，就找到了肖老板。

　　肖老板一眼就认得翰林，大着嗓门问你爸呢？他刘兆民自己凭什么不来看我，叫你跑来？翰林就说他爸没来广州，让他来看看肖叔叔，肖老板比他爸小，翰林爸让他叫肖老板叫肖叔。肖叔笑着打量翰林，说兆民真他妈抠门，让儿子空着手来看我？翰林就解开衣衫，解开小玉绑在腰肚上的带子，把身上的钱都放在桌子上。肖老板什么钱没见过？还在乎这点钱？就问你爸这是唱的哪出戏，给我钱做什么？翰林就说他想买小火轮，眼看着生意都让小火轮抢去了，木帆船早晚要被淘汰，兴华要想兴旺，就得买小火轮，多拉快跑才能赚到钱。肖老板一听就高兴，说翰林你比你爸有出息，这个忙肖叔帮定了，三天过后你来领船。翰林说三天不行，我爸还不晓得我跟小玉在广州买小火轮的事，他见我俩一天两天三天不回家，急都要急死了。肖老板说我抽空往越罗湾打个电话，告诉兆民一声，你跟那个小玉就在我家吃住，领了船再走。翰林说他还是跟小玉都住在船上，看着船，反正码头离这儿也不远，我天天中午跑过来看看，早买到小火轮，我就早开回去，多拉一天货就多赚一天的钱。肖老板听这孩子说的也在理，说兴华航运在你这孩子手上要发达的。肖叔要留翰林在家吃饭，翰林急着要走，说小玉还在船上等他，您把钱过个数，肖老板懒得数，从钱里抽出两张票子，递给翰林说你们在广州零花着用，不能让人家笑话兴华航运的小老板没钱买饭吃。翰林一连说了好几个谢谢肖叔，肖老板说我跟你爸一起扛过枪的，你跟我客气个屌！

回去的路上，翰林不急着跑了，边走边看，大店小铺路边的摊子多得很，拐进十三行街，卖东西的多得让翰林看花了眼。翰林看到一家店里摆的东西精美好看，红彤彤的，跟木棉花的颜色差不多，就进去看个究竟，原来是卖珊瑚的，贵得要死，翰林正要离开，眼睛被一个珊瑚做的木棉花一样的东西吸住了，就凑近了细看，卖货的女人就拿出来让他看个仔细，说这是用上好的珊瑚做的木棉花吊坠，女孩子挂在脖子上的。翰林想荔雯挂上这个坠坠肯定会好看，荔雯喜欢木棉花，过些天就是她十六岁的生日，生日的时候送给她这个，不晓得荔雯会笑成什么样。翰林喜欢看荔雯笑，小时候喜欢看她笑，现在长大了，更喜欢，长大后的荔雯笑起来不但是一嘴的白牙好看，声音好听，胸上鼓起来的小肉肉晃来晃去，晃得翰林身上就像着了火，热乎乎的，痒痒的。翰林就把肖叔给他的那两张票子掏出来，卖货的女人说不够，翰林说他就这么多了，卖货的女人说我给你换一个便宜一点的。翰林看她拿出来的那个珊瑚木棉花没原先那个红，粉粉的，不好看，就偏要那个红的。卖货的女人夸张地说她要赔死了，饿肚子没饭吃了，讲得可怜得都快要哭了，翰林把衣衫裤子的衣兜都翻个里朝外，实在是掏不出钱来。卖货的女人见他真的找不出钱，说看你小伙子这样痴情这个珊瑚木棉花，跟它有缘，八成是要送给心上的人，老姐今天就算送个人情，赔本卖了。翰林晓得商家是不会赔本卖东西的，赚得少了就是。翰林把珊瑚木棉花揣在衣衫里面的兜里，走出店，才觉得肚子空空的，可是兜里也空空的，翰林一口气跑回码头，手一直摁住衣兜里那个珊瑚木棉花，生怕跑掉了。

跑到船上，钱小玉已经吃完饭躺在舱里睡大觉了，翰林把肖老板的事说了一遍，就摸着肚子说饿得不行，小玉说这么长时间等你不回，还以为你留在肖老板家吃饭了呢。小玉问他怎么不在路上买东西吃，翰林说我兜里跟肚子一样空空的，拿什么买吃的？小玉说你等着，那边有卖炒河粉的，我这就给你买回来。小玉跑走了，翰林摸摸衣衫兜里面，那个珊瑚木棉花还在，贴在胸口呢。

刘兆民每次来广州，什么都可以不买，能买到的报纸都要买一份，小玉记着表叔这个喜好，每次到广州或是到惠州城里，都要给表叔买报纸，市面上有的报纸都买。翰林平时在家，也跟着他爸学着翻报纸，但他不看前面的，都是些打仗呀革命呀，他没兴趣，也不懂，他翻报纸是要找蔡荔雯的文章，找赵裕泰写的新体诗，虽然不容易找，有时候好长时间都找不到他们俩的名字，但翰林好像已经成了习惯，还是不停地找，每次找到了就跟捡到大元宝一样的欢喜。翰林翻报纸还喜欢在报缝和犄角旮旯里找他喜欢的，看看哪里出了什么好玩的新东西，上自天文地理，下至脚踏车缝衣裳的机器，这类消息和文章他看了还要剪下来收藏好。翰林在船上闲着无事，就躺在舱里翻报纸，看到一个题目"蒋介石故技重演，撂挑子给谁看"，文章署名是"民主共和"，刘翰林听说过蒋介石这个名字，陈炯明的部下炮轰大元帅府的时候，蒋介石在军舰上陪孙中山待了好几十天，后来广州的报纸上蒋介石的消息就越来越多了。刘翰林以为蒋介石也喜欢撂挑子说老子不给你干了，就粗粗看了一眼，大致明白原来是说孙中山让蒋介石负责黄埔军校筹备处的事，蒋介石不晓得怎么搞的，突然撂挑子辞职，写文章这个叫"民主共和"的人，就抖搂蒋介石过去的事，说蒋介石喜欢玩这一招，撂挑子是给孙中山看的，是给广州的头头脑脑们看的，是想要权。刘翰林对这个没什么兴趣，觉得蒋介石撂挑子跟他刘翰林买小火轮跑买卖没多大关系，翰林就在报纸上翻找小火轮的事、煤的事还有码头的事。

刘翰林第二天去肖老板家，肖叔告诉他快了，别着急，广州城里好玩的地方多的是，你就放心地玩去吧。翰林没心思去玩，兜里也没钱，跟小玉一天两顿饭，躺在舱里把报纸都翻了个遍。第三天再去的时候，肖老板大嗓门笑着说还真巧了，正好找着了一艘蒸汽机船，价钱也合适，陈师傅已经帮你们把船拖到沙面岛那边的码头，煤都给你们备好了。说着就把一个身板结实的中年男人推到刘翰林跟前，说以后就喊他陈师傅，他先教你们，学会了，你们再把船开走。

陈师傅看上去五大三粗的样子，做起事来心细得要命，不厌其烦一点一点手把手地教刘翰林和钱小玉，刘翰林总是问为什么，陈师傅也不像科学老师那样跟他发火，而是慢声细语地一遍遍地讲因为这样所以那样，罗盘怎么使，舵怎么打，加煤的小窍门，以至于什么样的煤好烧，在广州哪里买到便宜好烧的煤，都一五一十地告诉他们。小玉也是心灵手巧的人，一学就会，所以陈师傅也没费什么力气就带出两个徒弟。陈师傅跟着船，盯着他们开了一阵子，才放心让他们把船开走。

一路上风光得不行，最风光的当然是回到越罗湾，刘翰林把着舵，开着小火轮，拖着木帆船，兴高采烈得意扬扬趾高气扬回来了！刘翰林生怕别人看不见，伸出头，跟岸上的熟人和不熟悉的人都打招呼，他眼睛一直在寻找，可惜就是没看见他最想见到的蔡荔雯，也没见着赵裕泰，多少有点扫兴。船过了石桥，靠上自家的码头，他爸早就等在岸上了。翰林把他爸拉到船上，带他看这看那，说小火轮跑得有多快，兴华航运的生意要兴旺发达了，将来再添几艘大船，拉不完的货，赚不完的钱。刘兆民满脸的高兴，不单单是看到小火轮高兴，更是看到儿子脑瓜灵，思想新，有主意，会经营，似乎看到兴华航运的希望。翰林他们没到家，肖祥和就在电话上把翰林夸了一通，说是将来有生意就多让翰林做。翰林看着墙上挂着的一张有肖叔跟他爸合影的照片，对他爸说肖叔恐怕是贴了钱的，刘兆民说我跟祥和的账我会跟他算，以后你肖叔让你做什么事，你勤快点办好了就是。墙上那张合影照片，翰林听他爸讲过，是刘兆民跟肖祥和一起参加援闽粤军在福建战场上的合影，站在他俩边上的一个是到前线采访的报社记者董叔，另一个是当时叫广东省立法科大学现在改成广东公立法政专门学校的俞先生，经过那场恶仗，四个人成了生死之交，刘兆民每次到广州，四个兄弟都要聚在一起喝酒聊天，一聊一个通宵。肖叔肖老板翰林熟，董叔和俞先生翰林没见过，他爸说你小时候见过，俞先生还抱过你呢，翰林想不起来了。

　　小玉把新买的一摞报纸放在表叔的桌上，收拾好东西，吃了饭，就要给表叔报账，刘兆民指着翰林说，从今往后，船的事，账的事，你就跟翰林讲。这话，翰林听得真切，没听错，真的没听错，没几个字，但分量挺重的，刚才开船回家的时候还觉得全身轻飘飘的，要飞起来的感觉，现在，翰林一下子觉得自己的肩膀沉了许多，肩膀沉，屁股也沉，他重重地坐在凳子上，好像是第一次觉得心里没底，怯怯地说爸，别呀，有您……话还没说完，刘兆民拿起桌上的报纸，转身进屋，不理他了。翰林看着小玉，小玉也不晓得怎么就这样，嘴里说翰林你，噢，翰林掌柜的，小玉一时找不到合适的称呼，不晓得怎样叫这个新老板才好。

三

　　蔡荔雯的生日是农历三月，阳历是四月。蔡老医生就这么一个独生女儿，视如掌上明珠，十六岁了，古时候称二八芳龄，碧玉年华，蔡老医生要好好庆贺女儿这个不寻常的生日。蔡老医生人缘好，越罗湾的家家户户都请他看过病，听说荔雯十六了，乡里乡亲的都想过来喜庆一下，感谢一下蔡老医生的治病救命之恩。蔡老医生不想弄得太张扬，他本是个低调的人，私下里请了两桌人，人多了闹腾。

蔡荔雯对爸妈张罗请客过生日的事，并不赞同，来那么多人，一个个请安打招呼赔着笑脸，荔雯觉得都要烦死了，但爸妈定了的事，荔雯也不好说不，她是个懂事的孩子，爸妈想给她过一个不寻常的生日，也是想借这个机会回谢乡亲们多年的关照。赵裕泰就说荔雯应该抵制，你蔡荔雯过生日跟他们有什么关系？你爸定的事，不对你也顺从？荔雯心想我不顺从我爸，非要抵制他们，难道还要跟你一样处处跟爸妈作对吗？荔雯倒是想得开，说随爸妈他们张罗吧，到时候我只顾点头傻笑好了，她倒是更在意翰林和裕泰跟她约好的生日野餐。

说野餐也就是跑到山里头吃点小零食。裕泰买了水晶钵仔糕，还有砰米糕，荔雯笑他说买的都是糕，裕泰说这是有寓意的，步步高升。荔雯说我能升到哪去，有你们俩在一起就开心得不得了了。她自己从家里拿了姜糖和酥糖，荔雯喜欢吃甜的，裕泰说荔雯想要甜甜蜜蜜，荔雯说甜甜蜜蜜多好呀，我就喜欢。翰林讲究，跑老远去买了敛糕，还偏要买红的，说是喜事要吃红敛糕，裕泰问哪门子喜事？翰林说荔雯长成大姑娘了还不是喜事呀！荔雯又在报纸上发文章了，还不是喜事呀！翰林又买了"阿嬷叫"，这是荔雯喜欢吃的，也是他们这一带大人小孩都喜欢吃的。石桥那边的巷口，那个小脚老阿嬷做的"阿嬷叫"特别好吃，老阿嬷就在家门口支个油锅，孩子们眼馋馋地看着油锅里的小网篓，里面好吃的东西由白炸成黄，香得几条街都能闻得到，小孩们的口水都不晓得为它流了多少，其实也就是白萝卜丝，还有虾米和肉粒，和着面粉炸出来的，老阿嬷调的味香，炸得火候恰到好处，外面酥酥的，里面软软的，真的太香太好吃了，他们这一带把奶奶叫阿嬷，听说这种油炸萝卜丝饼连那些牙都掉光了的老阿嬷都叫着要吃，所以叫"阿嬷叫"。

荔雯把吃的东西摆放好，正要分发给翰林和裕泰吃，裕泰庄重地从书包里拿出一本诗集，说我要把这本《女神》献给我的女神，荔雯好感动，接过诗集，是郭沫若的，荔雯从小就背诵古诗古文，现代诗也是喜欢的，听裕泰讲过苏联的马雅可夫斯基，没听人讲过郭沫若。裕泰说他一口气读完郭沫若君的《女神》，像是被诗中的火点燃了，他想要抒发的感情诗里全都喊出来了。他激动地对荔雯说，你听郭沫若笔下的女神是怎样对世界呼喊的："我要去创造些新的光明，不能再在这壁龛之中做神。我要去创造些新的温热，好同你新造的光明相结。姊妹们，新造的葡萄酒浆，不能盛在那旧了的皮囊。为容受你们的新热新光，我要去创造个新鲜的太阳！"裕泰朗诵得激情澎湃，一发不可收，"火便是你。火便是我。火便是他。火便是火。翱翔！翱翔！欢唱！欢唱！我们欢唱，我们翱翔。我们翱翔，我们欢唱。一切的一，常在欢唱。一的一切，常在欢唱。是你在欢唱？是我在欢唱？是他在欢唱？是火在欢唱？欢唱在欢唱！欢唱在欢唱！只有欢唱！只有欢唱！"裕泰沉浸在欢唱的诗里，许久才缓过神来，转身问翰林你晓得不晓得郭沫若写这些伟大的诗才多大年纪？翰林当然不晓得，记忆里他背的诗都是古人写的，岁数应该都很大了吧。裕泰说才二十几岁，比我们大不了多少，人家能写这样伟大的诗，我们再过五年十年能写出这样伟大的诗吗？翰林摇头，他不会写诗，也不喜欢诗。裕泰又问荔雯，荔雯你的文笔好，你能写出这样伟大的诗吗？荔雯也摇头，裕泰握紧拳头说我赵裕泰要写这样伟大的诗！

翰林见裕泰的激情有点收不住，没完没了地给他和荔雯讲诗，全然不顾今天是荔雯的生日这件事，就有意打断他，翰林拿出上次在广州买的珊瑚木棉花送给荔雯，荔雯喜欢得惊叫起来，呀，这是什么呀？翰林告诉她说这是珊瑚，荔雯仔细端详，呀，木棉花，我最喜欢的，说着就往脖子上戴，后面的搭扣不好扣，老是扣不上，荔雯就喊翰林帮她扣，以前小的时候翰林帮荔雯拢过头发系过鞋带脱过汗湿的衣裳，现在都长大了，不敢碰她，翰林本来手挺灵巧的，偏偏这次手不听使唤，就是对不上扣眼，凑近了，荔雯的头发和汗毛碰到翰林的脸上，痒痒的，翰林急出一头的汗，裕泰要过来帮忙，翰林不想让裕泰做这件事，一急，反而扣上了。荔雯开心，高兴，那甜甜的清脆笑声传进翰林的耳朵，仿佛什么神奇的东西流进翰林的血管里，全身都舒坦得不行，只要荔雯笑得开心，翰林觉得花多少钱都值。裕泰的激情总算是退了，仔细端详荔雯领口挂着的那个珊瑚木棉花，又仰头看看身边的那棵木棉树，说这么高大雄伟的木棉花，弄成这么个小玩意，真是糟蹋了木棉花的伟岸。翰林不管裕泰怎么说，荔雯笑得那么开心，他晓得荔雯是打心里喜欢的。

他们边吃边说话，荔雯问裕泰是不是还要去苏联膜拜马雅可夫斯基？裕泰说他要去广州，孙中山办的陆军军官学校正在招生，他要去广州参加革命，要去上军校，要在战火中像凤凰那样涅槃。裕泰让翰林跟他一起去考军校，翰林不想去，他爸以前是军人，打过仗，现在反而不愿看到打仗，也不想让翰林去当炮灰，翰林自己对打仗更没兴趣，对当兵的印象也坏透了，罗恒义那帮兵痞穿了一身军服仗着手上有枪干坏事脸都不红，不晓得多少人在背后骂他们！裕泰说罗恒义他们是兵痞，跟孙中山要办的陆军军官学校培养的革命军人不是一回事。翰林刚买了小火轮，眼看着航运生意要兴旺，才不去军校当兵呢，听他爸讲军校比越罗湾的学校管起人来要严上几百倍，他更加不愿去受那个罪。裕泰就耐着性子给翰林讲救国的道理，翰林说他爸讲过实业才能救国，航运跑得欢，生意做得好，有钱赚，家家户户都富了，国不是强了吗？裕泰晓得翰林的犟脾气，老师都犟不过他，跟他犟到底没意思，就问荔雯将来想干什么。荔雯说她想当老师，闲的时候写写文章。裕泰笑她说，你要是当老师，遇上翰林这样的学生，你还不气得哭？翰林就跟他争，说我这样的学生怎么了，我哪门课成绩不如你？裕泰就激他，说你成绩好有本事就报考军官学校去呀，又好言说翰林你琢磨一下名字，军官学校，出来就是军官，那是怎样的威风？前途更是无量。翰林还是犟得要死，非说航运发达了，一样前途无量，一样的威风，裕泰就急了，冲翰林嚷嚷说你青春少年怎么一点革命志向都没有？目光短浅，就晓得做生意赚钱！

做生意赚钱有什么不好？！钱咬你手还是烫你脚了？我就不晓得你怎么偏要跟钱过不去？跟钱有什么仇？！赵利丰指着儿子几乎是咆哮地质问他。裕泰不想跟他爸争辩，跟这样的老腐朽老顽固有什么可争的？跟这样的守财奴讲救国的道理根本就是对牛弹琴！赵利丰实指望裕泰长大成人能接手丰裕航运，把祖传的航运做得更大，小时候家家户户都夸裕泰读书用功，有出息，能做大事，赵利丰喜滋滋地盼着儿子长大，没想到长大了反而没出息了，人家心思根本就不在船上！眼看着刘兆民儿子翰林把小火轮开回越罗湾，赵利丰就越发感到危机，争不过刘家，赵家的生意就没得做，就都得勒紧脖子喝西北风，到时候你马拉什么司机都没用，饭都没得吃，我看你还写什么诗？你吃屎去吧！赵利丰越骂越生气，裕泰保持沉默，不说话，等他爸缓气喝茶的时候，裕泰突然仰天长吼："啊！啊！生在这样个阴秽的世界当中，便是把金刚石的宝刀也会生锈！宇宙呀，宇宙，我要努力地把你诅咒；你脓血污秽着的屠场呀！你悲哀充塞着的囚牢呀！你群鬼叫号着的坟墓呀！你群魔跳梁着的地狱呀！你到底为什么存在？啊！啊！火光熊熊了。香气蓬蓬了。时期已到了。死期已到了。身外的一切！身内的一切！一切的一切！请了！请了！"赵利丰一口茶堵在喉咙里差点噎死，竖着耳朵听也没听懂，不晓得儿子发什么神经，怒不可遏地问裕泰，这就是那个马拉什么司机教你的一切的一切？！赵裕泰一字一句地告诉他爸，这不是马雅可夫斯基的，是郭沫若君的。

赵利丰只好去求蔡老医生，求他给裕泰开点什么药，这孩子脑子坏了，成天在家疯疯癫癫的，一会儿骂资产阶级腐烂发臭了，一会儿说他不是男人是穿裤子的云，一会儿喊叫火来了，一会儿又不晓得说哪个死期到了，不晓得都是些什么乱七八糟的胡话。赵利丰看见荔雯过来，就说荔雯真是女大十八变，越长越漂亮了，到时候给你过生日，你赵叔要跟你爸讨几杯酒喝呢，夸完了荔雯，就问荔雯，裕泰在学校里是不是受了什么刺激？脑子里装的都是些什么东西？这些天你们在一起玩的时候，裕泰都胡说了些什么？荔雯说裕泰脑子没坏，他朗诵的那些都是革命的诗，讲的那些话都是新思想，裕泰要到广州考陆军军官学校当军官呢。赵利丰说什么军官，那是给人家当炮灰，你帮我劝劝裕泰，只要他在家把丰裕航运的事接上手，用心经营，他写诗也好，发神经也罢，我都依了他，都听他的。蔡老医生就劝赵利丰，孩子有远大志向是好事，将来当了军官，出息了，也一样光宗耀祖，又让荔雯劝劝裕泰，听家长的话，先把丰裕航运的事做好了，让家长放心，写诗的事，考军官学校的事，从长计议。

　　荔雯把这些话告诉裕泰，裕泰笑他爸迂腐至极，居然去请医生要给他看病，再不离开这个腐朽的牢笼，过些日子，说不定他爸请来一帮和尚道士给他念经作法事驱魔，那真的要把他赵裕泰逼疯了。赵裕泰已经决定要去广州报考陆军军官学校，他爸求医问药的事更加刺激他早点离开这个充满铜臭味的腐烂家庭。翰林让裕泰再等几天，他正好要开小火轮到广州运货，顺便把裕泰捎去。裕泰痛苦地说，这样腐朽的家庭，他一刻都待不下去，再待一分一秒他就要窒息死掉！裕泰劝荔雯不但要写文赞美木棉花，不但要写文痛斥裹小脚娶小姨太太的恶习，还要好好看看郭沫若的《女神》，学着写写现代诗，只有新诗才能抒发自己的一腔热血和怒火。荔雯心想自己要是像裕泰那样着了魔，她爸不晓得会给她开什么药。赵裕泰临走还是要拉翰林一起去报考军校，翰林死活不肯，心里还惦记着小火轮，也放不下荔雯。赵裕泰只好说我先帮你去探探路，要是好，我让人带信回来，你再去也不迟。翰林说你别费那个心了，我不会去的，我爸都把生意交给我了，我要是去，我家新买的小火轮怎么办？裕泰生气说你刘翰林就晓得小火轮赚钱，不晓得还有比小火轮更重要的比钱更宝贵的，你就看见你家门口那几棵木棉树开的花红，就晓得你买的那个珊瑚红，不晓得广州的革命比木棉花比珊瑚比火还要红，你就晓得越罗湾这汪水这片天，不晓得外面的世界都快翻了个天！你家小玉白买了那么多报纸，你就不晓得看看报纸上报道的世界都变成什么样了，你看你那个脑瓜子比我爸还要迂腐顽固！

赵裕泰去广州报考军校没几天，刘翰林开着小火轮也出门运货了，都没参加蔡荔雯十六岁生日家宴，那仿佛是大人长辈们之间的一种社交活动，没他们的事，翰林和裕泰也不愿跟大人长辈们在一起吃吃喝喝说一些无聊的话。荔雯生日那天，蔡老医生请了两桌客，刘兆民、赵利丰都是主桌的贵宾，同桌的客人自然就讲到了航运，讲到翰林的小火轮，赵利丰头都抬不起来，只顾喝闷酒，觉得那个不孝的赵裕泰让他丢尽了脸面。罗恒义不请自来，还说蔡老医生看不起他，荔雯十六岁了，听人讲十六岁是破瓜之年，这么大的事，他罗营长能不来吗？蔡老医生本不想惹这个罗恒义，平时跟他也没什么话可说，一个医生一个兵痞本来就不是一路人，见罗恒义提着点心进来了，蔡老医生也就只好说不敢劳您罗营长的大驾。罗恒义也不客气，主桌的一个邻居主动让出位子，请罗营长坐主桌，他就一屁股坐下，没想到刘兆民也在这，罗恒义就欠了欠屁股，说刘前辈也来喝酒了。本来大家正在兴头上，说说笑笑的，罗恒义弄得大家不晓得说什么，罗恒义倒是不客气，端起酒杯先敬刘兆民，而后又一个个敬了一圈，罗营长敬酒，弄得同桌的客人都诚惶诚恐，不得不端起酒杯回敬，这一来二往，酒桌就热闹起来了。

荔雯在门口礼貌地迎客，给各位伯伯叔叔大妈大婶请过安，等大人们入座喝酒闹腾的时候，荔雯就躲进自己的闺房，把玩那个红珊瑚木棉花坠子，越看越喜欢，就想起翰林的点点滴滴。荔雯拿出日记本，摊开，掏出笔，荔雯并不是每天都写日记，只是想写的时候，心里有话要写出来的时候，才在本子上写几篇。

这个红珊瑚做的木棉花太精致了，这红色，跟木棉花很般配，红红火火，激情，有朝气，真的是好喜欢。翰林顽皮死犟天不怕地不怕的样子，其实，他只要过脑子，做起事来心细如丝，手也巧。翰林恐怕没读过谭嗣同的诗，"何以表劳思，东海珊瑚枝"，也许，他有这个意思，只是不会像裕泰那样用诗来表达。医书上说，红珊瑚可以明目安神，清热解毒，安神镇静，我倒是更喜欢它的象征意义，平安吉祥，但愿从此能辟邪保平安。

外面的两桌还在闹酒，罗恒义喝了不少，几分醉意地问蔡老医生，小寿星呢，赶紧过来给长辈们敬个酒呀，蔡老医生只好去请荔雯。蔡老医生敲开荔雯的门，好说歹说把荔雯哄出来给两桌客人敬了两杯茶，罗恒义还要跟荔雯单喝，那只脏手还有意蹭了一下荔雯的屁股，吓得荔雯好像被烫了似的撒腿跑回房间关严了门。

酒过三巡，菜过五味，聊着聊着就聊到了局势，这毕竟是关乎每个人的生存乃至生命的大事。年初，孙中山率领湘军、滇军、桂军，听说还有豫军和山陕军，兵分三路，东征陈炯明，陈炯明的部队盘居惠州一带，打得不可开交。说起陈炯明，刘兆民是熟悉的，刘兆民称陈炯明的字竞存，陈炯明直呼他兆民，他们一起去福建打过仗，陈炯明当时被孙中山任命为援闽粤军总司令。孙中山在韶关大誓三军，准备北伐，要"树立真正之共和，扫除积年政治上之黑暗与罪恶"，陈炯明的部下叶举却率部打入广州，孙中山回府后，粤军竟然炮轰总统府。其后，中山先生决意要先肃清陈部，统一广东，再出师北伐。从去年到今年，拉锯战打来打去，东江一带的生意不好做，人心惶惶，有人就说刘兆民两边都有熟人朋友，想个法子，找几个能说上话的人，去两边走动走动，调解一下。刘兆民直摇头，说已经无法调解了，孙中山代表的是广州革命政府，东征讨贼，消灭叛军，话还没说完，罗恒义仗着酒劲，跳起来问刘兆民你说哪个是贼？哪个是叛军？刘兆民质问罗恒义，竞存自持兵权，不听从大元帅的调遣，阻挠和破坏北伐，罗恒义抢着话说人家都把陈总司令的官职都给免了，凭什么还要听他的调遣？刘兆民说那是竞存以辞职要挟的结果，粤军炮轰总统府，不是叛军逆贼又是什么？难道不应该讨伐吗？罗恒义急眼了就掏出手枪，刘兆民抢先一步，用枪顶在罗恒义的脑门上，说老子扛枪打仗的时候你小子还不晓得在哪个王八蛋的腿肚子里转筋呢，跟老子玩枪，你还嫩了点，自己扒开裤裆看看毛长全了没有，说完收起枪，扬长而去。罗恒义被当众羞辱得面红耳赤，一怒之下，掀翻桌子骂骂咧咧地跑走了。好好的生日宴闹得不欢而散。

四

仗越打越激烈，越打越逼近越罗湾，湘军打败粤军的林虎，直冲河源、紫金而来，滇桂联军把惠州又给围住了，这次还动用了飞机和舰艇，惠州那边炸得厉害。罗恒义率领一个营奉命守住越罗湾一带，阻止湘军过河，石桥就成了必争之地，双方火力都很猛。

蔡荔雯的家就在石桥边上，桥东桥西通衢之地，蔡老医生带着荔雯和她阿咪藏到储药的地窖里，听见外面炮声隆隆，蔡老医生想起药柜上存放着的家传秘方小册子，那是他们祖上行医的心血，炸毁了可就对不起祖宗了。蔡老医生等枪炮声稀疏的时候，从地窖里冲出来，跑进药房，荔雯她阿咪担心，也跟着跑过去帮忙，却偏偏在这个时刻，一发炮弹落在蔡家房顶上，炸得蔡家房倒屋塌。荔雯惊叫着从地窖里跑出来，爸妈已经被埋在砖堆瓦砾废墟里面，荔雯眼前一黑，栽倒在院里的那棵木棉树下。

赵裕泰到广州找到南堤2号的陆军军官学校筹备处，一看招生简章，才晓得过了报名时间，招生考试都结束了，况且他既没有人推荐，也没参加中国国民党或中国共产党在各地组织的初选，筹备处的老师再三解释，劝他下期再来报考。赵裕泰不肯离开，还要缠着人家，人家都忙得要死，哪有工夫听他啰唆。赵裕泰想到自己就这样回家，又要面对那腐朽顽固的赵利丰，又要看到罗恒义们的巧取豪夺，又要听见那些或远或近的枪声炮声，心中的悲愤快要把胸口撕裂，他仰天长啸马雅可夫斯基的"我要像一只狼，把官僚主义啃光，各样各样的证件，我历来不放在心上"！赵裕泰还觉得不过瘾，又大段大段地朗诵郭沫若的《女神》，"茫茫的宇宙，冷酷如铁！茫茫的宇宙，黑暗如漆！茫茫的宇宙，腥秽如血！宇宙呀，宇宙，你为什么存在？"仿佛马雅可夫斯基和郭沫若的那些诗就是为他此刻的心情写的。

赵裕泰坐在江边发呆，头顶上的云越聚越多，越聚越黑，珠江的水失去了太阳的光照似乎也变得黑了，正所谓黑暗如漆腥秽如血冷酷如铁，赵裕泰的心情也糟透了。他又拿起招生简章，反复仔细琢磨，冷静想想，他赵裕泰确实不够简章上说的那些条件，他反复琢磨投考者资格"思想"那一条，赵裕泰虽不是中国国民党党员，也没有本党党员之介绍，但他赵裕泰可以了解国民革命速须完成之必要，也具有接受本党主义思想呀。他在翰林家看过报纸，晓得国民党第一次代表大会的事，也看过孙中山先生的讲话和大会宣言，许多观点他是认同的，军官学校是孙中山先生办的，懂得孙先生的思想，不就是最好的条件吗？赵裕泰仿佛拨开头顶上的乌云，尽管那些浓浓的乌云已经变成了雨滴，赵裕泰冒雨跑到街上找到书报摊，买了有关国民党一大和孙中山讲话的报纸书刊，在雨中如饥似渴地阅读，在心里默默背诵。

赵裕泰再次来到南堤2号，站在雨中，激情背诵："中国之革命，发轫于甲午以后，盛于庚子，而成于辛亥，卒颠覆君政。夫革命非能突然发生也。自满洲入据中国以来，民族间不平之气，抑郁已久。海禁既开，列强之帝国主义如怒潮骤至，武力的掠夺与经济的压迫，使中国丧失独立，陷于半殖民地之地位。满洲政府既无力以御外侮，而钤制家奴之政策，且行之益厉，适足以侧媚列强。吾党之士，追随本党总理孙先生之后，知非颠覆满洲，无由改造中国，乃奋然而起，为国民前驱；激进不已，以至于辛亥，然后颠覆满洲之举，始告厥成。故知革命之目的，非仅仅在于颠覆满洲而已，乃在于满洲颠覆以后，得从事于改造中国。依当时之趋向：民族方面，由一民族之专横宰制过渡于诸民族之平等结合；政治方面，由专制制度过渡于民权制度；经济方面，由手工业的生产过渡于资本制度的生产。循是以进，必能使半殖民地的中国，变而为独立的中国，以屹然于世界。"围观赵裕泰演讲的人越来越多，人越多，赵裕泰越有激情。

一把雨伞遮挡在赵裕泰的头顶上，赵裕泰感激地看着这位四十多岁长者，猜想他也许是军校的老师，或是考官，赵裕泰暗自心喜，就把最后几句话朗诵得更加声情并茂，感觉那不是国民党第一次代表大会的宣言，那是他赵裕泰投考军校的檄文。

这位长者名叫陶铭德，是军校筹备处的军官，看上去像个教书先生，不太像个军人，但他一身戎装，儒雅的同时也兼有英武的气质。陶铭德看见雨中朗诵的赵裕泰，拿着一把雨伞走过来，本想把雨伞送给他遮雨，转念一想这个青年在筹备处外面冒雨朗诵，当是故意为之，陶铭德就驻足在围观的人群外面仔细观察赵裕泰，分析他或许是在表演作秀，但他能把中国国民党一大会议宣言背得一字不差，至少可以说这个青年记忆力惊人，记忆力好，学习成绩也一定会好，应该是一个优秀学生。他朗诵得声情并茂，可以说他才华横溢，如果他是在筹备处外面宣扬他所信仰的思想，那他一定会是个忠实的信徒，一定会成为一个坚定的革命者。陶铭德问明原由，把赵裕泰拉进筹备处，对里面的人说，我们招生考试，是要选拔优秀青年才俊投身革命，不是科举八股做官，这样熟背本党大会宣言认同本党思想的热血青年，我们有什么理由拒之门外？就有老师解释说招生时间已过，考试都考完了，陶铭德看上去有点儿生气，说没赶上考试可以补考嘛。赵裕泰当即填了表，又被拉去检查身体，跟几个外地赶过来也没来得及参加考试的青年一起补考，然后就等待发榜了。

刘翰林跟钱小玉这次把小火轮开到了香港。先是从越罗湾拉了一船大米去广州，卸了货，肖老板让他们装满一船纱布去香港，翰林他爸讲过，肖老板的事，翰林和小玉都很上心，尽心尽力地做好，小火轮还是跑得快，从越罗湾到广州再到香港，比原先的木帆船快了好多天，翰林盘算这样的活多拉几趟，钱有的赚了，等赚够了钱，再买一条蒸汽机船，这样他和小玉就可以一人开一条船，拉的货就更多，赚的钱也更多，兴华航运发达兴旺的好日子似乎就在前头。没想到在香港遇上了台风，只好停靠在码头上躲避，香港的报纸多，小玉买了好多报纸，当天的，过了好几天的，甚至是不晓得过了多少天的旧报刊，只要是小玉没见过的报纸书刊，小玉都买来要带回去给表叔看。躲台风没事做，翰林就一张一张地看报纸书刊，没找到蔡荔雯和赵裕泰的名字，但知晓了许多天下事，晓得了京汉铁路大罢工，被军阀打死好多人；日本人占了我们中国的西沙群岛，海南岛的人抗议；报纸上讲孙中山又东征了，滇桂联军还有湘军山陕军合起来打到陈炯明的老巢惠州了，越罗湾就在惠州跟前，不晓得越罗湾那边怎么样，罗恒义要是被他们打死了才好，少了个祸害；翰林在报纸上看到中国国民党在广州开了第一次大会，跟共产党合作做事，跟苏联人合作做事，还要帮农民和工人做事；还有，一个叫列宁的苏联人去世了，广州好多人祭拜他，孙中山还专门为他写了字，称他是国友人师；孙中山办的陆军军官学校招生考试了，不晓得裕泰考得怎么样，翰林晓得裕泰读起书来还是用功刻苦的，考军校应该难不倒他；翰林从前听人讲过三民主义和五权宪法，这次在报纸和书刊上才搞懂了都有哪些细目。翰林在学校念书是过目不忘的，看了这么多报纸书刊，脑子里装了不少东西，晓得世界上的人还做了这么多的事。

台风过后，刘翰林跟钱小玉就急忙开着小火轮往回赶，小火轮驶进东江跑了一截，就听见远处炮声隆隆，穿着军装的军人端着枪在岸上跑，翰林回家心切，不管不顾地加足马力往越罗湾赶路，小玉担心兵们会不会抢他们的东西。翰林说他们在岸上，我们在河里，抢不着，越往前开，枪声越密集，军人也多了，小玉就有些害怕，劝翰林说不能再往前开了，还是躲一躲吧，翰林说这么大的船躲哪去？小玉说躲到广州去呀，靠在码头上，等这边不打了再回来。翰林说他打他的，我开我的船，河水不犯井水，我又没惹他们，他们还能明着抢？小玉一路上提心吊胆，翰林胆子太大了，开着小火轮往前闯，没到惠州就被兵们拦截住了。翰林心想我在河里，你们还能跳上来不成？就不听岸上的兵们喊叫让他停住，兵们把枪栓拉得噼里啪啦响，逼他停下，依然吓不了翰林，直到枪子真的打在水里，打到船帮上，小玉当然不能让翰林跟兵们玩命，打死翰林他回去没法跟表叔交代，自己的性命也难保，哪个晓得子弹会落在什么地方。小玉有点急了，求翰林停下，把小火轮靠向兵们嚷嚷着的岸边。船还没靠岸，一群兵就跳上船，用枪逼着要赶翰林和小玉下船，说这船他们征用了。翰林护着蒸汽机，这是小火轮的心脏，是翰林珍贵的宝贝，说什么都不让兵们碰。翰林听兵们讲话的腔调是本地人，猜想他们八成是陈炯明的部下，就用粤东一带的家乡话说他爸叫刘兆民，跟陈炯明陈总司令熟，一起打过仗的。有一个拎着短枪的军官说那好呀，粤东人自然要帮粤东人了，你爸从前跟陈总司令一起打过仗，现如今也帮着陈总司令打仗吧，这船征用了，打完仗再还你们家，说不定还有奖赏呢。刘翰林死活不让兵们抢他的小火轮，当官的急眼了，让几个兵把刘翰林抬到岸上，扔到沟里，等刘翰林爬出水沟，跑到河岸边，小火轮开走了。兵们拿枪顶着钱小玉，钱小玉开着小火轮，可怜地望着岸上比他还要可怜的翰林，不敢答应翰林的喊叫，更不敢把船开向翰林。翰林追了一截，没追上，不是他跑得不快，是兵们把子弹打在他前面的路上。小玉哭喊着翰林别追了，子弹可是不长眼的！翰林眼看着小火轮越跑越远，转个弯就看不见了。

五

蔡荔雯醒来，发现自己躺在裕泰的床上，心想裕泰不是到广州报考军校去了吗？怎么会跑回来了？怎么会把我弄到他床上了？正纳闷的时候，裕泰他妈端着一碗汤水走进屋，坐在床边，疼爱地抚摩荔雯的头说荔雯醒了，我给你炖了榴梿煲鸡汤，里面还加了银耳红枣和枸杞，你趁热喝了。荔雯眼睛一热，叫了声阿婶，泪就掉下来，阿婶放下碗，搂住荔雯说荔雯不哭，荔雯哭得更厉害了。

仗在越罗湾打了一整天，两边的人在石桥东西头打来打去，罗恒义的兵打过石桥，还没站稳脚，就被湘军打回来，湘军攻进巷子，罗恒义的兵地界熟，不晓得从哪冒出来把湘军又打过石桥，两边的人一直打到天黑，雨也下了一整天，兵们身上又是泥又是血的不成个人样，家家户户都躲在房子里不敢出门，夜里倒是没打了，安静得有一点响声都让人心惊胆战，害怕得不行。等第二天一早天蒙蒙亮，雨雾中见不着一个兵，街上的人才敢冒出头来，听听没什么动静，就大着胆子出来看看，街坊邻居就凑在一起讲悄悄话，有知情的人讲湘军走了，不晓得是退了撤了还是打到别的什么地方去了，罗恒义的人也不晓得跑到哪去了，好像这两天的仗是个莫名其妙的噩梦，可那座石桥石块上被子弹打出的麻点，那些被炸的房子和死了的人，实实在在地证明仗在越罗湾打过，而且打得很激烈。

蔡荔雯从地窖里跑出来，看见房倒屋塌爸妈被埋在废墟里就晕过去了，等她从雨水中醒过来，又扑向自家倒塌的房子，哭喊着阿爸阿咪，试图把瓦砾下面的阿爸阿咪刨出来，砖头瓦片压得实实的，荔雯一个女孩子哪里刨得动？桥上面的子弹像炒豆子炸锅似的响个不停，荔雯全然不顾，搬砖块，掀木头，手都刨出血了，也没找见阿爸阿咪，一发炮弹又落在废墟上，把荔雯冲出去老远，撞到木棉树上，就再也不省人事了。

外面的枪声紧一阵停一阵，裕泰他妈从自家的门缝往外看，想看个究竟，无意中看见蔡老医生家的房子炸塌了，看见荔雯一个人冒雨在废墟上哭喊着刨砖掀瓦，看见雨还在下子弹也像雨点一样落下，裕泰他妈既害怕又担心，心疼荔雯一个女孩子冒雨在废墟上刨砖瓦，猜想恐怕是她家人被埋在里面了，裕泰他妈就跑到佛堂烧香磕头，求菩萨保佑，又跑到门口从门缝往外看，来来回回好几趟。荔雯还在雨中刨砖瓦，裕泰他妈就要出去帮帮荔雯，赵利丰拦住她说你不要命了？想吃枪子呀？裕泰他妈抹着眼泪说看荔雯太可怜了，这样刨下去怕是小手都要刨烂了，赵利丰死活不让阿贞出去送死，等到天黑了，枪声停了，趁赵利丰没看紧的空当，裕泰他妈偷偷跑到蔡老医生家的废墟，在木棉树下寻到昏死过去的荔雯，摸摸鼻子还有气，背起荔雯就跑回家。赵利丰吓得脸都白了，说外面打仗的人不晓得藏在什么地方，给你一枪你都不晓得子弹从哪打来的，要是追上来就更要命了，说不好连我赵利丰的命也被你搭上。裕泰他妈不听赵利丰唠叨，赶紧关上门，打来热水，帮荔雯把身子擦洗干净，抱到裕泰的床上暖着，反正裕泰也不在家。

蔡荔雯成了无家可归的孤儿，爸妈没了，家里的房子也塌了，她越想越觉得活得一点儿意思都没有，还不如跟着爸妈一起埋在那堆砖瓦里面省事。裕泰他妈就劝她宽慰她，说我这一整天都在给菩萨烧香磕头，菩萨终归是会保佑我们的，又说裕泰迟早是要回来的，等裕泰回来，终归会有办法的。荔雯晓得裕泰去广州考军校了，一年半载回不来的，翰林开着小火轮，算日子也快回来了。

把荔雯哄睡着了，裕泰他妈就跟赵利丰低声说悄悄话，说荔雯看着可怜，这孩子从小跟裕泰在一起，两人也玩得来，荔雯是知根知底的好闺女，都不小了，索性找个媒人把荔雯说给裕泰。赵利丰也想到这一出，早点给裕泰结了婚，裕泰也许能收收心，回家把丰裕航运接上手，有老辈人打下的底子，丰裕航运不会输给兴华。这么一盘算，赵利丰就点头让荔雯吃住在赵家，权当养了个童养媳，况且荔雯都长大了，也能帮家里干点儿事。

罗恒义的眼睛尖得很，他看见蔡荔雯在赵家出出进进，就晓得赵利丰和他老婆收养了荔雯姑娘，仗就这样打过了，下一次还不晓得什么时候再打。罗恒义布置好越罗湾的防备，没事就跑到赵利丰家吃茶喝酒，眼珠子一刻都没停过，盯着蔡荔雯，荔雯走到哪，罗恒义的眼珠子就落到哪。赵利丰当然能看得出来，但也不好说人家罗营长，荔雯跟他家裕泰既没订婚也没结婚，他没理由不让罗营长看荔雯。裕泰他妈倒是看不下去，找了个借口，说是要带荔雯上山去庙里一趟，给她阿爸阿咪烧香。

这正好给罗恒义一个机会，阿贞带走蔡荔雯，罗恒义给赵利丰连斟了三杯酒，喝得赵利丰双手抱着杯子受宠若惊，不晓得怎么拒绝，更不晓得怎么感激，人家罗营长亲自陪他连干了三杯，这也是给足了他面子。罗恒义还要给赵利丰斟酒，赵利丰夺过酒壶，说他赵利丰要回敬罗营长三杯。罗恒义一把抓住赵利丰的手，嘴都快要贴到赵利丰的耳朵上，悄悄说了句话，声音跟蚊子似的，但赵利丰却听得清清楚楚，罗恒义要赵利丰给他做媒，把蔡荔雯给他做小姨太太。赵利丰的酒一下子醒过来，打了个冷战，盯着罗恒义，不晓得怎么说出那个"不"字。裕泰他妈不止一次跟他念叨过，想找个人说媒把荔雯娶回来给裕泰当媳妇，要是早听了阿贞的话，裕泰也许就不会跑到广州了，罗恒义也不会打这个坏主意了，他也不会这么难堪，可现在罗恒义反而要他赵利丰说媒，把荔雯给他罗恒义做小姨太太，他赵利丰怎能做这种让人戳脊梁骨的事？又怎能跟荔雯开这个口？赵利丰独自喝掉杯中的酒，仿佛这一杯酒苦得要死，他皱着眉头说荔雯那孩子清高孤傲得很，肯定不会答应，你还记得前年你娶姨太太的时候，荔雯就在报纸上写过文章，说娶姨太太这种事是封建的残渣余孽，是迫害女孩子的……赵利丰话还没说完，就看罗恒义的脸色难看起来，罗恒义说她蔡荔雯敢骂老子是封建的残渣余孽，老子就要娶她做姨太太，让她尝尝当姨太太的甜头，她吃好的喝好的穿好的天天过着快活的日子，就不会写文章骂人家娶姨太太了。赵利丰见罗恒义生气，就连忙又给罗恒义斟上酒，跟罗恒义碰杯一起喝了。罗恒义抹了抹嘴角沾的酒，盯着赵利丰，直看得赵利丰腿肚子发软，罗恒义眼睛眯眯地笑着，说只要你赵利丰帮我做成这个媒，我娶上荔雯这个小姨太太，我罗恒义打包票帮你把刘家的兴华航运干掉，以后这越罗湾就你一家丰裕航运，赚不完的钱，发不完的财。罗恒义这话说到赵利丰的心坎上了，也把赵利丰的心说动了。赵利丰试探着问罗恒义此话当真？罗恒义拍着胸脯说我堂堂的营长讲话还能不算数？等我娶了荔雯，你看我怎么收拾刘兆民这个老不死的。

罗恒义真的张罗着要娶小姨太太，还要大办酒席，不光是请越罗湾的人，还要请四邻八乡的熟人和不熟的人。罗恒义的喜酒当然不能白吃，都要权衡攀比着送多大的红包才够面子，罗恒义要借这个机会捞一把。

赵利丰不晓得这个话怎样跟荔雯讲，要是让裕泰晓得了那就更不得了，不晓得会怎样革他老子的命，晚上睡觉的时候，赵利丰假装唉声叹气愁得睡不着，阿贞就问他，赵利丰就把罗恒义想娶荔雯当小姨太太的事悄声告诉阿贞。裕泰他妈就骂罗恒义畜生不得好死，赵利丰不让她骂，生怕让罗恒义的人听见了。裕泰他妈还在骂，咒他罗恒义出门就遭雷劈遭水淹遭枪子儿穿心过。赵利丰就说罗恒义看上的人想办的事，拦是拦不住的，但我们赵家做事不能让人家戳脊梁骨，更不能让裕泰晓得了恨死我们，他罗恒义想娶谁我们拦不住，但我们不能把荔雯送过去，荔雯也不是我们赵家的闺女，犯不着我们送，他要是抢，我们也没办法。裕泰他妈急着要连夜带荔雯逃到广州找裕泰去，赵利丰拽住她说你能跑到天国去？罗恒义那条疯狗想找还能找不着？弄不好会把我们都搭进去遭罪。

第二天一早，罗恒义就带人把蔡荔雯抢走了，关进罗家宅院，让兵们看守，要是跑了死了伤着了就拿兵们抵命。裕泰他妈哭着扑打赵利丰，赵利丰把门关得严严的，生怕女人家大嗓门骂的那些难听的话让人听见了。裕泰他妈逼着赵利丰问是不是他半夜跑去跟罗恒义出的馊主意？要不然哪能那么巧，一大早罗恒义就带人堵住门把荔雯抢走了。赵利丰打死都不承认是他给罗恒义传的话，说他酒喝多了半夜肚子疼跑出去窜稀拉屎，没见着罗恒义。裕泰他妈就说你平时撒泡尿都要憋回家尿到自家粪桶里做肥，你舍得把屎拉到外面去？你窜个稀窜多长时间？你糊弄鬼鬼都不信，不管阿贞怎么讲，赵利丰就是死活不承认。

那天一早，荔雯洗漱干净了正要帮阿婶做早饭，看见罗恒义带着几个兵闯进来，还抬着个大木箱子，裕泰他妈以为他们来装什么货，就喊裕泰他爸罗营长带人来了，荔雯本来就讨厌罗恒义，刚要躲开，罗恒义上前挡住荔雯，几个大兵不分青红皂白地架起荔雯就塞进木箱子里，动作麻利地抬起箱子就走，一路上荔雯又是踢又是蹬又是喊又是叫，等箱子打开了，荔雯睁眼一看是个空房子，不晓得这是在哪，拔腿就要往外跑，被几个兵扭住，绑在木床的架子上，动弹不得，荔雯就拼命喊就拼命叫，罗恒义把一块布塞进荔雯的嘴里，用他那只脏手捏了捏荔雯的脸说乖，乖一点，别闹，晚上给你好吃好玩的让你快快活活的。荔雯就要踢他，脚被绑住了，又要伸手撕他，手被捆住了，恨得要骂他，嘴被堵上了，荔雯想要撞死，可她整个人都被绑在床架上，动不得，跑不了，只能绝望地流眼泪。

打仗的时候，刘兆民没躲没跑，坐在家里看报纸，听外面的枪炮声，他晓得仗打到哪了，哪边打赢了哪边打输了，后来听人讲蔡老医生家的房子炸塌了，蔡老医生夫妻俩和镇上好几个人都死了，听人讲罗恒义把蔡荔雯抢去要小当姨太太，刘兆民骂了句王八蛋，扔下报纸，抄起手枪，冲进罗恒义的宅院，逼着罗恒义马上把荔雯姑娘放了！荔雯她爸妈被炮弹炸死了，你当营长的，不帮人家，还趁人之危，把人家小姑娘抢来当姨太太，你他妈的还是人吗？罗恒义恭敬地把刘兆民前辈请到客厅，说是要请老前辈喝茶，刘兆民进屋一脚把功夫茶的桌子踹翻了，说你个王八蛋把粤军的脸给丢尽了，罗恒义就假装顺从地带着刘兆民去放人，刚出客厅的门，罗恒义给站在门口的两个兵使了个眼色，刘兆民前脚刚跨出门，后脚还没迈出去，门口的两个兵就扑上来，扭住刘兆民，罗恒义转身拧下刘兆民手里的枪，几个人扭打在一起，刘兆民行武出身，身手也是不凡的，拳打脚踢对付几个兵是有胜算的，无奈又扑上几个兵，一点擒拿格斗的章法都没有，乱七八糟地把刘兆民死死地压在下面。

刘兆民被五花大绑地捆在一张太师椅上，罗恒义坐在他对面，跷着二郎腿，全然没把这个粤军前辈放在眼里。刘兆民嚷着要找竞存算账，罗恒义把一盅茶水泼在刘兆民的脸上，说好呀，老子今天就跟你一五一十地好好算算账。你竟敢骂我们是叛军逆贼，你还有脸说你跟我们陈总司令一起打过仗，你也配称是粤军前辈？你儿子翰林呢？他船上到底装的是什么不让我检查？我的人到你家征税，你竟敢把征税人骂出来，让他们去找陈总司令要，你不要整天卖老资格把陈总司令挂在嘴边上，老子今天不尿你！刘兆民笑他说你们征的是哪年的税？寅吃卯粮，民国十三年征民国十四年的税，笑话！罗恒义说这是战争税，你没看见打仗了吗？人家滇桂军湘军都打过来了，东江保不住，乡亲们就要遭外地人欺负你晓得不晓得？刘兆民骂罗恒义你个王八蛋长点脑子好不好，中山先生率领滇桂联军还有湘军山陕军是来东征的，是剿灭叛军逆贼的，统一了广东再北伐就能统一全中国，你们识时务一点早点认错跟中山先生一起北伐……罗恒义跳起来抽了刘兆民一个耳光，说你个老不死的，死到临头了还敢骂我们？你今天再敢说老子叛军逆贼，老子就一枪崩了你，你信不信？刘兆民怒吼道，你个王八蛋，你把竞存给我叫过来，罗恒义说陈总司令忙着打仗呢，没工夫见你！刘兆民说你松开我，老子自己去找竞存！罗恒义说好呀，想出去是吧？你把战争税交齐了，把你家的船都交出来，兴华公司关张歇业，你跟你那个小兔崽子一起滚得远远的，刘兆民质问凭什么？罗恒义说老子征用了，打仗用，你把税交了，船交了，拍拍屁股走人，别再回越罗湾，老子就放了你。刘兆民笑了，说罗恒义你个王八蛋是不是拿了谁的好处在变相整我？借着打仗，打着征收战争税的名义发横财，老子要找竞存告你个王八蛋！罗恒义又要甩手打刘兆民，刘兆民猛地站起来，背负着沉重的太师椅挺身迎上前，骂罗恒义你个王八蛋，你胆敢打老子？你再打一下试试？！罗恒义举手要抽他，一挥手，让兵们把刘兆民押下去关起来，等他有空再慢慢收拾这个老不死的。

罗恒义恨透了刘兆民，但他还是不敢明着把刘兆民怎么样，毕竟刘兆民跟陈总司令还有叶总指挥他们一起打过仗，万一陈总司令叶总指挥念起旧追究起来，他罗恒义怕是担当不起，可是一想到他跟赵利丰约好了要把兴华航运搞掉、赵利丰帮他娶荔雯的事，一想到刘兆民总是碍他的事、不配合不听使唤还处处跟他罗恒义作对，罗恒义就恨不得一枪崩掉刘兆民算了，即使陈总司令他们追究下来，就说是打仗的时候刘兆民被乱枪打死，也能说得过去，所以罗恒义心里一直在盘算怎么把刘兆民收拾得干净利索。他眼前最急的事是要娶荔雯做姨太太，这件事他不能等，心里火烧火燎的他等不及。

蔡荔雯被捆在屋里，心里想翰林该回来了，翰林回来就会救她，即便是救不出去，她见上翰林一面，死也值了。这时候进来几个女的，要给她喝水吃饭换衣裳。罗恒义前两年娶的姨太太，荔雯是认得的，比荔雯大不了几岁，荔雯平时叫她张姐，荔雯见到张姐就求她救荔雯出去，只要救荔雯出去，荔雯会感激她一辈子。张姐好言劝荔雯别闹了，闹也没用，女人只能认命，命不好，怎么哭闹都没用，当初她被罗恒义娶过来，也是又哭又闹要上吊，可是又有什么用？多挨几顿打，除非是真的不想活了。张姐哄荔雯说将来她们姐妹俩在一个屋檐下过日子，你我相互帮衬着都不吃亏，姐姐是过来之人，慢慢会跟你讲这些道理。张姐招呼女眷们赶紧给新姨太太换上新衣裳，再赶紧到外面招呼客人，再赶紧服侍新郎入洞房，事情一大堆，忙都要忙死了。几个女的把绑在荔雯身上的绳子解开，荔雯渴死了，端起水碗喝了一大口，扔下碗就往外跑，哪里能跑得出去？门口的两个兵死死挡住她，里面的女人们一起把她往屋里拽，张姐说荔雯你这样跑只能挨打还害了姐妹们，张姐就招呼几个女人帮荔雯洗脸换衣裳。荔雯宁肯撞死也不擦脸也不换衣裳，女人们跟荔雯扭在一起，最后都累得直喘气。荔雯缩在角落里，威胁她们谁要是过来就跟谁一起死。荔雯与众女人僵持着，手摸着翰林送给她的那个珊瑚木棉花坠子，默默祈祷翰林早点来救她。僵持了一会儿，跑进来一个女人，看新姨太太缩在墙角，急了说还不赶紧把新姨太太穿戴好，罗营长要带客人来看新姨太太呢。那些女人又像老鹰抓小鸡一样把荔雯抓住，七手八脚地一起把荔雯身上的衣裳脱了，帮荔雯换了新娘的红衣裳。荔雯拼命反抗撕扯，最后已经无力挣扎，任由她们摆布。张姐带着人把蔡荔雯的新衣裳换好，发现蔡荔雯没动静了，吓得半死，连忙解开衣衫扣子，摸摸胸口，还好，心还跳着。张姐让人看住荔雯，自己跑去找罗恒义。

　　罗恒义大宴宾客，他要炫耀自己娶了个年轻漂亮的女学生，更是要借这个机会捞一把，所以他的新婚喜帖发得到处都是，惠州的，广州的，来了不少人，连何鹏宇都被他请来了，他们都在粤军共过事，何鹏宇后来弃武经商发了财。实在来不了的，喝不上喜酒的，也会在红包上写几句恭祝新婚之喜之类的话。广州的老陶忙着军校招生，实在是抽不开身，派了两个部下，专程送来贺礼，铭德是个重情义的人。罗恒义高兴，跟何鹏宇他们喝了不少酒，何鹏宇他们嚷嚷着要看新娘子，要闹罗恒义的新房，罗恒义爽快地答应，拉同桌喝酒的赵利丰一起去，还连敬赵利丰三杯酒，说是要好好谢谢赵利丰这个大媒人。赵利丰不愿意去，怕见到荔雯不晓得脸往哪里摆，推辞说是要帮罗营长招呼客人。罗恒义说贵客都去看新姨太太了，你这个大媒人还能不去？赵利丰就客气地说哪敢称得上媒人，是罗营长眼光好，肯花钱，娶了越罗湾最漂亮的女学生。这个时候，姨太太张姐跑进来，贴着罗恒义的耳朵说了两句话，罗恒义就让赵利丰帮他招呼招呼贵客，自己先去看看新姨太太。

罗恒义跑到新房，看到新姨太太躺在花床上，衣衫的领口敞着，呼气吸气的时候，露出一块雪白的奶子一上一下地晃动，罗恒义把手伸进衣衫里面，手摸荔雯的胸口，说没事没事，小心脏跳得欢着呢，罗恒义的手就拿不出来了，捏住衣衫里面的奶子不放，守在荔雯身边的女人看见罗恒义色眯眯的眼神，都让到一边。荔雯觉得胸口被压着，喘不过气，费力地睁开眼睛，看见罗恒义贴着她，脏手在她胸口摸摸捏捏，恶心得不行。荔雯使出全身的力气推开罗恒义，捂紧自己的衣领，罗恒义猝不及防被推出老远，罗恒义急了，扑上床，压住荔雯，迫不及待地撕扯荔雯身上的衣裳，荔雯拼命反抗挣扎，怎敌得过跟饿狼一样的罗恒义。姨太太张姐晓得罗恒义要干什么，连忙上前把花床的蚊帐放下来，就催促女眷们赶紧出去。

何鹏宇发现罗恒义溜掉了，一问才晓得罗恒义看新姨太太去了，就说罗恒义这个家伙重色轻友，把我们扔在这里喝酒，自己偷偷跑去跟新姨太太亲热，太不仗义了，走，去闹他的新房。几个要好的客人一起起哄，拽着赵利丰，要赵利丰这个大媒人带他们去。赵利丰不敢去，怎奈何鹏宇他们拽着拖着，赵利丰只好带着何鹏宇和几个要客，跌跌撞撞地闯进新房，却看见花床的蚊帐里面，罗恒义光着脊梁把新姨太太压在身子底下，床扭动得吱吱呀呀地乱响。罗恒义听见有人进来，正要发火，听见何鹏宇淫荡的笑声，跳下床，系上裤子。蔡荔雯起身就往外跑，身上的衣裳被罗恒义撕扯得乱七八糟，她也顾不上，死命地要冲出去，荔雯撞上堵在门口的何鹏宇，罗恒义从后面一把抓住蔡荔雯。何鹏宇淫荡地打量蔡荔雯，说怪不得罗恒义连晚上都等不及，急吼吼地跑过来要行好事，笑话罗恒义老牛吃嫩草，当心别闪了腰。蔡荔雯就拿眼睛恨恨地剜了何鹏宇一眼，恨不得扑上去咬死这个油头粉面的臭男人！何鹏宇又说赵老板你个大媒人躲什么躲？帮我也寻一个二八佳人女学生，我也学学罗恒义吃一回嫩草。蔡荔雯听他说赵老板，又清晰地听他讲什么媒人，就拿眼睛在人堆里寻找，看见裕泰他爸缩在门外，不敢抬头。罗恒义像老鹰捉小鸡一样把蔡荔雯拽到床前，扔到床上，对姨太太张姐她们几个女眷说看好了，要是有个闪失，老子要你们的命，说完抄起他的衣衫褂子拉走何鹏宇他们，说走，喝喜酒去！

六

刘翰林顺着江岸一路寻找他家的小火轮，几个能停小火轮的码头他都去看了，就是没找见，也没看到小玉，他就顺江而上，太阳快要落山的时候，终于走回越罗湾，路过石桥，看见荔雯家的房子被炸塌了，废墟的房前屋后没看见荔雯，他就快步跑回家，想问问他爸荔雯家怎么了，荔雯上哪去了，推开家门，房子里好像是被人抢了，又像是被人砸了，翰林从一个房间冲向另一个房间，家里值钱的东西都没了，不值钱的东西被砸得东倒西歪，扔得满地都是，他捡起掉在地上的一张相片，是他爸跟肖叔他们四个人的合影。翰林把相片揣进衣服兜里，跑到码头，跑到街上，呼喊他爸，呼喊荔雯，呼喊小玉，都没人答应。翰林冲进裕泰家，裕泰他爸不在，阿婶在家，见到翰林就掉眼泪。翰林问阿婶到底怎么了，阿婶就把这些天的事都告诉翰林，翰林肺都要气炸了，冲进裕泰家厨房，抄起一把菜刀就要找罗恒义拼命。阿婶抱住翰林，不让翰林跑走，说翰林你别再去送死，快点去找你阿爸的熟人，先把你阿爸救出来再讲。翰林听不见这些，挣脱开阿婶，冲向罗恒义的宅院。阿婶就追着喊，翰林你回来，人家手里有枪！

　　阿婶这句话提醒了翰林，枪，罗恒义他们手里有枪，翰林手里只有一把菜刀，他掂了掂菜刀，琢磨一把菜刀怎样才能救出荔雯，救出阿爸，砍了罗恒义。翰林摸过枪，他爸也教他打过枪，翰林天生喜欢玩枪，他爸的手枪长枪，他拆了装，装了拆，闭着眼睛都能做这些，他爸带他到外面打过几次枪，手枪长枪都打过，手枪打得不如他爸好，长枪打得准，有次跟他阿爸去打猎，翰林用长枪还打中一只刚飞起的野鸡。翰林琢磨枪的事，又想起他阿爸总是教训他要动脑子，冷静下来，他远远地看见罗恒义宅院门口有两个兵守着，客人进进出出，他想要是跟着客人混进去也不难，可万一被兵们挡住，他一把刀先砍一个夺过枪再打另一个，可万一砍不着砍不死怎么办？惊动了里面的兵，他恐怕就救不了荔雯和阿爸，也砍不到罗恒义这个王八蛋。

罗恒义家的宅院靠近罗秀山边，有几棵高大的木棉树，翰林对这一带是熟的，趁着天黑，翰林摸到木棉树下，把菜刀别在腰后，爬上一棵木棉树，看院子里人们闹哄哄地喝酒划拳，跑堂送菜端酒的来来往往。翰林顺着树干滑进院子里，蹲在一片竹子后面观察院子里的情形，发现墙根那边的一处房子，门外有个兵守着，猜想里面肯定是关了人的，要是阿爸在里面，翰林就先救阿爸，跟阿爸一起救荔雯，要是里面关的是荔雯，翰林就先救出荔雯，把她托上树，爬出去，再去救阿爸。翰林在心里盘算好计划，就摸到墙角那处房子，靠墙根的地方有个窗户，离地一人多高，爬树翻窗对翰林来说都是小事，翰林悄悄用力推开那扇木窗，轻轻跳进房子里，看见阿爸被绑在一个太师椅上，像是睡着了。翰林摸到阿爸身边，轻声喊阿爸，就要动手解开绑在阿爸身上的绳子，发现阿爸耷拉着脑袋没动静，伸手托起阿爸的头，发现阿爸的脖子上全是血，喉咙被割开了，阿爸身上都凉了，没一点气息。翰林抄起菜刀就要冲出屋，外面的兵听见里面有动静，开开门，走进来察看刘兆民在椅子上绑得好好的，再一看，脖子下面都是血，正要喊叫，翰林从兵的身后扑过来，用手捂住兵的嘴，举刀就要砍。那个尿兵吓哭了，说你怎么进来把人给砍了？这要是让营长晓得了还不把我给砍了，翰林轻声问兵到底是谁干的？尿兵哭着说他在门口看得好好的，没看见有人进来，不是你砍的是谁砍的？翰林看他哭哭泣泣的尿样子，猜想不会是他杀了阿爸，肯定是罗恒义下了黑手，翰林在心里发誓要为阿爸报仇，也要这样把罗恒义的脖子给砍了。翰林用刀顶着尿兵的脖子，轻声问荔雯关在哪？尿兵不晓得哪个是荔雯，问翰林是不是营长要娶的新姨太太？新姨太太关在新房里呢，贴着大红喜字的那个。翰林把尿兵绑在房柱子上，找了块布堵住尿兵的嘴，夺过尿兵的枪，拉开枪栓，要把子弹推上膛，却发现枪里压根就没子弹。翰林把枪扔了，悄悄摸出门，看见送菜的人忙着跑来跑去，就混过去，托起一盘鱼肉，跟着送菜的人，把托盘举得高高的，挡住自己的脸，寻找新房。

新房门外张灯结彩，贴了几个大红喜字，两个兵守着门口。翰林托着菜盘，围着新房转了一圈，找到一个窗户，推了推，没费什么劲就给推开了。翰林把托盘放在地上，从窗户爬进屋，看见床架子上靠着一个人，一身红衣裳，头上还盖了个红盖头，这是姨太太张姐她们想的法子，几个人把荔雯身上被撕烂了的衣裳脱掉，换上干净的新衣裳，又怕荔雯跑了，就用一些丝绸布条把新姨太太绑在花床的架子上。张姐当年也是被人这么绑着的，直到罗恒义喝完了酒进洞房把她身上的绳子解开了然后把她甩在床上……临走时，张姐叮嘱门口的两个兵把耳朵竖起来听好了，别让新姨太太挣脱跑掉了，姨太太张姐带着女眷们忙着招呼客人忙着准备服侍新郎入洞房的事去了。翰林摸到床前，揭开红盖头，荔雯惊喜地看见翰林，眼泪就掉出来。翰林看见荔雯被绑在床架子上，嘴里塞着毛巾，不能动弹。翰林用菜刀割断布条，拽掉堵在荔雯嘴里的毛巾。荔雯扑进翰林的怀里，哭得很伤心，翰林示意她别出声，外面的兵听见里面有响声，打开锁，推开门，翰林闪到门后，一个兵看见新姨太太站在屋中间，身上的绳子解开了，嘴里的毛巾也没了，就慌了，端枪指着蔡荔雯，另一个兵端起枪用眼睛在屋里搜，看见一个人影刚要喊，翰林从门后扑上前，那个兵认得刘翰林，前些天截住小火轮的时候见过翰林，就用枪逼着刘翰林，说刘……翰林没等他喊出来，就一刀砍倒他。另一个兵见状，吓得喊叫着往外逃，被翰林伸出的脚绊倒，翰林扑过去抱住那个兵，跟那个兵扭打在一起，兵的枪摔出老远，翰林的刀也掉落在地上。翰林死死捂住那个兵的嘴，兵就咬他，翰林死不放手，荔雯不晓得怎样帮忙，翰林悄声对荔雯说快跑，西墙那边有树，爬上树翻过墙，外面就是山，跑进山里躲起来我去找你。荔雯还想救翰林，兵们趁翰林分神的时候就要翻过来打翰林，翰林使劲把那个兵压在底下，催荔雯快跑，荔雯捡起地上的菜刀，要砍那个兵，又不敢下手。翰林夺过刀，正要砍，兵就挣扎，挡住翰林的手，翰林腾出手要夺刀，手就没捂住兵的嘴，兵就喊出声，翰林让荔雯快跑，死死地压住那个叫唤的兵，荔雯跑出去，翰林抢到菜刀，那个兵还要挣扎，翰林挥起菜刀乱砍一气，兵就慢慢软了，翰林起身正要往外跑，听见外面的人声越来越近，看见几个兵往新房这边冲过来，翰林闪回屋寻找出路，忽然眼睛一亮，看见屋里的洋油灯，翰林冲过去，端起洋油灯，把洋油泼在新床上，用灯芯上的火点着了，火一下子就蹿出老高。翰林把洋油泼洒得到处都是，火也烧得到处都是，屋里的烟越发浓了。翰林趁乱要从窗户跳出，听见窗外有人喊叫，急忙躲闪，寻找出路，火旺起来了，屋子里都是烟，被翰林砍倒的那个兵也许是被烟熏火燎呛醒了，看见刘翰林正要翻窗逃出去，拿起地上的枪，向烟雾中的翰林就开了一枪。翰林从窗户上跌倒在地上，身边都是火。枪声惊得外面救火的人恐慌地乱叫乱跑，就看见一个火人从里面连滚带爬地逃出来，都把桶里的水浇在那人身上。木头门窗木头屋檐木头房梁都烧着了，轰的一声倒塌下来，也把旁边的柴火堆点着了。那些稻草树枝木头之类的烧起来火头直往天上冲，喜宴成了火场，院子里乱了套，客人们喊叫着往外跑。赵利丰跑得最快，鞋子都跑掉了，也不敢弯腰捡起来。赵利丰刚出门就看见几个兵围住罗恒义护着罗营长。赵利丰悔得直跺脚，说可怜荔雯那孩子了，罗恒义这才想起他要娶的新姨太太，用枪逼着兵们快去救新姨太太，宅院里火光冲天，谁还敢往里冲？罗恒义举着枪嚷嚷着怎么着的火？谁放的？兵们都不晓得。从院子里跌跌撞撞冲出一个军官，向罗恒义报告说二彪子被人砍了，罗恒义就问谁砍的？军官报告说被刘兆民的儿子刘翰林砍了，二彪子看见刘家儿子放的火，把洋油灯里油都倒在新床上烧着了。罗恒义气急败坏地问抓着刘翰林那个小兔崽子没有？那个军官报告说二彪子打了刘翰林一枪，看见他跌到火堆里了，八成还在里面烧着呢，赵利丰听到了，心想翰林这一劫恐怕是逃不掉了。罗恒义说烧焦了才好，命令兵们把院子围起来，凡是从里面逃出来的人都给我瞪大了眼睛查，看见翰林那个小兔崽子，还有新姨太太，都给我抓过来！

蔡荔雯从新房跑出来，看见外面的客人喝酒划拳，就按翰林说的顺着墙根摸到西边。可是那么高的木棉树，荔雯哪能像翰林一样说爬就爬上去的，正着急的时候，看见新房着火了，趁着大家救火的混乱，荔雯搬来个废弃的凳子，站在凳子上刚刚够得着墙，院墙上有个小窗。荔雯抱着树干，踩着小窗，费劲地爬到墙上，黑漆漆的，看不见底下有多高。荔雯不管有多高一咬牙跳下去，摔了一跤，还好，没伤着筋骨，荔雯爬起来就往山里跑，躲在树丛里，期盼翰林跳出来救她。院子里的火越烧越旺，荔雯就在心里骂烧得好，烧死罗恒义这个臭流氓，烧死那个拿她取笑的油头粉面的臭男人！等了一会儿，没等来翰林，看见兵们围过来，站在墙根外面，把院墙围住了，有的兵还往山林子里乱喊乱叫。荔雯怕死了，害怕被兵们抓住，就壮着胆子往山里面躲，逃到听不见兵们讲话了，荔雯才停下来。

越往山里面躲，树就越密，林子里越黑，蚊虫越多，还有不晓得什么东西叫唤，荔雯吓得捂着耳朵不敢听，也不敢看，好在这边山林子她也熟，上次跟翰林和裕泰吃野餐的时候，大概也就在这一带吧。荔雯从山的另一边跑出林子，黑漆漆的，什么都看不见，心想先跑到裕泰家藏起来，等翰林找过来再一起跑走。

荔雯摸进裕泰家，裕泰他妈正在佛堂里磕头烧香，看见荔雯就一把抱住荔雯说菩萨显灵保佑荔雯逃出火海，拉着荔雯就给菩萨重重地磕了几个头。阿婶问翰林呢，荔雯就把翰林救她、她逃出来躲在山里找不见翰林的经过简单说了几句，阿婶看她手上脸上都是泥，头上身上都是些树枝烂叶，就要拉她去洗洗擦擦，听见外面有人说话，听出是裕泰他爸，还有那个罗营长。荔雯害怕就要跑，阿婶担心她逃不脱，就把荔雯藏在佛堂的香炉后面，叮嘱她不管外面出什么事你都不能吭一声。

　　赵利丰搀扶着罗恒义走进家，两人都喝了些酒，一把火把他们烧醒了，但酒劲还在。赵利丰急着让裕泰他妈打水给罗营长擦把脸，催着烧水沏茶，裕泰他妈忙完这些，就退到隔壁的佛堂，烧香拜佛，守着香炉后面的荔雯，生怕她弄出什么响声。赵利丰请罗恒义喝茶，一个劲地安慰罗恒义，留得青山在，不怕没柴烧，只要你罗营长人没事，一座宅院说修还不就修起来了。罗恒义说还不怕没柴烧呀，都他妈的烧得精光了，刘翰林那个兔崽子敢放火烧我家？要是被老子抓到了，老子非得把洋油浇在他身上烧死他不可，烧焦了才好。赵利丰就叹气说恐怕翰林早就烧焦了。佛堂响动了一下，罗恒义侧耳听隔壁，问有人？裕泰他妈就抱着一只猫走出来，说猫碰了烛台，问翰林怎么会烧死了？赵利丰让阿贞到隔壁烧香拜佛不要管闲事，罗恒义说烧死活该！老子要重赏二彪子，裕泰他妈也认得二彪子，就问二彪子也烧死了？罗恒义说二彪子救活了，听二彪子讲他一枪把翰林那个小兔崽子撂倒了，小兔崽子没跑掉，活活烧死了。裕泰他妈眼泪控不住，直往下掉，赵利丰就使眼色，让她快点到隔壁烧香拜佛去。裕泰他妈转身回到佛堂，刚进门就吓得差点叫出声来，她看见荔雯手里拿着剪刀要出去扎死罗恒义，裕泰他妈就抱住荔雯，把门关严了，拉着荔雯让荔雯乖乖藏在香炉后面，裕泰他妈假装给香炉添香。荔雯捂紧嘴，怕哭出声来，眼里全是泪，裕泰他妈抽出手帕让荔雯擦眼泪，示意她千万不能哭出声。外面客厅里，赵利丰和罗恒义还在说酒话，罗恒义说往后我罗恒义要跟你赵老板后面讨饭吃了。赵利丰说罗营长你真敢拿我开玩笑，有我赵利丰吃的，就不会缺你罗营长喝的。罗恒义说这话我信，你帮我娶了新姨太太，老子帮你搞掉了刘兆民，现在连他儿子翰林那个小兔崽子烧得灰都找不到，将来你裕丰航运兴旺发达，你赵老板就躺在家里数钱好了。这些话，隔壁香炉后面的荔雯听得真真切切，她不敢相信裕泰他爸难道真的是媒人？居然把他儿子的同学给卖了！荔雯越发哭得伤心，竟抽泣起来，裕泰他妈吓得赶紧用手把荔雯的嘴捂上，听见外面反而不说话了，害怕罗恒义闯进来。裕泰他妈就抱着猫走出佛堂，进了客厅自己抹眼泪，说一想到翰林被活活烧死了就难过，翰林跟裕泰从小在一起玩，跟亲兄弟差不多。罗恒义见她哭，不高兴地眼珠子一瞪，说我罗恒义家的房子都被他个小兔崽子烧了，也没见你掉一滴眼泪，你倒替他个小兔崽子哭得稀里哗啦的你什么意思？赵利丰求罗营长不要跟女人一般见识，使眼色让裕泰他妈快点离开，罗恒义喝掉茶盅里的茶，起身要走，东倒西歪的，酒还没醒过来，嘴里不干不净地还在骂小兔崽子胆敢烧我罗恒义的宅子？找死！

　　送走罗恒义，赵利丰关上门把裕泰他妈埋怨了一通，裕泰他妈生怕赵利丰发现香炉后面的荔雯，也不跟他争，哄他喝酒了早点睡觉。裕泰他妈扶着赵利丰上床，帮他擦了把脸，还没收拾好脱下来的衣裳，赵利丰就呼噜起来了。裕泰他妈等赵利丰睡熟了，把屋里的门和窗户又都查看了一遍，生怕门窗不严，墙外有人听见，一切都稳当了，裕泰他妈走进佛堂，叫出荔雯，拉着荔雯的手轻声说趁着天黑你赶紧逃走，罗恒义现在忙着救火收拾他家东西，缓过神来，就会到处找你抓你，天亮了恐怕你就走不脱了。荔雯哭着说她要去找翰林，翰林是为了救她才闯进罗恒义家放火的。裕泰他妈拦住她，说你一个弱女子跑出去就是送死，罗恒义要是抓到你，还能饶过你？你要是不想当这个姨太太，不想再搭上你这条命，你就赶紧逃，越罗湾你是待不住了，东江这一带你也待不下，你逃得越远越好，逃到罗恒义找不着你的地方。荔雯一时想不起该往哪去逃，爸妈不在了，家也没了，裕泰他妈就给她出主意，让她逃到广州那边去，裕泰不是去广州考军校了吗？裕泰当了军官还能不管你？裕泰他妈喜欢荔雯，早就想把荔雯娶过来当儿媳妇，没想到裕泰不开窍，非要跑到广州去考什么军校，也没想到罗恒义死皮赖脸地要娶她做小姨太太，更没想到赵利丰竟然拿荔雯跟罗恒义做了交易，裕泰他妈早就是吃斋念佛的人，不管遇到什么事都要到佛堂来求菩萨保佑。荔雯静心想了想，听阿婶讲的在情理，就点了头。裕泰他妈给荔雯换了一身干净的衣裳，说女人家走夜路不能穿得跟姑娘似的，再三叮嘱荔雯只管走路，不要跟不认得的人讲话，又拿出自己的一点私房钱塞给荔雯，说穷家富路，你拿着在路上省着点用。荔雯哭着抱住裕泰他妈，一口一个阿婶地千谢万恩。收拾交代妥当，裕泰他妈先出门看了一圈，见没什么人，就拉着荔雯，一直把她送出了越罗湾，送出老远一截，才跟荔雯抱头哭了一通。裕泰他妈催荔雯赶紧走，不要回头，天亮之前逃出这个鬼地方。

二彪子说他一枪把刘翰林撂倒了烧死了，有意吹他的功劳，有意为他没看住新姨太太开脱罪过。那一枪打在刘翰林的肩膀上，刘翰林正要从窗户爬出去，肩膀挨了一枪，从窗户上摔下来。翰林就地一个翻滚，滚到了墙根，贴着地反而看得清楚，他看见二彪子跌跌爬爬地跑出屋，他本想冲过去把二彪子打死，可房子里都是火，他要是再不逃出去就会被烧死。翰林跃起身，冲向一扇窗户，撞碎烧着的木窗棂子，跌出窗外，也算他命大。外面是罗家的柴火堆，有稻草树枝木头块，翰林一不做二不休，索性抓起烧着的树枝，把柴火堆点着，也把邻近的房子点着火，趁乱翻墙出去，直奔院子西墙那边，贴墙寻找荔雯，开始轻声唤荔雯，后来索性大声喊，无奈罗恒义家的院子里哭声喊声叫声乱糟糟的。翰林喊了一阵，突然一惊，荔雯会不会爬不上树？翻不了墙？会不会被人抓住了？要是还在院子里可就要命了，翰林就又爬到木棉树上，在院子里寻找，烟雾浓浓的，天又黑，根本看不清谁是谁。一阵吆喝声，翰林看到罗恒义的兵们沿着院墙根跑过来，翰林跳下树，躲进树林子里，观察动静，眼看着这些兵不去救火却跑到院墙根这边来找什么，是找荔雯，还是要搜他刘翰林？

翰林蹲在树林子里，这才觉得肩膀上疼，用手一摸都是血，翰林想跑到荔雯家找她爸治一下，想起荔雯她家房子炸塌了，荔雯爸妈也不在了，就改道往裕泰家跑，荔雯要是逃出来，猜想她会跑到裕泰家躲躲的。翰林捂着肩膀顺着河边跑，很快就跑到裕泰家边上，却看见裕泰他爸跟罗恒义在一起喝茶，刘翰林捡起一块石头就要冲进去砸死罗恒义这个王八蛋，捡石头的一刻，也许是用劲太猛，肩膀疼得不行，石头都拿不住，翰林想起他爸总是教训他做事要过脑子，就坐在树底下过脑子，静心细想抱着挨枪的肩膀去跟罗恒义拼命不划算，砸不死罗恒义恐怕还得让他开枪打死，翰林没想到裕泰他爸跟罗恒义这样的狗东西这么近乎，怪不得裕泰死活要离开这个家。翰林转身跑回自己家，找了件衣裳撕成布条绑好肩膀上的伤，搜罗了些能吃的东西，不敢在家久留，顺江而上，跑到一处荔枝园，躲进看荔枝的草棚里，荔枝还没结果，看荔枝的人不会过来，应该是安全的。

　　天一亮，罗恒义就指挥兵们清理烧塌的房子，木头都烧黑了，砖瓦倒塌了，清出一个死尸，是那个在门口守着的兵，再没找见一个烧焦的死人。罗恒义亲自在废墟上搜，也没搜到刘翰林和蔡荔雯的尸首，难道他们都烧成灰了不成？连块骨渣都没留下？不可能！兵们在院子里里外外都找了个遍，山林子里都找了，就是不见刘翰林蔡荔雯的人，也没看见他们的尸。关押刘兆民的那间房没被火烧着，刘兆民的脖子却给人抹了，罗恒义十分的意外吃惊，把刘兆民的脖子看了个仔细，把吃喜酒的客人一个一个地在脑子里过了一遍，心里盘算到底是谁干的？他倒不在乎刘兆民死不死，他吃惊的是谁摸到他罗恒义宅院里还躲过卫兵的眼睛把他关押的刘兆民给杀了？又是谁比他罗恒义还要恨这个刘兆民必置之死地而后快？

罗恒义决定厚葬刘兆民。罗恒义不是草包，他的鬼主意多得很，厚葬刘兆民，对上峰说他刘兆民是因打仗被湘军误杀。毕竟刘兆民是粤军前辈，跟陈总司令一拨人都共过事打过仗。万一上峰过问此事，他罗恒义也有个交代，这只是面上的应付，而他心里的算盘是想钓到刘兆民的儿子刘翰林这个小兔崽子。把刘兆民埋了，立个坟，刘翰林那个小兔崽子自然就会到他爸坟前哭丧，埋伏在四周的兵们围上前就手到擒来，抓到刘翰林十有八九就能抓回他做梦都想娶的姨太太蔡荔雯。罗恒义为自己的算盘得意，置了一口棺材，兴师动众地把刘兆民埋在了罗秀山下，正对着刘兆民原先住的宅子。外人看了，都夸罗恒义有情有义，对粤军前辈选了个风水宝地厚葬。罗恒义心想，让你刘兆民死不瞑目，死了也要让你看着你自己家破人亡，看你的兴华航运破败，看你倾心打造的船码头烂掉。

赵利丰想了好长时间没琢磨过来罗恒义怎么想出这一招，刘兆民不是他罗恒义抓走的吗？死在他家怎么还要兴师动众地厚葬刘兆民？杀了人还要卖个好，这人也太歹毒了，虽然赵利丰和刘兆民不对付，指望罗恒义把这个竞争对手搞掉，但赵利丰没想到刘兆民父子都死于非命，掰着指头算这才几天，一场仗，加上一场婚礼，弄得蔡老医生一家和刘兆民一家都家破人亡，真是人生无常，怪不得裕泰他妈整天在佛堂磕头念佛，他赵利丰都想要到佛堂里重重地磕几个响头，求菩萨保佑他赵家平安无事兴旺发达多赚钱。裕泰他妈听说刘兆民埋在罗秀山下，从佛堂里拿了一把香，带了几样祭品，去给刘兆民坟头上点了几炷香，毕竟都是住在越罗湾的邻居，兆民家的翰林跟她家的裕泰从小就在一起玩一起念书，信佛的阿贞虔诚地磕了几个头，刚站起身就看见四周站了几个端枪的军人，一个年纪大的军人把她披在头上的蓝布巾扯掉，仔细辨认确信她是赵老板的太太才放她走。回家的路上阿贞一直在寻思，这要是翰林还活着，要是晓得他爸埋在这儿，要是跑来上坟，翰林就跑不掉了，裕泰她妈想想都害怕，就有意绕到刘兆民家那边看看，能见到翰林就赶紧提醒翰林一声。裕泰他妈走到刘兆民家，往屋里一看，好端端的家被毁得不成个样，裕泰他妈看了直心疼。

刘翰林躲在看荔枝的草棚里养了几天伤，子弹打在左肩膀的侧面，好在没伤到骨头。翰林从家里搜罗出来的吃的东西都吃完了，附近的地里有草莓，翰林趁没人的时候就出去摘一些充饥，心里盘算着养好伤再找罗恒义报仇，为他爸报仇，为荔雯报仇，为他家被抢的小火轮报仇，冷静的时候他就想他爸被害死了，尸体呢？被那晚的大火烧了，还是被罗恒义扔到什么地方去了？荔雯逃出来了没有，逃出来又跑到什么地方去了？没逃出来就惨了，不是被烧死，就是被罗恒义打死。想到这儿，他心里就责怪自己不该让荔雯一个人逃走，应当带着荔雯一起逃，翰林越想越觉得不能在这草棚里躺着，肩膀上的伤已经不碍事了，出去找找荔雯，找找他爸的尸体，入土为安，先把阿爸埋了，再找罗恒义报仇，就像古时候侠客剑士那样，割掉仇人的头，摆在阿爸的坟前当祭品。太阳快落山的时候，翰林悄悄往越罗湾镇子那边摸过去，没走多远，就看见一个人从远处过来，也是往越罗湾的方向走，翰林就躲在树丛里向外张望，等那人走近了。翰林看见是裕泰他妈。

裕泰他妈平时在家里的佛堂烧香拜佛，每到初一十五就要进山去庙里拜佛，还帮庙里做事，做完善事才回家。正往家里赶路，听见有人喊她阿婶，她停下来四处找寻，不见个人影，刚要走，翰林从树丛里伸出头。裕泰他妈欣喜地看见翰林，直奔过去，说翰林你怎么在这儿？看见他衣衫肩膀上有血迹，就问翰林伤到哪了，碍事不碍事。翰林看看四处没人，就拉着裕泰他妈坐下，问了一堆事。裕泰他妈就把荔雯逃出来又逃走的事跟翰林讲了一遍。翰林明白怪不得找不着荔雯呢，就急着要到广州找荔雯去，裕泰他妈又把罗恒义厚葬刘兆民的事讲了一遍，翰林就要去阿爸的坟上看看，给他阿爸烧两炷香磕几个头。裕泰他妈拦住翰林说千万去不得，我去给你爸烧香，几个兵就围上来辨认了半天，我寻思罗恒义没安好心，他是拿你爸来钓你这条鱼，罗恒义是在想法子要抓你。翰林就说他肩膀好了，找一把菜刀砍了罗恒义的头为他阿爸报仇，裕泰他妈死活不让他去送死，人家有兵有枪，你赤手空拳的，不是有去无回吗？裕泰他妈哄劝翰林说君子报仇十年不晚，你先逃得远远的，等你伤好了，翅膀长硬了，再来报仇也不迟。裕泰他妈让翰林躲在树林子里不要伸头出来，我去你爸坟上代你磕三个头，你也远远地认一下你爸的坟，过后我就回家找几件裕泰的衣裳给你换上，再拿些吃的和盘缠，你趁着天黑赶紧跑走，路上躲开人，罗恒义到处布了他的兵，千万别让兵们看见你。翰林喊着阿婶，就给裕泰他妈磕了个头。裕泰他妈说我让你给你爸坟那边磕头，你给我磕什么头？你躲好了，千万别让人看见你！

七

刘翰林跑到广州，跑到他妈谭香漪的宅院门前，愣在门口，看傻了！

院门前贴着大红喜字，上面写着何鹏宇谭香漪新婚志禧，远远看见谭香漪和何鹏宇站在楼门口，跟来宾们欢声笑语打招呼，进进出出的都是些西装革履的男人和绫罗绸缎的女人，笑说着恭喜恭喜之类的祝福话。刘翰林使劲揉了揉自己的眼睛，不相信那个跟何鹏宇站在一起迎客的女人就是他妈妈谭香漪，阿爸尸骨未寒，阿妈就这么急着嫁人，翰林越想看清他妈就越看不清，眼泪越揉越多，透着泪水看阿妈是个模糊的影子，仿佛是在一场噩梦里，怎么也醒不过来。翰林把自己的手背都掐出血，才确信这不是梦，这是他妈谭香漪的再嫁。

何鹏宇从越罗湾回到广州，迫不急待地告诉谭香漪，刘兆民被罗恒义杀了，罗恒义家的宅院被翰林烧了，翰林跑得不知去向。谭香漪有点疑惑，问何鹏宇怎么知道的？你不是去香港了吗？怎么绕到越罗湾去喝喜酒了？何鹏宇说他本来是要去香港的，罗恒义派人来请，他就磨不开面子，就应邀去喝喜酒了。何鹏宇说他看见罗恒义的新姨太太，听说是当地的一个女学生。

谭香漪晓得刘兆民的武功和枪法，不相信罗恒义能杀得了刘兆民，问何鹏宇亲眼看到罗恒义杀死了刘兆民？你亲眼看到翰林烧了罗恒义的宅院？何鹏宇直摇头，说当时着火了，大家都乱哄哄地往外跑，这些事他也是后来听说的。谭香漪担心翰林，害怕翰林被罗恒义抓到，要是逃了，逃到哪了？吃怎么办，睡怎么办？谭香漪盼着儿子能跑到妈的身边，谭香漪心想这回翰林过来，死活也要留下翰林跟妈一起过，翰林长大了，在广州帮他找点事做，总比弄什么航运东跑西颠的好。何鹏宇庆幸刘兆民死了，我们可以名正言顺地结婚了，谭香漪担心人家说闲话，想要再等等，何鹏宇说再等多长时间？等一年半载和等十天半月有什么区别？我们俩都等了多少年了，还要等？我是一天都等不及了。谭香漪想想也是，就依了何鹏宇，任由他张罗结婚的事，反正早就住在一起，就是请客吃饭走一个程序让大家知道他们名正言顺了而已。

　　刘翰林跑到广州就是要投奔他妈，寻找蔡荔雯，本想再从妈妈那里要些钱，买把枪，回越罗湾把罗恒义杀了，为阿爸和荔雯报仇，他望着远处笑脸迎客的阿妈，心里委屈得不行，也气得不行，眼泪就要流出来，翰林不想让人看到他哭，转身要走的时候，听见谭香漪喊翰林，阿妈的一声呼唤把儿子的脚定住了。翰林的眼泪夺眶而出，回头看楼门口，阿妈不顾何鹏宇和那些客人，冲翰林跑过来，扑上前要抱住翰林，翰林躲闪开，不想让阿妈碰他。翰林眼泪汪汪地喊了一声阿妈，阿爸尸骨未寒你就……翰林哽咽得再也说不下去。谭香漪说刘兆民不是死了吗？翰林哭着摇头说阿爸没死，谭香漪一愣，翰林拍着自己的心口说阿爸没事，阿爸在他儿子的心里呢！谭香漪怪翰林一惊一乍地吓阿妈，你阿爸在你心里，你阿妈就不在你心里了？翰林哭着摇头说我阿妈死了，谭香漪生气说翰林你当着阿妈的面胡说什么呀？翰林转身跑走，谭香漪追着喊翰林你给我站住，翰林你给我回来，翰林你听妈妈跟你讲，刘兆民他……翰林已经跑得见不着人影了。

翰林一口气跑到大街上，背过身抹掉眼泪，阿妈重新嫁人，这个家不再姓谭，更没他姓刘的什么事，而是姓何了，他刘兆民的儿子绝不会再来这个姓何的家。翰林发了誓，感觉反而轻松了，就在街上张望寻找荔雯，街上路上江边到处都是人，翰林不晓得在人堆里怎样才能找到荔雯，他就顺着江边走，走累了就坐在江边，一个人好孤独，呆呆地看着江里面的小火轮来来往往。翰林心想他买的那条小火轮不晓得被兵们抢到什么地方了，也不晓得小玉是不是还守着那条小火轮，翰林相信，小火轮只要在小玉手上，小玉会想办法把小火轮开回越罗湾的，可是人家兵们用枪顶着小玉，小玉也不敢把小火轮开走，又想到裕泰，找到军校恐怕就能找到裕泰，他记得陆军军官学校的报名处好像是在江边，等天亮了再去找。翰林在身上找钱，想买点东西填饱肚子，摸到从家里捡起来的那张照片，阿爸和肖叔他们四个人一起照的，翰林想等天亮了去找肖叔帮帮忙，借点钱赊点账先买把枪，杀了罗恒义这个王八蛋。这样想着想着就想睡着了，梦见小玉开着小火轮来接他，一声汽笛，翰林睁开眼睛，已经大天亮了。

刘翰林在江边洗了把脸，胡乱填饱了肚子，就去官禄路找肖叔，上次去过的，熟门熟路，一会儿工夫就走到了。看门的人说肖老板不在家，到香港去了，翰林就问什么时候回来，看门人说恐怕要有一阵子才能回广州。翰林没想到肖叔不在广州，挺失望的，肖叔家的人翰林也不认得，只好谢了看门的人转身离开。翰林想去找阿爸的朋友董叔和俞先生，把阿爸的事告诉董叔和俞先生，可是他不晓得董叔和俞先生住在哪儿。想了想，还是去找裕泰吧。翰林向人打听军官学校招生的地方，人家说广州有好几个军校，你找哪个？翰林说是孙中山办的那个，人家就指着江边告诉他，在南堤2号那边有个小洋楼，你再问问。到了南堤2号，人家以为他是来报考的，告诉他报名时间早过了，考试都考完了，刘翰林就说我不是考生，我是来找一个叫赵裕泰的考生。那人就在名簿上查，没查到，翰林又失望一次，还是不死心，问人家会不会把赵裕泰落下了，赵裕泰是铁了心要考军校当军官的，他在学校考试成绩总是在前面的，怎么会没有赵裕泰的名字？那人就说你到考生住的几个地方去问问吧，就随手写了几处地址，交给刘翰林。广州来过几次，路是熟的，翰林就按着地址找去。

翰林找到一处房子，住着不少考生，都是跟他差不多大的青年靓仔，听口音不像是广东这边的人。翰林向他们打听赵裕泰，说赵裕泰会写诗，是个诗人，会背苏联那个叫马雅可夫斯基的诗，现在又喜欢上了郭沫若的《女神》，青年们一个个都摇头，没听说过赵裕泰这个名字，也没见着会背马雅可夫斯基的诗人。翰林又失望一次，他这个人做事认死理，不找到裕泰他是不会死心的。翰林就接着再找，走到一个像兵营的地方，翰林就从窗户向里面张望，看看有没有裕泰的身影，忽然眼睛一亮，看见墙上挂着一杆短枪，翰林的脚就挪不得步子了，眼巴巴地盯着那杆枪，擦得亮亮的。翰林看四周没人，窗户不是很高，他轻松一跃就翻了进去，从墙上摘下枪，打开枪套，喜欢地左看看右看看，看着看着就把人家的枪给拆散了，眼睛贴着枪管看里面的螺旋线，又转过身对着窗外的亮光看，枪膛亮得很。翰林正看得起劲，一个冰冷的硬东西顶住他的后脑勺，翰林不敢乱动，头不敢抬也不敢低下去，两只手在下面忙活，几下就把枪给装好了，又塞进枪套里，放在桌子上。那个冰冷的硬东西离开他的后脑勺，翰林这才敢转过头，看见一个军官，手里拿着枪，上下打量他，翰林喜欢地说这枪真好，我随便看看还给你了，说完就要翻窗出去。军官一把抓住翰林，把他摁坐在凳子上，问他翻窗进来是不是想偷枪？翰林急了，说我怎么会偷人家东西？我看到我喜欢的枪，就翻窗进来看看，看看不行吗？这不又还给你了嘛。军官问翰林是哪里的考生，翰林摇头说我不是考生，我是来找裕泰的，噢，赵裕泰，他是考生，是个诗人，会背马雅可夫斯基的诗，现在喜欢郭沫若的《女神》，不晓得你晓得不晓得这个人。军官没回翰林的话，把翰林装好的枪拿起来，拉了拉枪栓，好好的，就问你刚才没看着枪就能把枪装好？翰林点头说这有什么难的，军官就把枪掏出来，放在桌子上，要找块布蒙住翰林的眼睛，翰林就主动背过身，军官就把桌上的手枪拆散了，把零件弄乱，翰林听背后没响声了，就背着手摸摸散在桌子上的零件，一眨眼工夫就把枪给装好了。军官说你这个考生我要了。刘翰林说我跟你讲我不是考生，我不上军校，我是来找人的，找赵裕泰。军官问翰林，那个赵裕泰能考军校你为什么不考？刘翰林就跟军官讲，我要做生意，我要回家给我爸报仇，我要找荔雯，军官就把他摁坐下，说你把苦水都倒给我，我听听，帮你报仇。刘翰林看军官也不像跟他开玩笑的样子，就把他买小火轮，打仗炸塌了荔雯家的房子，军阀要娶荔雯做姨太太，他爸去要人反而被关押被抹了脖子，他去救女同学差点被抓，一气之下烧了军阀的宅院，简明扼要讲了一遍，他妈重新嫁人的事没好说，他觉得他爸尸骨未寒他妈就急着嫁人是件挺丢人挺不光彩的事，也犯不着跟不认得的人讲。军官听了翰林的苦水，就愤愤不平地说你这样苦大仇深就应该上军校，这军校不是军阀的学校，是孙中山先生培养革命军人的军校，是学本事的军校，学了本事就可以去打倒军阀，消灭那些欺压老百姓的贪官污吏，为你爸报仇，到那时候，你还可以开小火轮跑生意赚大钱。翰林觉得这个人话不多，干脆，也有道理，就问考上了军校是不是就要当兵，军官说不但要当兵，还要当军官带着兵打仗。翰林不喜欢当兵，更不喜欢打仗，就摇摇头，军官生气了，骂他怕死，说怕死就不要想着报仇，就不要革命。翰林急了，说你才怕死呢，我不喜欢革命，但从来就不晓得怕死！怕死我就不烧军阀罗恒义那个王八蛋的宅院了，怕死我就不会想着要报仇了。军官就激将他，说你不怕死为什么不当兵为什么害怕打仗，翰林说我不喜欢当兵的，穿着个军装就耀武扬威讨人厌。军官就说孙中山办的这所陆军军官学校培养的革命军人不欺负人，不打好人，专打坏人，军官又激将翰林说你还是怕死，赶紧逃吧。翰林经不住军官激将他，犟脾气上来了，说老子死都不怕还怕什么死？他的毛病又犯了，脱口就说"老子"，军官也不跟他计较老子的事，又加把火激将他说你不怕死你怎么不敢考军校？翰林胸口一横，有什么不敢的？军官说好，趁着还没有发榜我举荐你，你抓紧时间报名填表补考检查身体，翰林急切地问军官，上了军校发不发枪？军官说当兵哪有不发枪的？当然发枪，你考上军校，当好兵，长枪短枪随你打。长枪短枪随我打？真的？当然！翰林又问你说考上军校学本事真的帮我一起打军阀，军官说当然，革命军人的口号就是要打倒军阀。军官看翰林将信将疑的样子，就说你要是不信就拉个钩。翰林不屑拉钩那种小孩子玩的把戏，就说男子汉说话算数。军官说我就喜欢你这样的痛快人，男子汉说话算数吐口唾沫落在地上就是个钉子！

这个军官叫严子轩，早年在日本上过军校，后来在保定陆军军官学校、云南讲武堂和大本营陆军讲武学校都当过教官，现如今被孙中山办的陆军军官学校请来当教官。他看刘翰林把枪玩得如此随心所欲，认定他是个当兵的好苗子，所以极力举荐。

军校发榜的时候，赵裕泰在榜上看到自己的名字觉得是情理之中板上钉钉的事，却万万没想到居然看到刘翰林的名字，难道是重名？还有一个跟刘翰林叫一模一样名字的人？！刘翰林也在名单上看到了赵裕泰，就大声喊裕泰。赵裕泰寻声跑过来，果然真的是翰林，身上穿的还都是裕泰的衣裳。裕泰愣在那里，上下左右打量翰林，怎么也不信刘翰林居然也来考军校。在越罗湾我拉你一起过来，好说歹说你就是不听，一门心思要开小火轮赚钱，你不是打死都不当兵的吗？！你刘翰林到底是怎么回事？怎么想起考军校了？！刘翰林就把裕泰拉到一边，坐在一棵木棉树下，把裕泰走后发生的事都跟裕泰讲了一遍。裕泰想了想，分析荔雯能逃到哪呢？

蔡荔雯跑得没刘翰林那么快，那天黑夜逃出越罗湾，一路上担惊受怕，连头都不敢抬，她从没走过夜路，更没有一个人走过夜路，黑漆漆的四周一点光都没有，路又滑，冷不丁地还会突然有什么响动，总觉得身后有人追她，荔雯跑累了，就索性停下来回过头来看看，又什么都没有，连个鬼都没有，说起鬼，她更怕，不晓得会撞上什么青面獠牙的鬼。荔雯跑了不晓得有多远，实在是跑不动了，就在一个村头歇下脚，靠在一块石头上坐着喘气，喘着喘着竟然睡着了，被人叫醒的时候她吓了一跳，拔腿就要跑，被人拉住，荔雯发现天亮了，她睡在一个井台边上，一个老阿婶到井台这边打水，看见一个没见过面的姑娘靠在井台上睡着了，就心疼地轻声唤她。荔雯看老阿婶慈祥的样子，就不害怕了，拍拍身上的泥土，整了整衣裳，叫了声阿婶，老阿婶看她可怜的样子，递给荔雯一瓢井水，荔雯一口气喝光了，阿婶擦擦手说你等一下，就返身回家，荔雯不晓得老阿婶回家做什么，不晓得让她等什么，直觉告诉她，老阿婶没有恶意，不会害她的。老阿婶从家里拿了些吃的东西，递给荔雯，荔雯感激得不晓得说什么好，深深地给老阿婶鞠了一躬，喊了一声阿婶，一步一退地挪着步子，然后转身跑走了。

离惠州城不远了，荔雯想起惠州城里的项伯伯，项伯伯是阿爸的朋友，阿爸到惠州给人看病或办事，总是要到项伯伯家看看的，有时候就住在项伯伯家。荔雯在学校读书时写的那篇作文《木棉礼赞》，就是项伯伯看了说好才推荐在报纸上发表的，后来荔雯写的好几篇文章，或托人带给项伯伯，或寄给项伯伯，项伯伯看了都喜欢，也是帮着推荐登在报纸上的。项伯伯家有个女儿，比荔雯大几岁，前两年嫁给香港一位读书人。荔雯在河边洗把脸，对着水面把自己打扮了一下，到惠州城里见人总不能弄得跟逃荒似的。

还好，项伯伯在家，项家阿姐在香港，项伯伯看见荔雯，欢喜地迎上前，看见荔雯眼泪汪汪的，就问怎么了？荔雯就哭着把阿爸阿妈被炸死、家里房子被炸塌、罗恒义逼婚的事跟项伯伯讲了一遍。项伯伯在椅子扶手上把手都拍红了，痛骂军阀兵痞无耻混账，蔡老医生一生治过多少病人挽救过多少生命，一个医生自己却保不住自己的性命，这个世道不革命真的就没出路了。项伯伯给荔雯买了些好吃的，说本该在你危难之时留你住些时日，然而，担心惠州是陈家军的老巢，罗营长常来，也自然会找来的，所以，还是去广州那边避一避为好，那边青年人去得多，你总会找到事做的。项伯伯说他有个好朋友姓祁，在广州《七十二行商报》做事，我给祁老写封信，你拿着我的信，不妨去找找祁老。荔雯本来就是想去广州的，到广州找翰林他妈就能找到翰林，也能到军校找找裕泰。

蔡荔雯到广州的时候，看到马路上都是人，喊着口号游行，喊着要一种产业一个团体，喊着要学徒不开夜工，喊着要同行同业同一工价，还有人散发红红绿绿的传单，荔雯接过一份传单看，才晓得是纪念五一国际劳动节，孙中山都讲了话，说俄国工人结成大团体，推倒了专制的俄皇，资本家不掌权，工人管理国事，说俄国的工人，便是中国工人的好榜样，要中国工人担负起抬高国家地位的责任。荔雯听裕泰说过广州的革命青年像火一样热烈，人人都要革命，个个都要建设国家，看这么多人游行，荔雯还是第一次见到，就好奇地跟着游行队伍走了一截，边走边在人群中找裕泰，这么热闹的场面，裕泰是不会不来的，说不定还会朗诵几首马雅可夫斯基和郭沫若的诗呢。荔雯没找见裕泰，就不凑这个热闹了，她向人打听美仑戏院，人家就指给她讲，从西濠口拐上去，过了十三行街，往长寿寺那边走，不远就到了。

荔雯按照人家指引的路不费什么事就找到了美仑戏院，她听翰林讲过他妈在美仑戏院唱戏，是戏院有名的花旦，台柱子，到了戏院门口，看到墙上门上卖票的地方贴了好几张翰林他妈的戏装照片，心里就踏实了，找到翰林他妈，就能找见翰林。荔雯向戏院的人打听谭香漪，戏院的人就问她来路，荔雯说我是越罗湾过来的，是谭香漪儿子的同学，正说着话，何鹏宇从戏院出来，听见有人要找谭香漪，就走过来看个究竟，何鹏宇盯着荔雯看，说这不是罗恒义的新姨太太吗？荔雯也看清了这个油头粉面的臭男人，就是那天晚上闹新房看热闹的那个死不要脸的，荔雯从花床上跑出来，就是撞在这个人身上，要不是他拦着，荔雯没准就跑出去了，这个男人还拿她取笑，说那些不干不净的话。荔雯记恨这个油头粉面的臭男人，不想理他，就说我要找翰林他妈，何鹏宇生硬地说不在，荔雯又说我要找谭香漪的儿子刘翰林，何鹏宇生气地要赶她走，说翰林不在，没见着翰林，把门给关上了。蔡荔雯愈发讨厌这个油头粉面的臭男人，躲开他，心想等你走了我再来找翰林他妈。何鹏宇进了化妆间，对谭香漪说罗恒义的新姨太太过来找翰林，谭香漪听说是罗恒义家里的人，就有些害怕，担心罗恒义派人来打探翰林，要抓翰林回去算账，急得问何鹏宇怎么应付才好，何鹏宇就给谭香漪出主意，想办法打发罗恒义的姨太太走人了事。何鹏宇教谭香漪讲狠话，打消罗恒义姨太太要找翰林的念头，要不然把罗恒义这种兵痞引来了，又不晓得闹出什么事来。本来谭香漪要去吃茶，跟何鹏宇一起有个应酬，谭香漪化好了妆，何鹏宇说我到门口看看罗恒义的姨太太还在不在。何鹏宇先出了门，四周看看没见到什么人，就进到戏院喊谭香漪出来。蔡荔雯躲在角落里，看见谭香漪就冲过去喊阿婶，我是蔡老医生家的荔雯，是翰林的同学。早些年，谭香漪回越罗湾的时候，荔雯见过翰林他妈，谭香漪也见过蔡老医生家这位乖巧的女儿。谭香漪毕竟是名旦，演了一辈子戏，看见蔡荔雯扑过来，倒也镇静，就假装想起来了，哟，这不是蔡老医生家的闺女吗？真的是女人十八变，都长成大姑娘了，怪不得罗营长看上了，娶回家做了姨太太，还好吧？荔雯想了一肚子的话，本来要对翰林他妈倾诉的，没想到翰林他妈这几句气人的话把她说傻了，荔雯不晓得跟翰林他妈讲什么好了，就求着翰林他妈说阿婶我要找翰林。谭香漪说，哟，你还好意思来找翰林，翰林都被你们家罗营长烧死了，我还没找罗恒义算账呢，他家姨太太倒跑过来打探翰林，你回家跟罗恒义讲，就说我谭香漪早晚要跟他算账，为我儿子讨个公道。蔡荔雯委屈得直流眼泪，一个劲儿地说不是的不是这样的，翰林不会死的不会。谭香漪戏演得好，装得像，竟然掏出手帕揩了揩眼泪，蔡荔雯看翰林他妈哭了，就说阿婶你别伤心，翰林他真的没来过？翰林他真的被烧死了吗？谭香漪气狠狠地反问蔡荔雯，你结婚那天罗恒义的兵开枪打了翰林，翰林在你的新房里跑不出来被活活烧死，你是新娘子你还能不晓得？你要是不晓得你回家问罗恒义去！蔡荔雯就哭着对谭香漪说，阿婶不是这样的，你听我跟你讲，我不是罗恒义的姨太太，不是……何鹏宇护着谭香漪，不让蔡荔雯缠住谭香漪，恶狠狠地说你不什么不？你都成了罗恒义姨太太了还到处乱跑，还跑到这来惹翰林他妈伤心生气，你们害死了翰林还要气死翰林他妈不成？这是广州，不是越罗湾，你再在这惹事，我马上就打电话让罗恒义来领你回家！荔雯听说要给罗恒义打电话，恐慌地哭喊着说不，不，不是这样的，我不是罗恒义的姨太太，我不是！何鹏宇说你脑子有毛病了，我去喝的喜酒，我去闹的新房，明明看见罗恒义跟你在花床上翻云覆雨，你还不承认，我这就打电话让罗恒义过来把你领回家，看看你到底是不是他罗恒义新娶的姨太太，你别走，跑什么呀？蔡荔雯哭着跑走了，何鹏宇越喊她，荔雯就跑得越快，一直跑到江边，她想一头栽进江里死了才干净，一声刺耳的汽笛，吓得荔雯收住脚，站在江岸边，望着江里行走的小火轮，期盼小火轮上站着的开船人就是翰林，荔雯放开嗓门一声声呼喊翰林，没听见翰林的回声，荔雯绝望地坐在江边，失声痛哭，似乎要把这么多天积压在胸口的泪水全都倒在江里。

蔡荔雯想起项伯伯写的那封信，起身去找《七十二行商报》，这个报是商会办的，为商人说话，商人也喜欢看，荔雯一路问商家店铺，没费什么事就找到了报社，找到了项伯伯的朋友祁老。荔雯把项伯伯的信双手递给祁老，祁老看了信，打量蔡荔雯，噢，你就是那个痛斥裹小脚和三妻四妾陋习的蔡荔雯，小小年纪，文笔犀利，不简单。祁老叫来一个姑娘，说淑卉你先带蔡荔雯小姐去吃点东西歇一歇。

淑卉姓夏叫夏淑卉，头发短短的，跟男孩子的头差不多，穿的衣裳也跟男孩子差不多，从背面看就像个大男孩，年龄比荔雯大不了几岁，是个非常热情的姑娘，一路上跟蔡荔雯讲个不停，从五一大游行讲到孙中山对农工的扶助，从苏俄革命讲到广州革命，从国民党一大讲到国民党和共产党合作，从《七十二行商报》讲到广州商人联手抵抗外国货，荔雯听了都觉得新鲜。吃完点心，夏淑卉带蔡荔雯到她自己的房间歇息，说正好我一个人住，你干脆住这我也有个伴，你放心好了，祁老是报界的元老，他要是出力帮忙，把你推荐给报社，报社会收下的，广州革命形势这么好，到处都是新闻，报社人手紧得很，也是要添人的。蔡荔雯庆幸有项伯伯推荐，庆幸遇到这么热心的夏淑卉，她不至于流浪街头，先住下来，有个事做，再想办法打听翰林的下落。荔雯一直不相信翰林会被他自己放的火烧死，可是听人讲二彪子打了翰林一枪，要是打到什么要害的地方，翰林跑不脱，那么大的火……荔雯每每想到这就不敢再往下想了。

钱小玉被兵们看押着开小火轮，他不像翰林急性子犟脾气跟人家死拼对着干，小玉反而跟兵们混熟了，他跟兵们讲他就是个开船的小伙计，在哪都是混口饭吃，兵们让他往哪开，他就把小火轮开到哪，靠岸的时候他也不闲着，扫船舱冲甲板帮兵们洗军装以至于帮兵们擦枪刷鞋子他都干，慢慢地兵们对他也不防着了。那天小火轮靠在一个码头上，大太阳晒得人身上直出汗，一个当官的要买烟，懒得下船，小玉就乐得帮他跑腿。当官的把买烟的钱给小玉，小玉就勤快地跳下船，跑到镇子边上的一家杂货铺，兵们的眼睛都能看见小玉在买烟，眼睛一眨的工夫，钱小玉就不见了。军官带着兵到处找那个小伙计，就是找不见，才晓得这个小伙计鬼得很，不声不响地从他们眼皮子底下溜掉了，还捎走了买烟的钱。

钱小玉连夜跑回越罗湾，跑到翰林家，推开门就傻眼了，家里被毁得乱七八糟，好像是被盗贼抢了，表叔呢？翰林呢？

都跑到哪去了？小玉跑进自己住的小屋，被褥衣裳都被扔在地上，他藏在床板下面的钱也不见了，那都是他这几年挣的辛苦钱呀！他省吃俭用舍不得花，藏在床板底下，想要带回韶关给阿爸阿妈的，想要用这些钱娶媳妇养孩子的，想要用这些钱做个小生意养家糊口的，这些钱怎么说没就没了呢？！小玉跑到码头，又跑到街上，想找个人问个究竟，小玉看到石桥边上蔡老医生家的房子都塌了，荔雯呢？小玉跑到裕泰家，裕泰他妈上山烧香去了，赵伯一个人在家，赵利丰见到小玉，就问这些天没见到小玉，是不是开着小火轮跑南洋了？钱小玉就把兵们抢走小火轮、他逃脱跑回来的事跟赵伯讲了一遍，小玉向赵伯打听翰林家到底出什么事了？荔雯家的房子怎么塌了呢？赵利丰就把那些事告诉小玉，说刘兆民被杀了，翰林和荔雯十有八九是被火烧死了，小玉吓得张大嘴，下巴都快合不拢，竟像个孩子一样当着赵伯的面哭得稀里哗啦，赵利丰就安慰小玉，他看中钱小玉驶船的手艺，人也厚道，就要留小玉在丰裕航运做事，做好了，不会亏待他的。赵利丰原想钱小玉会感激他赵利丰在危难之时收留他，会向他磕头千恩万谢。小玉脑瓜子机灵，分得清利害，就说谢赵伯，他害怕罗恒义找不到刘家的人会找他算账，小玉命薄，不敢在东江一带待着，这是陈总司令的地盘，那些抢船的兵跟罗恒义他们是一伙的，都是陈总司令的部下，要是被他们抓到了就再也逃不脱了，还要被打得半死，命丢了都说不定，他回韶关那边去，在自己老家，家里人相互照应着，躲过这乱糟糟的世道再讲。赵利丰听小玉讲得也在理，就不留他，再留就要到吃饭的点了，还要搭上一个人的饭，小伙计饭量大，一顿饭顶赵利丰好几顿的。

钱小玉不敢在越罗湾待着，出了裕泰家，就到石桥那边的巷口，买了几个阿嬷叫，吃都不敢吃，怕被兵们看见，一路小跑着逃出越罗湾，跑到一处林子里，坐下歇息，吃着阿嬷叫，心想他身无分文，就只有那个军官让他买烟的那点钱，跑回韶关怎么向爸妈讲？又怎样过日子？想了想，还是到广州去，广州码头大，人多，找个事情做总能找到的。钱小玉下了决断，就往广州那边跑，他就顺着东江再跑到珠江，一直跑到广州。

钱小玉跟表叔跟翰林都来过广州，江边码头那一带他是熟的，可一没亲戚二没熟人找事做恐怕也难，倒是认得两个人，一个是翰林他妈，一个是肖老板。小玉先去找翰林他妈，谭香漪见到小玉，就问家里的事，小玉也不晓得，都是听赵伯讲的，翰林他妈说前些天翰林来过一次，闪了个人影就再也没见着了。小玉庆幸翰林还活着，没被烧死，这就好，小玉对表婶说翰林要是再过来，表婶就告诉翰林，小玉到广州来找他了。翰林他妈也让小玉帮着找找翰林，劝翰林到妈身边来，妈给他找事做。小玉又去肖老板的宅子，肖老板还没回广州，家里人讲肖老板到香港那边要待一阵子，小玉原想见到肖老板，求肖老板帮他找点事做的，肖老板不在，小玉也不好跟肖老板家人说，只好说等肖伯回来，我再来看肖伯。

小玉举目无亲，就在江边码头那边看看能不能找点事做，看到一座楼前挂着陆军军官学校筹备处的牌子，想起裕泰说是要到广州来报考军校的，就打听赵裕泰，里面的人摇摇头，又埋下头写字，忙得没工夫搭理他。钱小玉脑瓜子灵，转念一想，裕泰说过他要报考的这个军校是孙中山办的，跟那些军阀的军校不一样，小玉心里想考上军校就当军官，管吃管住还发军饷，小玉也想考考试试，先有吃有住再想别的办法，小玉就返身回到军校筹备处，说是要报名考军校，里面的人说报名考试早过了，钱小玉说他认得的一个熟人赵裕泰说是要来考军校的，你怎么会不晓得？帮我查查他在哪，我找他有事。里面的人说广州的军校有好几个，你那个熟人考的是哪个军校？小玉哪晓得，里面的人就说你到别的军校去打听打听。小玉就缠着里面的人，说听赵裕泰讲过他要考的军校是孙中山办的，麻烦你告诉我还有哪些军校，都在什么地方，只要是跟孙中山有关系的，我就去问问，里面的人就说除了我们这儿，你再去大本营陆军讲武学校那边看看，就写了个地址给钱小玉。钱小玉按纸上的地址，一路打听，找到了大本营陆军讲武学校，也没查到赵裕泰的名字，钱小玉心里琢磨这样乱跑连肚子都填不饱，索性先在这上军校，有吃的，有住的，再去找翰林和裕泰。钱小玉就下死了决心，软磨硬泡，总算被大本营陆军讲武学校收下了，不是上学，是做临工，钱小玉千谢万谢终于在广州有了个落脚吃饭的地方。

第二章

八

　　五一劳动节游行刚过没几天，刘翰林和赵裕泰跟着军校录取的学员登上黄埔长洲岛。刘翰林开小火轮进出广州来来往往都要经过长洲岛，那时候只晓得多跑几趟多赚钱，从来没上岛玩过，也没想过他刘翰林会到这个岛上军校，更没想到岛上到处是杂树荆棘，遍地是荒草，据说是清朝留下来的房子，没人住也没人修。他们上岛做的第一件事就是砍树铲草修房子，枪看得见却摸不着，只有教官和哨兵才有枪，他们这些学员根本就没枪，刘翰林就有点后悔，心里埋怨被那个教官骗了，他拿着铁锹整地的时候，就悄悄跟裕泰讲，这样卖苦力干活，还不如回去开小火轮赚钱呢。赵裕泰笑他一天到晚满脑子就晓得小火轮赚钱，你没看见大门口那副对联呀？升官发财，行往他处；贪生怕死，勿入斯门，横批上写着革命者来，你要是不想革命只晓得赚钱发财，就别进这个门。刘翰林就说女怕嫁错郎，男怕干错行，趁现在还没开学上课的空当，我们一起回越罗湾吧，我认得路，在这砍树铲草还不如回家把房子码头修好了，我们俩合起伙来把航运做兴旺。赵裕泰打断翰林的埋怨，告诉翰林上军校是要学杀敌本领，打倒军阀，拯救我们的国家和民族，你不要小看这砍树铲草开荒整地，这正是我们要铲除旧的一切，创造一个新的世界，裕泰把砍下的树枝和荒草扔进火堆里，看着熊熊燃烧的烈火，兴奋地说翰林你看，火光熊熊了，香气蓬蓬了，时期已到了，翰林你看，火便是你，火便是我，火便是他，火便是火，翱翔！翱翔！欢唱！欢唱！

有个叫高应泉的学员，看刘翰林干活出力不出心的样子，就挨近刘翰林，跟翰林拉家常，打发时间，高应泉说兄弟我比你多吃几年军饷，告诉你一个干活不累打仗不死的好法子，他妈的你就多喝水喝冷水实在不行就喝他妈的脏水，肚子窜稀就一个劲地跑茅房，他妈的医生也拿你没办法。刘翰林干活不喜欢偷懒，要么就索性不干，要干就干得像个样子，他在学校念书的时候就是这样，要么老子不给你念了，要么老子就给你好好念，考出来的高分成绩连老师都不敢相信这是他刘翰林自己在考场上做的，总是怀疑他刘翰林抄别人的，可邻座的几个学生考的成绩都不如他刘翰林。听高应泉自己讲他老家是云南那边的，在滇系当过兵，还上过滇军的讲武堂。刘翰林就问他，你在滇军那边干得好好的，怎么想起跑到黄埔这边来了。高应泉笑着说水往低处流，人往高处走，当兵吃军饷，他妈的哪好就上哪呗。刘翰林看满目荒草的样子说这哪好，高应泉说这你小兄弟就不懂了，要是不好，他妈的这么多从外面各地界的人尖子能往这跑？他妈的都是读过书的，晓得的事多，他妈的还能跑错？刘翰林本来就不喜欢当兵的，听这个姓高的满嘴他妈的，就有点生厌，可又觉得这个兵见过不少世面，讲的话也在理，不过高应泉教他窜稀偷懒的法子，刘翰林打心里看不起，他也不会学着去做。人家越是教他偷懒，刘翰林就越不偷懒，干得越起劲，高应泉挂着锹把看他，心想这他妈的是头犟驴，喜欢跟人拧着较劲。

刘翰林干得正起劲，看见前面一个学员干得比他还要起劲，翰林不服输的劲又上来了，就暗地加把劲，想要超过他，他不愿意落在人家后面，爬树要爬得比别人高，考试要考得比别人好，开小火轮跑得要比别人快，就是平时走路，他看见前面有人，也要紧赶慢赶地超过人家，但这次干活，他使出浑身的劲弄得汗水淋漓，还是落在一个叫王有田的后面！王有田力气好大，砍树，铲草，整地，就跟在他家田里做农活一样，干得卖力，也干得漂亮，还没出什么汗。王有田是从江西过来考军校的，家住在山里，从小在山里砍柴割草，长洲岛这点小土坡，在王有田看来就跟平地似的。王有田七八岁之前都在山里帮着家里做农活，也跟着大人们上山挖草药捉蝎子抓蜈蚣，卖给村里一位老中医，看着老中医拉抽屉拿药称药，王有田慢慢认得中药柜小抽屉上的字，当归、粉葛、鸡内金，杜仲、柴胡、莲子心，还识得几钱几两，算账也顶能，老中医就喜欢这孩子，王有田每次来送药，老中医就有意教他识字算账，本想收这个孩子做个徒弟，王有田家有个远房亲戚在城里学校当校长，看他小小年纪机灵能干，没上学居然识得那么多字，就要带他到城里上学读书。从山里进到城里，苦孩子记得苦日子，王有田念书十分用功，放假了就回到山里，砍柴挖药采山货，挣些钱给家里，也供自己读书用，从小学读到中学，正想在城里找点事做，他家远房亲戚那个校长把他拉到屋里，悄悄告诉他，孙中山在广州那边办陆军军官学校，通过县党部下了文，要招生，想推荐他去报考。王有田被校长说得心动，想去试试，广州地界大，比他们这块地方要好找事情做。王有田就拿着校长的推荐信，一路辗转，到广州考上了军校。王有田给家里写信没说是上军校，就说在广州找到了事做，有吃有穿有住的，挣了钱，就寄回家，让家里人放心。

赵裕泰遇到了高人，让他佩服得五体投地，伍剑鸣同学不但读过马雅可夫斯基的诗，还读过列宁、布哈林、托洛斯基、高尔基的书，听湖南考过来的同学讲，伍剑鸣在湖南念书的时候，罢过课，抵制过日货，还跟同学们一起办过报，在长沙是出了名的学生头，伍剑鸣从湖南考到上海，在上海考完了又被推荐到广州，一路考过来，成绩都是名列前茅。赵裕泰听伍剑鸣讲，高尔基的《海燕》比郭沫若的《女神》还要早，还要能抒发自己内心的激情和呐喊。赵裕泰就迫不及待地从伍剑鸣那里借来了笔记本，把伍剑鸣抄写的《海燕》工工整整地抄写在自己的本子上，赵裕泰一遍又一遍地阅读朗诵，热血一波接一波地沸腾，他本想去面对苍茫的大海，似乎只有面对苍茫的大海，才能找到海燕像黑色的闪电在乌云和大海之间高傲飞翔的感觉，但在长洲岛，赵裕泰只能面对缓缓流淌的珠江，心想珠江也是要流向苍茫大海的，面对看似平静的江水，赵裕泰似乎看到了勇敢的海燕，在怒吼的大海上，在闪电中间，高傲地飞翔，仿佛听到了这位胜利预言家的呐喊，让暴风雨来得更猛烈些吧！

　　军校的规矩太多，管得太严，刘翰林简直是无法忍受，几十个人住在一间大屋子里，被子要叠得整整齐齐，床单要抹得平平整整，就连帽子背包鞋子脸盆都要放在规定的地方，跟人家的东西摆成一条直线，歪一点斜一点都要挨说，有时候还会被扔到地上重摆。刘翰林从小就没受过这种约束，尽管他阿爸自己的东西摆得很有条理，也曾让他把东西摆好，但阿爸也就是嚷嚷，并没有因这些他认为鸡毛蒜皮的小事拧过他耳朵，也没有拿棍棒逼他，没想到上军校还有这么多规矩，刘翰林越想越后悔，真想找那个骗他的教官算账，可一直见不到那个教官。刘翰林的床铺挨着赵裕泰的铺，裕泰的东西摆得像模像样的，见翰林摆得不合规矩，就逼着翰林重摆，翰林就跟他急，说整天摆弄这些被子鞋子就是不发枪，一点鸡毛蒜皮的小事就要被惩罚，这哪是上学，这简直是受罪，坐牢，下地狱！他想拉着裕泰溜掉，进城找荔雯，找到荔雯一起回越罗湾，杀了罗恒义，联手把航运做兴旺了。赵裕泰害怕翰林的疯言痴话被人听见，就把翰林拉出宿舍，说你要溜掉别拉我一起跟你当逃兵，你看你个子都这么高了，人家都看你是个男子汉，你还想跟小时候念书那样喊一声"老子不给你念了"一拍屁股就走人？你好意思跑掉当逃兵？当逃兵是要被严惩的，关禁闭，甚至还要被开除！刘翰林说开除了更好，老子正好不想在这受罪呢。赵裕泰嫌他刘翰林丢人，丢自己的人，丢越罗湾的人，也丢他赵裕泰的人，学员们都晓得他们俩是一个地方来的。裕泰好言劝翰林留下来，不要总是想着越罗湾那一块小天地，也不要总是想着杀罗恒义，为你阿爸报仇，罗恒义算什么？他充其量顶多也就是个兵痞，比他大的比他坏的军阀多的是，革命就是要消灭这些反动军阀，建立一个没有剥削没有欺压的新世界，等我们学会了杀敌本领，消灭了罗恒义陈炯明这些大大小小的军阀，那时候天下大同，你想怎么开小火轮就怎么开小火轮，你想赚多少钱就赚多少钱。刘翰林笑他想得美，这种梦话都是听哪个跟你讲的？赵裕泰说是伍剑鸣跟他讲的，伍剑鸣跟他讲的道理实在是太好了，他要好好跟刘翰林讲讲，让刘翰林也明白些革命道理。刘翰林不想听这些不着边际的话，他一心想回去杀掉罗恒义，赵裕泰说你连枪都没摸着，你赤手空拳地跑回去干什么？送死？你要是敢跑掉，我就不认你刘翰林这个兄弟了，我丢不起这个人，我就天天骂你刘翰林逃兵孬种窝囊废！刘翰林急了，揪住赵裕泰说我刘翰林是不是孬种窝囊废你赵裕泰还不晓得？我从小到大怕过谁？孬过吗？赵裕泰就骂他刘翰林怕吃苦怕受罪怕教官，翰林就要揍裕泰，裕泰说你刘翰林也就是揍我这点本事，翰林就把裕泰撩倒在地上，自己也跌坐在裕泰边上，说我晓得你有意拿这些话激我将我的军。赵裕泰就拿伍剑鸣跟他讲的道理，耐着性子跟翰林讲，说列宁讲过打碎旧的国家机器，必须消灭资产阶级的常备军和官吏，什么是常备军？就是陈家军呀，就是消灭陈炯明、罗恒义这些大大小小的军阀和官吏呀，你我都老大不小了，既然进了军校这个门，就得咬着牙吃别人不能吃的苦，受别人不能受的罪，就得学革命的道理，就得有革命的觉悟，你不要动不动就跟人讲要找罗恒义报仇不报仇的，那是私仇，是觉悟低的表现，你要讲消灭军阀，那才是革命的理想，是大道理，翰林你自己用脑瓜子琢磨琢磨，消灭了军阀，罗恒义这些兵痞流氓还会存在吗？早就被我们扫进臭水沟里去了。刘翰林说我不想把罗恒义扫进臭水沟，我要砍了罗恒义的脑袋，放在我阿爸的坟前，让我阿爸看看，他儿子给他报了仇！赵裕泰气得骂刘翰林死脑筋，顽固不化，从今往后，不许你跟人讲你认得我！不许你跟人讲你我是一个地方来的！不许你跟人讲你我是同学！赵裕泰看来真的生气了，爬起来，连屁股都没拍几下就跑走了。刘翰林跟着赵裕泰屁股后面追着喊，裕泰，我跟你从小光着屁股一起玩大的，我怎么会不认得你？荔雯可以做见证，对了，我们一起去找找荔雯！

蔡荔雯差点被罗恒义撞见！那天夏淑卉去西瓜园，要采访商团主事的，看蔡荔雯闲着没事，就拉她一起去看看，蔡荔雯也愿意一起去见识见识，跟着夏淑卉学学记者的采访。她们走到西瓜园，就看见商团总部外面零零散散地有不少商人，吵吵嚷嚷地发牢骚，蔡荔雯就问怎么回事，夏淑卉告诉蔡荔雯，广州商团是商人为了保护自身利益组织起来的自卫武装，听人讲广州市政厅要统一马路业权，收取新的税项，商界不满，《七十二行商报》想做一些采访。蔡荔雯明白了怎么回事，就好奇地想听听商人在讲什么。夏淑卉说你在外面等我，我进去看看商团的老总哪个在，有时间的话，我采访一下。

　　商人们三五一群七嘴八舌地聚在一起聊天，议论纷纷，蔡荔雯在这听听，在那看看，听明白商人对市里征税不满，蔡荔雯万万没想到在这里看见裕泰他爸赵利丰，跟赵利丰一起走过来的居然是罗恒义！蔡荔雯恨不得扑上去撕碎罗恒义这个臭流氓，但蔡荔雯肯定撕不过罗恒义，况且他还有枪。蔡荔雯躲在一棵榕树后面，盯着赵利丰和罗恒义，生怕被他们看见，眼看着他们往楼里走，突然有人喊赵老板，赵利丰就停住脚步，回头看见老熟人，返身走过来跟人家打招呼，罗恒义也跟着走过来，越走越逼近蔡荔雯藏身的那棵大榕树。蔡荔雯吓得连喘气都不敢大声，那人还要留赵利丰在树下喝茶。赵利丰看看罗恒义，罗恒义说要先进去看看陈会长在不在，赵利丰就向熟人介绍说这是罗营长，带我来见见陈会长，熟人就问哪个陈会长，罗恒义说哪个陈会长都行，看来罗恒义跟这些陈会长都是很熟的。赵利丰跟熟人客套了几句，随罗恒义往楼里走。蔡荔雯瞥见罗恒义真真切切地进了楼，没影了，顾不得跟夏淑卉打招呼，赶紧跑走，一直跑到她们住的地方，关上门，用身子紧紧顶着门，生怕罗恒义跟着就闯进来。

夏淑卉在里面找到了陈会长，陈会长忙得很，刚要见见《七十二行商报》的夏小姐，就看见进来两个人，陈会长热情地跟进来的人打招呼，说罗营长稀客，大驾光临，有失远迎，罗营长给陈会长介绍说这是丰裕航运的赵老板，陈会长跟赵老板抱拳作了揖，就对夏淑卉说夏小姐对不起，这两位是远道来的客人，麻烦你改个时间再过来，夏淑卉只好退出来，四处找不见蔡荔雯，生怕把蔡荔雯给弄丢了，一口气跑回来，看见蔡荔雯躺在床上，夏淑卉就很生气，埋怨说你跑了也不跟我讲一声，害得我到处找你，怕你丢了，怕你被人拐走了，夏淑卉扳过蔡荔雯的头，看见蔡荔雯眼里都是泪，以为她生病了，摸她的头也不热，就问怎么回事。蔡荔雯这才把她被罗恒义抢去做姨太太的事从前到后讲了一遍，夏淑卉义愤地为蔡荔雯打抱不平，就骂军阀兵痞流氓坏蛋，早晓得进陈会长屋里的那个人就是抢你的罗营长，就该跟陈会长他们告他罗恒义封建脑瓜子臭不要脸，就该喊警察过来抓这个臭流氓。蔡荔雯说看来罗恒义跟商团的人都是很熟的，你能告倒他？警察恐怕都向着这些手上拿枪的人呢。夏淑卉说广州不是粤东，他个兵痞敢在广州胡来，就把他告到广州市政厅去。蔡荔雯还是害怕，摇头说没用的，他们这些当兵的手上有枪，什么坏事都做得出来，夏淑卉就安慰蔡荔雯没事，这么大的广州，他再有本事也找不见你。

蔡荔雯不敢再出门了，连吃饭都不敢到外面去，生怕撞见罗恒义这个臭不要脸的。夏淑卉看着着急，说你躲也不是个法子，你总不能不出门做事呀，想了想，就出主意说给你改个头换个面，拉着蔡荔雯到理发店剪掉长头发，夏淑卉要理发师比着她的头型给蔡荔雯剪同样的发型，蔡荔雯不干，嫌太短了，跟男的差不多，她看见广州城里有不少女生剪齐耳短发，就比画着到耳朵根那块。剪了头，夏淑卉又带蔡荔雯进了眼镜店，配了个平光眼镜，又买了几件新式的衣裳，夏淑卉帮蔡荔雯换衣裳的时候，看见蔡荔雯胸口挂着的那块珊瑚木棉花，说好精致好好看哦，是哪个靓仔送的？蔡荔雯脸就红了，低声说是她同学送的，夏淑卉抬起蔡荔雯的头说，同学送的你脸红什么呀？蔡荔雯说是翰林送的，就是那个一把火烧掉罗恒义宅院的那个刘翰林，夏淑卉就伸出大拇指佩服地说，敢为你把人家营长的宅院都烧掉了，对你不是一般二般的好，遇到这样敢为你拼命的男仔就赶紧嫁给他！蔡荔雯长叹一声，还不晓得他是死是活跑到哪里去了呢。夏淑卉见蔡荔雯情绪低落，就哄她说穿这身漂亮衣裳，配上这副眼镜，简直就是另一个人，夏淑卉特别满意自己的杰作，说荔雯你这样打扮蛮像个在广州城里跑新闻的记者。

晚上，蔡荔雯摊开纸，正准备写点什么，夏淑卉突然一惊一乍地说不行！蔡荔雯吓了一跳，问她什么不行？夏淑卉说你改了模样，看不出你是蔡荔雯了，可你的名字一叫出来，人家还是能认出来，得改个名字，蔡荔雯就说她小时候到现在，翰林和裕泰他们一直叫她荔雯，就还叫荔雯吧，夏淑卉直摇头，说那哪行，蔡荔雯和荔雯有什么分别？还不如把你名字掉过来，荔雯改成雯荔，索性就叫新闻的闻，励志的励，励精图志，振奋精神，怎么样？蔡荔雯觉得这个名字也挺有意思的，就答应了。

两人聊起白天在西瓜园的采访，蔡荔雯，不，现在应该叫闻励了，闻励说她听商人们在说闲话，议论纷纷，有的说做买卖的斗不过当兵的，有的说他们现在手上有枪，怕什么？还有骂政府收税，甚至还直接点名道姓地骂人，不少人还是希望中立。夏淑卉明人快语，说商人生怕吃亏，都想明哲保身，每遇变乱，都想中立，陈炯明到广州，他们守中立，滇桂联军讨陈，他们也守中立，如果陈炯明再打回广州，估计他们还是要守中立。现在，不同于从前了，革命之后，要不就站在革命一边，要不就站在革命的反面，恐怕不可能再守中立了。闻励也觉得中立不大可能了，商人们仗着商团手里有枪，银行罢过市，航商罢过市，药业也罢过市，罢市，不就是对政府示威吗？淑卉说动不动罢市总不是个事。两人越聊越兴奋，淑卉鼓励闻励，你就把你今天看到的听到的和刚才说的写一篇稿子，报纸正需要呢。闻励有点为难，怕写不好，再说她还没被报社招聘，也没写稿子的任务。淑卉说你写出来再说，我看看，写得不好呢，就当是你练笔，我帮你收拾收拾，要是写得好，我拿给祁老他们把把关，报社招聘你，总得看看你的本事吧。淑卉就帮她找了些报纸资料，包括孙中山先生年初在商团联欢会上的讲话。闻励想了想，就在摊开的纸上写起来了。

我的家乡在粤东，一个靠水边的小镇，水路运输还算发达，我的两个同学家里都是做航运生意的，原来是木船，后来，也有了蒸汽机船，跑惠州，跑广州，跑香港，打了半辈子仗的刘伯伯经常跟我们讲，要救中国只有一条路，就是要增强国力，振兴实业，挽回被外国人侵占的权益。我阿爸还加了一条，教育，认为实业和教育是国家富强之大本。到了广州，看到那么多的商船商店商铺，还有那么多的工厂实业，大家都想发展我们自己的工商业，以抵制外国的侵略掠夺。辛亥革命以来，有头脑的人，都在以各种方式谋求中国的强盛，谋求中国人的富裕，谋求人类的进步。孙先生高举革命大旗，倡导革命，就古今中外的历史来看，一个国家由贫弱变成富强，由痛苦变成安乐，没有不是由革命而成的。因为不革命，人民的痛苦便不能解除。不革命，就不能起步。不革命，就不能打倒列强，打倒军阀，打倒洋人的买办，我们自己的工商业就很难获得进步。所以，商人应该响应革命，支持革命，而不应该明哲保身，只求中立，更不能对抗革命。中立，没有出路，对抗，更没有出路，因为那样做无疑是在帮列强，帮军阀，所以，请诸君要相信革命，支持革命。

　　这是蔡荔雯以"闻励"的名字写的第一篇文章，标题是

《商人与革命》。

夏淑卉看了闻励的稿子，惊呼闻励你不要抢了我的饭碗呀，你这样写下去，还有我夏淑卉什么事？兴奋地拿着闻励的稿子就直奔报社。

闻励忐忑不安地等待报社的消息。越等就越有点后悔，不应该让淑卉把那篇稿子送给报社，报社里都是大记者，她那篇拙作太幼稚了，对商人不熟，对革命更是一知半解，只是看了几篇孙先生的讲话，听了商人们的议论和闲话，就不知深浅地发了一通感慨，祁老他们看了，恐怕要笑掉大牙。闻励就求淑卉把稿子要回来，淑卉当然不听闻励的，反问闻励，凭什么要回来？大不了不用，又无妨，我觉得你写得挺好的。

第二天一早，夏淑卉接到通知，让她带着蔡荔雯小姐去见祁老。

夏淑卉带着全新的闻励出现在祁老面前，祁老还真的没认出来，祁老打量蔡荔雯，笑着说淑卉你真有能耐，几天不见蔡小姐，你就把一个乡村女孩变成了城市新女性。夏淑卉也不讲明缘由，就说是帮蔡小姐改变一下形象，而且蔡小姐现在的名字也改了，叫闻励，新闻的闻，励精图志的励。祁老赞赏这个名字改得好，符合蔡小姐将来的职业，淑卉笑着说祁老您也要学着改口，再不要叫人家蔡小姐了，人家现在的名字叫闻励。祁老把新出的报纸推到夏淑卉和闻励面前，闻励看见她那篇《商人与革命》已经刊登在报纸上了，淑卉比闻励还要激动，美言夸赞闻励出手不凡，这样的人才我们报社可千万不能放过。

祁老告诉淑卉和闻励，报社眼下正需要添加人手，蔡小姐，噢，闻励的文笔不错，以前也写过不少好文章，报社商量好了，收闻荔到报社来做事，淑卉，你先带带闻励，闻励你不明白的事，问问淑卉，跑来问我也行。闻励没想到这么快就被报社收下来做事，感动得眼泪都出来了，深深地给祁老鞠了一躬，说闻励一定拜祁老为师，又向淑卉鞠了一躬，说感恩淑卉姐，一定向淑卉姐学习，不辜负祁老您的恩德，闻励一定好好做事，闻励一定好好写稿子，闻励不会给祁老您和项伯还有淑卉姐丢脸的。

九

刘翰林被表扬了，队长狠狠地把刘翰林夸了一通，说刘翰林是队里的内务标兵，让宿舍里的所有人都过来参观学习刘翰林叠的被子和摆放的用品，整齐利索，有棱有角，横看成行，竖看成队。

刘翰林被赵裕泰骂了一通以后，他冷静下来细想，琢磨裕泰骂得有道理，为了证明自己不是顽固不化的死脑筋，不是逃兵孬种窝囊废，刘翰林暗自发誓，一定要干出个样子让大家看看，他刘翰林要么不干，要干就非要干出个名堂出来，不就是叠被子放东西吗？鸡毛蒜皮的小事还能难倒我刘翰林？！他们宿舍挨他近的就算高应泉叠得好，人家当过兵，听说没事就捣鼓叠被子，刘翰林把高应泉的被子拿过来仔细研究了一通，发现高应泉的被子其实叠得并不怎么样，刘翰林发现队长的被子叠得最标准，他趁宿舍没人的时候，把队长的被子一层一层地打开了琢磨，用手测横多少竖多少高多少，又琢磨队长的东西怎么摆的，回来就把自己的被子照着队长的样子叠，叠好了，不满意，再摊开，重新叠，不晓得反反复复叠了多少遍，还是叠不出队长被子的棱角。他又去队长床那边琢磨，琢磨出队长的被子板实，不像他的被子蓬松，所以怎么叠都叠不出棱角，刘翰林就把凳子翻过来，四角朝天，压住被子，再用手一点一点地捏出棱角，四平八方，看上去像块豆腐，生活用品就那么几样，朝一个方向放整齐了就是，毛巾也叠得四四方方。他看着自己的杰作，心想就这点鸡毛蒜皮的事，弄得学员们叫苦连天，整天搞得像是跟自己的被子有仇似的，我刘翰林不费吹灰之力，弄得比队长还要好。队长让刘翰林当众给学员们做表演，刘翰林动作麻利地掀散被子，三下五除二把被子叠成四方块，用手捏整齐了，横平竖直有棱角，分分钟的事。队长带头鼓掌，说刘翰林在家跟你们一样也是不叠被子的，到军校短短才几天，就把被子叠得这么好，内务搞得这么整齐，这就是素质！你们回去一个个给我好好练，今天不叠好被子就别想吃饭！学员们就分头回去折腾自己的被子，刘翰林搞得跟教官似的，得意扬扬还趾高气扬地东看看西瞧瞧，气得赵裕泰一把把他拽过来，摁到床边，说你要是今天不把我教会了，我不吃饭，你也别想去吃饭！刘翰林就悄悄教他一些绝招，比如长多少宽多少高多少，棱角怎么捏，被子蓬松了怎么把它弄平实。王有田也过来讨教，连赵裕泰崇拜的伍剑鸣也凑过来虚心学习，刘翰林心里头得意得快要忘形，就质问赵裕泰你说哪个是顽固不化的死脑筋？你说哪个是……后面的逃兵孬种窝囊废那些话他没好意思说，赵裕泰嫌他讨厌碍事，一胳膊把他推出老远，说你要是没事干就赶紧去把我们俩的军装洗一洗，一身臭汗，都快结成碱面了。刘翰林不服气，说我刘翰林现在是你的榜样，是你的老师，你不帮老师洗衣裳还指派老师给你洗衣裳？赵裕泰忙着跟被子较劲，恶狠狠地对翰林说，你等我把被子收拾好了，我再帮你提高提高觉悟。刘翰林不想听他教训，端起脸盆独自去水房洗军装，见大家都在撅着屁股折腾被子，刘翰林得意地吹起了口哨。

赵裕泰折腾好被子，被队长验收合格，吃了饭，就把刘翰林拉到炮台下面一个林子边上，开始折腾刘翰林。刘翰林今天成了内务标兵，赵裕泰虽然为他高兴，但心里头还是有点不爽，当初在越罗湾，他拉刘翰林到广州考军校，刘翰林一百个不愿意，死活不肯来，就晓得开小火轮赚钱。后来翰林居然也考上军校，裕泰猜他刘翰林考军校的目的是想弄到枪，回去好杀了罗恒义报仇，要不是裕泰跟他讲道理，翰林到了长洲岛就要跑掉当逃兵的。他们俩从小在一起，裕泰对翰林太熟了，晓得翰林会做事，手巧，什么事他只要认真起来，别人就做不过他。可是一讲起道理来，刘翰林就讲不出什么来了，更讲不过他赵裕泰。这些天，赵裕泰越发嫌翰林觉悟太低，只晓得报一己之仇，对待革命的理论和救国救民的道理，他刘翰林几乎是个空白。赵裕泰这几天听伍剑鸣讲了许多深奥的理论和革命的道理，有些东西他也是第一次听人讲，赵裕泰越听越激动，越看那些书越心潮澎湃，就按捺不住自己，非要找刘翰林当他的听众，把理解的不理解的东西半生不熟地都倒给刘翰林。

赵裕泰静心坐下来，想酝酿一下情绪，还没来得及给刘翰林讲革命道理，刘翰林就迫不及待地拉着赵裕泰翻墙到炮台里面，要进去看看。翰林就喜欢枪呀炮的，他早就把扯旗山的地形弄明白了，山上面有好几个炮台，白鹤岗有，白兔岗也有，大坡地也有，还有蝴蝶岗新西岗旧西岗，好几个炮台加起来十几门大炮，就数白鹤岗炮台大，听人讲里面有三个池子，每个池子里藏着一门大炮，可以在里面转着圈地往江上打，想打哪边就打哪边，刘翰林越讲越来劲，问赵裕泰你晓得不晓得里面的大炮是哪造的？我告诉你，听人讲这是德国一个叫克虏伯的厂子造的。

赵裕泰强行打断他，不让刘翰林再炫耀他的枪炮学问，否则翰林会讲个没完。赵裕泰就接着刘翰林的话，说你刚才讲那个大炮是德国造的，那我问你，德国有个伟大的人物叫马克思，你听人讲过没有？马克思有个伟大的发现，叫剩余价值，你晓得不晓得什么意思？刘翰林显然没听过，好像是被裕泰问傻了，就张着嘴直摇头。赵裕泰就跟翰林大谈剩余价值，说这是德国人马克思发现的，什么是剩余价值呢？赵裕泰一时不晓得用什么词句讲得更通俗易懂，他怕刘翰林听不明白，就掏出本子，念本子上面抄写的话，剩余价值就是雇佣工人在剩余时间里创造的、被资本家无偿占有的、超过劳动力价值的那一部分价值。刘翰林没听懂，眨巴着眼睛问赵裕泰，是不是讲工人身上还剩多少钱？赵裕泰就合上本子跟刘翰林讲这个深奥的剩余价值，打个比方说，就是你们家小玉在剩余时间里创造的，被你爸不花钱就占有的，超出小玉劳动所得的那一部分价值，你爸占有小玉的这些剩余价值，就是剥削，所以小玉他们这些雇工再怎么辛苦地卖命干活，还是穷得叮当响，因为他们的价值被你爸这些资本家剥削了，资本家"不稼不穑，胡取禾三百廛兮？不狩不猎，胡瞻尔庭有县貆兮"，他们什么事都不做，还发大财，凭什么？就是他们榨取了雇佣工人的剩余价值，也就是说他们把工人的血汗都榨干了，是工人的血汗喂肥了他们，是工人们养活了这些贪得无厌的资本家！刘翰林一听就火了，反过来问赵裕泰，那你爸呢？你们家雇的人比我家还多，你爸也榨取他们的血汗和剩下来的价值？赵裕泰说赵利丰跟所有的资本家一样，他榨得狠，所以他剥削得更多。刘翰林说你赵裕泰从哪学来这些东西？你怎么骂你爸我不管，你骂我爸剥削小玉榨小玉的血汗我不答应，小玉是托人帮着求情才找到我爸的，是求着我爸收留他，他在我家干活，我爸给他工钱，我吃什么他也吃什么，怎么被你说成榨取他的血汗了？我爸要是不收留小玉，小玉就没活干，没活干就没钱挣，没钱挣就饿肚子，你说谁养活谁？这明摆着的道理你赵裕泰怎么就不过过脑子呢？过过脑子是刘翰林他爸时常提醒他的话，他现在拿来提醒裕泰。赵裕泰就说翰林你接受的新思想太少了，觉悟低到竟然要为资本家辩护！没关系，你坐下来我慢慢跟你讲，刘翰林真的生气了，说你少拿觉悟不觉悟的跟我说事，你从伍剑鸣那里学来的东西，憋在肚子里不讲出来你是怕馊了，就拉我出来听你现买现卖，你才过瘾是不是？我没工夫看你翻炒这些东西，也不许你讲我爸一个不字。赵裕泰也急了，说你刘翰林怎么说我没关系，但你刘翰林亵渎革命导师，我赵裕泰绝不答应！翰林，你还是没听懂，没明白其中的道理，你听我……刘翰林一怒之下，站起来拍拍屁股，赵裕泰晓得他拍拍屁股就要走，赵裕泰拽住他，要拉他坐下，刘翰林说我才不听你讲我爸的坏话呢，刘翰林拍拍屁股跑走了，弄得赵裕泰孤零零地一个站在山坡上直叹气，心里骂这个刘翰林真是个顽固不化的死脑筋！

刘翰林自从踏上长洲岛就忙得一刻都没消停，打扫卫生整理内务，领军装出早操晚点名，不晓得怎么会有这么多事要做，刘翰林本以为到了岛上穿上军装就能发枪，可到现在刘翰林都没摸到枪，只能远远地看着军校门口卫兵手里的那杆枪。高应泉也叫苦不迭，埋怨说没想到这个军校穷得很，别提发枪了，连军粮军饷都得靠廖党代表他们去找军界大佬们化缘。伍剑鸣说苏联朋友支援孙中山先生办军校，派来了教官，还要给我们枪弹，刘翰林问枪呢子弹呢？怎么还没发给我们？赵裕泰坚信高尔基、马雅可夫斯基这些苏联朋友说话是算数的，枪说不定就锁在库房里，等我们练好了杀敌本领就发给我们去战场上冲锋陷阵。刘翰林就反问赵裕泰，手上没枪怎么练？赵裕泰也不晓得怎么练，望着当过兵的高应泉，高应泉好像很有经验地说拿根木棍子比画比画也行。刘翰林不相信，直摇头，说你那是草台班子练武术，考军校的时候，那个严教官当着我的面讲得很肯定，军校哪有不发枪的？刘翰林上岛就没见着那个严教官，要是见到严教官，刘翰林非得问个明白到底什么时候发枪？！

刘翰林没事的时候，就跑到校门口那边，手里拿着一把扫帚，装模作样地扫地，眼睛却馋馋地盯着门口卫兵手里的枪，心想当个卫兵也不错，就能摸到枪。刘翰林过了一会儿眼瘾，放下扫帚往回走，看见前面一个穿军装的人，气宇轩昂地往前走，刘翰林不愿走在人家后面，加快步子就想超过他，一直追到走廊过道上，刘翰林几乎是小跑了，终于超过人家，他得意地回头看看到底超越了谁，这一看，刘翰林认出竟然是严教官！刘翰林喜滋滋地蹦到那人跟前，开心地喊严教官你总算露面了，害得我这两天到处找你。刘翰林亲热地拉住严教官的手，迫不及待地问什么时候发枪。严子轩站定，打量这个冒失的学生，生硬地把刘翰林的手甩开。刘翰林以为严教官不认得他了，脱下军帽说我是刘翰林呀，那天玩你的枪你不记得了？你让我考军校我考上了，你看我都穿上军装了，我的内务整得比队长还要好，当标兵了！严教官，我就是想问问，你说考军校哪有不发枪的？你不是哄我吧？到现在我都没摸到枪！刘翰林兴奋地讲个没完，没看见严教官的脸色越来越难看，严子轩突然大喊一声"立正"，刘翰林以为严教官跟谁在喊口令，转头四下看看，也没看见别人的影子，那就是对他刘翰林发号施令了，猜想恐怕是严教官要考考他刘翰林的军姿，刘翰林就站得笔挺笔挺的，严子轩看他军姿站得极不正规，就问刘翰林"立正"的动作要领你没学？刘翰林就规规矩矩地把两脚跟并拢，脚尖分开，腿绷得笔直，胸口挺得高高的。严子轩看他的动作蛮拧着一股劲，就一拳把刘翰林挺得高高的胸口砸回去，又把他的腰捶直，拽住他的手放在裤线上。刘翰林被严教官纠正得像个木头人，心想这走廊上又没外人，跟你好不容易见个面，你至于弄得跟操场上一样吗？刘翰林就想跟严教官聊聊天，严子轩还没等刘翰林讲话，又厉声质问你们进校好几天了，军校的礼仪是没教你，还是你没记得？见到长官不知道敬礼吗？！刘翰林没想到这个教官喜欢计较这些鸡毛蒜皮的事，就动作夸张地给严教官敬了个礼，嬉皮笑脸地说这不是急着想问你什么时候发枪吗？再说走廊上就我们俩，又没外人看见。严子轩板着脸教训他，说你学的礼仪是要做给别人看的吗？这些军人的礼仪必须渗到你骨子里去，成为你行为的自觉！严子轩皱着眉头说你看你站没个站相，敬礼也没个样，就把刘翰林的手抬平了，放在眉前，刘翰林顾得了手，腿、脚和腰又不听使唤，身子都拧歪了，严子轩凶得要死，又是踢又是捶的，把刘翰林的动作纠正过来，弄得敬礼动作像模像样的，命令刘翰林就这样站好了，没我的命令，你手不许放下，腿不准迈步，腰不能塌下，否则严惩不贷！严子轩生气地走了，丢下刘翰林一个人独自站在走廊上，像个木头人举手对着空气敬礼。

刘翰林在心里头一个劲地埋怨严子轩是个骗子，讲话不算数，还说男子汉唾沫星子砸到地上都是个钉子，骗人鬼话！这个骗子把他骗来了，不给他发枪，还罚他站，要是以前在学校念书的时候，他刘翰林早就骂一句老子不给你念了就扬长而去，才不管老师在后面是不是哭爹喊娘地求他刘翰林给老师念书呢。可这是军校，上了这个岛就跑不出去了，穿上这身军装跑了就算逃兵，追回来就得关禁闭，搞不好一枪崩了都说不定。刘翰林不怕关禁闭，不怕挨枪子，他怕赵裕泰又骂他觉悟低没出息，怕王有田、伍剑鸣、高应泉他们笑话他刘翰林吃不了苦受不了罪当逃兵，怕这样不明不白地被开除了他刘翰林就弄不到枪！他小时候看那些武侠的书，打心里佩服那些侠士，横刀立马，士可杀不可辱，头砍下来不过是一个疤，如若贪生怕死懦弱孬种被人耻笑就一辈子抬不起头！刘翰林倔强地站立着，忍着，坚持着，打死都不回头，他猜想严教官也许就藏在身后的哪个犄角旮旯里盯着他，只要他刘翰林一松手，一弯腰，严教官就冒出来骂他一通，他刘翰林就不给严教官骂他的机会，让你干着急！

高应泉看见严子轩教官给刘翰林纠正军姿，开始还以为教官给他开小灶，后来发现严教官丢下刘翰林走了，眼瞅着严教官上了楼，高应泉判断严教官是去训练部了。高应泉在部队上混了几年，这些惩罚的事他见得多了，明白刘翰林这是被罚了，他知道这时候他不能去多嘴，那就会惹火上身，弄不好长官一发脾气连同他一起罚站。高应泉回到宿舍，把刘翰林被严教官罚站的事跟王有田悄声讲了。正在埋头写诗的赵裕泰听到翰林的名字，就一个激灵，心想完了完了，刘翰林得意忘形不晓得又闯了什么祸，就问高应泉，翰林怎么了。高应泉说刘翰林倒霉了，被严教官罚站敬军礼呢。赵裕泰问刘翰林犯了什么错？高应泉也不知道，只看见刘翰林傻乎乎地站在走廊上。赵裕泰转身就要去救刘翰林，高应泉一把拽住赵裕泰说你跑去找挨罚？这个严子轩你不晓得，我可听人讲过，他在滇军和大本营讲武学校当教官的时候，凶得不得了，狠得不得了，再调皮捣蛋的学生都怕他，他比黑脸包公还要不讲人情，赵裕泰问高应泉，刘翰林站在那里做什么？高应泉就学刘翰林的样子，举着手敬礼。赵裕泰太熟悉刘翰林了，生怕刘翰林像以前那样，一怒之下吼一嗓子老子不给你念了就拍拍屁股跑了，这不是在越罗湾学校，这是军校，拍拍屁股跑了，抓到了就要被当作逃兵处理，抓不到也会被人骂逃兵孬种窝囊废，伍剑鸣、高应泉、王有田他们都知道刘翰林跟他赵裕泰是老乡，是同学，是小时候的玩伴，他赵裕泰的脸也被丢尽了。赵裕泰问清地点，不顾高应泉的喊劝，直奔刘翰林罚站的地方。

　　刘翰林一动不动地站在走廊上敬军礼，赵裕泰见他没跑，放下心来，走过去问翰林犯了什么错？刘翰林不搭理裕泰，跟个木头人一样举着手。赵裕泰说我就怕你得意忘形一不留神就从内务标兵跌到地上摔跟头，果不其然，你刘翰林就不能老老实实待一会儿吗？刘翰林就悄声说裕泰你赶紧走，严教官藏在犄角旮旯里盯着这边，冒出来把你也给罚了，赵裕泰就说，人家堂堂的教官凭什么藏在犄角旮旯里盯着你？跟你躲猫猫玩呢？！刘翰林有点失望，本来想跟严教官较劲，不让他找到骂人的机会，却没想到他跑得不见人影。赵裕泰说，听高应泉讲，严教官上岛，说明训练就要开始了。刘翰林一下子就兴奋地放下手拽住赵裕泰的胳膊问那是不是就要发枪了？赵裕泰想了想说也许吧。刘翰林突然又站直了，把手放在眉边，规规矩矩地敬礼，悄声说裕泰你赶紧走，别让严教官撞上了连你一起罚，我站在这练敬礼，等他回来，见我礼敬得好，没准一高兴就把枪先发给我了呢。赵裕泰心想你刘翰林尽想美事，发不发枪又不是严教官说了算，就说只要你不跑，你想什么都行。刘翰林说我还没摸到枪就跑了不是亏死了？赵裕泰确信他刘翰林不会跑走当逃兵，就放心了。刘翰林催裕泰赶紧走，赵裕泰又叮嘱刘翰林，你千万别犯犟脾气说老子不给你念了就拍拍屁股走人，刘翰林嫌他啰唆，催他回宿舍整被子去！

　　严子轩下楼往码头那边走，发现刘翰林还站在走廊上敬礼，想起被他惩罚的事，就走到刘翰林面前，转了一圈打量他，问刘翰林你就一直这样站着？刘翰林说报告教官，是教官说的，没你的命令，我手不许放下，腿不准迈步，腰不能塌下，否则严惩不贷！严子轩满意地要拿下他的手，刘翰林反而来劲了，说请严教官检查我的立正和军礼动作做得标准不标准？严子轩打量刘翰林，看他确有长进，立正和敬礼的动作比刚才规范多了，严子轩心里欣慰他推荐的这个学生是块好铁，虽然刚才没按规矩给他敬礼，也许是一时的激动，但他能按照自己的命令，一直站在这敬军礼，正是体现了军人令行禁止的作风和坚韧不拔的毅力，严子轩满意地看着刘翰林，但他不露声色地命令"礼毕""稍息"。刘翰林放下手，顾不得喘气就又问，听人讲你严教官上岛了，训练就快开始了，枪什么时候发？长枪还是短枪？还是双枪一起发？严子轩似乎没听见，径自走开，刘翰林愣在那里，眼睛追随严教官的脚步，严教官快要拐弯的时候，丢下一句话，只要你好好练，当好兵，长枪短枪随你打。刘翰林眼睛一直盯着远去的严教官，直到看不见严子轩的人影，刘翰林在心里狠狠地骂了一句：骗子！

刘翰林灰头土脸地回到宿舍，王有田不晓得怎样安慰他，就一个劲地给刘翰林倒水让他喝水，高应泉教他要是不想给长官敬礼，你就见人绕着走。赵裕泰说你别一脸沮丧的样子，给队长看到了，晓得你没给长官敬礼，恐怕又得说你。伍剑鸣分析，刘翰林在走廊上罚站这么长时间，队长不可能不知道，问责下来，说不定还得加倍处罚，刘翰林本来就在气头上，听伍剑鸣这样分析，火暴脾气上来了，脱口就说老子……赵裕泰就像扑火一样赶紧扑上去捂住刘翰林的嘴，不让他把老子后面的话讲出来，安慰翰林说也许队长并不知情，你就当练军姿开小灶笨鸟先飞说不定又走在我们前面了，刘翰林不高兴，眼睛瞪得老大，回敬赵裕泰你才是笨鸟呢！这话偏偏被进屋的队长听见了，走过来问刘翰林谁是笨鸟？赵裕泰看队长的笑脸，听队长的口气，猜想队长似乎并不知道刘翰林罚站的事，否则队长进门时的状态应该是火冒三丈冲着刘翰林大骂一通，而不是好奇笨鸟不笨鸟的事。刘翰林刚要回队长的话，赵裕泰就抢先说我们都在夸刘翰林笨鸟先飞呢，队长就好奇地问刘翰林怎么先飞了？赵裕泰说，我们都还在忙着整被子，刘翰林他整好内务，一个人偷偷跑出去练军姿，他当了内务标兵还想当军姿标兵。刘翰林晓得赵裕泰的嘴能说会道，老实地对队长说你别听裕泰瞎讲，赵裕泰说队长不信你检查一下他的军姿，队长就让刘翰林做给他看，刘翰林不情愿做，说队长你听我跟你讲……队长喊起口令，"立正"，刘翰林不好再讲了，立刻挺胸收腹两手贴紧裤缝目视队长，队长横看竖看刘翰林的立正动作，确实规范标准，又命令刘翰林"敬礼"，刘翰林敬了个标准的军礼，队长命令"礼毕"，刘翰林手放下，队长看上去挺高兴，问跟谁学的？高应泉说是严教官给刘翰林开的小灶，队长说怪不得呢，严师出高徒，你好好跟严教官学，过几天严教官就要教我们队列，还要教我们投弹射击。刘翰林一听射击就来了精神，问射击是不是就得给我们发枪了？队长说射击不发给你枪难道发你一根烧火棍？刘翰林心里一热，暗下决心，熬也得熬到发枪的时候！

十

礼拜天快到了，队里统计需要请假外出的，规定有急事的才能请假，明令内务做不好的不许外出。刘翰林把赵裕泰拉到一边，跟他商量一起请假，进城去找找蔡荔雯，找找钱小玉，兴许荔雯和小玉也跑到广州来了呢。赵裕泰琢磨请假理由，他家不在广州，也没什么亲戚在城里，内务还没达标，恐怕报上去也不会批，翰林说我可以找理由请假，就说我阿妈生病了，要进城去看看，裕泰问翰林你跟你妈不生气了？翰林说我总得找个理由才能进城嘛，裕泰分析，说你刘翰林内务达标了，还是标兵，应该能批你假。刘翰林就写了请假条，报到队里，队里再往上报，结果批下来了，刘翰林礼拜天可以进城了！

礼拜天一大早，刘翰林穿上军装，扎紧绑腿，在高应泉、王有田一众人馋巴巴的眼神下，扬扬得意得晃着手里的批假条，趾高气扬一步一颠地迈出宿舍。刘翰林第一个跑到校门口，早就想好好看看卫兵手里的枪，这些天假装扫地只是远远地望着枪，还是不过瘾，终于可以挨着卫兵凑近了细看，看得卫兵心里都有点发毛，催他赶紧上船，刘翰林不急，就挨着卫兵，认出这枪是毛瑟枪，广东造的，还以为是苏联人送的什么好枪呢，不是听人讲苏联人送给我们军校好多枪吗？还没送到？再不送到我们拿什么练呀？卫兵检查外出人员的假条，还要应付刘翰林的问话，直到码头上的人催喊他赶紧上船，发往广州的船马上就要开了，刘翰林这才跑到码头，一跃跳上船甲板，眼睛还盯着卫兵手里的枪。

从军校码头到广州长堤，轮船开了一个多小时，刘翰林在心里盘算进城怎么找蔡荔雯，也不晓得荔雯是不是来广州了，也不晓得荔雯在哪，广州城里那么多人上哪找荔雯？刘翰林心想碰碰运气吧。船靠上岸，请假外出的学员都急着往岸上跑，总共就那么点时间，死活也要按点回来，带队的一再叮嘱强调，船到点就开，不等人，来晚了你回不去，可就不是罚站敬礼那么简单了。

刘翰林跳上岸，不急不慢地在码头上待了一会儿，望着江面上的小火轮大轮船，自然就想起自家的小火轮，要不是被罗恒义弄成这样，要不是兵们抢了他的小火轮，说不定此时此刻他刘翰林正跟小玉在码头上卸货呢。他越想越气，发誓非要找罗恒义算账，一枪崩了这个王八蛋，为阿爸报仇，再赚点钱买条小火轮，把兴华航运重新做起来。由小火轮他想到肖叔，当初是肖叔帮他买的，还贴了不少钱。刘翰林从衣服兜里摸出阿爸留在家里的那张四人合影相片，这是他阿爸唯一留下来的东西，刘翰林心想，如果找不到荔雯，这次要去看看肖叔，还有董叔俞先生，他们都是阿爸的朋友，把阿爸的事跟他们讲讲，他们也许会想办法替阿爸报仇的。

　　刘翰林的请假理由是进城看他阿妈，他心里也一直想去看看阿妈，但他又气阿妈这么急着改嫁，嫁给那个十分讨厌的何鹏宇，他发过誓再也不进那个姓何的家门，但他可以到戏院看他阿妈。从码头经西濠口再往肖叔家走，路过长寿寺，拐进去就是美仑戏院。刘翰林走到戏院门口，门牌号码还是那个号码，楼还是那个楼，"香漪"取代了"美仑"，戏院变成了他阿妈的名字，刘翰林猜想这肯定是何鹏宇为了讨好他阿妈买下了美仑，专门给阿妈唱戏摆场子。戏院门口的大招牌上贴着粤剧名旦谭香漪拿手的戏名，今天是礼拜天，白天加演一场，看戏的人正往戏院里进，刘翰林想看一眼阿妈，又不想让阿妈发现，更不想让整天跟在他阿妈屁股后面的何鹏宇看见，他自己买了一张便宜的票，跟着看戏的人一起进了戏院，坐在后排，等阿妈上场。

　　谭香漪正在化妆，何鹏宇看她快要化好妆，就殷勤地说我去给你买些下午茶点心，唱完这出，喝口茶，吃几块点心垫一下肚子。何鹏宇刚走没一会儿工夫，化妆间的门被推开了，谭香漪还以为何鹏宇忘了拿钱，就说我包里有钱，却听到进来的人喊她一声阿婶，谭香漪用眼睛打量进来的女孩，短头发，学生打扮，面相倒是熟，不记得在哪见过。姑娘说阿婶，我是蔡荔雯呀，越罗湾蔡老医生家的闺女，跟翰林是同学，跟翰林从小一起长大的。谭香漪这才认出来她是蔡老医生家的闺女，后来给罗营长做了姨太太的，谭香漪不高兴地说你又跑来干什么，我化好妆要上台了。原来叫蔡荔雯、现在叫闻励的姑娘就走到谭香漪跟前说阿婶不耽误您上台，我就问一句，翰林来过吗？谭香漪警觉起来，何鹏宇跟她讲过，这女子是罗营长的姨太太，说不定是罗营长派来打探翰林的，罗恒义还是不肯放过翰林。谭香漪就不高兴，说翰林不是给你们家罗恒义烧死了吗？闻励就哭着说翰林不会死的，不会的，你是他阿妈，翰林他肯定来找你，你就告诉我一声，翰林在哪儿？我去找他。谭香漪听说她要找翰林，就怒了，说你都给罗恒义做姨太太了怎么还死缠着我们家翰林？正说着，何鹏宇拎着点心进来，看见闻励，打量她，一时不敢认了，谭香漪说罗恒义的姨太太又来找麻烦了。闻励哭着说我不是罗恒义的姨太太，不是不是真的不是！我不是来找麻烦的，我是来找翰林的。何鹏宇认出她来了，说你不是罗恒义的姨太太？我都看见你们在花床上滚在一起，你还不承认？那好，我这就给罗恒义打个电话，让他过来……话还没讲完，闻励就吓得逃走了。何鹏宇见谭香漪生气，安慰她说你喝两口茶，润润嗓子，平复一下，哟，马上就要上场了。

闻励从戏院的后台跑出来，心里堵得难受，感觉一口气憋在心口，喘气都费劲，她解开衣服领子，让凉风吹吹，手碰到挂在胸口的珊瑚木棉花，想到翰林，眼泪就止不住，她索性蹲在戏院旁边的马路边上，头埋在双腿膝盖里面，怕人看见她的脸面，闻励哭着在心里喊，翰林你到底在哪儿？

　　刘翰林坐在剧场的后排，听锣鼓家伙吹的拉的一起响起来，晓得他阿妈要上场了，他看到阿妈迈着戏台上的步子上场亮相，台下看戏的人喊叫起来，拍着手鼓掌，翰林觉得化了妆的阿妈反而不如平常的阿妈好看，在戏台上的阿妈一笑一颦，让翰林觉得是在做戏给台下那些花钱买票的人看的，不像在家里，阿妈搂着他给他吃的喝的那么亲那么好玩。阿妈今天装扮成秋香，跟唐伯虎在台上调情，刘翰林觉得别扭，悄悄退出剧场，他要把整出戏看完，恐怕军校的班船早就开跑了。

　　刘翰林走出戏院，想去看看肖叔，上次翰林逃到广州的时候找过肖叔，肖叔到香港去了，没见着。刘翰林往官禄路那边走，看见一个瘦弱的短头发的人，蹲在马路边上，头埋在双腿里面，看不清面相，分不清是男仔还是女生，看上去像是在哭，翰林本想过去安慰一下，又不晓得人家为什么事哭，看着时间不早了，赶紧去肖叔家看看，就扭头跑走了。

　　到了肖老板的宅子，一打听，还好，肖叔从香港回广州了，但不在家，到商会那边说事去了。从官禄路到商会那边也不算远，刘翰林跑去还来得及。路过西瓜园，看见商团的兵在操练，个个手里都拿着枪，刘翰林认得出是好枪，他在香港那边看见过。刘翰林见到枪就喜欢得迈不开脚步，趴在栏杆外面看商团的兵们操练。广州城里住了好多兵，有许司令的粤军，还有桂军滇军，商团也有自己的兵，人家都拿着好枪，唯独陆军军官学校没多少枪，听人讲统共加起来才几十杆毛瑟枪，卫兵站岗才摸得着。

闻励蹲在马路边上哭了一会儿，想起夏淑卉约她一起去商会采访的事，这些天商人因市政府征税的事闹过罢市，《七十二行商报》要她们去找点新闻，抢发一些独家消息。闻励跑到商会，夏淑卉早就挤在人堆里，报社的，商家的，看热闹的，都在打听商会和政府交涉的事情。夏淑卉看见闻励来了，叮嘱闻励在这听着，她上楼去找找商会的人，想办法问几句新闻，做个采访。闻励挤在人堆里听他们七嘴八舌发牢骚讲狠话，看起来一个个情绪都有些激动。

刘翰林在西瓜园操场看商团的兵们练枪，眼巴巴地馋得要命，手里痒痒的，就是摸不着枪，一直看到兵们练完了被带出操场，刘翰林才想起要到商会去找肖叔，就赶紧往商会那边跑。商会外面聚了好多人，三五人一群，七八个一伙，不像是开会，刘翰林挤进楼里，东张西望也没找到肖叔，看见一个女的，背影像是蔡荔雯，快走几步，回头打量人家，不是荔雯，刘翰林不好意思地向她歉意地点点头，说对不起我找人。翰林打量的女孩是夏淑卉，夏淑卉见一个军人打量她，就问你是商团的？刘翰林摇了摇头，赶紧跑开了，几个房子看了看，也没见着肖叔，算计一下时间，不早了，从这跑到码头还得有一会儿工夫呢。刘翰林急速冲出楼，也没停下来喘口气，向码头那边跑去。路过十三行街，刘翰林又看见那家珊瑚店，想起他在珊瑚店给荔雯买的珊瑚木棉花，想起荔雯生日前他把珊瑚木棉花送给荔雯，想起荔雯喜欢珊瑚木棉花开心的笑声，心想荔雯会一直戴在身上的。

刘翰林跑到码头，不少同学早就登了船，船上的人见他穿军校的军装，就向他招手，让他赶紧上船。刘翰林看还有时间，就在码头上看江里的小火轮，还有大轮船，也不晓得小玉把他家的小火轮开到哪去了。

钱小玉在大本营陆军讲武学校当临时工，他开过小火轮，嘴又甜，很快就跟开船的师傅混熟了，小玉没事的时候就到船上帮忙，洗甲板，擦机子，开船的师傅就把他招到船上来做工。小玉当然高兴，他又能开船了，这个船比翰林家的小火轮还要大，跑得也快。这个学校是大本营军政部程部长办的，大本营那边有什么事，学校就抽一些人去帮忙。本来礼拜天没什么事，因为商会那边有情况，学校今天派了不少人到大本营维持秩序，加强警戒。小玉开船把人送过来，停在码头上，闲着没事，就习惯地买了两份报纸在船上看，看到谭香漪礼拜天在香漪戏院加演一场的消息，香漪戏院他没听说过，看报纸上登的地点，也在长寿寺那边，钱小玉就对师傅讲，他上岸去看一个表婶，来回个把钟头，问个事就回来。师傅就答应让他去，说你放心看亲戚，他们到大本营帮忙，一时半会儿回不来。

钱小玉上了岸，买了盒谭香漪喜欢吃的点心，直奔香漪戏院，到了戏院才明白就是原来的美仑戏院，改成表姐的名字，正赶上散场，看戏的人往外走，钱小玉逆着散场的人流往戏院里面进，跑到后台，找到谭香漪，钱小玉把手里提着的点心盒子放在化妆台上，说小玉来看表姐了。谭香漪欣喜地说小玉呀，表姐想死你了，卸着妆，问小玉上哪做事了，小玉就把他到广州这些天的事情跟表姐讲了一遍，问翰林来过没有，谭香漪不高兴地埋怨翰林露了一面就不见人影了，让小玉帮着表姐找找翰林，见着翰林让他回到我这来住，妈养他，送他到香港念书。又悄声告诉小玉，越罗湾那个罗恒义的姨太太来过，要找翰林，小玉一开始以为是罗恒义以前娶的姨太太张姐，后来才听明白是蔡老医生家的荔雯，就问蔡荔雯在哪儿，谭香漪说她不回越罗湾当罗营长的姨太太她还能上哪去？小玉没找到翰林，但听到蔡荔雯还活着的消息，也算是打听到了事。小玉跟表姐谭香漪客套几句，说船还在码头上，得赶紧回去，谭香漪再三叮嘱小玉，让他找找翰林，找到翰林叫他过来，就说妈想他想得吃不下睡不着快要想死了！

赵裕泰把伍剑鸣的笔记本借过来，在自习室把伍剑鸣抄来的经典名句工工整整地誊写在自己的本子上，他认真仔细体会抄在本子上的那些语录和名言，似乎每一句话都让他醍醐灌顶眼前豁然亮堂起来。他赵裕泰现在已经不是穿裤子的云了，而是在苍茫大海上搏击风浪的海燕；他已经不是涅槃的凤凰，而是一个烧毁旧世界的革命者；他的使命是要打倒一切帝国主义，打倒那些剥削工人的资本家，打倒那些欺压百姓的反动军阀！

他越抄越激动，越想越兴奋，以至于陶铭德教官站在他面前，他都没有看见。

陶铭德礼拜天值日，检查完各队的内务，他在校舍教室随意转转，看见一个学生埋头写字，认出这不是那天在筹备处外面背诵一大宣言的那个学生吗？看来他陶铭德把这样优秀的学生推荐到军校是非常英明的，可谓是伯乐之举。陶铭德走进自习室，一直走到桌子跟前，看赵裕泰认认真真地抄写笔记，就拿起那本笔记翻了翻。赵裕泰刚要抢回伍剑鸣的笔记本，发现是陶教官，立刻站起来，立正，向教官敬礼，自从刘翰林因失礼被严教官罚站以后，他们宿舍的人都记住见了教官要敬礼这条铁律。陶铭德向赵裕泰还了礼，示意赵裕泰坐下，赵裕泰不敢坐，陶铭德教官自己坐下后，亲切地让赵裕泰坐下，赵裕泰才敢坐了半个屁股。陶铭德教官翻看那本笔记，问赵裕泰这是谁的？赵裕泰回话说是伍剑鸣的，上面都是伍剑鸣抄写的语录和名句，有列宁的，有马雅可夫斯基，有托洛斯基的，还有高尔基的，陶铭德把伍剑鸣的笔记本放在桌上，直言不讳地说苏俄革命不适合中国，赵裕泰有些惊讶，陶教官怎么会讲这样的话？军校总理孙中山先生一再说要联合苏俄，苏俄也支援我们军校，还派来顾问和教官，还要给军校送来枪弹，军校的教官们也是非常敬重苏俄顾问的，陶教官怎么会说苏俄革命不适合中国呢？赵裕泰不敢问，不敢点头也不敢摇头，用诧异的眼神盯着陶教官。陶铭德看出赵裕泰的疑惑，说我也不想给你灌输什么思想，只是启发你用自己的眼睛看，用自己的脑子思考。

陶铭德又跟赵裕泰讲，前一阵子有个叫"民主共和"的人居然在报纸上指名道姓地抖落一些陈芝麻烂谷子的旧事，真是不得好死！死有余辜！说到此，陶教官气得连骂几句，赵裕泰也不晓得该说什么，只好保持用心倾听的样子，在越罗湾的时候，他听翰林讲过那篇骂蒋介石的文章，当时也没放在心上，没想到陶铭德教官如此气愤。陶铭德接着对赵裕泰说，裕泰同学，我看过你的试卷，你对三民主义的理解是对的，阐述得也不错，只是飘浮在空中，没有脚踏实地落在中国的土地上，太过于相信外国人的理论，其实，一些外国人的理论跟我们国民党的三民主义是不相容的。要实现三民主义，打倒军阀，打倒列强，统一中国，就得有忠实于三民主义的革命军人，所以把你们招进来学习培养。赵裕泰没想到陶教官给他讲了这么多，可以说是推心置腹了，可以说是谆谆教导了，可以说是耳提面授了，不看重他赵裕泰，不把他赵裕泰看成自己人，是不会讲这些掏心窝的话。赵裕泰心头顿感热乎乎的，站起身，向陶教官敬了个礼，说感谢陶教官的伯乐之恩，感谢陶教官器重学生，感谢陶教官对学生的教导，赵裕泰一定不忘陶教官的恩德，不辜负陶教官的期望。陶铭德站起身，满意地拍拍赵裕泰的肩膀，说你好好思考一下，消化消化，有什么心得体会，有什么不懂的地方，随时来找我。赵裕泰感动得不晓得说什么是好，只晓得敬礼，饱含热泪举手敬礼，赵裕泰恨不得像过去拜师那样给陶教官磕几个响头。陶教官又很关爱赵裕泰，说不要太累了，书看多了，可以到操场去做做运动，好学生不但要学会军事，更要坚定主义，还要有强健的体魄。赵裕泰一直举着手向陶教官敬礼，目送陶教官离开。陶教官走了好长时间，赵裕泰才缓过神来，放下手，复又坐下，手里翻着伍剑鸣的小本子和他认真誊写的笔记，感觉脑袋里的东西在打架，伍剑鸣这些天跟他讲的道理和伍剑鸣笔记本上的东西，跟陶教官刚才讲的，正在赵裕泰脑子里打架，厮杀！

十一

严子轩教官登岛执教，但教的不是打枪射击，而是队列。

刘翰林盼望严教官登岛是来给他们发枪的，是来教他们打枪的，学会打枪，他刘翰林就可以一枪把罗恒义打死，为他父亲报仇，为蔡荔雯雪恨。没想到严教官一本正经地教他们走路，便步，齐步，正步，跑步，手要怎么摆，摆到什么位置，腿要怎么迈，脚底板离地多高，都讲究得要命，难道这样走路就能把罗恒义踢死吗？刘翰林打心眼里不屑此道，训练时就心不在焉，时常出错，手摆得或高或低，走快了抢在队列之前不行，走慢了落在同伴后面也不行，弄得刘翰林好像都不晓得怎样走路是好。严教官板着脸，凶神恶煞的样子，把刘翰林叫出列，用手里的竹尺子量刘翰林的步距，量踢出来的脚底板离地面够不够高，前胸挺高了，就用竹尺子把胸口捅回去，屁股翘高了，就用竹尺子削平了，要是早些年在学校念书的时候，刘翰林早就嚷一句老子不给你练了，拍拍屁股走人。现在刘翰林被赵裕泰教训得知道不能当孬种不能当逃兵，他不能枪都没摸一下就走人！翰林咬着牙硬挺着，心想你严子轩就是想找碴跟我刘翰林过不去，就是想逼我当逃兵，老子偏不！你折腾吧，看你折腾出什么花样来。严子轩被刘翰林"朽木不可雕"的样子弄得气急败坏，举着竹尺子怒吼你走路都走不成个样子还当什么兵？！一直折腾到休息号吹了，开饭号吹了，严子轩和刘翰林都折腾得一身汗，严子轩勒令高应泉督战，罚刘翰林在草场上跑三圈才允许吃饭。严子轩走了，刘翰林却笑了，高应泉却蒙了，说你刘翰林还笑得起来？有什么可笑的？刘翰林说笑他严教官气急败坏无计可施落荒而逃！高应泉哭笑不得，说你以为你赢了？教官还没治你呢！教官要是想治你，你哭都没得眼泪！高应泉陪着刘翰林跑步，就劝他，好汉不吃眼前亏，我跟你讲，当兵就一个诀窍，千万不要跟你的上司过不去，更不能跟你的上司较劲，你要是不听，吃亏受累的永远是你！刘翰林埋怨严教官是个骗子，不发枪，光晓得走路跑步，自己讲的话都不记得了？当初亲口跟我讲，当兵哪有不发枪的？还说长枪短枪随你打，说话不算数，还好意思说吐口唾沫落在地上就是个钉子！刘翰林越说越气，害得高应泉不但陪着他跑，还跟他费嘴皮子讲了半天，饿着肚子督战了三圈！

赵裕泰队列走得不错，队长特意表扬了他，说他摆臂动作有力，精神状态很好，就是踢腿还需要好好练练，要做到一步到位。刘翰林被罚，刚吃完晚饭，就被赵裕泰拉出来，说是要给刘翰林开小灶，教教他，不能眼看着老同学掉队。刘翰林本来就累得要死，还憋着气，正没处发泄，听赵裕泰还要拉他去走队列，练正步，就火冒三丈，冲赵裕泰嚷进来，不就是摆臂踢腿挺胸余光看齐吗？有什么难的？我是懒得给他练。赵裕泰反问刘翰林给谁练？是给你自己练！我听队长讲，练好了，就会被挑选参加开学典礼的阅兵，动作标准的，还有可能当排头兵，走在队伍的最前列，不但校领导能看得见，记者还能拍到相片说不定还能登上报纸呢。刘翰林问走得好发枪吗？赵裕泰说这跟发枪有什么关系？刘翰林说不发枪当什么兵？赵裕泰说你别总是缠着发枪不发枪，发了枪也不会让你拿着去杀罗恒义！赵裕泰又要给他讲道理，教训教训他，刘翰林觉得要累死了，返身回宿舍想要睡觉。

军校管得很严，不到点不让睡觉，连坐在床上躺在床都不允许，不让弄坏内务，坐要有个坐样，站要有个站姿，睡也得有规矩，熄灯号响了，才可以关灯睡觉，关了灯不睡觉乱讲话还要被罚！在家里的时候，翰林他爸也管过他，但翰林可以不听，横着竖着斜着怎么舒服怎么来，困了就睡，不困就玩，自从上了长洲岛，什么都被管得死死的，走路，吃饭，睡觉，就连上厕所都要请假报告，这些，翰林也都能忍，唯独一样他不能忍，就是穿上了军服手里没得枪！

翰林越想要枪，就越惦记着枪，仿佛着了魔，一天不见枪就觉得空落落的，一有空，翰林就或远或近地望着校门口卫兵手里的枪，呆呆地望着，眼睛不眨地望着，一望就老半天。高应泉看他眼巴巴地望着卫兵，一开始还以为他想当卫兵，在门口站岗，就跟翰林说站岗好无聊好无趣，特别是深更半夜被叫醒去站岗，那简直就是受刑！后来明白刘翰林同学发痴是为了枪，一心巴望着有支自己的枪，聊起来竟发现翰林对枪着迷到什么枪都了如指掌，看刘翰林望穿秋水的样子，像是在哪见过的望夫石，就给他起了个绰号叫"望仔"，伍剑鸣把"望仔"改成"旺仔"，赵裕泰佩服说一字之改颇显功力，他们粤东那一带喜欢"旺"字，所以叫旺仔的特别多。大家都觉得"旺仔"不错，闲着没事的时候，就互相起绰号，高应泉训练劳动上课的时候，老是偷懒跑厕所，就给他起了个绰号"窜稀"，舌头大一点儿的就叫成了"川西"，高应泉也不恼，有时候还自诩"川西高老汉"。王有田脏活苦活累活都抢着干，而且干得还挺轻松，好像他有使唤不完的力气，大家就叫他"大力王"。本来大家叫赵裕泰"诗翁"，赵裕泰不满意，自喻为要让暴风雨来得更猛烈些的"海燕"，可大家不叫他"海燕"，叫他"燕子"，赵裕泰跟他们较真，说海燕和燕子根本就不是一回事，一个是在海上搏击风浪，一个是飞入寻常百姓家的小家雀。伍剑鸣说旧时王谢堂前燕，曾经也是大户人家的宠物呢，叫习惯了，赵裕泰尽管不高兴，但还是应了。伍剑鸣像个大哥，大家都尊称他为"鸣哥"。

"旺仔"刘翰林要想兴旺发达起来你挡都挡不住！不就是走路跑步吗？还能难过拆枪打枪？下节课队列训练的时候，刘翰林有意出错，这次错得更离谱，顺拐！迈左脚应该摆动右臂，刘翰林居然摆起了左手，严子轩点名令他出列单练！举着尺子让他齐步正步跑步立定，稍有差错，就用竹尺子抽打，刘翰林不服，请教官示范，严子轩就给刘翰林示范，分解齐步正步跑步动作，刘翰林拿过严子轩手里的竹尺子，赵裕泰以为刘翰林犯浑，要夺过教官的竹尺子抽打教官，在队列里又不敢叫喊，更不敢贸然出列阻拦，高应泉幸灾乐祸以为要看学员打教官的好戏，刘翰林让严教官保持分解动作不要动，举着尺子，量步距，测距离，估摸着角度，然后恭恭敬敬地双手把竹尺子还给教官，说谢谢教官辅导，我自己练，明天教官验收，不满意可以尽情惩罚学生，打五十杖一百都行！严子轩教了那么多学员，愣头青也不少，没见过这样蛮横的，还温文尔雅，不失绅士风范。严子轩掂量着手里的竹尺子，点了点头，算是恩准。刘翰林敬了个标准的军礼，转身自己练去了。

刘翰林找了个偏僻无人处，按照严教官的示范动作和步伐，一点一点地纠正校准自己的动作，没有竹尺子，他就用手指计算，他手掌伸开的时候，大拇指到中指的距离是 20 公分，绷直了可达 21 公分。严教官示范的时候，刘翰林用竹尺子量了，记牢在心，严教官齐步走的步距 75 公分，迈步的时候，脚后跟先落地，接着是脚掌落地，身体的重心也随之前移。脚底板离地面 25 公分。摆臂时，严教官的大臂绷直，小臂向里合，离前胸 25 公分，握拳的手摆到上衣第四个纽扣的下方，后摆臂的时候，绷直，手臂与身体间距 30 公分，行走时，上身正直，目视前方，余光看齐。刘翰林严格按照这些动作要领，每一个细节都不走样，包括小臂弯曲的角度。刘翰林试了一下自己的步速，齐步走每分钟 118 步，跑步每分钟 176 步，正步每分钟 112 步，这还要看队列整体的步速，快了慢了都不能看齐。刘翰林按照严教官规范动作的距离速度分秒不差，精准到厘米，反复练习，反复测量，渐渐走成了习惯。

又是一节队列训练课，刘翰林跃跃欲试地想做给严教官看，可是，列队，报数，各队带开训练，严教官好像忘了验收的事，并不检查刘翰林的个人动作，而是一如既往地站在远处，巡视操场上的各队训练。刘翰林又成了"望仔"，老是用眼睛的余光望着远处的严子轩，巴望着严教官过来验收，巴望着严教官严格地考核一下，然后把这个队列走得跟教官一样标准的学员夸赞一通，甚至还会把刘翰林树成队列标兵。刘翰林心里的期盼希望似乎是要落空了，他感觉自己白练了，早晓得严教官不验收不核查，练得这么标准做什么？严子轩一直用余光注视着刘翰林，从他在队列里迈出的第一步，严子轩就看出这个刘翰林出腿有力，摆臂恰到好处，步伐均匀，动作标准，他不用验收，他带过各种各样的学员，知道这种一点拨就灵通的机灵鬼，十有八九是个调皮捣蛋的淘气鬼，也一定是个得意便张扬甚至得意会忘形的狂傲之徒，他要冷一冷凉一凉刘翰林，让他夹着尾巴好好训练。

刘翰林哪是个夹尾巴做人的主？这一节课，刘翰林的目光几乎没离开过严教官，巴望严教官过来验收，哪怕是看看他刘翰林迈腿和摆臂，可是严教官就是远远地不理会这边，刘翰林心里又埋怨严教官这个骗子，说好的验收居然又不兑现，心里想着这些乱七八糟的事，步子迈得就有些零乱，有两次居然踩到了前面的高应泉，高应泉骂骂咧咧埋怨刘翰林会不会走路？队长喝令他精力集中，注意余光看齐。

终于熬到了休息，刘翰林急不可待地走向严子轩，主动给严教官敬礼，有意把话题引到队列训练上，又引到教官的示范动作上，严教官还是不接他的话题，刘翰林迫不及待地索性说请教官验收考核，严子轩教官没这个意思，好像也没那个闲工夫，让他稍息歇一歇。刘翰林有点急了，说没事，不累，严教官，你看看我的动作对不对，规范不规范，帮我指点指点。刘翰林不管严教官验收不验收，径自迈腿摆臂，分解动作，迈起正步。严教官掂了掂手里的竹尺子，赵裕泰又开始为翰林担心了，高应泉一脸疑惑，纳闷儿这个刘翰林脑子是不是不好使，偏偏喜欢往枪口上撞？王有田模仿刘翰林的动作，眼光中有些小敬佩。伍剑鸣眼神在刘翰林摆动的手臂和严教官手里掂起又落下的竹尺子间来回移动，猜想下一步会不会发生什么。严子轩仿佛没看见刘翰林，掂着竹尺子，把刘翰林他们的队长拉到一边，叮嘱了几句话，居然转身就这么走了。刘翰林看见严教官走开，迈出的步子就好像定格住了，这个动作分解的时间过长。直到再次训练的哨声响起，刘翰林才把那个分解动作做完，失望地落下了脚，也放下了手臂。

再次集合训练队列的时候，队长把排头的高应泉换成了刘翰林，要求大家注意动作要领，余光看齐排头。刘翰林成了队列的排头兵，得意地挺胸昂头，手臂摆得更有力，步子迈得更坚定。

晚饭后，刘翰林强拉硬拽地把赵裕泰和王有田劫持走，要给他们开小灶，帮他们练练正步，本想约赵裕泰一起去江边看夕阳晚霞的伍剑鸣，也被赵裕泰拉去一起加练，高应泉不服气地说我倒是要看看你这个"旺仔"琢磨出什么诀窍，几个人一起到江边，找了个偏僻无人处，在落日余晖中，刘翰林把他琢磨出的诀窍毫无保留地全都传授给他们。

刘翰林、赵裕泰、高应泉、伍剑鸣、王有田一个不落地被选中参加开学典礼的阅兵方队。

十二

陆军军官学校开学典礼的消息成了广州城的特大新闻。祁老把夏淑卉和闻励叫来，告诉她们说孙中山办的陆军军官学校要举行开学典礼，孙中山、廖仲恺和广州的各界名人都要去，军界去的人恐怕更多，《七十二行商报》当然不能放过这么重大的消息，要派人去采访，同时，商会这边也要有人盯着，淑卉你商会这边熟，盯着商会，还有商团，闻励看上去像个学生，你跑长洲岛一趟，采访一些新闻，头头脑脑的事，《民国日报》他们会抢发，我们可以采访一些教官和学员，看看他们在岛上吃住和生活是什么样的，有什么商机，商人会对这些感兴趣。夏淑卉早就听说长洲岛军校的事，那么多热血青年涌到岛上，一定有激情澎湃的革命烈火，淑卉要去感受一下，她本是个激进的热血青年，想投身到革命的浪潮中，不想泡在商人圈子里，整天就晓得多赚钱怎么少交税。祁老看闻励，闻励有点为难，他听说过陆军军官学校的事，裕泰就曾说过他要报考这所军校，也许能见到裕泰，裕泰跟翰林好，也许能有翰林的消息，但一想到军校里面都是当兵的，军界大佬们都会去，罗恒义会不会也跑去凑热闹？正犹豫不决之时，淑卉抢先说闻励怕见到当兵的，她掉进兵窝子里，吓都要把她吓死，还怎么采访？索性我跟闻励换个个儿，闻励你去商会，我去长洲岛，祁老想了想，也行，问闻励怎样，闻励还在犹豫，淑卉冒出一句，你就不怕那个姓罗的流氓兵痞混在里面？祁老问哪个姓罗的？闻励不言语，淑卉说祁老放心，我夏淑卉保证给你们采访几条新鲜的独家报道。

军校开学典礼十分的隆重，小小的长洲岛来了许多人，孙中山夫妇、廖仲恺，还有几百名嘉宾，报社的记者也不少，夏淑卉想找个教官和学员聊聊，但一个没见着，也不让见，远远地看着他们整队集合，准备列队进场，夏淑卉就跟着人群，在军校里参观，教室、阅览室、宿舍、饭堂，居然还有禁闭室！

刘翰林他们早早就起床，穿军服，整内务，打绑腿。打绑腿是个技术活，也是个经验活，王有田绑得最好，他在老家跟老辈人上山采药就学会了绑腿，高应泉也会绑腿，他要教人家，但条件是帮他洗衣裳，王有田没什么条件，见刘翰林、赵裕泰、伍剑鸣绑得不好，就一个个帮他们，手把手教他们，从脚踝往上绑，下面要绑紧，往上可以松一点，好让血流得通畅，绑紧了迈不开步子，绑松了不起作用，还会散了掉了。高应泉见王有田教得认真，也不讲条件地教他们，绑一两圈把布带翻个面，这样绑起来平贴不容易掉。

学员队列队走来，唱着校歌，"莘莘学子，亲爱精诚，三民主义，是我革命先声。革命英雄，国民先锋，再接再厉，继续先烈成功。同学同道，乐遵教导，始终生死，毋忘今日该校。以血洒花，以校作家，卧薪尝胆，努力建设中华。"赵裕泰觉得歌词写得精练对仗，四段72个字，把主义精神校训都表达得淋漓尽致，所以他唱得慷慨激昂。刘翰林并不在意歌词，感觉旋律正好合着脚步，齐步走的时候就好像有人在打着节拍，人再多都乱不了。

刘翰林在队列中腰板笔挺，步子走得英武有力，他第一次感到整齐的队列也能震慑敌人，鼓舞自己士气。刘翰林看到卫兵手持长枪，真想上前问问什么时候发枪，枪是军人的武器，是军人的生命，正像严教官说的，当兵哪有不发枪的？

开学典礼结束后，夏淑卉找到了伍剑鸣。陆军军官学校招生的时候，夏淑卉去采访考生，见到正在演讲的伍剑鸣，这个操着湖南口音的考生气质不凡，出口成章，讲的道理深入浅出，正合夏淑卉心中的理想，夏淑卉就做了几期采访，让伍剑鸣谈谈各地考生到广州报考的情况，为什么青年学子不远千百里跋山涉水甚至冒着被反动军阀通缉逮捕的危险跑到广州来报考这所军校，伍剑鸣通过《七十二行商报》呼吁广州商人支持孙中山先生的陆军军官学校，因为这是革命的军校，革命军人打倒军阀打倒列强，广州商人乃至全国商人才会有自由买卖兴旺发达的明天。夏淑卉的几次采访，读者喜欢看，祁老和报社的经理都夸淑卉干得漂亮，《七十二行商报》那几期卖到脱销。伍剑鸣不仅是夏淑卉的采访对象，也成了淑卉的朋友，这次上岛，夏淑卉就是想看看她这个朋友伍剑鸣，听听他亲身的经历，再做一次专访。

夏淑卉和伍剑鸣边走边聊，眼看返回广州的船就要开了，他两似乎还有说不完的话，夏淑卉临走还想看看伍剑鸣的宿舍，看看他住的地方，刚才走马观花地跟着参观的人流看了一眼，也不知道哪个是他伍剑鸣的床铺。伍剑鸣大方地邀请夏记者到学员宿舍视察指导。

刘翰林他们早就回宿舍休息了，翰林还一直耿耿于怀都开学典礼了怎么还不发枪，高应泉就把他听到的内幕悄悄告诉刘翰林，听人讲，孙中山给黄埔军校批了300支枪，都是广东兵工厂造的毛瑟枪。刘翰林知道毛瑟枪，那是德国毛瑟兄弟设计的，1871年被德国军队采用，所以被命名为71步枪，后来又多次改进，旋转式闭锁枪机，后装单发枪，光绪三十三年广东兵工厂就开始仿造，性能挺好的。翰林就问，我们四百多学员，三百支枪怎么够？高应泉说你想得美，还想管够？孙中山先生批了300支，到了军校才30支。刘翰林根本不相信，惊叫起来，30支？看错数字了吧？高应泉说人家知道你们拿枪要打倒军阀，军阀控制的厂子能给你30支就已经给足面子了。刘翰林没想到孙中山先生在广州批个枪都这么难，军校的开支也是难的，听人讲要靠廖党代表去找那些军阀财主化缘，有时候吃了上顿没下顿。赵裕泰埋头写诗，他要把今天开学典礼的热血激情用诗记录下来，王有田却总是打断赵裕泰的思路，求他帮着给家里写封信，以前这事总是伍剑鸣帮忙的，今天伍剑鸣跟女记者聊个没完，王有田只好央求赵裕泰帮着写信。高应泉神秘地招呼大家围在一起，说你们发现没发现，伍剑鸣跟那个女记者有情况，王有田问什么情况？高应泉说当然是男女之间的情况了。赵裕泰问他们认识？高应泉说管他认识不认识呢，一回生二回就熟了嘛。刘翰林说你别瞎猜了，赶紧说枪的事。正说着，伍剑鸣带着夏淑卉走进宿舍。

　　漂亮的女记者进到男兵学员宿舍，就好像一滴水落进了油锅，学员宿舍一下子就炸了锅，所有人都像是向夏淑卉行注目礼似的目光随着这位漂亮而又现代的女青年移动，又都羡慕地盯着伍剑鸣像是要把这个遭人羡慕嫉妒的幸运儿钉在原地。高应泉惊讶而又夸张地叫了一声，把埋头写诗的赵裕泰惊醒，刘翰林悄悄把本来就很平整的床铺又抹平了一次，王有田倒是挺镇静，仿佛这个仙女与他没什么关系。伍剑鸣在众目睽睽之下引领夏淑卉来到自己床铺前，指着床铺说这就是我的，夏淑卉惊讶地想用手摸一下叠得四四方方的被子，又缩回手，问被子叠成这样你是怎么弄的？睡觉怎么办？伍剑鸣指着刘翰林说这是我们的内务标兵"旺仔"，我们都是跟他学的。夏淑卉念叨着"旺仔"，觉得这个名字在广东太平常了，并没有什么特别之处，夏淑卉好奇地打量刘翰林的被子和内务，横平竖直，有棱有角，再看看所有人的内务几乎都一样，伍剑鸣向夏淑卉介绍他同宿舍的几个战友，开玩笑地说这是大力王，这是审稀，夏淑卉以为是川西，问是甘孜的还是阿坝的，刘翰林开玩笑说是四姑娘山下的。伍剑鸣介绍赵裕泰说这是我们的诗人"燕子"，夏淑卉有点疑惑地打量赵裕泰，也开玩笑地说怎么听起来女人女气的，赵裕泰连忙解释说不是家雀的燕，海燕的燕，就是像黑色的闪电在大海上高傲飞翔的海燕，夏淑卉明白了，接着说那就让暴风雨来得更猛烈些吧，呀，要开船了，我得赶回去发今天的稿子，噢，对了，他们叫你什么？高应泉惊讶得脱口而出，说搞到现在连我们鸣哥的名字都没侦察好？夏淑卉笑着说知道了，鸣哥，下次来不采访别的，就听你们讲讲学员的故事，我记住了，大力王、燕子、旺仔、川西、鸣哥，太好玩了。

闻励去商会采访就没那么好玩了。商会门口还是围着不少商人，也有看热闹的，三三两两议论政府征税的事，听说商团那边又要招人，说是手头有枪，自卫保护商人，不怕政府强征收税。闻励想好了采访内容，进到商会里面，找到一位陈总，商会有好几个姓陈的老总，请这位陈总谈谈今天开学的陆军军官学校和商团之间的关系，广州城的兵力多而杂，有滇军桂军粤军，还有商团，加上新开学的陆军军官学校，尽管军校还不能称其为政府"军"，但军校是培养拿枪的，将来是一个不可小觑的武装力量。陈总从桂系在广州控制财政税收，历数到陈炯明率领粤军驱逐桂系，实行"粤人治粤"，后来炮轰总统府，陈炯明与孙中山决裂，陈总坚称商团保持中立，商团只是保护商人利益，维护市场稳定。正说着，进来一个职员，报告陈总说商团的罗总有急事求见，闻励一听"罗"姓，就十分敏感，见陈总有事，闻励就主动说您先忙，抽空我再来采访，听听您的高见。闻励收拾好笔记本，转身离开，刚出门，就与迎面来的罗总几乎撞个满怀，闻励急忙躲闪，因为距离很近，闻励真真切切看清这个罗总就是她恨透了的罗恒义！罗恒义身穿商团的制服，随那个职员急匆匆走进，随后把门关上。闻励惊呆了，愣在门口，那个职员看她惊恐地站在门口，不晓得发生了什么事，就关切地轻声问她怎么了？闻励直摇头，镇静下来，向那位职员打听，刚才进屋的是哪位老总？职员说是商团的罗总，闻励疑惑，以为看错了人，"商团的罗总？罗什么？"职员说是罗恒义，刚调过来，见闻励没什么事，职员匆匆走了。闻励醒悟过来，转身就跑，跑出楼，跑上街，一直跑回淑卉的房间。淑卉还没回来，闻励惊恐不定，没想到罗恒义居然跑到商团来了！

　　罗恒义早年在广州追随陈炯明之前，曾在桂军当过差，那时候广州的税收被桂军控制，罗恒义征税，跟商会打过交道，与几个陈总都混得比较熟。孙中山联合滇桂联军攻打陈炯明，罗恒义眼看陈炯明在粤东难以支撑，就想为自己找条后路，他们这种扛枪吃粮捞油水的小军阀，哪里油水多就往哪里跑，孙中山亲率滇桂粤军还有陕军豫军东征，双方在东江地区打了多次，一直僵持不下，罗恒义见广州的商团势力越做越大，有钱，有枪，自然就有油水，罗恒义私下里与商团联系，商团也正需要扩充人，双方合拍，谈好条件，商团委任罗恒义当了个副总，听起来比营长好听得多。

　　夏淑卉回到房间就兴奋地跟闻励讲军校开学的事，孙中山廖仲恺都去了，广州的政要都去了，孙中山作了长篇演讲，检阅了学员，呀，你没看见真可惜，这个军校学员走的步子整齐划一，真的是落地有声，跟在城里看到那些懒懒散散的兵痞真的不一样，还有他们睡觉的地方，牙缸牙刷毛巾洗脸盆摆成一排，横着看一条线，竖着看也是一条线，被子不晓得怎么叠的，跟豆腐块一模一样，旺仔的被子叠得比豆腐块还要有棱有角，闻励问旺仔是谁？淑卉说他们的内务标兵，人长得也有棱有角的，闻励问怎么个有棱有角？多高？长得什么样？淑卉笑说他们都穿着军服，都是健壮的小伙子，除了那个川西来的看上去有点猥琐，都长得很帅啦，闻励你不害怕见到当兵的吗？怎么问个没完？下次带你去兵窝子里见识见识，你别害怕，他们真的跟你见到的兵不一样。淑卉问闻励采访得怎么样？闻励说乱得很，到现在还不晓得写什么，淑卉就问怎么回事，闻励就把见到罗恒义的事说了一遍，没想到罗恒义这个流氓混到商团当了副总！夏淑卉说这些当兵吃军粮的，都是一路货，有奶就是娘，哪好就往哪跑。闻励还是有点儿后怕，淑卉安慰她，没事，商会商团那边还是我去跑新闻吧，免得你被罗恒义那个军阀兵痞臭流氓撞见了。

　　隔天广州的报纸，几乎都报道了陆军军官学校开学典礼的新闻，并配了照片，《七十二行商报》刊发夏淑卉写的采访，学员伍剑鸣又成了专访的话题人物。闻励翻看那些报纸，在那些照片上寻找赵裕泰，期望也能看见翰林，单幅照片都是名人的，学员在 起集合开会、走步阅兵的照片人太多，又都穿着同样的军服，分不清谁是谁，闻励找不见赵裕泰，更没发现刘翰林的影子。

第三章

十三

　　夏淑卉一直在岭南大学听课，闻励跟着淑卉去听了几次，在岭南大学开设的英文、格致、理化、算术、地理、生物等几门课中，闻励喜欢英文和生物，岭南大学起初是美国牧师办的教会学校，英文几乎是必修课，闻励对生物课着迷，仿佛给她打开一扇大门，走进一个更广阔的空间，让她重新认识大千世界，原以为只有人和动物是有生命的，想不到花卉树木、海藻海带都有生命，还有那些从未看见过只有在显微镜底下才能看到的细菌都有生命！她最爱的木棉花也是有生命的，她胸口挂着的那个红珊瑚也曾是有生命的海洋生物。生物老师爱丽莎看她听得认真，好奇地问这问那，就格外关爱这个女生，给她看动物和植物画册，教她在显微镜下观察那些肉眼看不见的细胞、细菌，甚至是病毒。闻励把自己对生物世界的认识和感悟写成文章，在《七十二行商报》上开辟一个专栏，大受欢迎。

爱丽莎喜爱话剧，房子里的小书架上，除了那些生物和科学的书刊画报，还有莎士比亚和易卜生的话剧，闻励看着看着就被剧中人物的喜怒哀乐吸引住，经常是埋头一口气看完一个剧本。学校里热爱话剧的老师和学生搞了一个剧社，开始是演莎士比亚的，演易卜生的，后来有个笔名叫易生的中国老师仿照《玩偶之家》写了个《阔太太之家》，说的是一个军阀，有枪，有钱，抢了个女学生做太太，女学生坚决不从，誓死要逃出去找她的男同学，后来女学生怀上了军阀的孩子，过上了安逸舒适的阔太太生活，男同学带人来救她，阔太太却念念不舍这个家，导致军阀打死了男同学。那个女学生也就是那个阔太太由生物老师爱丽莎扮演，易生老师演那个男同学。闻励看完这个剧，心里就不舒服，爱丽莎问她怎么样？闻励说女学生是被抢去的，不可能贪图阔太太生活，不可能念念不舍这个军阀之家，不可能让军阀打死她心上的人，淑卉知晓闻励的经历，也赞成闻励的话，淑卉从反对封建军阀、宣传男女婚姻自由的角度，讲得有条有理，爱丽莎告诉闻励，这个故事就是易生老师他大哥的真实经历，他大哥爱上的那个女同学后来就成了阔太太，闻励问真的被军阀打死了？爱丽莎说易生他大哥没死，一气之下跑到美国去了。

《阔太太之家》演了几场，生物老师爱丽莎要去云南传教，剧社和易生老师就着急，好好的一个剧，女主走了，停下来实在是太可惜，爱丽莎推荐闻励来演，说闻励喜欢话剧，有悟性，声腔发音都很好，闻励直摇头，吓得逃跑躲着不见，非要把夏淑卉推到前台，夏淑卉当仁不让，上台照着爱丽莎的样子排练，易生老师总是皱着眉头，嫌夏淑卉的嗓子不好，淑卉头发短，看上去像个男生，这倒是可以戴个发套解决，关键是夏淑卉的嗓音像个男生，易生老师跟她对戏的时候，总是觉得不对劲，而坐在观众席上的爱丽莎远看夏淑卉扮演的女生像是个男扮女装的，爱丽莎就把闻励推到台上，让她试试，这一试就没下得了台，易生老师感觉找到了最合适的人选，闻励形象清纯，像个学生，嗓音又好，爱丽莎也觉得合适，当初她这个外国女老师化妆成中国女生，与易生扮演的中国男生同台演出，总觉得是个跨国恋，而闻励却是个地地道道的中国姑娘。闻励死活不肯演，她害怕抛头露面，万一哪天让罗恒义看见，她跑都跑不掉。剧社的老师和同学都劝闻励，夏淑卉理解闻励的推辞，就悄悄跟闻励说，你在台上化了妆，台下谁认得出你？再说那个姓罗的军阀根本就不懂什么话剧，不可能来看你的演出，而且在广州，有革命政府管着，他姓罗的还敢明着抢？闻励见大家都在劝，推辞不了，就说要是让我演，就得按我的意思改，易生老师开始不答应，僵持了半天，眼看剧社就要散伙，剧也演不成了，易生老师只好屈服，说行，为了艺术，为了剧社，就按你的意见改。闻励说女学生被抢去后，她要一直想着男生，期盼男生来救她，最后她和男生联手打倒军阀这个臭流氓大坏蛋，一起奔向自由的天地，而且剧名就叫《打倒军阀》。易生闷着不吭一声，夏淑卉说好呀，打倒军阀正是时代的呼唤，而且有情人终成眷属，符合中国观众的审美习惯，爱丽莎反过来劝易生，易生苦着脸说这样改就太俗套了，主题也浅薄了。夏淑卉说反对封建、打倒军阀、婚姻自由、男女平等，这是永恒的主题，什么时候都不会浅薄！易生只好忍着心痛，按照闻励的主张改了剧本，有的台词还是闻励在排练时改的，虽然显得直白一些，但闻励念起来很有激情，所以还看得过去，唯独剧名，易生坚持不改，坚称《打倒军阀》是标语口号，不能称其为剧名，最后商量来商量去，争过来争过去，易生说暂且叫《这不是玩偶之家》，反复强调这只是权宜之计，"暂且"而已。

翰林他妈谭香漪听说岭南大学排了个文明戏，老师和学生自己演，轰动广州城，就想去看看。民国初年话剧刚被引进到中国的时候，大家都称之为文明戏，谭香漪叫顺嘴了，改不了，依然称话剧为文明戏。何鹏宇本想找岭南大学安排个专场，粤剧名旦大驾光临，亲临现场观摩，对学生戏真是个抬举。谭香漪不想弄得满城风雨，她不太相信抬举了文明戏，就有可能打压了传统戏，在广州，粤剧的正统地位是无可替代的，她谭香漪倒是不怕文明戏砸了她的饭碗，只是不想让文明戏抢尽了风头。何鹏宇就买了两张戏票，谭香漪打扮成普通观众，悄无声响地坐在观众里面，生怕被好奇的记者看见，这些记者在报纸上可是什么话都敢说，什么抢眼的题目都敢编，直到剧场灯熄灭，演出就要开始了，谭香漪才把帽子和墨镜摘下来，似乎是第一次这样坐在普通观众席上看戏，谭香漪觉得这样挺好，可以不受任何干扰地切身体验一下观众的感受。

新改的这一版《这不是玩偶之家》，基本上是按闻励的意思改了故事，有的台词就是闻励改的，都是她发自肺腑想说想喊的话，所以闻励演得十分投入，夏淑卉在推荐这部话剧的女主演时用了一个词叫声情并茂。易生老师开始还不接受，渐渐地被闻励的情绪所感染，也演得身临其境，观众的掌声让他们一次次获得成功的喜悦。

女生：这就是玩偶之家！他把我抢过来，做他的太太，陪他吃，陪他喝，陪他玩，我就是他的玩偶，被关在这深宅大院里，喊天天不应，叫地地不灵，跑不掉，也死不了！我如同囚禁在鸟笼子里的金丝雀，供他开心，被他玩弄。我想死，可是一想到你，我就要勇敢地活下去。我日思夜想，无数次在心里默默祈祷，不，是在呼唤，呼唤你，快来救我。

男生：啊，我听到了你的呼唤，我来了，就站在你身边。

女生：快，快帮我打破这牢笼，快帮我砸烂这枷锁，快带我冲出这地狱！

男生做砸锁状，锁砸开，男生拉起女生的手，要带她奔向远方。

军阀上场，看见自己的太太被一个男人拉着手，拦住他们。军阀掏出手枪，枪口在女生和男生的脑袋间移动。

军阀：站住！

男生护着女生，不让军阀伤害女生。

军阀将枪顶在女生头上。

军阀气急败坏地说：你吃的是山珍海味，喝的是银耳燕窝，穿的是绫罗绸缎，我给了一切，你却在家给我养了个小白脸？！

女生护着男生。

女生：不许你污蔑他！

军阀将枪顶在男生头上，凶狠地要开枪，男生一把夺过军阀的枪，两人争夺的时候，男生一枪打倒军阀。

军阀中枪，挣扎，夸张地伸直腿，毙命。

男生举着枪，呼喊：军阀被打倒了！我们解放了，我们自由了，走，我们一起飞向自由的天空，我们一起奔向光明的未来！

谭香漪觉得新戏有新戏的优势，没有程式的约束，演的故事是当今世道的酸甜苦辣，讲的台词也是观众想要听的话，只是几个演员都太稚嫩了，谈不上表演，有的只是背诵台词，加了一点动作，演女学生的那个演员倒是蛮投入的，但过于沉浸在自己的角色里，有些台词甚至是声嘶力竭的呐喊，这样的戏可能红一时，不可能像粤剧经典戏那样传下来，所以谭香漪更加坚信文明戏取代不了传统戏，粤剧还是正宗，她谭香漪还是大牌。何鹏宇觉得女学生演戏挺好玩的，一个个天真纯洁得很，这样的女孩当然是上品，他盯着演女学生的演员，总觉得在哪见过，眼熟，在脑海里搜索，回忆，演到女学生逃出的时候，何鹏宇突然想起了罗恒义，这女学生该不是罗恒义新娶的那个小姨太太吧？他悄悄让谭香漪辨认，谭香漪专注地看了一会儿，认出她就是跑到戏院来找翰林的那个女学生，越罗湾蔡老医生家的荔雯小姐，被罗恒义娶过去的姨太太！这个女孩怎么成了岭南大学的学生了？还演了文明戏？罗恒义让她念书了？资助她演戏？谭香漪一直想找翰林，上次小玉到戏院来看她，谭香漪还托小玉帮着找找翰林，至今毫无消息，也许这个女学生能有翰林的消息。

　　闻励卸妆的时候，发现镜子里站着一个人，回头看，认出是去越罗湾参加罗恒义婚礼的那个油头粉面的臭男人，闻励一惊，厌恶地要逃走，何鹏宇色眯眯地打量闻励，说没想到你居然跑到岭南大学来了，还演上了文明戏，罗恒义摇身一变成了商团的副总，看来真的是捞了一把，有钱供你念书，还资助你们排戏。闻励不想理他，拿起自己的东西就要逃走，在门口被谭香漪堵住了。谭香漪见闻励惊恐的样子，对何鹏宇说，我跟她单独说几句话。何鹏宇就乖乖地出了门，把门关上，屋里只剩下闻励和谭香漪。

　　闻励警觉地站在门口，盯着谭香漪，没想到她来看话剧。

谭香漪打破沉默，说演得不错，蛮投入的，就是太使劲喊了。闻励见谭香漪并没有恶意，就迫切地问翰林有消息吗？谭香漪长叹一声，说翰林来找过我一次，就再没音信了。闻励一听就叫起来，翰林还活着？！太好了！我就晓得他不会死，翰林死不了！谭香漪听闻励的口气，惊讶她并不知道翰林的死活，那就肯定没见过翰林，就有点儿后悔过来找她。闻励急切地问谭香漪，翰林再没来看您？他跑到哪去了？一点音信都没有吗？谭香漪说前一阵子，小玉也来找过翰林，也没找到。闻励问，小玉在哪？他跟翰林形影不离的，找到小玉就能找到翰林。谭香漪摇头，小玉这孩子也不晓得跑到哪里去了，好久没过来看我了。谭香漪好奇地问闻励怎么想起来演话剧？闻励就把自己被抢去做姨太太，翰林救他，放火烧掉罗恒义宅院，她逃到广州的经历，哭诉了一遍。谭香漪看闻励哭得伤心，猜想这孩子说的是实情，就骂罗恒义不得好死，害得翰林无家可归，四处流浪。闻励反过来劝慰谭香漪，说阿婶放心，只要翰林还活着，就一定能找到他，翰林的脾气我晓得，翰林一定会为他阿爸报仇的！谭香漪觉得这个女孩并不是何鹏宇说的那样，甘心做罗恒义的姨太太，还是知道好歹的，劝她当心点，罗恒义现在就在广州，当上了商团的副总，闻励惊疑罗恒义怎么混到广州来了，还当上大官？谭香漪不屑地说什么大官，商会自己养的商团，商团的一个副总，充其量也就是个团副，不过现在他手下的人也不少，枪多，而且都是好枪，你和翰林都要当心一点，躲他远远的。

谭香漪走后，闻励接着卸妆，对着镜子里的自己，闻励愣愣地看了很久，脑子里思来想去，既高兴，又后怕。高兴的是听到翰林的消息，翰林没死，还活着，只要活着，就能找到！小玉也跑到广州了，裕泰也许早就考上了军校，只要找到裕泰，找到小玉，就能帮着找到翰林！今晚的谭香漪倒是像个阿婶的样子，听得进闻励的诉说，对闻励也有了几分怜爱，因为翰林的缘故，谭香漪还骂了罗恒义。闻励后怕的是那个油头粉面的臭男人知道她在岭南大学演话剧，会不会告诉罗恒义？罗恒义知道后会不会带着兵来抓她？抓了她以后……闻励越想越后怕，她匆匆卸了妆，跟易生老师告别的时候，闻励想好了托词，说是回家有急事，易生老师一下子傻了，没想到女主又有事，生物老师爱丽莎去云南传教了，闻励又要回家，还有几场演出的海报都贴出去了，临时换人都来不及，易生老师从剧社到学校的声誉，从话剧艺术到人生理想，从团队合作到诚信，等等，讲了许多道理，闻励坚称她要回家，家里有急事，她恐怕回不来了，再三抱歉对不起，易生老师急了火了嚷起来，这是一句抱歉对不起就能解决的事吗？！同学中有的看见闻励眼泪止不住地流，猜想她也委屈无奈伤心痛苦，猜想她可能父母有病，或是回家结婚，总之是有急事，否则闻励恐怕也不会哭成这样忍心离开剧社放弃舞台一走了事，同学就劝易生老师，安慰闻励，闻励对易生老师深深鞠了一躬，满脸泪水地跑走了。

　　闻励跑回宿舍，扑进被子里哭得伤心，吓着了淑卉，淑卉放下笔，连忙去安慰，问她到底出了什么事，闻励就把晚上演出的事告诉淑卉，淑卉为闻励高兴，你说的那个翰林没死不是高兴的事吗？你找到他妈就能找到他呀，多高兴的事呀？你哭个什么劲儿？那个军阀臭流氓也不会去看戏，也不见得就知道你在广州演戏，就是知道了，广州是革命的大本营，他一个反动军阀臭流氓还能明着抢良家妇女不成？！报纸上口诛笔伐就能把他打倒！不怕！

夏淑卉不怕，闻励还是害怕，她每每想到被捆绑着待在新房里，想到罗恒义扑上来撕她衣裳，想到罗恒义那双肮脏的手在她身上摸来捏去，她就不寒而栗。无论淑卉怎么说，她宁死都不敢再去岭南大学听课了，宁死也不敢去剧社参加话剧演出了！

十四

刘翰林拿着"中国国民党入党志愿表"，犹豫了好长时间，他上军校是要弄枪报仇杀罗恒义的，不是要入什么党的，杀了罗恒义，他还要开小火轮多赚钱把兴华航运搞起来。他想，入了党，就有人管你了，他从小就不愿意被人管着。可是军校规定，凡是考入军校的学生都要加入国民党，不能例外。

赵裕泰很兴奋，进军校这些天受到的教育，听过教官的讲课，看过那些教材讲义小册子，对国民党有了了解，对三民主义有了认识，能加入这个党，是他这些天一直向往的事，是他梦寐以求的事。赵裕泰很快就把志愿表填写好了，在志愿表的后面还写了好多话，诸如什么无比光荣自豪，甚至还要赴汤蹈火，为主义而牺牲之类的豪言壮语。裕泰见翰林愣在那不动笔，就催翰林快点填表，翰林还是迟迟不动笔，裕泰觉得翰林白听了这些天的政治教育，还是没觉悟起来，就要拉他出去说说话，翰林晓得一出去，裕泰又要跟他讲那些革命的大道理，就照葫芦画瓢，拿过裕泰的志愿表，除了姓名，其他的基本上照抄裕泰的，学历和家庭地址之类的，他俩都是一模一样的，只是裕泰在志愿表后面写的那些话，翰林觉得多余，没必要，他刘翰林只想打倒军阀，杀掉罗恒义，也不想改造中国，更不想赴汤蹈火牺牲自己，他刘翰林要是牺牲了，荔雯怎么办？他家的小火轮谁去找？他爸的仇谁去报？兴华航运谁去做？

伍剑鸣入校前是中国共产党党员，他不想退出中共，再加入国民党，陶铭德解释说年初国民党第一次代表大会就已明确规定了，原来加入中国共产党的，不必退出，可以保留原来的党籍，以个人身份加入国民党，大家一起创造革命事业，不妨碍的。王有田随大流，军校让填什么表他就填什么，反正有饭吃有衣穿还发军饷就行。高应泉见多识广，当兵吃军饷还非要入什么党，他还是第一次遇到，先入了再说，要是不喜欢，退掉就是。

钱小玉得空又去了一趟美仑戏院，现在改名叫香漪戏院，见到了他称之为表婶的谭香漪，还是没有刘翰林的消息，表婶着急，小玉也着急，翰林能去哪呢？闲聊时，谭香漪说起罗恒义的小姨太太，小玉后来才听明白，表婶说的是蔡老医生家的蔡荔雯，小玉就有点纳闷儿，蔡荔雯怎么会在岭南大学？怎么还演文明戏？表婶没看错吧？谭香漪十分肯定的口气，让小玉心里宽慰了许多，总算有一个人的消息了。小玉离开戏院，心里盘算，抽空去岭南大学找找蔡荔雯，也许她能有翰林和裕泰的消息。

赵裕泰的政治课成绩一直都是名列前茅，三民主义，帝国主义侵略中国史，社会进化史，经济学，等等，赵裕泰喜欢，学得用功，陶铭德教官总是表扬他，夸他觉悟高，进步快。刘翰林对这些主义呀理论呀什么学什么史的没什么兴趣，也就不用心，翰林记住他爸的话，实业才能救国，小火轮多拉快跑，航运发达了，老百姓有钱，国家自然就富了，就强大了，洋人也就不敢欺负你了。进步快的赵裕泰被派去大元帅大本营出公差，赵裕泰心想，也许，被哪个军政要人看上了，器重了，他赵裕泰就会飞黄腾达前途无量。

晚间，赵裕泰翻开自己的上课笔记，把中国国民党史、三民主义认真复习了一遍，几乎是背下来，翰林说你出公差又不是去考试，背这些做什么，赵裕泰不理他，也懒得跟他解释，解释了，翰林也不懂，他就晓得拿枪杀罗恒义为他爸报仇，就晓得开小火轮赚钱把兴华航运做大，裕泰不晓得翰林这是什么主义，实用主义？也许是。

赵裕泰他们到大元帅大本营出公差，就是从船上把米面粮油之类的东西扛下来，放进仓库，早知如此，应当让翰林来，不，应当让王有田来，号称大力王的王有田有的是力气，干活从来不晓得累。赵裕泰就想往大本营跟前凑，楼前有卫兵，不让他靠近，他也没见着哪个军政要人从里面出来，不要说搭上话了，连个面都没见着，裕泰就有些失望，扛得就不那么卖劲，快扛完了，船舱里出来个伙计，收拾东西准备冲洗甲板，裕泰看着有些眼熟，凑近了，伙计却惊喜地喊他裕泰！赵裕泰也认出这个伙计就是翰林家的伙计钱小玉！裕泰打量小玉，又打量这条船，觉得比翰林家的小火轮大许多。小玉解释说翰林家的小火轮被兵们抢去征用了，他是逃跑的，就把这些经过说了一遍。裕泰说翰林还整天惦记着他家的小火轮呢，小玉问裕泰，翰林没惦记我？裕泰想了想，说翰林也惦记你，惦记你把他家小火轮开到哪去了？小玉听说翰林跟裕泰都在黄埔军校，终于打听到翰林的下落，也把蔡荔雯的消息告诉裕泰，裕泰看时间是来不及去岭南大学找蔡荔雯了，说着说着，领队来出公差的队长招呼大家抓紧时间集合，活干完了，要赶回黄埔。裕泰匆匆跟小玉告别，小玉让裕泰带话给翰林，小火轮不是他小玉弄丢的，是被兵们抢去征用了，等打完仗小玉再陪翰林一起去找。

翰林意外地听到小玉逃出来了，居然在广州上了大本营军政部的陆军军官学校！裕泰听说过这个学校，是孙中山先生让军政部部长程潜办的，比他们黄埔军校还要早。更让翰林惊喜的是有了荔雯的消息，荔雯没死，荔雯逃出来了，荔雯就在广州，而且还上了岭南大学，还演话剧！真是没想到！万万没想到！太意外，太惊喜了。翰林听裕泰回来跟他说这些，迫不及待地就要拉裕泰去军校码头，就要去广州城里找荔雯。赵裕泰还算冷静，说码头上早就没船了，你上哪去？你不请假门卫能放你出校门吗？不请假外出受到什么惩罚你背给我听听。刘翰林说他有急事，一刻也耽误不得，赵裕泰让他冷静冷静，只要荔雯活着，只要荔雯在广州，就好，这么多天都过去了，不在乎这几天，熬到礼拜天，我们找个理由请假进城，我们俩一起去找荔雯。

这几天，翰林度日如年，感觉丢了魂似的，心不在焉，口令听不进去，动作出错，教官批评他罚他，他都像个木头人。训练间隙，休息的时候，裕泰把翰林拉到一边，警告翰林你如果再这么魂不附体，教官就要严惩重罚你了，不要说请假进广州城了，关你的禁闭，你连自由都没了！一句话惊醒糊涂蛋，翰林打了个激灵，仿佛被裕泰一巴掌拍醒，再也不敢犯错了。

好不容易熬到礼拜天，裕泰的假没批，听说是陶教官点名让赵裕泰同学留下，军校要成立国民党特别区党部，还要分五个分部，每个分部都要选一个执行委员。刘翰林同学满脑子都是杀罗恒义为他爸报仇，都是被赵裕泰批评的私事，满脑子都是开小火轮赚钱把兴华航运做大，都是被赵裕泰称之为鸡毛蒜皮的小事，现在满脑子都是找荔雯，这件事终于跟赵裕泰想到一块了，可是赵裕泰满脑子想的却是陶铭德交办的党部分部执行委员的大事，幸好，翰林的假被批准了，他在请假报告上，把他阿妈的病情说得特严重，感觉要是不批准他刘翰林进广州城见他阿妈最后一面就太不人道太绝情了，实际上他阿妈在香漪戏院一天两场演出，满脸笑容陶醉在鲜花和掌声中。

刘翰林觉得今天的渡船开得特别慢，有气无力地驶向广州城，翰林急了，跑进驾驶舱，自告奋勇说自己开过蒸汽机船，他来开，快一点，船员当然不会让他来开船。翰林就急得直搓手，盼着早点靠岸。船刚靠岸，翰林就跳下船，沿着江岸，直奔康乐园那边的岭南大学。

到了岭南大学，翰林就蒙了，跟谁打听蔡荔雯，都直摇头，没听说，不晓得，不认得，他这才知道岭南大学原来是美国基督教会创办的，此前叫格致书院，清朝光绪年间就有了，后来改名岭南学堂、岭南大学，翰林不晓得蔡荔雯上的是文科还是理科，凭翰林对荔雯的熟识，她作文写得好，应当学的是文科，可文科的老师学生都不知道有这么个蔡荔雯的女生。翰林脑子里仿佛是空白了，怀疑是不是小玉听错了？或是他阿妈记错了？不会呀，翰林真真切切地记得裕泰说小玉听翰林他妈讲在岭南大学看到荔雯演文明戏呀！对了，演过戏！文明戏就是话剧！刘翰林突然脑洞大开，就向人打听岭南大学演话剧的事，终于有人告诉他，去找生物老师，刘翰林纳闷，演话剧，怎么会让他去找生物老师？有线索就行，一打听，喜欢话剧的生物老师去云南传教了，一直没回来，翰林又一次失望，但他没绝望，他那个犟脾气，撞了南墙都不回头，不找到他要找的人是不会绝望的，他又打听，前段时间，学校演过话剧，名字叫《这不是玩偶之家》，是易老师写的剧本，易老师还主演了呢。

易生老师上下打量这个穿军装的青年军人，说你确定你找的这个人名字叫蔡荔雯？翰林点头说没错，蔡荔雯，并在纸上工工整整写了蔡荔雯三个字。易老师看着这三个字，摇头，没听说过，刘翰林急了，跟你一起演戏的，演话剧的，有人看到过她。易生老师把一张撕下来的旧海报摊开，上面只有易生、闻励的名字，没有蔡荔雯三个字，剧照是画的，也没来得及拍个照片，男主角易生画的是正脸，女主角却是个侧影，看不出脸面，易生老师说这是他用心设计的，就是要观众看不出女主角的面孔，她到底是个什么样的人？是军阀的阔太太？还是进步女青年？让观众去思考，去琢磨。艺术，就是要让观众回味无穷，要绕梁三日。刘翰林没思考这些，他盯着女主角的侧影，一时也难确认这个女主角到底是不是他要找的蔡荔雯。刘翰林问易老师，这个闻励在哪？文质彬彬的易老师却突然来了气，莫名其妙地嚷起来，你问我？我也不晓得她到哪去了，演得好好的，突然，说是家里有急事，放下整个剧团，放下属于她的舞台，放下那些已经买好票的观众，瞬间就蒸发了，消失得无影无踪，再也没见着这个人！刘翰林嘴里念叨着怎么会呢？易老师也跟着念叨，怎么会呢？我也一直在问这个问题，可就是无解，也许，等爱丽莎从云南传教回来，她或许能解开这个谜，因为爱丽莎跟她，还有她的朋友认识，好像还很熟，是爱丽莎推荐闻励演的。刘翰林问闻励的朋友是谁？男的女的？在哪？易老师只晓得是个女的，其他的，易老师一概不知。

刘翰林本想赶到戏院去问问阿妈，也许她那天看演出，知道得更详细，阿妈回越罗湾的时候，见过蔡老医生家的荔雯，当时还夸荔雯聪颖乖巧。可是，返校开船的时间快要到了，赶不上返校的渡船，就是超假，超时不归，将要受到严厉的惩罚，恐怕他就再也请不动假了，他就再也进不了城找荔雯了，他想索性不回去了，找到荔雯，杀了罗恒义，一起回越罗湾，可是当了逃兵，赵裕泰又要骂他孬种窝囊废，名声太难听了，他吃了那么多的苦受了那么多的累盼着发枪的事就要泡汤了！没枪，就是找到荔雯，也不能替荔雯和他阿爸报仇！

刘翰林跑回码头，赶上返校的船。进了宿舍，裕泰又把他拉出来，要问个究竟，刘翰林摇头，简略几句说了几个关键词，赵裕泰骂翰林你脑子不好使呀，你跑去问你妈呀，小玉说你阿妈看演出的，你阿妈能不认识荔雯？刘翰林看着天，长叹一声，说来不及了，转身回宿舍，端起脸盆去冲凉。赵裕泰就搞不明白，活生生的一个人，怎么就找不见呢？

罗恒义知道刘兆民的老婆谭香漪在广州城里唱戏，是广州城里有名的旦角。罗恒义在商团落脚站稳了，就派人打听到谭香漪演戏的戏院，原来叫美仑戏院，现在改名叫香漪戏院，谭香漪早就改嫁给何鹏宇了。

何鹏宇听说罗恒义要来看戏，害怕罗恒义来找谭香漪惹事，军阀找戏子的碴，是常有的事，何况这个戏子的儿子还烧了他罗恒义的宅院！何鹏宇跟罗恒义曾经都在粤军混过事，都是陈炯明的部下，罗恒义娶小姨太太的时候，何鹏宇还去越罗湾喝喜酒，闹过洞房。何鹏宇料他罗恒义不敢明目张胆地在广州地界上闹事，毕竟他的翅膀还没硬。但一细想，罗恒义这种兵痞流氓，什么事也都能做得出来的，即使不闹事，坏了谭香漪的心情，她就唱不好了，唱不好，就会得罪甚至失去观众，失去观众的明星就无人问津了，也就成不了摇钱树了。何鹏宇琢磨了好长时间，没有把罗恒义来看戏的事告诉谭香漪，把她哄进后台化妆室，何鹏宇就在戏院门口恭候罗恒义大驾光临。

罗恒义现在是商团的副总，不是驻守在越罗湾小镇的营长了，罗副总带着几个部下和勤务兵，耀武扬威地走过来，见到何鹏宇，笑着就是一拳，说你当初笑我老牛吃嫩草，你他妈的吃得比我还好，泡上戏子了，还他妈的是名角。何鹏宇见他小人得志猖狂的样子，也不恼，嬉笑着把罗恒义请进戏院，引进包厢，递上茶，罗恒义急着要见谭香漪，何鹏宇拦住他，说是等香漪唱完了，再来陪罗副总。说着，锣鼓家伙响起来了，何鹏宇递上茶，悄声告诉罗恒义，香漪马上就要出场了。

罗恒义哪里懂戏，他眼睛盯着台上的谭香漪，心里想，怪不得刘兆民这个老家伙看上她，怪不得何鹏宇娶了这个死了丈夫的寡妇，这身段，这身子，这嗓子，这害羞的样子，太他妈的撩人了，是男人都他妈的吃不消。何鹏宇一直拿眼睛瞟着罗恒义，心里揣摩着怎么应对这个现在有兵有枪的流氓。何鹏宇欠了欠身子，说他出去打个电话，约个事。罗恒义没工夫理他何鹏宇，此刻罗恒义的眼睛盯着谭香漪一扭一扭的屁股呢。

戏完了，罗恒义想起来他要见谭香漪，他家的宅院被谭香漪那个小兔崽子翰林烧掉了，他要找谭香漪算账，找到谭香漪就能逼出刘翰林这个小兔崽子！

何鹏宇带着罗恒义到了后台，推门进了化妆室，何鹏宇连忙向谭香漪通报，香漪，罗副总来看你了。

谭香漪见过的老总副总太多了，随意地嗯了一声，说带去吃茶吧，我卸了妆就来，罗恒义靘着个脸，不识相地凑到镜子前，把谭香漪吓了一惊，再一细看，这不是越罗湾那个罗恒义罗营长吗？什么副总！谭香漪没好气地瞪了罗恒义一眼，说你害得我们家破人亡，还好意思跑来看我的戏？罗恒义一听就来气，凭什么说我害得你家破人亡？你家那个小兔崽子烧了我的宅院，翰林跑哪去了？让他给我滚出来，老子跟他算账！谭香漪哪怕他罗恒义？站起身，像唱戏一样，手指着罗恒义，你不杀他爸，他能烧你的房？！罗恒义蛮横得要死，死不承认他杀了刘兆民，谭香漪火了，你还狡辩不承认？他爸是谁抓的？关在你家里，死了，你埋的，不是你杀的，是哪个挨千刀的不得好死的王八蛋杀的？！何鹏宇见他们吵起来，早有准备地说了一句，香漪，别生气，许崇智许总司令马上就到了，约你一起去喝茶吃点心，正好，罗副总也是粤军的老人了，也曾是许总司令的老部下，罗副总，一起陪许总司令喝口茶吃点点心，我都安排好了。何鹏宇说的许崇智，可是广州地界上的军界大佬，早在辛亥革命的时候，他就是福州起义的前敌总指挥，许崇智曾经是粤军的大官，担任过援闽粤军第二支队司令，当时的总司令就是陈炯明。后来粤军被编为两个军，陈炯明总司令兼第一军军长，许崇智是第二军的军长，在粤军享有很高的地位。现在，许崇智是国民党中央军事部长、建国粤军总司令。怪不得罗恒义听了许崇智的名字都胆颤。罗恒义就借着何鹏宇这个台阶，息事宁人地说既然许总司令约你们喝茶，我就不打扰了，商团那边的事他妈的太多，我先走一步，不过，翰林那小兔崽子烧了我的宅院，不能烧了就跑个屁的，这个账，总得算算！

送走了罗恒义，何鹏宇连忙跑过来安慰谭香漪，幸亏他想起许崇智这张王牌，要不然，罗恒义还不晓得会闹成什么样，谭香漪还在气头上，愤愤地说他敢？！广州地界上，还没他罗恒义什么事！

广州这地界上虽然还轮不到罗恒义横行霸道，可毕竟人家现在手里有兵有枪，还都是一色的好枪，这种人，惹不起，何鹏宇抽了个空，偷偷跑去约罗恒义喝酒。说起刘翰林，何鹏宇也不喜欢，那个犟小子总是跟他较劲，好像他何鹏宇占了他妈多少便宜似的，没一次给他好脸看。何鹏宇娶了他妈谭香漪，这犟小子再也不踏进他妈家的门槛。罗恒义骂这小兔崽子跟他爸一个尿性，在他妈的越罗湾，就他和他爸刘兆民不拿正眼看我罗恒义，上次让他跑了，还烧了我的宅院，罗恒义一直在心头恨得咬牙，发誓非得抓住这个小兔崽子，不打死，也得让这个小兔崽子脱层皮。何鹏宇也想借罗恒义之手，收拾收拾这个跟他较劲的刘翰林，两人说得投机，推杯换盏酒过几巡，说起罗恒义的小姨太太，何鹏宇就告诉罗恒义，在岭南大学看到过她演文明戏，罗恒义一下子酒醒了，不相信地盯着何鹏宇，你没看走眼吧？怎么可能在岭南大学？还演戏？何鹏宇笑说我都看过你们在床上滚得乱七八糟，你小姨太太那张学生脸，我何鹏宇还能看错？香漪在越罗湾也是见过她的，那天晚上看戏，香漪也认出她来了，笃定没得错。罗恒义喝干杯中的酒，向何鹏宇抱拳作揖，说等我找到小姨太太，老弟请你喝个痛快！

罗恒义回去就召集一帮部下，连夜赶到岭南大学。岭南大学是教会办的学校，哪能让这些带枪的军人随便闯进。罗恒义就令兵们把守门口，一只母苍蝇都不许让她飞出来！天一亮，罗恒义就进校园，找到学校，说是要找他走失的老婆，他没敢说姨太太，听人讲外国教会学校反对人家娶姨太太，他在心里骂了一句真他妈的吃饱了撑的，多管闲事，老子娶姨太太碍着你们洋人什么鸟事？学校问明情况，也没查出罗恒义要找的蔡荔雯同学，听说演过戏，就让人带着这些兵去找易生老师。

易老师打量罗恒义，怎么又是个当兵的？这女孩是谁呀？话剧演得好好的，说走就走，还引来一拨一拨当兵的来找麻烦。罗恒义不信易老师的鬼话，跟你一起演戏，你能不晓得她跑到哪了？易老师懒得跟这些兵们啰唆，说那你就搜，搜到了，让她把话剧演完了你再带走。罗恒义也不敢在外国教会办的学校搜人，他听清楚了，这个教书的刚才说还有个当兵的来找过他小姨太太，谁呀？哪的人？易老师哪晓得，也是个穿军装的，样子还年轻，罗恒义在心里寻思，该不会是刘翰林那个小兔崽子吧？这小兔崽子也当兵了？在滇军桂军湘军粤军还是在哪混？

闻励自从见到谭香漪何鹏宇，吓得再也不敢进岭南大学，再也不敢抛头露面，就连她要跑的商会，她都是能不去就不去，去了也提心吊胆小心谨慎，避开众人，特别是绕开商团的驻地，生怕撞见罗恒义这个臭流氓。夏淑卉有时候陪她，给她壮胆，可是闻励那个胆怎么也壮不起来，本想跟她换一下，让闻励跑军界，淑卉跑商界，闻励更是不敢，直摇头，军界的那些当兵的，她更是害怕。淑卉又帮她改了一下发型，把前面的刘海留得老长，都快挡住眼睛了，后面却留得短，看上去倒也蛮新潮的，再配上那副平光眼镜，不仔细看，还真的认不出来她就是翰林裕泰还有罗恒义要找的蔡荔雯。

十五

军校终于给学员们发枪了，发的却是木头枪！听人讲苏联答应给的枪和子弹，还在路上，这路也太远了吧？翰林悄声问裕泰，你那个马拉什么司机的同志们说话还算不算数？你喊两嗓子让他们快点把枪送来！裕泰笑他急脾气，有本事你去问苏联顾问和教官，他们早就在军校了，说话能不算数吗？刘翰林掂了掂手中的木枪，哭笑不得，这跟烧火棍有啥区别？！刘翰林心里又在骂严子轩教官真是个骗子，把他骗来，长枪短枪随你打，长枪就是这根木头？短枪呢？短枪该不会就是个木头疙瘩吧？刘翰林私下里称这种木头步枪就是烧火棍。

没想到严子轩教官也拿着一根和刘翰林他们一样的烧火棍，还一本正经地教他们持枪、托枪、举枪、枪放下，动作要领十分讲究，烦琐得要命，就说拿枪吧，教官说不叫拿枪，叫携枪，右臂要自然下垂，左手将背带挑起，然后拉直，用右手拇指在内压住，余指并拢在外将枪握住，同时左手放下，枪托底板在右脚外侧全部着地，跟脚尖看齐。翰林在心里骂了一句，真是脱裤子放屁不嫌麻烦，一枪把罗恒义那个王八蛋打死就完了，用得着这样拿枪吗？噢，不叫拿枪，叫携枪。

光练携枪动作就练了两个半天，接着练托枪，就是把枪扛在肩膀上。翰林本来就看不上这棍烧火棍，更不屑于这种脱裤子放屁的麻烦事，做得就不认真，不标准，马马虎虎，拖泥带水，没精神。严教官就令他出列，让他一遍一遍地做，手把手地教他右手将枪提到右肩前，枪身还要垂直，离身体大概有15厘米的距离，枪面向右，手跟肩膀一样高，大臂轻贴右胁，左手呢，要握在表尺上方，将枪上提，同时右手拇指贴于枪托的后踵，余指并拢握托底板，两只手一起用力将枪送上右肩，左手迅速放下。刘翰林同学照着严教官的动作做，不是托高了，就是托低了，有时候还托歪了，严教官一遍一遍地纠正他，不厌其烦地跟他讲动作要领，枪身要正，枪托的后踵要与衣裳的扣线看齐。

枪放下的动作，也得一招一式地做。不是刘翰林同学想象的那样，把枪拿下来就行了，分解动作，一个动作不到位，教官就找碴，翰林就搞不明白，遇见敌人，难道还要这样呆板地一招一式托枪举枪吗？人家早就抽出枪把你给先撂倒了。可是，这一关过不去，你就摸不到真枪，没法进行真枪真弹的射击训练，刘翰林当初学开小火轮都没这么费劲，肖叔让陈师傅教他和小玉，分分钟的事，要是这样，一招一式地打开机盖，一招一式地点火，一招一式地加煤，小火轮早就熄火了。

刘翰林盼着礼拜天，他好请假进城找荔雯，礼拜六的时候，突然接到通知，这个礼拜天谁都不许请假，军校的国民党特别区党部要选举，每个支部选举一个执行委员，刘翰林想让裕泰帮他选，他又不认识那些人，你赵裕泰选谁我刘翰林就选谁。可是不行，必须本人参加，这是规定的，每人必须投下属于自己的神圣一票，刘翰林不晓得他那一票有多神圣，只晓得他要进城，可是党员就必须参加，必须听从党部的安排，学员又必须入党，翰林觉得他被绕进这个解不开的死疙瘩里，怎么解都没办法解开，真后悔当初填了那张志愿表。裕泰热血沸腾屁颠屁颠地忙着党部交给他的事，翰林在心里埋怨裕泰就根本没把找荔雯的事放在心上。

闻励又跑了几趟西瓜园，去商会公所采访，西关那边的一些商铺罢市，要求广州革命政府取消马路业权法案，甚至有人要赶孙中山下台，嚷嚷着要成立商人政府，闻励及时发了几篇稿件，祁老很满意，让她去商团那边看看，祁老担心，双方这样闹下去，恐怕要兵戎相见了。闻励只得硬着头皮答应，回房间苦苦哀求淑卉帮她去商团找找新闻，采访点消息。淑卉干脆得很，说我就是要去会会你害怕的这个罗副总，看看到底是个什么德行，把他讨姨太太残害女生丑恶罪行揭露出来，让他名声扫地，滚回越罗湾去！夏淑卉去商团，指名道姓要采访罗副总，一打听，这个罗副总去香港运枪去了，商团扩张，新招了不少人，淑卉就通过各种渠道，打听到商团扩充的情况，据说商团的武装已经有十个团了，好几千人，佛山商团还有一千多，加起来有五千多兵力，沙面租界的"西商会"暗中帮忙，商民募捐，筹集了不少钱，去香港买枪买子弹。祁老看到夏淑卉的文章和数字，感到事态严重，当即要在报纸上发表，但见报的时候，淑卉的稿子还是被换成了商人罢市的照片，没敢公布那些数字。夏淑卉气哼哼地拿着报纸找祁老，祁老只是长叹一声，指了指报头上的字，"七十二行商报"，在"商报"两个字上重重地敲了敲。闻励害怕打仗，越罗湾一仗，害得她家破人亡，她想，广州城这么大，要是打起来，更不得了，这些军阀兵痞怎么就喜欢打仗？有事好说好商量，非要动枪动炮打得你死我活有什么好？！

农民就该种好地，工人就该做好工，医生就该看好病，商人就该做好买卖，不要听那些战争贩子的叫嚣，不要听他们不怀好意地嚷着打打打，打仗是那么好玩的吗？打仗是要死人的，是要家破人亡的，枪林弹雨中，你的家可能瞬间被毁，你的亲人可能瞬间被打死，你的命运可能瞬间被彻底改变。我们讨厌战争，我们诅咒战争，我们不要战争！

闻励这篇《我们不要战争》的短文很快就见了报，某种程度上也可以说是喊出了祁老以及大多数人的心声。

刘翰林还在跟木头枪较劲，持枪练完了练托枪，托枪练完练举枪，单手持枪卧倒、起立，双手持枪翻滚、跳跃，还有端枪到肩枪的互换，肩枪又换成扛枪，也不晓得是个什么人琢磨出这么多玩枪的法子，还玩得有招有式一本正经，但就是不发真枪，也不教你打枪，什么瞄准射击之类的，好像跟刘翰林他们没关系，招他们进来，好像就是让他们跟木头枪较劲的，翰林突然想起老辈人说的那句话，好铁不打钉，好男不当兵，尽管人家不是这个意思，但翰林寻思，好男真的不要来当兵，整天跟被子较劲，整天跟走步较劲，整天跟木头枪较劲，人都练傻了！

训练结束，吃完饭，队长带他们去打扫操场，刘翰林扛着个大扫帚，裕泰扛着铁锹，从饭堂走向操场，见到严子轩教官，翰林就恶作剧般地有意把大扫帚当成木头枪，一招一式地右手握住扫帚柄，左手接过来，两手协力一起将扫帚转到身体前方，左手放下的同时，右手将扫帚放下，大扫帚的柄根重重磕在地上，动作一气呵成，毫不拖泥带水，感觉那不是大扫帚，是支货真价实的毛瑟步枪，刘翰林同学成持枪立正姿势站在严教官面前。裕泰和高应泉王有田都为刘翰林捏把汗，伍剑鸣向严教官敬了个礼，想把刘翰林他们带到操场干活去，免得教官动怒惩罚。严教官倒是没怒，还了伍剑鸣一个标准的军礼，盯着刘翰林，赞赏地说了句贵在平时养成，转身离开，弄得刘翰林反而无趣，感觉他是有意在教官面前卖弄似的！他刘翰林压根就不是那种喜欢卖弄自己的人！

终于又熬到礼拜天了，刘翰林递上请假报告，准备进城，先找阿妈，问清阿妈那天看蔡荔雯演戏的事，找到荔雯的下落，他非要找到荔雯不可。没想到批下来外出的名单上，没有他刘翰林的名字，批准赵裕泰和王有田进城。刘翰林急了，找队长说理，凭什么不批我的假？我要进城看我阿妈，我阿妈都病得……队长打断他，问你妈得的是什么病？病了多长时间了？每次你都说病得快要死了，感觉就剩最后一口气，不进城你就见不上你阿妈最后一面了，你就不能编个其他什么理由？问得刘翰林哑口无言。队长见他无语，倒是关心起刘翰林来了，和蔼可亲地问刘翰林同学，你妈在城里做什么的？翰林不愿意说他妈的事，更不愿意让人晓得他妈是唱戏的，是广州城里有名的粤剧名旦，他刘翰林倒不是看不起唱戏的，而是不愿借着他妈的名气，让人感觉是他沾他妈的光，他刘翰林男子汉要凭自己的本事吃饭，不靠别人，更不靠那个改嫁给何鹏宇的戏子。他一想起他阿爸尸骨未寒他阿妈就改嫁这件事，翰林就怨恨他阿妈，就在心里骂戏子无情。

　　本来，赵裕泰跟刘翰林约好了一起进城找蔡荔雯，现在翰林没批假，进不了城，只能他一个人进城，裕泰对广州城不熟，既不认得翰林他妈唱戏的戏院，也不晓得岭南大学在哪，刘翰林就给裕泰画个路线图，画图这本事是跟他阿爸刘兆民学的，江河山岳，道路街巷，大概走多少步，在哪儿拐弯，有什么标志性建筑，翰林都标注得一清二楚。翰林叮嘱裕泰，如果再找不到，就去找钱小玉，钱小玉认得路。王有田拿着准假条，好心地对刘翰林说，你想去，就让给你吧。王有田请假是为了给家里寄钱，发给学员的军饷，王有田几乎一个子都没花，攒着都要寄给家里，山里头，没挣钱的地方，家里的爹娘和阿妹比他还需要钱。赵裕泰跟王有田说，假条是不能转让的，批的是你王有田外出，他刘翰林拿着假条也出不去。王有田求赵裕泰，你进城，按这上面的地址把钱给我家寄去就行，我不进城了，进城还得花钱。刘翰林心里埋怨，你不想进城你请假干什么？白白浪费一个外出名额，你要是不请假，说不定这个名额就批给刘翰林了！伍剑鸣托赵裕泰要是有空，就去《七十二行商报》去看看，那个女记者夏淑卉有阵子没来黄埔岛了。高应泉逗伍剑鸣，想人家了是不？下个礼拜天你也请个假，进城去看看人家，别冷落了漂亮的女记者。他好像很有经验似的，指教伍剑鸣，还有刘翰林赵裕泰，说女孩子你就是要哄得热乎乎的，千万别冷落了人家。

哨声响了，请假外出的人要赶到码头乘船，否则渡船开走了，假就白请了。赵裕泰仿佛重任在肩，跑上码头，踏进船舱，驶向革命的中心——广州。

赵裕泰离家出走到广州报考军校的时候，在广州住了些时日，那时候，广州城里的革命热情高涨，游行的，演讲的，到处可见，这次来广州，似乎没看到年初那股革命热情，码头上，江边，商人还是在叫卖，挑夫匆匆走过，外国人趾高气扬……赵裕泰已经不同于年初的热血青年了，他上过许多政治教育课，帝国主义、帝国主义侵略中国史、政治学、经济学、社会进化论、中国近代史，等等，他学会了用这些理论去观察社会，去思考问题，更加重了他对帝国主义的仇恨，加重了对贫弱落后民众的同情，加重了对三民主义的认识。

赵裕泰没去找钱小玉，他按照刘翰林画的草图，很容易找到了香漪戏院，找到了翰林他阿妈谭香漪，他叫了一声阿婶，自我介绍说我是翰林的同学裕泰。谭香漪认得裕泰，每次回越罗湾，她看见翰林跟裕泰总是形影不离，在一起玩得很开心，有时候也让裕泰留下来跟翰林一起吃好吃的。谭香漪就问裕泰，翰林呢？翰林怎么没来？他上哪去了？还生阿妈的气？裕泰就为翰林辩解，军校请假是按比例的，有事才能请假，批准了才能离开，翰林前两次说您病了，都请过两次假了，这次没批他出门。谭香漪就不高兴，翰林说我生病了请假来看我？一次都没来过！裕泰真没想到会是这样，翰林打着他阿妈生病的旗号，请假进城，居然一次都没来看他阿妈，想起翰林说他进城找蔡荔雯，可能是忙得忘了看他阿妈，就又为翰林辩解，听小玉说阿婶在岭南大学看话剧，看到我们从小一起玩的同学蔡荔雯了，阿婶，当时您看到的是不是蔡老医生家的荔雯？谭香漪居然哭了，哭得好伤心，哭得裕泰不晓得自己说错了什么话！谭香漪边哭边数落翰林，妈想他都快想疯了，他到广州都不来看妈一眼，跑到岭南大学找蔡老医生家的荔雯，没找到荔雯不能来看看阿妈吗？问问阿妈也行！赵裕泰也不晓得怎么哄劝阿婶，就又帮翰林辩解，说翰林忙，忙得不得了，都成我们的标兵了。谭香漪就问，是当标兵重要，还是看他阿妈重要？赵裕泰越辩解越糟，越想说清楚就越说不清楚，干脆替翰林答应，下次翰林请假，第一件事，就是跑来看您。谭香漪平静下来，告诉裕泰，她在岭南大学看话剧，看见那个演女学生的就是蔡老医生家的荔雯，我还到后台跟她说了几句话，荔雯，我是认得的，后来，就再也没见过蔡荔雯，是不是跟罗恒义回越罗湾了？赵裕泰肯定地说蔡荔雯不会回越罗湾的，她好不容易逃出来，怎么还会跟罗恒义走？谭香漪又猜测，会不会被罗恒义抓走了？噢，罗恒义跑到广州来了，在商团当了个什么副总，人五人六的，听人讲，手下有兵有枪，蛮横得很。裕泰，你回去捎话给翰林，让翰林躲他远远的，罗恒义这人就是个兵痞流氓，什么事都能干得出来的。

赵裕泰没打听到蔡荔雯的下落，又不死心，还是去了一趟岭南大学，打听来打听去，还是让他找那个易老师。易老师直摇头，说一个不见踪影的女学生怎么会招来这么多当兵的？真的不晓得，不知道，再没见过。裕泰不像翰林那样急脾气，他就易老师长易老师短地慢慢跟易老师磨，易老师就慢慢想，一会儿想起是生物老师爱丽莎推荐她来演的，裕泰就打听生物老师，易老师说她去云南传教还没回来。易老师再慢慢想，又想起来跟她一起来的还有一个女的，好像是哪个报社的。裕泰就打听是哪个报社的，易老师想了想，摇头说没问过，也不知道。赵裕泰没问出什么有用的消息，离开时，发现岭南大学的房子盖得真不错，在这样的环境里读书，才思一定会如泉涌，诗兴也会喷薄而出的。

赵裕泰按照王有田给的地址，帮王有田给家里寄了钱。邮局边上有个书店，赵裕泰进去挑了几本喜欢的书，有曾国藩的《家书》《经史百家杂钞》《修身养性之诀》，听陶铭德教官讲，这都是必读的书。

出了书店，赵裕泰原想跑去《七十二行商报》，帮伍剑鸣传个话，那个女记者曾经被伍剑鸣带到他们宿舍来过，赵裕泰见过她，刚才那个姓易的老师说跟演女主角的那个女生一起来的还有一个女的，是报社的记者，也许，伍剑鸣熟识的这个女记者能认识广州的一些女记者，请她帮着打听打听蔡荔雯的下落，可是眼看时间来不及了，跑到《七十二行商报》，再跑回码头，恐怕赶不上回军校的渡船，赵裕泰是不会冒这个险的，万一赶不上渡船，后果太严重了。赵裕泰想起钱小玉，不晓得钱小玉是在大元帅大本营，还是在大本营军政部的陆军讲武学校，这次是来不及看他了。

钱小玉自从那天见到赵裕泰，知道翰林也考上了陆军军官学校，就一直惦记着想去黄埔看看翰林和裕泰。礼拜天，他请了假，搭上大本营军政部去黄埔的船，上了岛，打听刘翰林和赵裕泰。

刘翰林没请成假，闷闷不乐，伍剑鸣要拉他出去走走，散散步，聊聊天，刘翰林晓得伍剑鸣跟裕泰一个毛病，喜欢跟人谈心讲道理，就拿起木枪，推辞说要练练持枪动作。伍剑鸣见他要去练枪，就只好拉走王有田一起散步聊天去了。高应泉笑刘翰林，你的动作够标准的了，还练什么劲？又不是真枪，你还当真了。刘翰林说闲着也是闲着，就拿着木枪去练练动作。正巧，被严子轩教官看见，严教官过来给他纠正几下动作。刘翰林见没人，悄声问教官到底什么时候发枪？严子轩看刘翰林，说你当好兵，刘翰林就接过话说，当好兵，长枪短枪随你打，心想你就会骗人说这句话。严子轩今天看来情绪好，就多说了几句，说苏联答应的枪械子弹迟迟未到，军阀手里有枪，可就是不给我们革命的军校，为什么？因为他们害怕我们革他们的命！军校伙食费都是党代表廖先生去求人化缘的，哪来的钱去买枪？刘翰林觉得严教官说得也在理，现在，他们似乎唯一的希望就是等待苏联答应的枪械和子弹了。严子轩又关切地问刘翰林，听说你请了几次假，进城去看你妈，你妈是做什么的？得的是什么病？刘翰林不愿意说他妈的事，就说没事，恐怕也好了吧。严子轩说有事就告诉我无妨，需要帮忙的话，我进城代你去看看你妈，刘翰林有点感动，但还是犹豫说还是不说。此时，高应泉扯着嗓门喊他，翰林，来人了，找你的！刘翰林向严教官敬礼，严教官回礼，示意他可以走了。刘翰林奔回宿舍，眼前，来找他的人，居然是他一直惦记的钱小玉！

钱小玉把他的逃难经历告诉翰林，小玉一再解释说小火轮真的不是他弄丢的，是兵们抢走的，征用了，他逃跑后，也没敢去打听，不晓得现在在哪。翰林就劝慰小玉，说小火轮被抢了没关系，只要人活下来就好，人在，人好好的，还怕弄不到小火轮吗？小玉关心表叔的事，关心翰林的事，翰林就把他阿爸被抓被杀、他去救阿爸和荔雯、烧掉罗恒义宅院、逃到广州、报考军校的事跟小玉讲了一遍。说起荔雯，小玉蛮肯定地说一准在岭南大学，他亲耳听表姊说在岭南大学看见过荔雯演文明戏，千真万确，不会错的。翰林晓得小玉记忆好，这么要紧的事，他不会记错。可是翰林到岭南大学找了个遍，没人认识这个在舞台上演过戏的蔡荔雯，也没人晓得这个蔡荔雯到底在哪！翰林告诉小玉，裕泰请假进城了，也许，他能从我阿妈那里问得仔细，也许，裕泰能找到荔雯。小玉有些激动，他们几个都活着，都好好的，这比什么都好。刘翰林说活着光喘气有什么意思？他要弄到枪，为阿爸报仇，杀了罗恒义，找到荔雯，然后我们一起回越罗湾，买几条小火轮，到时候你钱小玉还开小火轮，我们一起把兴华航运做大。小玉说我的手艺没丢呢，我在那边讲武学校，跟着师傅还在开船，那条船，比你家的小火轮还要大。两人有说不完的话，大本营的船要开走了，小玉才跑到码头，依依不舍地跟翰林挥手告别。

小玉他们的船刚离开黄埔码头，军校的渡船就回来了，赵裕泰和钱小玉擦肩而过。

裕泰把一天的事跟翰林讲，责怪翰林两次请假进城，居然都不去看你阿妈，裕泰叮嘱翰林，你阿妈真的想你，都哭了，你还是抽空去看看你阿妈吧。裕泰实际上也想自己的妈妈，舍不得妈妈，不晓得他走了以后他妈在家过得怎么样？是不是也会哭着想儿子？想必是天天跪在佛堂祈祷菩萨保佑他儿子平安。裕泰对那个全身充满铜臭味的腐朽爸爸赵利丰谈不上想不想，只是不像从前那样恨他了，有时候想想，他爸也不容易，也是为他好。

赵裕泰告诉刘翰林，罗恒义就在广州，而且摇身一变，成了商团的一个什么副总，听人讲，手下的兵多了，枪也不少，而且都是好枪。翰林听到罗恒义的名字就恨得直咬牙，说这个兵痞流氓王八蛋，居然混到广州来做官了，坏人当道，这是什么世道？赵裕泰抓住一切机会教育翰林，说所以我们要革命，要培养有主义的军人，打倒军阀，改变这个欺负人的世道。翰林琢磨，罗恒义在广州离他更近了，也好，省得我再跑回越罗湾杀他，从黄埔到越罗湾，没个一两天两三天还真的办不成这事。等着，下次我请假进城，找个机会，摸到他身边，夺了他的枪，杀掉这个兵痞王八蛋！

十六

伍剑鸣感觉赵裕泰最近变化挺大，有一阵子没向他借笔记了，也没向他要书看，伍剑鸣把一本《共产主义 ABC》手抄本递给赵裕泰，告诉他，这是布哈林和普列奥布拉任斯基一起写的，通俗易懂，裕泰也只是翻了翻，就放在架子上，再没认真读过。赵裕泰同学最近看的书多是陶铭德教官推荐给他的，还有就是曾国藩的书，赵裕泰把曾老先生的警句名言工工整整地都抄写在笔记本上。

伍剑鸣跟赵裕泰谈心的时候，赵裕泰不像以前那样只是听，他也谈了自己的观点，伍剑鸣认为共产主义与三民主义并不矛盾，孙中山先生联俄联共扶助农工三大政策深得人心，也成效显著，正因为此，才有了广州这么好的革命形势，共产党帮助孙中山改组国民党，帮助建军校，你赵裕泰都是亲眼看见的，也是受益的，教官和学生中有多少人是共产党人，苏联的支持就更不用说了，派教官，给经费，给整船的汽油，还要给我们枪，国共合作，才能打倒压迫中国人民的帝国主义，才能打倒欺压劳苦大众的反动军阀，建立起一个没有压迫没有剥削的富强中国。赵裕泰讲不过伍剑鸣，也就不争不辩，任由伍剑鸣高谈阔论。伍剑鸣发现赵裕泰同学不言语了，就问他是不是有什么心思，最近看他和刘翰林同学好像有什么事，说出来，同学之间应该精诚团结、互助互爱。裕泰同学就把他和翰林要找荔雯同学的事跟伍剑鸣讲了一个大概，伍剑鸣宽慰裕泰，只要人在广州，真心找，没有找不到的。

枪，依然没有，枪的科目训练却一项都不少，除了没完没了的持枪、托枪、举枪、肩枪、背枪、枪放下……还有行进中持枪、举枪、托枪、肩枪，名目繁多，五花八门，刘翰林真的搞不明白杀敌不练打枪，整天玩枪有什么用？他把这些科目都笑称为"玩"枪，本来就是玩嘛，他小时候在家，找根木棍，跟小伙伴们打打杀杀，不也是这么玩吗？打打杀杀的，比这还要好玩。刘翰林以为好"玩"的项目接着就来了，刺杀训练，还是用木枪练，严子轩教官依然一本正经地讲解动作要领，做动作示范，看起来确实比他刘翰林小时候玩木头枪的游戏好玩多了，也难得多得多。

为什么要练刺杀？严教官首先发问。刘翰林本想回答的，当然是要捅死对手，劈杀敌人，打架的时候，不，是打仗的时候，你不捅死他，他就会捅死你。严教官用目光扫视学员，并没有点名让学员回答。训练的时候，教官不点名，学员是不能随便说话的，除非你喊报告，教官批准你说话了，你才能说话，要是不答应，你不能讲一个字，否则就要受到处罚。严子轩自问自答，刺杀是近战杀敌的重要手段，近距离拼杀的时候，肉搏战的时候，甚至是你弹尽粮绝的时候，刺杀就是你消灭敌人、保护自己的主要战术。严教官讲了一大通道理，士气二字，讲了足足有一节课，面对面拼杀，士气最为重要，你要有压倒敌人的气概，气势上绝不能输给敌人，要让敌人在你面前发抖，胆颤，手软，腿哆嗦！什么是气势？怎样才有杀气？目光要凶，要紧盯敌人，让他害怕！喊声要响，吓软他，吓死他，所以，刺杀的时候要喊！喊出你的气势！

刺杀时的举枪，比徒手操枪时的举枪还要复杂。光是"预备用枪"这四个字，就得分两步动作。严教官又讲了一大通，预备用枪是拼刺的准备动作，这个动作做好了，就能防守严密、利于进攻，而且能在精神上给敌人以威慑。面对敌人，"哗"的一下把枪送出去，干净利落就做好准备，并且怒目敌视，凶相毕露，精神抖擞，气势吓人，就会让你面前的敌人不寒而栗！反之，你软不拉几地拖泥带水，敌人就会看出你是个软蛋孬包怕死鬼，枪都举不利索，你的手在抖！这是在助长敌人的气焰！

"预备用枪"的前三个字"预备用"是预令，就像我教你们起步走时的"起步"，向右转的"向右"，是预令，听到预令，右手要迅速将枪提起，手放在护木上，拇指轻贴胯处，这是第一步。第二步，听到口令"枪"的瞬间，以右脚掌为轴，身体向右转45度，同时，左脚向前迈出一步，脚尖对着你面前的敌人，在出左脚的同时，右手以虎口的压力和四指的顶力迅速将枪向前稍左送出。要注意，两臂不得外张，要夹紧，两臂为什么不能外张？严教官又自问自答，两臂外张，一是突刺慢，二是没力，三是你的身体暴露面大，容易被敌手找到你的破绽！

"预备用枪"只是准备，"突刺"才是手段，是重点。严教官不厌其烦地又讲了一通动作要领。听到"突刺"的口令，两臂向目标用力推枪，注意，左手管方向，同时以右脚掌的蹬力、腰部的推力，使身体向前，随即以左小腿带动大腿向前踢出一大步，在左脚着地的同时刺中敌人，右脚自然地向前滑动。严子轩教官强调，突刺时，一要"快"，二要"狠"。"快"，就是对准突刺点迅速刺过去。"狠"，概括起来就是要三力：两臂的推力、腰部的推力和右脚的蹬力，三种力量合成一股力，狠狠地刺过去！同时，你大吼一声："杀！"我是让你吼！不是喊，更不是叫！是扯着嗓子大声吼！这就是气势，压倒敌人的气势！

严教官边讲动作要领，边做示范，然后又全套做了一遍。

接下来，就是学员们反反复复、无穷无尽地练习，分解动作练习，合成动作练习。刘翰林同学听得认真，看得仔细，看清动作的每一个细节和要领，所以做起来，倒还过得去。比如，预备用枪的时候，左脚迈出一步，教官刚才做动作的姿势，两脚距离跟他的肩膀差不多一样宽，左脚中央线与右脚跟在一线上，两膝是自然微屈的，上体稍稍有点向前倾，重心落于两脚之间，稍稍偏前。教官出左脚的同时，右手以虎口的压力和四指的顶力迅猛将枪向前送出，稍左，因为左手要接枪，握住护木，虎口对着枪面，右手移握枪颈，位置在教官的第五个衣扣右侧，稍稍下一点，分解动作的时候，看上去一步一步的，合成动作的时候，转体、出脚和出枪几乎是同时。刘翰林还发现，教官此刻的刺刀尖跟他的喉部看齐，一样高。刘翰林看得真切，他心里得意，所谓外行看热闹，内行看门道，否则，一眨眼的工夫，转瞬间的事，谁在意这些细枝末节？

但刘翰林还是没看仔细，突刺的时候，左小腿带动大腿向前踢出一步的时候，小了，而且步子踢出时，脚距离地面超过了两拳，声势有了，动作不标准。更要命的错误，是他用力过猛，突刺动作时"引枪"了，就是把枪后拉了一下，为的是刺出去的瞬间有力，但这个不规范的动作恰恰等于告诉敌人，我要刺你了，对方自然就防备，当然你就刺不到对方，还给对方卖了个破绽，这一瞬间，对方就有可能一枪刺死你！刘翰林正得意自己学得快、练得标准，被严教官命令出列，做了一遍分解动作，严教官当众一一指出他的毛病，特别是"引枪"的毛病，教训了有半节课！翰林以前跟人家打架玩木棍的时候，通常都是"引拳""引枪"地往后拉一下拳，这样打出去才觉得有力，严教官用了一个词批评他是"痼癖"！痼癖难改，光是"引枪"这一毛病，就让刘翰林纠正了不晓得多少遍！

高应泉刺杀训练特卖力，他在滇军当兵的时候就练过，相比之下，黄埔的训练比滇军严多了，他教王有田，这种拼刺刀你还真得好好练，这是保你命的，打到最后，刺刀见红，不是你死，就是他亡，来不得一丁点儿花里胡哨的东西，他把走队列踢正步托枪肩枪之类的都叫花里胡哨，做给人看的，打仗的时候，靠的就是手里的枪，打到最后，就靠你拼刺刀的本事了。王有田怕死，不是胆子小的那种怕死，他胆子大，走夜路，干重活，他都不怕，就怕打仗的时候敌人一枪把他打死了、一刀把他捅死了，他家里的爹娘还有妹妹怎么办？家里靠他在外面挣两个钱养活，他是他们家的顶梁柱，不能死，听高应泉这么一点拨，王有田刺杀练得就特卖力！王有田力大，总是用力过猛，使劲捅，反而动作不标准。高应泉倒是乐得带他这个徒弟，王有田还偷偷地在树底下对着月亮行了个拜师礼，也就是给高应泉磕了个头，喊了一声师父。军校不让搞这种拜把子的事，要信仰主义，服从教官。高应泉手把手地耐着性子教王有田，说是他琢磨出来的高招秘诀，实际上教官也教了，敌手不可能站在那里傻不棱登地等你来刺，他当然要躲，还要拼命地刺你，你要灵活，左躲右闪，把敌手搞蒙了，瞅准机会，一枪捅过去，捅伤捅死都行。所以，防刺要练好了，防左刺，防右刺，防下刺，还有欺骗刺，你要想办法动坏脑筋、骗他上当，引诱他，迷惑他，招他，撩他，让他露出破绽和空隙，你瞅准了机会，冷不防一枪捅过去，骗左刺右，骗右刺下，骗下刺上，这里面学问大了，有田你别着急，待师父一招一式地慢慢教你，保准你比鸣哥旺仔燕子他们学得快练得好，到时候你当了刺杀标兵，别忘了给师傅我买包烟拎两瓶酒过来。王有田就实诚地说，军校不让抽烟，不让喝酒，高应泉就骂他死脑筋，你拿来，师父我闻闻还不行？

王有田想当刺杀标兵没那么容易，伍剑鸣赵裕泰刘翰林也练得认真，伍剑鸣学东西快，教官纠正他几次，很快就练得像模像样，赵裕泰把刘翰林拉到操场，名义上是跟他切磋，实际上是让翰林给他开小灶，把翰林悟出来的东西都原样地教给裕泰，有时候还要给翰林讲讲革命道理，比如心里要装着主义，脑子里要想着杀敌立功，思想是行为的动力，翰林让他闭嘴，专心练，拼刺刀哪来那么多废话？你心里想着这个脑子念着那个，思想开小差，一走神，瞬间敌手就捅了你，你还想什么想？刘翰林很严肃地说，裕泰我告诉你，你就把对面的稻草人当成罗恒义那个王八蛋，你就满腔怒火一枪捅死他个王八蛋！可裕泰不像翰林，没那么恨罗恒义，裕泰恨他爸腐朽顽固，但不至于一枪捅死他爸赵利丰。裕泰想了半天，也没能帮裕泰想出来个恨死的目标，翰林就说，你为了荔雯，把坑害荔雯的罗恒义捅个稀巴烂！

说起荔雯，翰林还是要请假进城去找，上次裕泰进城，没找到荔雯，听到罗恒义也在广州，翰林就更为荔雯担心，生怕荔雯又碰见罗恒义这个王八蛋，他刘翰林要请假进城，找荔雯，找罗恒义报仇！

刘翰林的请假又是没被批准，理由是大家轮流外出，这次只批了伍剑鸣的假。伍剑鸣好心好意地说翰林你有什么事我帮你办，刘翰林心想，我要找荔雯你能帮我找？我要杀罗恒义你能帮我杀？刘翰林赌气，拿着木枪，跑到操场，对着稻草人拼命地杀杀杀！

严子轩一直关注着刘翰林在练刺杀，开始很欣赏这个苦练杀敌本领的学员，看着看着就看出毛病来了，一个劲地杀杀杀，不晓得防，遇到老手，稍稍一个假动作，就让他扑空，你再想还手都来不及了，对手早就置你于死命。严子轩也拿了根木枪，走过去，陪他练，刘翰林本来就心情不好，见到严教官，就把气都撒在严子轩身上，对着严教官一阵猛刺。严子轩防守严密，刘翰林压根儿就近不了身，严子轩一个假动作，骗过刘翰林，一枪刺在刘翰林的胸口上，差点把刘翰林给捅倒了。刘翰林不服，再刺，还是中了严教官的枪刺，刘翰林火了，再刺再刺再刺一个劲地猛刺，严子轩轻松躲闪，一而再，再而三地把刘翰林刺中，最后一下，猛地发力，把刘翰林给捅倒在地上。严子轩训责刘翰林，教官怎么教你的？你怎么学的？就你这样急躁冒失不讲章法地胡乱捅刺，早就被敌手刺成筛子了！刘翰林恼羞成怒，好像是把这么多天积压在心中的怒火全都喷到严教官身上，你就是个骗子，大骗子！刺杀的时候你骗我，左晃一枪，右晃一枪，有本事你别骗我，你让我捅一枪试试？！考军校的时候你骗我，什么当兵就发枪，长枪短枪随你打，枪呢？在哪？就这么个烧火棍？！刘翰林不晓得哪来那么大的火，哪来那么大的劲，硬是把他手上的烧火棍给折成两截！愤然丢在地上，拂袖而去！

刘翰林受到严惩！关禁闭！对教官不敬！损坏训练器械！不爱惜武器！

十七

　　伍剑鸣请假，是想去见见夏淑卉，自军校开学典礼那次夏淑卉上岛，参观过他们宿舍和教室，跟伍剑鸣一起散步聊天说话，后来就再也没见过面，连信都没写过。伍剑鸣几次想写信，但又不知道该说些什么，开头的称呼都不太好写，夏淑卉同志？她又不是党内的同志，直呼她夏淑卉？又觉得不太礼貌，称淑卉，好像有点儿亲切了，又似乎没到那个程度，所以就一直没有联系。熟门熟路，伍剑鸣很快就找到了夏淑卉住的地方。

　　夏淑卉见到伍剑鸣，却没有激动和兴奋，而是连珠炮似的一连串反问，把伍剑鸣问得脸红一阵紫一阵的。伍剑鸣，你是来准备接受记者采访的还是来投稿的？伍剑鸣觉察出夏淑卉有点儿赌气，就解释说我是来看你的。夏淑卉笑了，噢，你是来看记者的？伍剑鸣，你还记得来看我？我还以为你们当兵的就晓得舞枪弄炮不食人间烟火呢？伍剑鸣解释说，请不动假。夏淑卉反问伍剑鸣，请不动假你不会写信？我夏淑卉可以屈尊去黄埔看你呀！伍剑鸣就打哈哈说，那你怎么没去？夏淑卉还是反问，你邀请我去了？我去了万一被你们这些当兵的轰出来，丢我夏淑卉的人没关系，这要是丢了我们报社的人，我们报纸没人看卖不出去你包圆？伍剑鸣领教过夏淑卉的伶牙俐齿，说不过她的，也不争，就一个劲地赔礼道歉。伍剑鸣见夏淑卉一个劲地埋怨，感觉到夏淑卉的心里装着自己，否则她生哪门子气？伍剑鸣就壮着胆子试探地说，你夏淑卉要是给我个名分，我以后请假就好请了。夏淑卉依然是反问，给你个什么名分？报社驻黄埔编外记者，还得给你发一份薪水？想得美！

打了一通嘴仗，夏淑卉口干舌燥肚子叫，伍剑鸣给她递上一杯水，夏淑卉喝完，又反问伍剑鸣，你刚才没听见我肚子咕噜噜地叫？作为赔礼道歉，伍剑鸣请夏淑卉吃饭，夏淑卉也不客气，伍剑鸣本以为夏淑卉要狠狠宰他一顿，夏淑卉把伍剑鸣带到西关，那里有各种各样的摊铺饭店，夏淑卉要喝茶吃点心。餐馆的伙计推着小车穿梭来往，五花八门的点心琳琅满目，夏淑卉点这个，要那个，尝两口就推给伍剑鸣，名义上是向他推荐，实则是让他包圆。伍剑鸣边吃边聊，向夏淑卉问一些时事，报纸上看到北京政府和苏俄签订了《中俄解决悬案大纲协定》，并正式建交了。夏淑卉在报社做记者，这些事还是知道的，就告诉伍剑鸣，北京政府的代表是外交总长顾维钧，苏俄代表是加拉罕，伍剑鸣兴奋地说，看到协定内容了，这是中国近百年来首次在外交中得到好处，苏俄要放弃在中国的租界，放弃庚子赔款的俄国部分，承认中国有权赎回中东铁路。夏淑卉告诉伍剑鸣，美国和法国公使向北京政府提出抗议。伍剑鸣气愤，这更说明美法帝国主义侵略中国的狼子野心！伍剑鸣听说李大钊代表中国共产党赴莫斯科出席共产国际第五次代表大会，就中国民族革命问题发表了声明。夏淑卉吃饱了，盯着伍剑鸣，又反问伍剑鸣，你怎么不去我们报社问这些事？在报社，我可以记者答问，而不是你答记者问，好端端的一顿饭，你看你问的全是政治外交这些我这个小记者一时无法回答的大事，你就不能跟我聊聊天说点儿别的什么事？伍剑鸣一时没想出别的事都是些什么，没有话再说了，无语，但没有凝噎，只好低着头吃东西，准确地说是吃夏淑卉推过来给他的那些东西，撑了个半死！夏淑卉说吃饱了陪我走走呀，走，一起逛逛十三街，什么好东西都有！噢，说起好东西，想起来了，跟我住一起的闻励，她同学送给她的一个红珊瑚项坠，木棉花的样子，小巧玲珑，好喜欢哦，听闻励讲，就是在十三街买的。

　　伍剑鸣陪夏淑卉边走边逛，闲聊时说起淑卉的同屋闻励，伍剑鸣听着听着觉得夏淑卉讲的这个闻励的经历，有点像刘翰林赵裕泰讲过的那个女同学。伍剑鸣要淑卉带他回宿舍见那个闻励，夏淑卉说闻励去商会那边采访了，这些天商会那边的商人越闹越厉害，罢市，除了商团买枪买子弹，有的商人自己还买了枪。伍剑鸣要去商会，见见这个闻励，也想看看那里的形势，军校同学间经常议论商会罢市的事，他想看看究竟是怎么回事。可是眼看太阳已经偏西，军校渡船返航的时间快到了，伍剑鸣着急，夏淑卉说过两天我带闻励去你们军校看看，是不是你那两个同学要找的人，见面不就知道了？伍剑鸣说你哪晓得，军校管得严，无关人员哪能随便说进就进黄埔岛的？夏淑卉反问伍剑鸣，那你就给我个名分，我就好正大光明地去了。伍剑鸣一时语塞，没好说什么名分，夏淑卉见他红着脸不说话，白了他一眼，然后义正词严地说，我们不是无关人员，我们是报社记者！

　　正说着，夏淑卉的眼神被一件绿松石胸针勾住了，她情不自禁地走过去，仔细端详，是个小蜻蜓造型，绿松石镶嵌其身，两只眼睛镶嵌的是精致细小的红宝石。看夏淑卉爱不释手的样子，伍剑鸣爽快地买下了。夏淑卉惊喜得不得了，反问，你伍剑鸣真的舍得花这么多钱给我买这个？伍剑鸣大方地说，只要你夏淑卉喜欢，不要说这个胸针，你要是想要天上飞的蜻蜓我也给你捉一个过来。夏淑卉又反问，那我想要天上的星星怎么办？伍剑鸣说当然给你摘一个下来！夏淑卉开心，说那要到晚上夜里才有星星，你今晚就别走了，在这帮我摘星星。伍剑鸣哪敢超时不归？夏淑卉一路有说有笑，送伍剑鸣到码头。来早了，离开船还有一会儿工夫，伍剑鸣又想起那个闻励的事，淑卉大包大揽地说这事你放心好了，过两天我就带闻励去黄埔，也许，明天就去！夏淑卉又拿起那个蜻蜓小胸针，喜欢得不行，要别在自己的胸前，让伍剑鸣欣赏一下，淑卉别了一阵儿没别上，递给伍剑鸣，让伍剑鸣帮她别上。伍剑鸣拿着胸针，盯着淑卉起伏的胸口，哆哆嗦嗦不敢下手，生怕扎到那堆鼓鼓囊囊的肉上，淑卉凑近了，让他一手抓住衣裳领口，一手抓住胸针，伍剑鸣更不敢了，眼睛都不敢看，淑卉就笑他，越笑，伍剑鸣越紧张，出了一头的汗，终于把胸针别在淑卉的胸口。也许是整军装整出习惯了，伍剑鸣发现淑卉的衣裳弄皱了，不平整，就想用手把胸针放平，把衣裳抹平，淑卉的手却压在伍剑鸣的手背上。伍剑鸣张开的手掌像是抓到了一只活蹦乱跳的兔子，又像是一枚会跳动的炸弹，伍剑鸣连忙缩回手，红着脸，转身跑向码头，跳上船，身后，夏淑卉笑得前仰后合，笑得阳光灿烂，笑得花枝乱颤。

一路上，伍剑鸣盯着自己的手，仿佛那只活蹦乱跳的兔子还在手上跳动，又像是被开水烫了手，烫得手都发烫，烫得浑身发热，烫得自己脸红心跳，一直到他进了宿舍，王有田迎上来，好像是终于把他伍剑鸣盼回来了，迫不急待地告诉他，刘翰林跟赵裕泰急眼了，两人吵翻了，高应泉添油加醋说得更邪乎，说都快干起来啦！伍剑鸣一惊，手和心都凉下来了，刘翰林不是被关禁闭了吗，怎么会跟赵裕泰吵起来了呢？！

刘翰林被关禁闭，赵裕泰本来不想管他的事，心想让翰林受受罪学个教训也好，赵裕泰就在教室工工整整地抄写陶铭德教官给他的警句名言，不少都是曾国藩的话，抄着抄着，赵裕泰脑子里还是放不下翰林，就在胡思乱想，担心翰林被关禁闭，会不会把他的犟脾气惹翻了？翰林要是急了，搞不好他真的会屁股一拍说老子不给你念了，也许翰林会翻窗户逃走，仔细一想，禁闭室的窗户高，有卫兵看着，估计翰林翻不出去，可又想，翻不出去，翰林要是把卫兵给打了，然后跑出去，那就事情闹大了，要是翰林夺了卫兵的枪，逃出黄埔岛，直奔广州城，找罗恒义算账报仇，那可就不得了，惹大事了！赵裕泰越想越担心，越想越害怕，收起笔记本，匆匆跑去禁闭室，跟卫兵说他是来开导开导刘翰林同学的，是来跟他讲讲道理，规劝他痛改前非，卫兵看赵裕泰说得实诚，也在理，就让赵裕泰同学进去。

刘翰林既没跑也没闹，居然是闭着眼睛，静静地坐在凳子上，腰背挺直，赵裕泰看他好笑，问翰林，你这是立地成佛，还是静坐反思？翰林也不搭理裕泰，连眼睛都不睁开一下，裕泰晓得翰林的脾性，也不生气，就站在翰林身边开导他，说严教官是为你好，破格推荐你考军校是慧眼识珠，发现你是个难得的人才，严格要求你每一个动作，是要你好好练一身杀敌本领，刺杀不是闹着玩的，不是你死，就是他亡，你看高应泉这个老兵油子，他晓得刺杀有多重要，他带着王有田练得比谁都卖力气，这是保命的本事！你顶撞教官，还把枪给撅成两截，枪是什么？枪是军人的第二条生命！枪是杀人打人用的，但是要晓得打人杀人的目的，是在维护人道，保障正义，是要实行三民主义，你要明白为谁扛枪为谁打仗的道理，不要光想着弄到枪就去杀掉罗恒义为你爸报仇，报了仇再开着小火轮赚钱把你家的兴华航运做起来，你那是狭隘的……刘翰林突然站起身，指着门外，说了两个字：出去！气得裕泰要揍他，说你刘翰林就不晓得好歹，你以为我赵裕泰吃饱了没事做喜欢跟你磨嘴皮子？我是看你顽固不化没觉悟，挤了点时间跑来开导教育你，我是怕你又犯犟脾气拍拍屁股说老子不给你念了才来好心哄劝你，我是想让你……翰林急了，谁要你开导教育哄劝？要是罗恒义把你爸杀了你会怎么做？要是罗恒义整天追着你要杀你，你还有心思在这讲革命道理吗？难道当缩头乌龟任由这个王八蛋在你头上拉屎撒尿为非作歹吗？你赵裕泰行，我刘翰林不答应！赵裕泰火了，就跟翰林争，军校给你上了那么多政治教育课讲了那么多革命道理你就当耳旁风一句都没听进去？你要杀敌，严教官不是教你杀敌本领了吗？翰林怒了，杀敌没枪拿什么杀罗恒义？就靠那根烧火棍捅死他？赵裕泰说你满脑子就晓得枪枪枪！刘翰林嚷起来，我要枪怎么了？！他严子轩不是说考上军校就有枪吗？长枪短枪随你打！骗子！裕泰你也是骗子！哄我讲那些没用的空话，能杀死罗恒义那个王八蛋？！卫兵听他们吵起来，就进屋喝令他们闭嘴！赵裕泰就批判刘翰林顽固不化死脑筋！刘翰林嚷嚷，你晓得我顽固不化死脑筋你还跑来跟我讲什么废话？赵裕泰真是气坏了，指着刘翰林说，我懒得理你，你不要跟人讲你和我从小一起长大，你不要跟人讲你我是同学，你不嫌丢人我都嫌丢人！我不认得你刘翰林！刘翰林把赵裕泰推出门，你不认得我刘翰林，我也不认得你赵裕泰，你是谁呀？滚！要不是卫兵拦住他们，两人说不定真的要干起来了。

　　伍剑鸣劝赵裕泰别跟刘翰林计较，你们俩从小一起长大，你应该知道他的脾气。赵裕泰说我才懒得跟他计较呢，谁跟他一起长大？我就压根儿不认识这个不晓得好歹的犟驴！他刘翰林是谁呀？伍剑鸣不跟他争这个，把夏淑卉同屋的事告诉赵裕泰，赵裕泰听着听着就觉得像蔡荔雯，也许就是他和翰林要找的老同学。高应泉笑话赵裕泰，你刚才不是说不认识他刘翰林吗？怎么一说到女同学你们就又都认识了？伍剑鸣跟赵裕泰商量，要不要先跟刘翰林打个招呼？赵裕泰说省点事吧，翰林要是晓得荔雯跟你那个女记者住在一起，他那个急脾气上来了，一激动就翻窗跑出去，到广州找荔雯去了，那要是被抓到了，可就不是关禁闭的事了，再说，也不晓得你那个夏记者的同屋是不是蔡荔雯，等她什么时候来了再说。

晚上自习结束后，赵裕泰悄悄把伍剑鸣叫到一边。裕泰脑子里一直想着蔡荔雯的事，想象久别重逢的激动和欢喜，琢磨着蔡荔雯要是来了，刘翰林还在关禁闭怎么办？就跟伍剑鸣商量，伍剑鸣本来觉得没什么事，刘翰林即使关禁闭，你们那个女同学来看一眼也不是不可以的。裕泰晓得翰林的脾气，死要脸面，要是被荔雯看到他像个老虎被关在笼子里，翰林一定会发疯，说不定会闹出什么事来，伍剑鸣想象不出刘翰林关在禁闭室里还能闹出什么惊天地泣鬼神的事。赵裕泰想了个法子，万一这两天你那个女记者带着荔雯来了，翰林要是还在禁闭室，就借口说翰林出公差进城办事去了，省得让荔雯看见笼子里的老虎。伍剑鸣想想这样也好，就答应了。赵裕泰一直琢磨这事，翰林为了救荔雯烧了罗恒义的宅院，翰林逃出来以后一直在到处找荔雯，荔雯见到翰林，翰林那个脾气德行，一激动，就会不管不顾地做出什么出格的事，哪有他赵裕泰什么事？裕泰心里还是想单独享受这久别重逢的喜悦。

闻励回来就埋头赶写稿子，夏淑卉跟她说伍剑鸣今天来了，请她吃小吃，还给她买了胸针，笨手笨脚地帮她别在衣裳上，一个大男人羞得脸红到脖子，汗都急出来了，真是让人笑死了。闻励一边写稿子一边应付地哼两声，忙得连抬头看那个胸针的工夫都没有。夏淑卉告诉闻励，伍剑鸣说你的那两个同学好像就在黄埔，跟他在一个队。闻励惊喜地瞪大眼睛，真的？！夏淑卉说剑鸣的同学一个叫刘翰林，一个叫赵裕泰，闻励瞪大眼睛，翰林？！裕泰？！眼泪就哗哗地掉下来，夏淑卉见她当真，说也不敢保证是不是重名，也许是别人，闻励直摇头，不会，一个人重名，哪能两个人都重名？！闻励拉起淑卉的手，就要去找翰林和裕泰，夏淑卉拽住闻励，小姐，你矜持一点儿好不好？你不看看现在什么时候？天都黑了，渡船早没了，再说，黄埔现在是军校，不是随便就能上岛的，明天一上班，我让报社的同事跟军校那边联系一下，就说我们《七十二行商报》的记者要去采访。

军校接到《七十二行商报》要来采访的请求，这一段时间，广州的商人正在为统一马路业权收税的事，跟政府闹事，《七十二行商报》是面向商人的，让记者来采访，把革命政府和军人的态度传达给商人，以正视听。军校把接待采访的事，派给了陶铭德具体负责。

闻励和夏淑卉名正言顺地登上了黄埔岛。夏淑卉来过，闻励第一次进军校，心里还是有点害怕，但想到马上就要见到翰林和裕泰，一路上激动兴奋，恨不得立刻就见到他们俩，闻励太想见他们了！这么多天的委屈，这么多天的辛酸，这么多天的思念，闻励一想到这些，满眼都是泪。淑卉帮她擦眼泪，你看你，从前天晚上说这事到现在，你的眼泪就没干过。闻励就拿手帕擦，越擦越多，夏淑卉说马上就要登岛了，你这样哭哭啼啼满眼都是泪水，人家怎么接待你采访？明眼人一看你就不是真的来采访！闻励强忍着泪水，好在她有个平光眼镜，遮挡一下，反而看上去眼睛水灵灵的。

陶铭德在码头上迎接《七十二行商报》的两名女记者，夏淑卉见面就说她来过，军校开学典礼的时候，还参观了学员宿舍教室操场。陶铭德热情地把她们迎到会客室，递上茶，寒暄几句，表示欢迎之类的。陶铭德一直在广州做事，对广州城的变革和税收的事都熟，从清末到民国，从桂军控制广东到陈炯明的粤人治粤，从孙中山与陈炯明的合作到分裂，从商团的演变到现在的商团军联防总部的成立，从统一马路业权到商人的罢市，引经据典，有理有据，夹叙夹议，态度明确，既然是打着采访的旗号来的，夏淑卉没好打断陶教官的滔滔不绝，还假装点头赞赏，时不时地在笔记本上记记画画。闻励越听越着急，想早点结束，夏淑卉知道闻励的心思，就对陶教官提议，想去采访几个学员，不仅仅是采访学员对商团的态度，更是想了解学员的生活，因为，城里的商人对军校学员还是十分关切的，学员的需要就是商机。陶铭德安排个教员陪她们去采访，夏淑卉主动说她以前采访过伍剑鸣，认识，还想继续采访，教员就带她们去见伍剑鸣。

闻励跟着夏淑卉走进学员宿舍，也不参观整齐的内务，对那些叠得跟豆腐块一样的被子毫无兴趣，老远就认出赵裕泰，激动地含着热泪喊着"裕泰"就跑过来。裕泰见是蔡荔雯，意外地迎上前，却突然站定，盯着蔡荔雯看了半天，觉得荔雯变了样，不但是头发短了，戴了眼镜，身材也变得更女人了，前凸后翘，气质也变了，像个文质彬彬的报社女记者，像个英姿焕发的新女性，像城里的名媛小姐，更好看更迷人了！蔡荔雯见裕泰盯着自己，就摘下眼镜，拢了拢头发说我是荔雯呀，裕泰说都不敢认了。蔡荔雯的眼神在学员中寻找，裕泰晓得荔雯在找翰林，就说翰林出公差了，不在宿舍。夏淑卉脱口而出说怎么这么不巧？闻励好不容易找到翰林这个人，翰林这个人偏偏出公差了！伍剑鸣就帮赵裕泰圆场，说也不晓得你们今天来，这次翰林出公差了，见不着，下次约个时间再来，总能见着的。闻励还是想见到翰林，就催裕泰，赶紧去找翰林，把他叫回来，见他一面，说几句话，他再去出公差，不耽误他，闻励眼泪又出来了，说想死你们了，裕泰见荔雯哭了，说他和翰林也想荔雯，就把翰林和他请假进城一再寻找荔雯的事讲了一遍，裕泰还说钱小玉也帮着找呢，荔雯听说小玉就在广州，高兴起来，哎呀一点都不晓得，说不定在街上碰见过都认不出来呢。夏淑卉示意伍剑鸣，他们老同学见面，让他们单独说说话，淑卉想单独跟伍剑鸣出去走走。伍剑鸣知趣地示意在旁边观望的王有田也出去，别在这杵着像根电线杆似的碍不碍事？高应泉不晓得跑到哪去了，伍剑鸣就借口对王有田说，你去找高应泉练练刺杀动作，复习复习。赵裕泰从心里感激伍剑鸣，确实像个大哥哥一样懂事，也肯帮忙。

伍剑鸣领着夏淑卉刚走，荔雯又催裕泰赶紧把翰林喊回来，三个人总得见上一面，好不容易在一起有讲不完的话。裕泰很为难地说喊不回来的，出公差离这老远呢，我又不能请假进城，就是进了，我上哪儿找他去？裕泰给荔雯倒杯热水，坐下来，跟荔雯说话，荔雯就眼泪一把鼻涕一把地把这些天的苦水都倒出来，讲得赵裕泰也眼含热泪，痛骂罗恒义，痛骂反动军阀，痛骂这腐烂吃人的旧世界！裕泰安慰荔雯，我们考上革命军校，就是要明白为之奋斗的主义，学习训练好杀敌本领，将来消灭军阀，打倒支持军阀的帝国主义，世界大同，大家自由发展，想做什么就做什么！

　　高应泉没练习刺杀动作，他去禁闭室看刘翰林了。高应泉不像赵裕泰会讲那么多的大道理，讲的都是大实话，都是他当兵几年遇到的糟心事，你们读书人说那是经验教训。高应泉告诉刘翰林，在军校最大的忌讳就是顶撞教官，在哪个军队都是这德行，我告诉你，翰林，你不能跟长官较劲，除非你想撂挑子不干了，吃军粮拿军饷扛枪当炮灰，不要说长官训斥士兵，就是老兵都敢打骂新兵，家常便饭的事，打你，还不能还手，军队就这个鸟样子，欺负人没商量，你穿上这身军装就得学乖，长官说太阳从西边出来了，你最多在心里骂一句傻蛋，嘴上还得说是，老兵说烧小火轮的煤是白的，你也装着点头，白的又怎么了？最多心里骂他一句扯蛋！翰林，你不是学会敬礼了吗？见到长官就敬礼，见到老兵就敬礼，准没错。刘翰林犟着脖子说老子受不了这个气，吃苦我不怕，罚练也不怕，我最讨厌骗子，骗我说当兵就发枪，长枪短枪随你打，枪呢？整天抱着个烧火棍托枪举枪刺来刺去的，还说我损坏训练器械，破坏武器装备，扯！高应泉说你还别犟，严教官讲得也没错，当兵自然要扛枪打仗，就连他高应泉也没想到名头这么大的军校居然没枪，跟谁说谁都不信，可眼前就是没枪，听人讲苏联给我们的枪还在路上，伍剑鸣不是认得高什么基吗？赵裕泰不是也认得那个马雅什么基吗？军校不是有那么多苏联教官吗？没用！不过，翰林，我告诉你，听人讲马上就要发枪了。翰林一听就来了情绪，真的？高应泉说你甭管是蒸的还是煮的，下一个训练科目就是射击，射击训练不能拿着烧火棍比画，要练瞄准，枪上要有缺口准星还要有扳机练击发，必须是真枪。刘翰林问枪在哪儿？高应泉说那你去问严教官去，我哪晓得枪在哪儿，不过，凭我比你多拿几年的军饷多吃了几年的军粮，射击训练，必须得有真枪！高应泉见刘翰林眼睛都冒出绿光，来了精神，就好言劝他，好汉不吃眼前亏，你就认个错，保证下不为例，放出去，跟我们一起吃饭一起睡觉一起训练，你要是还在这禁闭室里面蹲着，耽误了射击训练，摸不着枪是小事，你不会打枪，打不准，把你扔到战场上，你就等着敌人打死你吧！

赵裕泰跟蔡荔雯聊得很开心，这回，赵裕泰不讲马雅可夫斯基穿裤子的云，也不讲郭沫若君的《女神》，裕泰跟荔雯讲三民主义，讲帝国主义侵略中国史，讲打倒军阀打倒列强。荔雯听得一愣一愣的，有点疑惑，问裕泰，你们这不是军校吗？怎么跟大学学的一样，比岭南大学讲的课还要多，裕泰就跟荔雯讲，这是孙中山先生办的革命军校，跟反动军阀办的那些军校不一样，我们军校是要让学员懂得革命的道理，为主义而战，荔雯还是听得不太明白。

高应泉回宿舍，看见赵裕泰跟一个漂亮姑娘在一起，就好奇地打量这姑娘，长得真不赖，够水灵的。高应泉自鸣得意地跟赵裕泰吹嘘自己，你赵裕泰费了那么多的口舌，劝不动刘翰林那头犟驴，我刚才跟他讲了几句掏心窝子的话，他刘翰林立马就老实了。赵裕泰急了，要拦住他，高应泉不识相，说你不信你去当面问刘翰林，他要是再跟你较劲，你回来找我！蔡荔雯听到刘翰林的名字，就惊喜地脱口而出，翰林回来了？高应泉说他哪能回来，还关在小屋子里反省呢！赵裕泰恨不得扑上去堵住高应泉这张臭嘴，可是来不及了，荔雯发现裕泰紧张的样子，逼着问裕泰到底是怎么回事，你不是说翰林出公差了吗？刚才这位大哥怎么说他在反省？翰林又闯什么祸了？反什么省？在哪？高应泉不晓得他说错了什么，弄得赵裕泰如此尴尬，弄得这姑娘如此激动。赵裕泰只好如实告诉蔡荔雯，翰林犯了点事，被关在一个单独的房子里，闭门思过，正在反省。荔雯一听就急了，拉着裕泰就要去救翰林，裕泰没辙，只好答应，但再三劝荔雯，军校关禁闭很严的，不让人随便探视，你恐怕只能远远见个面，翰林更是出不来的。荔雯越听越为翰林担心，更想见到翰林。

禁闭室的卫兵拦住赵裕泰和蔡荔雯，不让靠近，更不让探视，赵裕泰跟卫兵耐心解释，人家是报社的记者，要看看关在禁闭室的刘翰林，卫兵一点情面都不讲，要赵裕泰拿批条，没批条，卫兵就是不让赵裕泰和蔡荔雯靠近，蔡荔雯急了，扯着嗓子喊翰林。刘翰林听见熟悉的呼唤，从铁窗看见远远站着的姑娘居然是蔡荔雯，惊喜地喊叫"荔雯！"，翰林嚷着要出来，卫兵死活都不让。荔雯大声喊叫，翰林你怎么了？又跟哪个老师吵架了？在里面关着，有饭吃吗？睡觉怎么办？哭着叮嘱翰林，你这么大的人了，不能像小时候那样喊一声老子不给你念了就走人！荔雯又哭又喊的，引来好多人观望，弄得翰林无地自容，真想撞断铁窗，拉起荔雯找个地缝钻出黄埔岛，那一时，翰林真的想要喊一声老子不给你念了！可他不能这样逃走，当逃兵被人嘲笑孬种窝囊废要被人骂死，再说，他还没摸到他日思夜想的枪，他现在一走了之，以前受的苦遭的罪不是白白受了吗？刚才高应泉跟他说，马上就要进行射击训练了，他刘翰林怎能缺席？怎能眼看着就要摸到枪就放弃了？怎能不打枪呢？！荔雯哭着喊着，翰林急了，骂裕泰你个呆子把荔雯带到这来又哭又喊的，让人看我刘翰林的笑话是不是？刘翰林吼着嗓子让赵裕泰赶紧把荔雯拉走。你要是不拉走荔雯，我告诉你，赵裕泰，我出去就跟你算账！赵裕泰有点蒙，他本来是想带荔雯来看一眼翰林，让他俩见上一面，没想到荔雯又哭又喊的，弄得他赵裕泰也无地自容，不知道如何是好，毕竟，蔡荔雯是他带过来的。伍剑鸣和夏淑卉始终保持一米以上远的距离，正在一本正经地大谈时事，听闻禁闭室那边闹得欢，禁闭室关着的只有刘翰林，伍剑鸣带着夏淑卉匆匆赶过来，见这架势，一起劝闻励，可是怎么劝都不行，荔雯就是不肯离开，非要进禁闭室见翰林不可，围观的人越来越多，夏淑卉只得强硬拽住闻励，赵裕泰和伍剑鸣夹在两边，把哭哭啼啼的闻励拉走，平息了这场探监风波。

十八

　　终于见到翰林了！真是太高兴太兴奋太激动了，以至于忘乎所以，以至于在黄埔有些失态，当着那么多人的面，又哭又喊的，弄得翰林好没面子，弄得裕泰也好没面子，弄得我自己也好没面子。一路上，淑卉都在批评我，直到回来，她说累了，倒在床上睡着了，我才铺开纸，写下这些。淑卉哪能理解我见到翰林的心情，从翰林一把火烧掉罗恒义的宅院救我出来，这大半年，我蔡荔雯受了多少委屈流了多少泪，可以说是九死一生，历经磨难。我曾经发誓，死，也要见上翰林一面，今天，终于见到翰林了，我怎么可能矜持？况且，翰林还被关在小黑屋子里，我不喊他，他能听得见我吗？我不哭，那满肚子的委屈我又怎能忍得住？我哭了，我喊了，我见到翰林了，我也知足了。现在，即使让我死，我也死而无憾！

　　闻励伏案写日记，眼泪止不住，她擦了又流，流了又擦，本子上滴了许多泪，闻励索性放下笔，痛痛快快地哭一场。

　　夏淑卉突然翻身坐起来，盯着哭泣的闻励。闻励以为她把淑卉哭醒了，说声对不起，连忙止住泪。淑卉从床头柜子里掏出一包香烟，抽出一支，点燃，吸了一口，吐出烟，示意闻励要不要也抽一支，闻励直摇头。闻励看过淑卉抽烟，劝过她女孩子抽烟不学好，会咳嗽，伤身体，淑卉笑着说过两年你也会抽的，闻励直摇头，发誓打死她也不抽烟。淑卉抽了两口，问闻励，哭完了？该我哭了，可是我夏淑卉不会哭！我也笑不出来，这叫什么？这叫哭笑不得！闻励关切地问淑卉，你怎么了？淑卉就边抽烟边告诉闻励，在黄埔岛上，她跟伍剑鸣出去散步聊天，感觉是在听一个大哥哥唠唠叨叨地传授知识，感觉是在听一个老师海人不倦地讲课，伍剑鸣离她有八丈远，连他身上的气息我都感受不到，闻励你应该知道，我跑到黄埔去见他，是要听他给我讲课吗？我是想跟他说话聊天，随便说什么都行，只要是心里的话，闻励，你不知道，他在我们报社接受采访的时候，侃侃而谈，喋喋不休，他在当学生领袖的时候，对着成百上千的学生，口若悬河，滔滔不绝，他在跟我谈政治讲时事的时候，口齿伶俐，高谈阔论，可是，我把话题扯到我们的生活，扯到穿衣吃饭逛街看戏，看到那些风花雪月的时候，他居然跟个哑巴似的，只晓得低头走路。你看他给我买的这个胸针，自从他伍剑鸣帮我别在胸口，我都舍不得拿下来！这次我有意摸这个胸针，他似乎没看见，我不得不自作多情地说胸针好看，他才说了句你喜欢就好，就再没话可说了，我让他看看胸针，他居然不敢正眼看，脸红得跟你胸口那个红珊瑚木棉花一样红。淑卉又吸了几口烟，我就揣摩这个英俊潇洒的小伙子，我就猜度这个思想激进的青年，我就纳闷儿这个风流倜傥的男人，你说他到底是个什么样的人？你说他到底喜欢不喜欢我？你说他到底爱不爱我？！淑卉骂了一句自己，关键是我他妈的喜欢他，不可救药地爱他！这都是什么事？你说是不是哭笑不得？！淑卉从来不隐瞒自己的感情，闲聊时经常说起这个伍剑鸣，晚上睡觉时，淑卉有时钻进她的被窝，跟闻励说悄悄话，闻励晓得夏淑卉喜欢伍剑鸣，可是闻励也不明白伍剑鸣是怎么回事，她也没有爱和被爱的经历，不晓得爱应该是怎样的，她跟翰林和裕泰是好同学，是从小在一起玩的伙伴，朦朦胧胧地，她喜欢跟翰林裕泰在一起，喜欢听翰林的笑话，喜欢看翰林的怪样子，也喜欢听裕泰朗诵诗，年初那场战争变故，她被翰林救出来以后，她心里放不下翰林，担心翰林，想翰林，记挂着翰林，那是因为不晓得急性子犟脾气的翰林到底是死是活，现在，见到翰林他人了，晓得他活着，就放心了，闻励不晓得这是不是淑卉说的那个"喜欢"，不晓得这是不是淑卉说的那个不可救药的"爱"。翰林从来没说过这个"爱"字，她自己也没说过这个字，裕泰倒是说过，但裕泰爱的是马雅可夫斯基，爱的是郭沫若的《女神》，现在，爱的是他整天挂在嘴边上的主义和革命。

真枪实弹的射击训练就要开始了。

刘翰林经过"深刻"反省，认了错，并保证严格遵守纪律和校规，不再犯错。说他"深刻"反省，主要还是得益于老兵高应泉的开导，他不能眼馋着看别人摸枪玩枪练枪，自己死犟着傻蹲在小屋子里干瞪眼，太亏了！也太折磨他了！只要发给他枪，叫他刘翰林做什么都行。只要让他摸枪练枪，认个错，又能怎样？

刘翰林同学从禁闭室出来，第一件事就是找裕泰，倒不是他多么想赵裕泰。赵裕泰同学正在埋头刻写油印的简报，内容多是教官的训词，还有曾国藩的言论选摘，都是从《曾胡治兵语录》里摘抄的名句，《曾胡治兵语录》是大名鼎鼎的蔡锷将军任云南新军协统时，摘取曾国藩、胡林翼的治兵言论，分类编辑成册子，军校将其作为教材发给大家学习。赵裕泰学得认真，对用人、尚志、诚实、勇毅、严明、公正、仁爱和兵机、战守等章节，多有心得体会，又勤于求教，陶铭德每每看了赵裕泰的读书笔记，都是赞许嘉勉，一再鼓励。翰林不管裕泰手头上忙着多么重要的事，要裕泰立刻带他去找荔雯，裕泰专心刻写，没理会他，翰林就要拿走赵裕泰刚刚刻写完马上就要去油印的珍贵蜡纸。裕泰当然是奋不顾身地护着蜡纸，让他回宿舍冷静冷静，马上就要射击训练了，你先冲个凉洗个澡，打扫一下个人卫生，干干净净进入你盼望已久的射击训练。再说，也没到礼拜天，又没请假，你跑哪去找荔雯？不请假外出是什么后果？你还想进禁闭室？

刘翰林干干净净容光焕发精神抖擞地做好一切接枪准备，想象会有怎样隆重的发枪仪式，他如何接枪，如何敬礼，如何如何……然而，依然是没发给他枪！没枪，拿什么发给他刘翰林？可是要进行射击训练了，总不能再拿着刘翰林视为烧火棍的木枪比画，怎么瞄准？怎么击发？军校仅有的枪，轮流给学员们练习射击，这一拨练完了，下一拨练。好歹是摸到真枪了，拿到枪的那一刻，刘翰林抱在胸口，真想吼一嗓子，老子有枪啦！刘翰林觉察自己的眼眶有点热乎乎的，但他眼窝子深，像个深井，里面能装很多很多咸水，不会流出来的，特别是在众人面前，刘翰林没掉一滴咸水，男儿无泪！

射击训练在烈日下进行。轮到刘翰林他们实枪训练的时间就那么一丁点儿，刘翰林珍惜得不得了，不说话，不喝水，不撒尿，他记住教官的每一句话，每一个动作，每一个要领，大热天的，趴在地上纹丝不动，练得一身汗，起立的时候，汗水滴在地上都成了个人形。教官和同学们都感觉，刘翰林同学经过关禁闭的深刻反省，确实像换了个人一样，只有赵裕泰晓得刘翰林为什么如此拼命地练打枪。

卧姿射击、跪姿射击、立姿射击……刘翰林练得刻苦认真一丝不苟！大太阳晒着，翰林全身都湿透了，他依然立姿举枪纹丝不动。一只手的影子挡遮住了枪的照门缺口，接着移开，又遮住枪的准星，再移开，刘翰林用眼睛瞟看，是严子轩教官，这一遮一挡，让刘翰林恍然大悟。严子轩点拨他两句，阳光下射击，要排除虚光的影响，仔细琢磨琢磨，及时修正虚光。还有，要练好臂力，枪拿得稳，才能打得准。

刘翰林把这个诀窍悄悄告诉赵裕泰，学着严教官的样子，挡住照门缺口和准星上的光线，让赵裕泰修正虚光。王有田看他俩在遮遮挡挡，悄悄跑过来，一脸苦相地说刚才严教官也教他分辨虚光，可他就是不会修正，看不出哪是虚光，也不晓得修正多少。伍剑鸣也过来取经，刘翰林就教他们怎样分辨，怎样修正，几个人仔细琢磨一阵，正得意他们掌握了诀窍，高应泉跑过来，取笑他们费那个事，打靶的时候，划根洋火，把缺口和准星熏黑了，就没虚光了。刘翰林不信，要是这么简单，教官怎么还教他怎样分辨和修正虚光呢？高应泉就掏出洋火，哗的一声点着了，对着缺口和准星熏黑了，再放到太阳底下瞄准，果然就没虚光了。高应泉摆老资格，说我摆弄的枪比你们见的枪还多，新枪好一点，老枪缺口和准星上的黑漆容易磨光了，总是会有点儿虚光。王有田佩服高应泉，老兵还是厉害，刘翰林苦练了半天，人家高应泉一根洋火就搞定了。刘翰林不服，问高应泉，真到打仗的节骨眼上，又遇到大太阳，要是没带洋火怎么办？还是老老实实练一点真功夫吧。高应泉说不过刘翰林，心想，你这个犟驴傻蛋，你爱练就自己练吧。

刘翰林拿到枪就舍不得放手，本来还想多练一会儿，可枪不是他自己的，下课就得被收走。刘翰林甭提多舍不得，依依不舍那四个字压根儿就表达不了刘翰林对枪的感情！可是，教官的口令下达了，收枪，枪放下，然后，就乖乖地被队长带出操场。他刘翰林人走了，心还在那杆枪上。

虽然有时候刘翰林在心里骂教官是骗子，但教官的话，特别是讲动作要领的话，他还是认真听的，他记住严教官临走的叮嘱，练好臂力，枪拿得稳，才能打得准。臂力，刘翰林弯起胳膊，肱二头肌鼓鼓的，平时他一手拎一桶水也轻松得很。高应泉老兵懂，说是两码事，练臂力，练的是你托枪的力气，不是你有多大的蛮劲，而是要稳稳地托住枪，屏住气，我不是让你憋住气，憋死屄了我可不担这个责任，别呼哧呼哧乱喘气，你要是枪托不稳，直喘粗气，你瞄得再准，扣扳机那一刻，你不经意抖一下，白瞎！刘翰林听明白了，高应泉讲的是两件事，一是喘气要均匀，二是臂力要稳定。翰林就问高应泉，你们以前都是怎样练的？高应泉说你没枪练个屎！你总不能托着根烧火棍练臂力吧？轻重都不一样！

刘翰林不信邪，哪个教课书上讲烧火棍不能练臂力的？木头轻，上面绑几块石头不就重了？刘翰林把那根烧火棍找出来，用绳子捆了两块不大不小的石头，挂在木枪的前面，跪姿立姿托着枪，一样能练臂力！

严子轩从办公室走回宿舍，月光下，影影绰绰看见一个人举着枪，这么晚了，枪怎么还没收回去？出了事怎么办？严子轩教官就走过去，这才发现是木枪，这个叫刘翰林的同学托着木枪，绑着石块练臂力。严教官站在刘翰林的身后，看了他很久，刘翰林居然没发现。严子轩欣赏这个学员，为自己推荐这个青年考军校而感到欣慰，确实是个好苗子，就是身上的刺多了点儿，需要打磨打磨，教官不就是打磨这些刺和棱角的吗？严子轩看看时间不早了，就上前把刘翰林的木枪放下，刘翰林意外发现是严教官，刚要举起手敬礼，严教官挡住他举起的手，把他的手摁下，示意他不必敬礼了，刘翰林想了想，还是举手敬了个礼。严子轩淡淡地说，不早了，马上就要吹熄灯号了，回宿舍洗洗就寝吧。没等刘翰林再说什么，严子轩转身离开了，刘翰林目送严教官，看着他的背影，突然地，严教官又站住，叮嘱刘翰林，明天训练的时候，你把木枪和捆着的石块都带到训练场去。

刘翰林又成了标兵！第二天训练一开始，严教官就点名刘翰林出列，令他把木枪举起来，捆绑的石块挂在枪前面，做托枪射击瞄准的姿势。严教官对学员们讲，什么叫苦练加巧练？这就是！你光会吃苦蛮干卖力气不行，还要动脑子，要学会巧练！这位同学利用木枪和石块练臂力，臂力练好了，枪拿得稳，才能打得准！严子轩教官又借题发挥，现在军校还不可能给你们每个人都发一杆枪，没枪怎么办？不能等，因为帝国主义列强和他们扶持的反动军阀不会等你有枪了练好了才跟你打！你们必须动脑筋想办法，苦练加巧练，练好了，枪，迟早会发给你们的！练好了，长枪短枪随你打！刘翰林听得真真切切，但他这回在心里倒是没骂严教官骗子！感觉严教官说得挺在理的，练好了，枪，迟早会发给我们的！练好了，长枪短枪随我打！

一连练了好多天，托枪，瞄准，修正虚光，击发，赵裕泰还是分不清虚光，总是修正不出来。王有田力气大，可是不晓得怎么搞的，他胳膊手臂总是跟枪拧着劲。伍剑鸣瞄得很准，虚光也能分得清，但只要一击发，总是用力过了一丁点，枪口下移。高应泉动作倒是标准，但他干了一件聪明的事，也是件糊涂的事，更是件让人笑掉大牙的事，差点因此被关了禁闭！那天，高应泉正在练卧姿瞄准，趴在地上，练得很认真，严子轩下达口令，起立，本想让大家休息一下，指出训练中的问题，强调一下动作要领，却发现高应泉起立的地方，有一个小坑。严子轩觉得好奇，扫视了一下周边，都是平平整整的地。高应泉身子趴着的地方怎么会有个坑？严教官单独对高应泉下了个"卧姿射击"的口令，高应泉以为让他做示范动作，就很标准地迈出左腿，伸出左手，手膝肘有序着地，侧身伏地的同时将枪送出，成据枪射击姿势，全套动作做得干净利索一气呵成！高应泉很得意，以为严教官该大大表扬他一番，严教官接着喊了一声"起立"，高应泉右手将枪收回，左小臂弯曲的时候侧身，臂腿协力支撑起身体，右脚迈出，左脚靠上前，成持枪立正姿势，同样做得干净利索、一气呵成！高应泉用眼睛余光瞟向严教官，等待教官的口头嘉奖。严教官眼睛依然盯着那个坑，盯得高应泉很不自在，恨不得跑过去用脚把那个不起眼的小坑踩平了，可是没有教官的命令他高应泉不能出列，更不敢去踩那个坑。严教官就问那个坑是怎么回事，刘翰林差点笑出来，他晓得高应泉那个坑是干什么的，高应泉老兵教过他们，整天趴在地上，裤裆里面那个鸟东西搁在地上磨得疼，要是胡思乱想硬起来，就顶住地球了，难受得要命。高应泉教刘翰林他们，听人说也是更老的兵教高应泉他们的，在地上刨个坑，把老二放在坑里，舒舒服服地待着，再硬都不怕，还戏称为弹药库。赵裕泰觉得挺难为情的，刘翰林没感觉裤裆里的东西搁在地上有多难受，也就没刨坑，高应泉这个秘诀，他们几个都没效仿，高应泉骂他们新兵蛋子傻，弄坏了老儿，你们家续不上香火断子绝孙，你们祖上的人饶不过你。严教官说高应泉你还挺会保护自己命根子的，打仗的时候你先刨个坑，把老二放好了再打？没等高应泉出列去把那个羞辱的坑踩平，严子轩一怒之下几脚就把高应泉那个弹药库给踏平了！

眼看就要实弹射击了，还有这么多不合格不达标不规范的"痼癣"，带你们去靶场，也是浪费子弹！送你们上战场，也是吃枪子！严子轩发了一道狠命令，限期这个礼拜改掉"痼癣"，练不过关，礼拜天，谁都不许离开这个岛！

刘翰林一直盼着礼拜天请假去城里找蔡荔雯，上次荔雯来，他在禁闭室，老远见了一面，荔雯又哭又喊的，差点成了事件。刘翰林天天盼着礼拜天，盼着去见荔雯。听到严子轩这道狠命令，刘翰林有点儿急不可耐，心里又在骂严教官了，正愁眉苦脸焦头烂额的时候，队长告诉他，其他人都得训练，礼拜天你跟我进城出个公差。刘翰林问出什么公差？队长没搭理他，忙别的去了，高应泉跟他开玩笑，说你要是不愿意去出公差，我跟你换，进城总比在这跟照门和准星较劲强百倍。刘翰林心想只要进了城，找个理由跟队长磨叽磨叽，怎么都有办法去见荔雯。刘翰林就悄悄向伍剑鸣打听，伍剑鸣就把去《七十二行商报》的地址告诉翰林。翰林说我不去报社，你那个女记者住哪？伍剑鸣说就在报社边上，比画着怎么拐弯，在哪儿左转，在什么地方右转，甚至把门前有什么标志都清清楚楚告诉了翰林。

礼拜天一早，刘翰林就跟着队长他们出公差，坐渡船，进城，迈着整齐的步伐走进大元帅大本营。城里的商人为马路业权的事越闹越大，市到罢市，刘翰林他们出公差是过来加强警戒，同时帮着干点活。上次，听裕泰说，在这见到了钱小玉，翰林也在码头上寻望，没见小玉的身影，挨到中午吃饭的工夫，轮到他们休息吃饭，翰林把早已想好的请假理由对队长说了一遍，队长皱着眉头问，你妈什么病？怎么老是不好？翰林就假装担心地说老毛病了，动不动就犯，队长让他趁着中午吃饭的空当跑去看一眼快去快回。

刘翰林顾不得吃饭，出了大本营就跑，默记伍剑鸣比画的路线，按图索骥，很快就找到了那位女记者夏淑卉的住处，也顾不得敲门，推开门，一头撞了进去。

闻励正在赶稿子，夏淑卉在翻看报纸，门突然被撞开，见风风火火地闯进一个军人，夏淑卉还没来得及问话，就见刘翰林迫不及待地扑过来，一把抱住惊喜站起来的闻励！闻励喊了声翰林，就被刘翰林搂在怀里，搂得喘不过气来。夏淑卉认出这就是那天被关在禁闭室里的刘翰林同学，晓得是闻励一直念叨的人，可也不能这么鲁莽地闯进屋，更不能当着她夏淑卉的面这样旁若无人地搂搂抱抱吧。夏淑卉就故意咳嗽一声，闻励听明白了，不好意思地想从刘翰林的怀抱里挣脱出来，可这个不管不顾的刘翰林把她抱得死死的，嘴上还一个劲地说我再也不放开你了，再也不让你提心吊胆害怕了，再也不让你东跑西颠的了。闻励听了心里好感动，一股热流又涌出眼眶，可是当着淑卉的面，心想翰林你这样搂着我抱着我，让淑卉看着多不好意思！淑卉都咳嗽好几声啦！闻励想挣脱出来，她哪有劲挣得过翰林？闻励就对着翰林的耳朵，轻声提醒翰林说淑卉姐在呢。刘翰林也不看夏淑卉，不说话，更不放手，就这么紧紧地抱着，越搂越紧。夏淑卉咳嗽得更厉害，急了敲桌子，哎哎哎，你们适可而止啊，这还有个喘气的大活人在这呢！刘翰林终于放开荔雯，对夏淑卉说伍剑鸣问你好呢。夏淑卉又高兴又觉得可气，反问一句，他伍剑鸣怎么就不跟你一起过来看我？带个好就完了？好吧，你也把好带回去。刘翰林就跟夏淑卉解释说，伍剑鸣他们还在训练呢。闻励又为翰林担心了，翰林，你怎么就不训练？是不是自己跑出来的？翰林得意地笑起来，我过关了，跟队长一起进城出公差呢，突然，刘翰林想起队长来了，想起队长让他趁着吃饭的空当快去快回，刘翰林转身就要跑走，发现桌子上有几块米糕，也不管是谁的，抓起几块就塞进嘴里，返身时，看见荔雯胸前的那个红珊瑚木棉花吊坠，拿起来，看了一眼，还凑近闻了一下，丢下一个字，香，转身就跑走了。闻励被翰林这种闪电战给弄蒙了，好不容易醒过来，拿起桌上剩下的米糕，追着喊翰林，你还没吃饭呀？都拿去！四下寻找，翰林已跑得无影无踪。夏淑卉走到门口，见闻励又心疼又失落又生气的样子，实在是忍不住笑了，笑得肚子都痛。闻励说你还笑，我骨头都快给他搂碎了，翰林从小就是个急性子犟脾气，你看他急的！夏淑卉还是笑，说我就喜欢这样敢作敢为的男子汉，怪不得闻励你做梦都在喊翰林，这个人，值得你爱得死去活来！闻励不好意思，红着脸说哪有呀？夏淑卉说，闻励你别嘴硬，有本事你眼睛看着我，把刚才这句话再说一遍，不许脸红！闻励的脸已经红得跟她胸前那个红珊瑚木棉花一样红了！

　　小时候我们一起玩的时候，翰林也抱过我。有一次，我爬到木棉树上摘花，不敢下来，翰林爬上树救我，抱着我就跳到地上，吓死我了。他却躺在满地的木棉花瓣上，说是他要睡在木棉花做的床上。我就捡了好多好多木棉花，盖在他身上。他还让我睡在他边上，一起望着头顶上的木棉树，满树满枝头都是红彤彤的木棉花，满地满身上都是红彤彤的木棉花，仿佛我们在一个红色的花的世界。今天不同于以往，经历了这半年多的变故，我们都长大了，翰林像是疯了，进门就把我抱住，还抱得那么紧，抱得我都喘不过气来，抱得我都能听见他心跳的声音，这大概就是淑卉姐说的喜欢吧，这恐怕就是淑卉姐说的爱。翰林是喜欢我的，翰林是爱我的，真的，不会错。

闻励停下笔，回味着翰林抱着自己的感觉，沉浸在幸福的遐想中。淑卉翻了个身，问闻励你不睡觉还在写什么？闻励看着淑卉，觉得淑卉姐挺不容易的，也怪可怜的，喜欢那个伍剑鸣，那个伍剑鸣恐怕到现在还没抱过她，每次都给她讲一通革命道理。闻励突然心疼起淑卉，收拾好日记本，熄了灯。闻励钻进淑卉的被窝里，搂住淑卉。

第四章

十九

卧姿装子弹——射击！

真枪实弹打靶！

刘翰林第一枪就打飞了！不是他刘翰林射击训练成绩好就得意忘形，而是他心中积压了太强的怒火，喷得太猛！刘翰林把靶子当成罗恒义，"卧姿装子弹"以后，那块模拟的胸靶仿佛就变成了罗恒义那张可恶的脸，刘翰林要一枪把罗恒义的脑袋打爆，把罗恒义的丑脸打烂，严子轩"射击"的命令刚一脱口，刘翰林枪里那颗愤怒的子弹"嗖"的一声已经飞向罗恒义那个王八蛋的眉心。然而，靶纸上没留下任何痕迹，藏在沟里的报靶员在靶纸上找了一遍，没找到一个弹孔，报靶员举起竹杆，竹杆上有个圆牌，报靶员把竹杆上的圆牌翻过来，露出背面的白色圆牌，在胸靶的四周画了个大大的圆，零蛋？！刘翰林以为是报靶员眼睛瞎了，不识数，报错了，严子轩教官也不相信刘翰林居然第一枪就脱靶，打飞了，不晓得子弹飞到天边哪个角落去了。严子轩瞪眼盯着刘翰林，刘翰林拎着枪就要冲过去亲眼看看自己打在哪了，严子轩及时地喊出："枪放下！""起立！"刘翰林只得听众教官的口令，把枪放下，起立，立正，站好。

严子轩教官又一道口令："全体都有了！枪放下！起立！"让正在射击的所有人都站起来。赵裕泰、王有田他们正在聚精会神地瞄准，还没击发呢，一发子弹都没打，忽听到口令，放下枪，不情愿地起立，立正，站好。

严子轩逼视刘翰林，厉声问道：你把子弹给我打哪了？！你刚才心里想什么了？！

刘翰林喘着气，不说话。

严子轩扫视大家，他没想到刘翰林的第一发子弹就脱靶，如果不及时纠正，会影响其他人的射击成绩。严子轩厉声质问，我怎么教你们的？射击的时候要心无杂念，放下你心中的兴奋和激动，放下你心中的不满和仇恨，放下你心中的自卑和骄傲，专心瞄准，均匀呼吸，刘翰林你看你喘着粗气，气谁呢？恨谁呢？是不是气我？恨我？我就站在你面前！要不要把靶子换成我严子轩你才能打中？！那么大的靶子，你居然连个窟窿眼都没留下！第一枪就给我打了个零蛋！严子轩再次强调，所有人都注意了，把你那些兴奋怨恨都给我扔得远远的，心无杂念，专心瞄准，按照训练的动作要领做，听到了没有？！大家齐声回答："听到了"！严子轩威胁说，谁要是再脱靶，我就拉出去当靶子！

"卧姿——装子弹！"严子轩再次命令，刘翰林他们再次卧姿，装上子弹，等待严教官的命令。严子轩这次不着急，他在每个人身后停留几秒钟，让大家平静下来，然后再命令"射击！"

新学员打靶，每人五发子弹，金贵得很。刘翰林第一发打飞了，只剩下四发，赵裕泰他们都还有五发，一个个静心瞄准，舍不得击发，生怕打飞了脱靶被拉出去当靶子，严子轩提醒大家，抓住击发时机，瞄准了，不要犹豫，越犹豫你就越打不准，正说着，刘翰林又啪的一声，打出第二发子弹，大家又都不敢击发了，盯着远处刘翰林靶位的报靶员的竹杆，竹杆上的圆牌上下移动了两下又把圆牌放在了弹着点位置，刘翰林看清了，九环，偏右了。严子轩及时鼓励，不错，九环，沉住气，瞄准了就打，别晃来晃去，错失良机。刘翰林再次瞄准，击发，十环！赵裕泰第一枪就打了个十环，高应泉每发子弹都有收获，王有田第一发命中八环，伍剑鸣连续打了两个九环。噼里叭啦一阵枪响，刘翰林第一个打完五发子弹，报告"三号靶射击完毕"，接着高应泉、伍剑鸣、王有田也都打完了，就看赵裕泰还伏在地上，专心瞄准，突然他放下枪，喘了几口气，让自己平静下来，然后，再次端起枪，瞄准，又过了好长时间才听见枪响，最后一发打了个五环，差点脱靶！

严子轩命令大家"验枪"，又是一阵噼里叭啦枪栓声，然后放下枪，起立，向右看齐，列队站好，队长带走他们后，列队一旁，等待实弹成绩。成绩出来了，王有田成绩最好，三个十环，一个九环，一个八环，五发子弹打了 47 环，这是他第一次打枪。王有田觉得子弹金贵得很，打一发好多钱就飞出去了，能换多少米多少面，他不能糟践了，打得就十二分的专心。伍剑鸣一个十环，两个九环，两个八环，44 环。赵裕泰一个五环，一个十环，一个九环，两个八环，40 环。高应泉一个九环，三个八环，一个七环，枪枪命中，弹无虚发，虽然只有 40 环，高应泉明白这样的道理，打仗的时候，你不一定一枪致命，但你一枪把敌手打趴下了，再无还手之力，先废了他，接着补一枪就完事了。刘翰林三个十环，一个九环，一发脱靶，39 环，垫底。垫底了他刘翰林还敢骄傲得不行，吹牛说我刘翰林要么就不打，要打就是十环九环，一枪毙命，再说，要不是我刘翰林打飞了，惊醒你们，你们能打得如此这般？好像人家没流汗没受罪没刻苦训练都是他刘翰林脱靶换来的成绩。

回宿舍的路上，翰林就关心裕泰，你打得好好的，怎么到最后还尿裤子了？磨磨叽叽还歇了一口气，歇好了，怎么才打了个五环？赵裕泰就跟翰林算账，打靶的时候，他一直在心里算计着别人的环数，王有田打了 47 环，他赵裕泰已经打出去的四发子弹，一个十环，一个九环，两个八环，才 35 环，他怎么打，也赶不上王有田的成绩，第一他是没指望了，但是，他在心里盘算，要是再打个十环，就是 45 环，就能超过伍剑鸣，因为他算伍剑鸣的成绩是44环，所以，赵裕泰就紧张了，憋着劲要打个十环，越憋着劲越紧张，喘气都不均匀了，此刻，赵裕泰想起严教官的谆谆教导，放下枪，休息一下，调整自己的呼吸，但还是没调整自己的心态，还是憋着劲要超过伍剑鸣，结果，最后一发子弹只打了个五环，要不是你刘翰林第一发子弹脱靶了，我说不定就垫底了。翰林就骂裕泰，你老是在乎人家算计别人干什么，你打你的，他打他的，叫你心无杂念，你看，你这脑瓜子里有杂念了吧？有杂念，心不静，枪就抖，不稳，击发时机也选不好，赵裕泰反击他，你刘翰林要是没杂念，子弹能打飞了？我晓得你当时端着枪心里想着罗恒义，我刘翰林终于有枪了，老子一枪打死你！刘翰林说没错，裕泰你晓得的，老子就是要一枪打死罗恒义这个王八蛋！

罗恒义这一阵子忙得不可开交，商团扩编，招了好多兵，还添了不少枪，他这个副总兵强马壮当得更是有滋有味。他还是忘不了那个娶进门还没圆房的小姨太太蔡荔雯，更没忘那个一把火烧了他宅院的小兔崽子刘翰林，他再次登门香漪戏院，粤剧名旦谭香漪理都不理他，径自走进化妆室，把门关得严严的，何鹏宇听闻罗恒义来戏院闹事，连忙跑过来拽住罗恒义，说罗总又来看戏了，怎么不早说？早说我到戏院门口迎接你，把你请到包厢里喝茶看个舒服。罗恒义在气头上，说老子才不看她那个骚娘们在台上哼哼唧唧咿咿呀呀一句话磨叽半天呢，我来是要找那个小兔崽子刘翰林算账，他谭香漪的儿子，那个小兔崽子刘翰林，把我新娶的小姨太太拐跑了。何鹏宇请罗恒义去附近的茶馆喝茶，跟罗恒义解释，香漪家的翰林真的没拐走你那个小姨太太，翰林还过来找他妈，打听他那个女同学，噢，就是你那个小姨太太的下落，你想想，他翰林不知道你小姨太太在哪儿，怎么会拐跑呢？你那个小姨太太呀，我还真的见过。罗恒义眼睛一瞪，又见着她了？在哪儿？何鹏举告诉他，早先来找过香漪，被我轰走了。罗恒义就骂何鹏宇不仗义，见着人，招呼我一声呀，干吗轰走了呀？！何鹏宇宽慰罗恒义别着急，又说起他亲眼看见那个小姨太太在岭南大学的戏台上演文明戏的事。罗恒义说你他妈的尽瞎说，上次哄我，老子立马就带人去找了，人家教会办的那个学堂里老师学生都问了个遍，压根儿就不晓得这个叫蔡荔雯的人！演戏的那个老师也不晓得演戏的那个女学生跑哪去了。你何鹏宇是不是看走眼了，认错了人？何鹏宇笑说怎么可能认错了人？我喝你的喜酒，看见你们滚床单，我还能认错？再说，香漪以前是见过那小姑娘的，她来戏院找过香漪，打听过翰林的下落，香漪那天也认出来了，还跟她说过话，不会错的。罗恒义确信他那个没圆房的小姨太太就在广州，就在岭南大学，还演过文明戏，就在他罗恒义的眼皮子底下，可怎么会找不见这个活人呢？！何鹏宇说你还是没下功夫找，只要下功夫找，没有找不见的人！一个如花似玉的小姑娘她还能钻地底下去了？还能飞到天外了？找！罗恒义发誓非他妈的找到不可！找到蔡荔雯这个小姨太太，再找到刘翰林那个小兔崽子，一个娶，一个杀，我喜欢的人，跑不掉！我要杀要剐的人，休想逃出我的手心！

十三街那一带商铺林立，这一阵子因马路业权的事，商人和政府一直僵持着，有的商铺关门罢市，商团负责这一带商家的治安，罗恒义时常带着人在街上巡视。罗恒义看见一个画画的，对着一个小姑娘，画得有模有样的，就好奇凑近了细看，看看真人，再看看画，罗恒义直点头，夸这个画画得挺能耐，画得跟真人没什么两样。画家看他是个军人，后面还跟着勤务兵，猜想是个当官的，就说老总要是想画像，坐下来，说话聊天的工夫我就给你画出来，罗恒义说我不要画像，你帮我家的小姨太太画个像，画家就问罗恒义要相片，罗恒义摇头，画家说你这两天把人带过来我再画，罗恒义说我要是能把她带过来我他妈的还找你画个屎？画家挺为难，罗恒义就说跟刚才那姑娘长得差不多，扎两个小辫子，眼睛大，水灵，罗恒义就凭着印象描述蔡荔雯的长相特点，画家就动起笔，罗恒义讲完，像也画得差不多了，罗恒义就盯着画像，比画着说脸没那么圆，下巴再尖一点，眉毛没这么粗，画家就按罗恒义说的改，罗恒义越看越像蔡荔雯了，又说了一些特点，鼻子怎样，嘴巴怎样，画家改得罗恒义直点头，说你他妈的真行，我讲着讲着你就画出来了，高兴地赏了钱，说你就按这个样子给老子画几十张，钱一分都不少你的，画家疑惑画这么多做什么？罗恒义说老子找她！

罗恒义把画家画的像，让当班巡视的兵们拿着，长得像的，都给老子带过来，谁有本事找到这个人，老子重赏！

闻励天天缠着淑卉要去黄埔岛，淑卉笑她，你让人家那个翰林熊抱了，你还急不可耐地非要去找人家？是没抱够，还是要去找他算账扇他两耳光？闻励说淑卉你没生死离别过，你真的不晓得久别重逢的心情，你没被你日思夜想的人抱过，你体会不了这种感觉，淑卉说不管怎么个感觉，你大姑娘家矜持一点儿好不好？黄埔岛是你想上去就上去的？是要找个像样的理由打报告，人家军校同意了，你才能混上去的。闻励就催淑卉赶紧打报告，磨不过闻励，淑卉就向报社申请还要去黄埔岛采访，希望报社跟军校那边联系一下，可是，军校那边迟迟没有回复，急得闻励跟热锅上的蚂蚁似的，整天围着淑卉团团转，恨不得立刻马上就要飞到黄埔岛上去，商会那边的采访她也没心思再去了。

　　礼拜天，十三街这一带人更多，摆摊的，逛街的，人挨着人，人挤人。夏淑卉要拉闻励一起去商会那边看看，在街上做些采访，闻励直摇头，理由是礼拜天万一翰林过来找她，找不着怎么办？她上不了岛，翰林可以请假过来呀。淑卉说你别自作多情了，我可领教这帮当兵的，哪顾得上你我？伍剑鸣都多少天没来看过我？闻励说翰林跟你那个伍同学不一样，他晓得我在这儿，他就会来看我的，翻墙头跳江他都会跑过来。夏淑卉讲不过闻励，也犟不过她，只好说你在这望穿秋水傻等着吧，我去商会那边和十三街走一趟，看看有什么新闻，做一些采访。闻励就千恩万谢淑卉如何的善解人意，说要是那个伍同学来看你，我立马就带他去十三街找你。淑卉苦笑了一下，说我没那个奢望！

　　这个礼拜天，刘翰林和伍剑鸣的请假都被批准了。裕泰叮嘱翰林，你见着荔雯，让她多来军校走走看看，感受一下军校的革命气氛，可惜军校不招女生，否则让她也来上军校，我们又可以在一起念书学习了。王有田托翰林帮着往他家里寄钱。高应泉没什么托办的事，广州城他熟，可没什么亲人，进不进城对他也无所谓，悄悄帮他带两包烟回来就是。

刘翰林和伍剑鸣找到夏淑卉的住处，伍剑鸣礼貌地敲响了门，开门的是闻励，见到伍剑鸣，又看见伍剑鸣身后的翰林。闻励把翰林拽进屋，翰林顺势又把荔雯搂进怀里，这回，荔雯没有挣扎，陶醉在翰林的怀抱里，双手也搂紧翰林，生怕他跑了。伍剑鸣清了清嗓子，咳嗽了两声，刘翰林不管不顾，荔雯任由翰林搂抱，伍剑鸣又重重咳嗽几声，敲了敲桌子，哎哎哎你们也太旁若无人了吧？荔雯忍不住笑，说伍同学讲话怎么跟淑卉姐一个腔调？提起淑卉，伍剑鸣问淑卉去哪儿了？荔雯就告诉伍剑鸣，淑卉帮她跑商会那边了，这个时候，恐怕在十三街找人采访呢。伍剑鸣看他们俩亲热，也不方便在这碍手碍脚的，就要去找淑卉，翰林说我在这等你，哪儿也不去。

夏淑卉去商会，想找人采访，几个会长都没找到，她又去十三街，想看看商人罢市的事究竟怎样了，有什么进展，有什么新闻，有什么说法，她刚走到十三街，就被两个兵拦住了，拿着手上的画像，对照来对照去，当兵的拿不准，一个猜测有点儿像，一个摇头说不是的，夏淑卉好奇，凑近画像看，问你们找谁呀？这一看，差点把淑卉吓得惊叫起来，这画像看上去怎么那么像闻励以前的模样？！夏淑卉自报家门，我是

《七十二行商报》的记者，你们找的这是谁？兵就说是他们副总的家眷，跑丢了，副总着急到处找她呢，夏淑卉问你们副总姓什么叫什么，兵诧异说罗副总你都不晓得呀？就是罗恒义副总。夏淑卉听闻励讲过这个罗恒义，转身就要走，被兵喊住，问夏淑卉，你晓得这个人在哪儿？找到了有赏的。夏淑卉灵机一动，向兵们要那幅画像，我回报社找同事帮忙一起找。兵们犹豫地互相看了一眼，算是商量，还是收回了画像，你拿走了，我们拿什么找人？

　　夏淑卉马不停蹄地跑回宿舍，撞开门，见刘翰林还在抱着闻励，夏淑卉喘着气，上前把他们掰开，盯着闻励，还是一个劲地喘气。闻励看淑卉紧张的样子，问怎么了？是不是伍同学出什么事了？夏淑卉并没看见伍剑鸣，问他人呢？闻励告诉淑卉，跑去找你了。夏淑卉这才喘过气来，说罗恒义把你画成了像，他的兵拿着画像正在到处找你，那个像画得还真的很像你以前的样子！闻励吓得缩在翰林怀里，刘翰林搂紧她，安慰荔雯说不怕，有我，翰林问夏淑卉，罗恒义这个王八蛋在哪儿？夏淑卉摇头，她也没见着罗恒义，满大街都是他的兵，兵手上拿着闻励的画像，见到女孩子就盘查。刘翰林叮嘱荔雯，你哪儿也不准去，给我老老实实在这待着，夏记者，你看好她，不许迈出这个门，荔雯，你等着，我去把罗恒义的狗头砍下来，我们一起回越罗湾给我爸给你爸妈祭在坟头上！

　　荔雯没拉住翰林，翰林就跑出去了，还把门关死了。荔雯拉开门，不见翰林的踪影，又害怕被人看见，赶紧关上门，盯着夏淑卉问怎么办。夏淑卉说你躲起来再说，闻励急得哭出声，不是我，是翰林！翰林一个人跑去找罗恒义拼命，他赤手空拳怎么能干过手里有枪有兵的罗恒义？！

伍剑鸣在十三街寻找夏淑卉，人多得很，上哪找见夏淑卉？寻找无望，他就往回走，心想，还是在她宿舍里等淑卉回来，走着走着，看见一家书店，伍剑鸣就进了书店。

刘翰林已经不是小时候的冒失鬼了，他跑出门，也想到自己赤手空拳，想到罗恒义手里有枪，身边还有兵，他想起他阿爸总是提醒他的话，过过脑子，他一边向西瓜园商团的驻地跑，一边在脑子里寻思怎么砍了罗恒义这个王八蛋的脑袋！他走到西瓜园附近，看见一个商团的兵，手里拿着一张纸，就是那幅画像，在盘查姑娘，刘翰林就凑过去看，果然画得像荔雯以前的样子，惊呼一声，这不是蔡荔雯吗？那个兵看他认出了画像的人，看他也穿着军装，就问你认得这个人？刘翰林说当然认得，商团的兵就高兴得不得了，仿佛那赏钱就摆在他眼前，唾手可得，刘翰林问谁找她？兵说你甭管谁找她，你晓得不晓得这个人在哪？刘翰林说当然晓得，昨天还在一起吃饭呢。兵就如获至宝，拉着刘翰林，要带他去见罗副总，刘翰林假装有事没工夫，兵就指着商团的驻地说罗副总就在前面，拐两条巷子就到。刘翰林看商团那个兵手里的枪，毛瑟步枪，这枪他熟，会使，心想，不能开枪打，商团里的人要是听到枪声，自然就会涌过来，围捕他，刘翰林插翅难飞逃脱不了，刘翰林想好了预案，分几步，第一步，跟这个兵一起走进罗恒义的屋。第二步，夺过这个兵的枪，这一个兵好对付，让他闭嘴，不闭嘴就打晕了他。第三步，一个突刺刺，刺刀捅进罗恒义这个王八蛋的心窝，捅死他！然后，割下这个王八蛋的脑袋。第四步，速战速决，快速逃离。第五步，拉着荔雯，一起回越罗湾！一路上，翰林都在盯着那个兵手上的枪和刺刀。

伍剑鸣买了书，走回夏淑卉的宿舍，见到夏淑卉，自然很高兴，还没来得及说话，夏淑卉劈头盖脸地责怪他怎么才回来，急着把翰林去找罗恒义拼命的事告诉伍剑鸣，伍剑鸣惊到了，感到事情太严重了，拉着淑卉和闻励就往商团那边跑，淑卉把闻励推回屋，叮嘱闻励，你哪都不许去，在家等着！淑卉一边跑，一边把她在街上看到罗恒义让兵拿着闻励的画像盘查找人的事说了，又把刘翰林听到这事后不问青红皂白地冲出去要找罗恒义算账的事说了，把刘翰林要砍掉罗恒义的脑袋祭奠他爸还有闻励爸妈的事说了。伍剑鸣越听越恐怖，越听越觉得刘翰林这是自投罗网去送死，伍剑鸣见淑卉跑不动了，叮嘱她慢慢跑，跑不动就歇歇，他自己加快速度拼命跑，直奔商团驻地。

那个兵带着刘翰林往商团驻地走，走着走着，突然停下来，打量刘翰林，不放心地问，你真的认得画上这个人？真的晓得这个人在哪？刘翰林着急，说你别啰唆了，再磨蹭人家就跑了，兵还是不放心，说看你也穿着军装，也是个当兵的，应当晓得当兵的不容易，你要是谎我，罗副总找不到画上的人，我轻则被踢被打，重则难保小命。刘翰林看这个兵真胆小，催他，你别啰里啰唆的，要是人跑了，你真的小命就保不住了。兵被他这么一吓，加快步子，带着刘翰林往商团驻地走，走到门口，突然扑过来一个身穿军装的人，把刘翰林抱住，强拉硬拽地拖走了，那个手里拿着画像的兵傻了，不晓得发生了什么事，他壮着胆子端起枪寻望，早就跑得无影无踪了！兵掐了掐自己的手，疼，是真的，眼看就要到手的赏钱，一眨眼的工夫就飞了。

伍剑鸣跑到商团门口，看见刘翰林跟那个兵往商团里面走，眼疾手快地扑上去，抱住刘翰林就往外拖。刘翰林被这突如其来的熊抱惊住了，本能地要反抗挣扎，听见伍剑鸣叫"翰林"的声音，虽然声音不大，但刘翰林认出是伍剑鸣，刘翰林要挣脱伍剑鸣，要往商团里面冲，伍剑鸣使出全身力气把刘翰林拽走，紧紧地拉住他就跑，不管刘翰林怎么叫喊怎么拼命挣脱，伍剑鸣死活不放手，拐过一条巷子，伍剑鸣见后面没有追兵，刘翰林犟劲不减，还是不依不饶地想挣脱，伍剑鸣一拳砸在刘翰林的脸上，砸得刘翰林眼睛冒金星，伍剑鸣趁机拖走刘翰林。

闻励和夏淑卉在屋里担惊害怕，又不敢跑出去，刘翰林突然一头栽进来，满脸是血，吓得闻励惊叫起来，夏淑卉问怎么回事，刘翰林扑向冲进来的伍剑鸣，嚷着说你竟敢打我？你再打一下试试？夏淑卉和闻励都不明白他俩怎么打起来了。伍剑鸣反手关上门，把刘翰林推到椅子上，威胁说，你再敢跑一下试试？再跑，就打断你的腿！刘翰林僵住了，仿佛听到他阿爸的怒吼，他阿爸也曾这样骂他，再跑，就打断你的腿！伍剑鸣怒吼，命令刘翰林老老实实地坐下，否则就把你捆起来！伍剑鸣责备刘翰林，你一个人赤手空拳跑进商团，你这是报仇还是送死？刘翰林犟着说，我怎么是赤手空拳了？你没看见那兵手里的枪？进屋我就夺过来，一枪刺死罗恒义那个王八蛋！伍剑鸣质问，捅不死呢？就算你刺杀本领强，捅死罗恒义了，他的兵冲进来怎么办？你一个革命军人的命，跟一个反动军阀的命，能比吗？一样不值钱吗？你要是被他们抓了，打死了，闻励怎么办？裕泰、有田、老高还有我，我们怎么办？商团，还有商会，追究军校的学员闯进去杀人，闹到军校，闹到大元帅大本营，闹大了，怎么办？！一连串的质问，仿佛一桶桶冰水一遍又一遍地泼在刘翰林的头上，把他泼凉了，泼得清醒过来。翰林不挣扎了，也不想跑了，但还是犟着头，气鼓鼓地摸着自己的脸，那你也不能打我的脸呀，下手还那么狠！我不打你，你还要死命地往商团里头冲，还要往里头去送死！伍剑鸣气得直骂刘翰林，夏淑卉听明白了，劝伍剑鸣少说两句，闻励也听明白了，在脸盆里把毛巾沾湿了水，帮翰林轻轻擦掉脸上的血，翰林一把夺过毛巾，胡乱擦了几下，反而弄得满脸血糊哩啦的，夏淑卉忍不住笑起来，说都把闻励急哭了！闻励在脸盆里洗干净毛巾，小心地帮翰林擦掉血迹，又拿着镜子，让翰林自己看，都破相了。刘翰林急了，把脸凑到伍剑鸣眼前，你看！我这样鼻青脸肿的，回军校怎么交代？你下手不能轻点？！伍剑鸣反而笑了，说回去我帮你编个见义勇为的英雄事迹，就说你抓小偷被小偷打了，刘翰林不干，我刘翰林还打不过一个小偷？被小偷打成这样？我还有脸见人吗？！夏淑卉帮着出主意，那就说是摔跤了，被门框挤着了，刘翰林更不愿意，那还不如说我脑子进水自残了呢？伍剑鸣说刘翰林你脑子就是进水了。闻励急了，那怎么办？赶紧帮翰林想个办法呀。

二十

刘翰林单挑三个兵痞、救助被侵犯少女的事迹很快就传开了。那几年，广州城里住着各种各样的兵，兵痞耍流氓欺负少女的事，时有发生，没人敢管。刘翰林同学就不同了，他是黄埔军校的学员，是经过教育的革命军人，加上他平时爱憎分明疾恶如仇的脾气，见到这种欺压百姓糟蹋民女的坏事，自然就会站出来伸张正义，一对一，不算什么本事，一对二，也显不出刘翰林的英勇，一人单挑三个兵痞，而且还成功救助了少女，伍剑鸣设计得合情合理，他回来并没有逐级去报告刘翰林的英雄事迹，而是跟同宿舍的人说，跟同队的人解释，再由他们一传十、十传百地传播出去，这样更容易被人信服。

还是在走廊上，严子轩教官见到刘翰林，刘翰林已经习惯性地立正敬礼，严子轩还了礼，端详刘翰林的脸，鼻子和眼睛上的伤痕淤血已经好多了，严子轩关切地问刘翰林，你一个人斗三个人？怎么打的？刘翰林向来不会撒谎，伍剑鸣帮他编了这么个被打伤的理由，虽然有些勉强，但总比跟偷鸡摸狗之辈打架要好听许多，刘翰林毕竟被打得破了相，他不愿提这件事，别人说这个的时候，他都不说话，心想等淤血散了，事情过了，也就没人说了。可碰见严教官，又在问他，刘翰林似乎不能不说，他可又不愿撒谎，正为难之时，严教官没等他回话，就跟他讲擒拿格斗的要领，一人对多人的时候，尽量避免你前后左右都有人，双拳难敌四手，记住，面对敌手的进攻，你要防得住，闪得开，瞅准机会，各个击破。刘翰林从心里觉得挺对不住严教官的谆谆教导，那一刻他真想如实招供，不是兵痞打的，是伍剑鸣揍的，但教官会问为什么，后果恐怕就不那么简单了。严教官看他心里好像有些难受，安慰他说，吃一堑，长一智，有空的时候，我教你几招擒拿格斗，不是教你打架，是教你防身，打仗的时候也能用，拼到最后，子弹打光了，枪刺拼弯了，近身肉搏的时候，就是靠擒拿格斗，武功好，同样能战胜敌人。

小时候，翰林他爸也教过他擒拿格斗，旋臂压肘，闪身勒颈，拉臂背摔，还有抓腕托肘之类的，翰林都练过，那时候人小，力气不够，他爸又让他练仰卧起坐俯卧撑，练劈叉，练指力腕力臂力，他阿爸怕他年纪轻轻不会克制不晓得轻重在外面跟人闯祸，掐喉跪肋、缠颈锁喉这些要人命的招数就没敢教他。翰林聪明，他阿爸平时打擒拿格斗拳的时候，翰林远远地假装看书或做什么事，眼睛偷偷学艺，记在心上，跑出去，躲到树林里比画几下，也学了不少招，这次是伍剑鸣揍他，也确实把他揍醒了，否则他刘翰林犟脾气蛮劲上来了，也不会束手被伍剑鸣死拉硬拽拖回来，更不会被伍剑鸣揍成这个狼狈样。

刘翰林一连几个晚上翻来覆去睡不着，裕泰劝他别把打靶的事放在心上，伍剑鸣担心他会把谎话捅破了，其实，刘翰林在想荔雯，想他和荔雯小时候一起长大，一起玩得开心，想荔雯的笑声，想荔雯被罗恒义这个王八蛋抢去后的受苦遭罪，想荔雯逃到广州后隐姓埋名换了个人，想荔雯跟他久别重逢的喜悦，想他抱住荔雯舍不得放手，又想到罗恒义居然派他的兵拿着画像到处找荔雯，万一荔雯被罗恒义这个王八蛋找到了怎么办？刘翰林思来想去，钻进一个拔不出来的牛角尖里，似乎只有这一个办法能救荔雯，他刘翰林马上立刻娶了蔡荔雯！像教官那样，把自己的老婆带到岛上来住，就没人敢再欺负荔雯了。刘翰林真是个急脾气，也不跟裕泰他们商量商量，自作主张地向队长打了个结婚报告，还求队长快一点报到，军校快一点儿批准，他礼拜天就要进城把荔雯接到岛上来住。与此同时，他给蔡荔雯写了封信，告诉荔雯，他已经给军校打了结婚报告，让荔雯收拾好自己的东西，他礼拜天就进城把她接到岛上来住。

队长拿着刘翰林的结婚报告，盯着刘翰林，以为他刘翰林的脑子被人揍坏了，你一个大头兵，一个学员，居然要打报告结婚，还要把老婆接到岛上来住？来岛上，来过家家？你以为你是谁呀？刘翰林说队长你别拦我，你把报告递上去，我再找……队长打断刘翰林同学的话，你给我打住！还要递到上面去？人家说你刘翰林不懂事，还要骂我这个队长不懂规矩，笑话你，笑话我！你好好把军校读完了，学好了，练好了，你毕业了，离开军校了，你想什么时候结婚就什么时候结婚，想怎样结婚就怎样结婚，想跟谁结婚就跟谁结婚。刘翰林说他现在就想在黄埔跟蔡荔雯结婚。队长骂他，你别做梦娶媳妇尽想好事了！这事就到我这算完，不许跟别人说，我丢不起这个人！见刘翰林还缠着要结婚，就哄他说，行，你好好学习，好好训练，眼看你们半年的学习就要毕业了，毕业以后，你结婚，我去给你捧场，喝你的喜酒，刘翰林只好作罢，叮嘱你队长说话要算数，队长回的话跟严教官一模一样，男子汉说话吐口唾沫落在地上都是钉子！

赵裕泰听翰林说他打报告要跟荔雯结婚，十分震惊！翰林真是急脾气，想一出是一出，想到什么就立马要办，幸亏队长给拦住了，这要是把报告递上去了，翰林这个丑不晓得要丢到哪去了。荔雯从小跟翰林和裕泰在一起，裕泰也是喜欢荔雯的，但他从来没想到结婚，仿佛这是个很遥远的事，军校还没毕业，帝国主义列强和反动军阀还没有被打倒，怎么会想到结婚这种事？翰林学了半年，上了那么多的政治教育课，觉悟还是低得不能再低了，以前他满脑子是小火轮赚钱，后来满脑子是杀掉罗恒义给他爸报仇，现在满脑子又是结婚，真的是朽木不可雕了。赵裕泰毕竟是跟他一起长大的伙伴，见翰林这个样子，还是想要雕一雕这块朽木，帮帮翰林，就把刘翰林拉出来跟他讲道理。刘翰林说他满脑子就一件事，过上好日子，开小火轮赚钱就是为了过上好日子，杀掉罗恒义这个欺负人的王八蛋也是为了过上好日子，跟荔雯结婚也是为了过上好日子，你打倒列强打倒军阀不也是为了过上好日子吗？赵裕泰苦口婆心地跟翰林讲，打倒列强打倒军阀是为了天底下的人都过上好日子。翰林说天底下的人都像我这样，满脑子想着过好日子，不要想别的，大家早就都过上好日子了。

闻励收到翰林的信，待在那里，眼泪哗哗地往下掉，吓得夏淑卉连忙夺过信看了一遍，十分意外又惊喜地问，你那个翰林要跟你结婚？什么时候求婚的？我怎么没听你讲过呀！闻励含着泪说我也是第一次听人讲，翰林从来就没跟我说结婚的事，更没跟我求过婚，连小时候我们在一起玩过家家他都没讲过这种话，翰林信上说他打了结婚报告，也没说跟谁结婚呀！淑卉说那还能跟谁？你看他礼拜天就要来接你到岛上住，你闻励就要成军官太太了，还哭？闻励清楚，翰林哪是什么军官，他还是个学员。淑卉说，他迟早要毕业的，毕业了就当军官，你不就成了军官太太？闻励又喜又气，喜的当然是翰林要跟她结婚，还要把她接到岛上去，她就再也不怕罗恒义了，气的是，这么大的事，翰林也没跟她说一句，别说求婚了，连商量的话都没讲，唉，这个翰林真是个急脾气。嘴上埋怨，心里还是高兴，就哼着歌，手上就开始收拾东西，淑卉舍不得，假装生气的样子，你这就开始收拾东西了？真的不要我了？闻励也舍不得淑卉，要不是淑卉救她帮她，她还不晓得现在流浪在什么鬼地方呢。闻励也没几件东西要收拾的，也就是几件换洗的衣裳、洗漱用品，还有一些笔呀本子之类的，等翰林过来接她的时候再收拾都来得及。闻励放下手里的东西，想到要是跟翰林上岛，担心是不是就不能来《七十二行商报》上班了。淑卉安慰她说，你先上岛再说，也许报社还派你驻岛呢，你不就结婚工作两不误了吗？

翰林要跟我结婚，还要把我接到黄埔岛上住，太突然了，真是意想不到的惊喜！从小翰林就护着我，帮我爬到树上摘木棉花，还给我买了这么好看的红珊瑚木棉花坠子，给我买我喜欢吃的"阿嬷叫"，还有红敛糕，见到别人欺负我，他总是冲上去把人家打跑，连罗恒义欺负我，他都敢打，为了救我，他敢把罗恒义家的宅院烧了！翰林想要结婚了，当然找我，怪不得那天把我抱得紧紧的，原来他早就想好了。从小我就喜欢跟翰林在一起，有他，我就不怕，我就开心，嫁给翰林，我什么都不怕了。

翰林和裕泰都是我的好朋友，翰林急脾气，犟得要死，胆子大，没他怕的事，没他怕的人，身上有股子血性，可能他阿爸是个当兵打仗的吧。裕泰是个诗人，跟翰林不同，是个理想主义，温良恭谦让，他几乎都占了，也是个好男人。

翰林打报告要跟我结婚的事，裕泰晓得不晓得？这么大的事，翰林肯定会跟裕泰商量的，裕泰肯定也会支持翰林，为我们高兴的。过两天，翰林就接我到岛上住了，结婚后，裕泰可以到我们家吃，到我们家住也行，他们忙，衣裳我都帮他们洗，饭我都帮他们做，我们还像小时候那样，一天到晚在一起，多好？

闻励几乎一晚上都没睡觉，脑子里都是翰林，还有裕泰，过去，现在，未来……

闻励迷迷糊糊直打哈欠，淑卉从报社回来，带回一封信，还是翰林的，闻励拆开信看，又呆了，信上说队长不同意，结婚报告连递都没递上去，就被队长打回来了，还被队长骂了一通，唉，穿上这身军装真不自由，只好等他毕业了再说，礼拜天他也不一定能进城来见她了。闻励纳闷儿，刘翰林自己要结婚，关他队长什么事？队长又不是翰林他阿爸，怎么还拦着翰林结婚？夏淑卉跟闻励讲道理，军校哪能跟外面一样，他们进个城都要层层批，结婚这么大的事，当然要批准了才能结，闻励，不管队长批不批，他刘翰林要跟你结婚的事你总算晓得了，就当是翰林跟你求婚了吧。闻励说哪有这样求婚的？淑卉反问，哪有像翰林这样见了你就拥抱然后就要结婚的？不过，我喜欢，见闻励瞪大眼睛，淑卉连忙解释说，我喜欢翰林这样的男人，敢爱敢恨，敢做敢担。

罗恒义的兵拿着画像满大街盘查找人，带了几个姑娘过来给罗恒义验明正身，都不是他要找的蔡荔雯，兵们没拿到赏钱，还被臭骂了一通，兵们觉得这个赏钱不好拿，也就不积极了。罗恒义也不想把事情闹得满城风雨的，收了那些画像，算了，算了，找个人都找不到，要你们有个鸟用。正巧那天何鹏宇到商会来说事，遇见罗恒义，何鹏宇笑话他，你拿着画像在街上到处抓人，人家即使在街上走，见你这阵势，早就躲起来了，再说，报纸上要是把你这事捅出来，现在是革命政府了，大人小孩都知道文明二字，不同于过去了，你这样满世界找小姨太太，小姨太太在广州是不能摆在桌面上讲的，是要被人家骂的，你说你讲得清楚吗？我教你一招，不如在报纸上登个寻人启事，重赏之下，你还怕找不到人？罗恒义茅塞顿开，就拉着何鹏宇，非要请他喝茶吃点心，你何鹏宇是个文化人，喝的墨水比我多，你帮我诌几句找人的词，我登在报纸上。何鹏宇说我哪是什么文化人，跟你一样，早年也是扛枪打仗的，只不过这些年在广州城里混，见识多一点罢了。罗恒义说你就别跟我装没文化了，你都把唱戏的花旦娶上手了，你还不是文化人？何鹏宇就帮罗恒义想了几句词，罗恒义如获至宝，派人找报社登寻人启事。

祁老接到这个寻人启事，看着画像上的这个女孩有点眼熟，想起惠州项老的推荐信，闻励原来的名字就叫蔡荔雯。祁老把夏淑卉单独叫过来，把那个寻人启事给夏淑卉看，夏淑卉看过这个画像，为这事，刘翰林还差点儿去找罗恒义拼命，读那份启事，气得夏淑卉大骂这个小军阀真是个臭不要脸的，他趁人之危逼人家蔡荔雯给他做小姨太太，荔雯当晚就逃出来了，根本就没跟他在一起，臭不要脸的还恬不知耻说什么"爱妻蔡荔雯，怀有身孕，在广州城内走失，至今未归，为夫甚为惦念"，闻励天天跟我住在一起，前几天还来例假呢，哪来什么"怀有身孕"？臭流氓！没见过这么不要脸的！这寻人启事要是登出来了，加上这画像，闻励还怎么见人？！坚决不能登！祁老为难，《七十二行商报》有商会出资，以往这类寻人启事也是经常刊登的，罗恒义现在是商团的人，况且这个罗恒义为登这个寻人启事还给了不少钱，一口拒绝，坚决不登，恐怕说不过去，反而引起人家的怀疑，祁老想了想，好在报社只有你我知道闻励就是蔡荔雯，别的同事都不知道内情，我们就推辞说版面有限，只登启事，不登画像，报社同人一般也不看这些边边角角寻人启事之类的东西，即使看了，也不会知道蔡荔雯就是闻励，不过你要跟闻励打个招呼，广州这么多报纸，别的报纸恐怕会登出画像，让她留神一下，这几天注意一点，请个假，就说女孩子来例假，疼得起不了床，不要抛头露面，过一阵子人家淡忘了就好。

广州的报纸真的有好几家刊登了罗恒义的寻人启事，有的还配了那张画像，夏淑卉把报纸拿回来给闻励看，闻励气得直哭，一个劲儿地骂罗恒义臭不要脸的往她身上泼脏水不得好死！谁是他爱妻？谁怀有身孕？我压根儿就没跟他在一起过，我身上……闻励实在是说不下去了，伤心得要命。淑卉安慰她，闻励你别哭坏了身子，我晓得你身子是干净的，好好的，前几天你还来了例假，床单上还有血迹，哪来的怀有身孕？这种臭不要脸的军阀流氓什么事做不出来，什么难听的话说不出口？你不要跟他计较，祁老也说了，让你躲一躲，这些天不要抛头露面，请假的事，我帮你办。闻励越哭越气，把那些报纸撕得粉碎，把罗恒义这个臭不要脸的骂得狗血喷头。

钱小玉把船靠在大本营的码头，打扫完甲板，上岸买了些报纸，在船上等候的时候，翻翻报纸，看看新闻和各种各样的消息，这是他跟翰林他爸学的习惯。那时候，小玉每次开船到惠州到广州到香港，他都要买些报纸带回去给他表叔看。钱小玉无意中看到报纸上的画像，觉得像是蔡荔雯，一看寻人启事，果不其然，寻的正是蔡荔雯，怀有身孕？听翰林他妈讲，荔雯不是在岭南大学演戏吗？怎么会走失？他翻了好几家报纸，都登了这个寻人启事，小玉盯着画像细看，确实是蔡荔雯没错。小玉放下报纸，跳上码头，在行人中寻找着。蔡荔雯经常到表叔家找翰林，也在一起玩过，小玉是能认出她的，可是行人中没看见蔡荔雯，有两个挺着大肚子的妇女，不像是她。

　　谭香漪看到报纸上的寻人启事，疑惑地皱起眉头，问何鹏宇，蔡老医生家的闺女不是哭着喊着她不是罗恒义的姨太太吗？怎么已经怀有身孕？要是怀了他罗恒义的孩子，算起来，肚子应该不小了，这么大肚子的女人走失了，万一流产了，或是生下孩子怎么办？何鹏宇笑着递上一杯新泡的铁观音，说哪儿会流产，罗恒义压根就没把她肚子弄大，生米还没做成熟饭就让她跑了，还是你家翰林救了她。谭香漪知道，翰林为了救她差点儿送了命，到现在罗恒义还不依不饶我们家翰林呢。谭香漪喝着茶，盯着报纸上的画像，说人家蔡老医生的闺女还没被他罗恒义破身，就登报说人家怀孕，够缺德的，让人家小女孩脸往哪儿放？何鹏宇见谭香漪有点儿不高兴，没敢说是他帮着出的主意写的寻人启事，就说罗恒义恐怕是寻小姨太太心切，说她怀孕，也是想让看报的人更相信是他的爱妻，更同情这个走失的孕妇，这样，也许更好找一些。何鹏宇喝了一口茶，淫笑说，破没破身，只有罗恒义和他这个小姨太太心里清楚，不过，我倒是亲眼看见罗恒义急吼吼地在床上跟这个小姨太太滚得天翻地覆不成个样子。谭香漪不高兴地放下茶杯，你没事看人家这些，真是无聊透顶！何鹏宇为自己辩解，不是我们要看，是我们闹新房的时候撞见了，何鹏宇盯着报纸上的画像，说画得还真有点儿像，你看这个小嘴，怪不得罗恒义……何鹏宇看谭香漪瞪他一眼，连忙把后面的话收住了。

刘翰林对擒拿格斗又感兴趣了，把他阿爸刘兆民教给他的动作反复温习了几遍，又主动请教严子轩教官，得到严教官的真传，擒拿格斗拳打得如行云流水一气呵成。严子轩教他，擒拿格斗不管你什么动作，一定要有力，一招制服敌手，各种动作单个练是为了动作的准确，打起来各种招数都得融会贯通，什么招管用就出什么招。刘翰林反复琢磨严教官的话，练得一身汗，回宿舍拿起脸盆要去冲凉，伍剑鸣叫住他，把一份报纸递到他眼前。刘翰林看到那张画像，接过报纸，看了一遍寻人启事，脑袋嗡的一声就炸了。罗恒义这个王八蛋居然登报寻人，还死不要脸称荔雯为爱妻，怎么还怀有身孕？莫非……荔雯已经被他罗恒义这个王八蛋给强占了，坏了身子？刘翰林不相信自己的眼睛，反复看了几遍，白纸黑字确实是"怀有身孕"！刘翰林呼喊裕泰，王有田告诉刘翰林，赵裕泰同学在教室里刻蜡纸。刘翰林拿着报纸，冲出宿舍，把埋头刻蜡纸的赵裕泰生擒到小树林里，把报纸扔给赵裕泰，问裕泰到底是怎么回事。

赵裕泰看了报纸上的寻人启事，一下子也蒙了，这画像是荔雯，上面的名字也是蔡荔雯，罗恒义称之谓"爱妻"，"为夫甚为惦念"，这分明是夫妻相称，刘翰林急着说你别瞎分析了，"怀有身孕"是怎么回事？赵裕泰急了，反问刘翰林，你不是说你摸进新房，看到蔡荔雯被捆在床头，你救她逃走，你还不晓得怎么回事还来问我？刘翰林说荔雯衣裳穿得好好的怎么会怀孕？赵裕泰说我哪晓得，罗恒义这个兵痞流氓他什么事做不出来？怀有身孕就是……意思是……翰林不让裕泰瞎说，不可能！绝对不可能！我摸进新房的时候，罗恒义不在，荔雯被绑在床头，新衣裳穿得好好的，罗恒义这个王八蛋在瞎说！撒谎！骗人！老子非要亲手宰了这个王八蛋！捅死这个臭流氓！

二十一

商团私自购买大量枪支弹药，被广州海关发现，江固舰和永丰舰奉命迫令挪威哈佛号轮船移泊黄埔，船上的枪支弹药交军校保存。刘翰林他们参加搬运、警戒，刘翰林第一次见到这么多枪这么多子弹，有说步枪四千多，驳壳枪也有四千多，子弹三百多万发，这简直是个天大的数字。刘翰林后来看到廖仲恺省长的布告，"挪威商船运有枪支九千余杆，子弹甚夥"，步枪和驳壳枪加起来居然有九千多杆，平均算下来，每杆枪有三百多发子弹呢！

商团组织了一千多人到大元帅府请愿，要求归还扣押的枪械，刚成立的商团联防总部有人甚至扬言要革除不良政府，成立商人政府，组织罢市，英国的九艘军舰齐集沙面附近，威胁要"全力对付之"。长洲要塞各炮台进入临战状态，军校也做了战斗部署。刘翰林赵裕泰他们这些军校学生军被派进省城，维持广州的社会治安和正常秩序。

这是刘翰林有生以来第一次参加军事行动，他们除了维持治安，还要宣传政府的态度和政策，把政府的布告，向商人和市民宣讲解释，希望他们不要相信谣言，正常开市营业。伍剑鸣站在高处，向围观的市民宣讲大元帅府的宣言，"英帝国主义支持广州商团叛乱，粗暴干涉中国内政，不仅是中国达到民族独立的主要障碍，同时又是反革命势力最强大的部分。无论是商团私械，抑或其他任何时候，中国政府对于英帝国主义的各种高压，都只有给以最严厉的回击"。面对被蒙蔽的商人市民，赵裕泰当众揭露陈廉伯等人企图颠覆政府的种种罪行，正如大元帅指出的，"陈廉伯私购枪支，骗取护照，其护照所列时间、数量、型号与事实俱不相符，显属借商团之名，倾覆政府，乱我地方，实行个人极大之野心，此等害马，证据确凿，政府理当彻底追究"。

罢市的事越闹越大，夏淑卉赶去跑新闻，一个人实在是跑不过来，就拉着闻励一起跑，闻励还是害怕，夏淑卉鼓励她，不怕，现在到处是革命军，商团自顾不暇，罗恒义哪有心思找你？夏淑卉说归说，还是替闻励担心，就让闻励跑大元帅府那边，夏淑卉自己跑西瓜园商团那边。

闻励跑到大元帅府，看见有好多商团的人在请愿，要求归还被扣的枪械子弹，闻励忘记了害怕，在人群中采访、记录，这些人对政府的公告和宣言议论纷纷，有一股敌对情绪，甚至有人还喊反对政府的口号。闻励看到军人在维持秩序，看到军人耐心地给请愿的人和围观的人解释，嗓子都哑了，商团的人就是不听。闻励好像听见了翰林的声音，循声望去，翰林正在跟一个年纪大的商人拉家常，我也是商家出生，我家做过航运，我还开过小火轮，跑过运输，赚了不少钱呢，政府当然是支持商人开市营业的，希望商业发达，大家都有钱赚，所以政府一定会保护商人的利益。你们不要上他们的当，听他们瞎说，跑到这里来闹事，那些人后面有洋人撑腰，革命政府不是从前的政府了，不怕洋人和他们的买办。老者听了直点头，转身拉着几个人一起走了。

闻励跑到翰林身边，喊着翰林翰林，激动得就要扑上去，自从翰林拥抱她，自从翰林说要跟她结婚，闻励就觉得她是翰林的人了，好不容易见到翰林，自然就想抱抱翰林，说几句话。翰林看见蔡荔雯，突然愣住了，见荔雯扑上来，连忙后退两步，没有拥抱，也似乎没有什么惊喜，眼睛盯着蔡荔雯的肚子，蔡荔雯像是被雷击了一下，定在地上，瞬间就明白翰林看到了报纸，看到了那则寻人启事，看到了那句"怀有身孕"，所以就瞪着眼睛盯着她的肚子看，看看是不是怀有身孕，荔雯的眼泪就控制不住往外流。此刻，荔雯多希望翰林能抱住她，让她在他的怀里放声地哭一场，把心中的委屈全哭出来，翰林却只顾盯着她的肚子，疑惑地问，不是说你怀有身孕吗？荔雯伤心地说，翰林你别听罗恒义那个臭不要脸的瞎说！翰林还是不相信自己的眼睛，不依不饶地又追问荔雯，你到底怀孕了没有？荔雯哭着摇头，翰林又问了一句让荔雯心碎的话，罗恒义那个王八蛋到底坏了你的身子没有？蔡荔雯盯着刘翰林，眼里全是泪水，不停地往外流，她也不擦，她知道擦不干的，荔雯好像全身一点力气都没有，弱弱地问了一句，你刘翰林就这么在乎我蔡荔雯的身子坏了没有？刘翰林盯着蔡荔雯，狠狠地骂了一句，罗恒义这个臭流氓！王八蛋！蔡荔雯似乎听懂了翰林此刻骂罗恒义的意思，她阿爸是医生，她明白翰林说的身子坏了是什么意思，感觉莫大的耻辱、莫大的委屈，伤心得要命。荔雯感觉站都站不稳，顷刻就要倒下，哭着问翰林，你不相信我蔡荔雯跟你讲的，难道偏要信他罗恒义这个臭不要脸的胡说八道？！我身子好好的怎样，坏了又怎样？！我说你今天见到我，怪怪的，冰凉冰凉的，碰都不碰我一下，是不是怕我弄脏了你的手？你死死盯着我的肚子，我肚子里有什么没什么我自己清楚，用不着你来盯着！讨厌，刘翰林你讨厌！讨厌透了！我不想见你，你也不要再来找我这个坏了身子挺着肚子的女人！蔡荔雯转身跑走，刘翰林站在原地，愣愣地看着哭着跑走的蔡荔雯，突然一拳头砸在脑袋上，震得嗡嗡响，这次不是别人，是他刘翰林自己砸了自己一拳。

商团的事越闹越大，各方都在斡旋。此时，上海和江浙那边打起来了，北京和关外也动起来了，孙中山率部北伐，进驻韶关。黄埔岛进入战备状态，一连好几天都不让出岛，礼拜天也不让请假外出，刘翰林越想越对不住荔雯，后悔不该怀疑荔雯，错怪荔雯，恨不得插根翅膀飞到荔雯身边，抽自己两个耳光，向荔雯赔礼道歉。翰林这个人，脾气一上来，脑子就进水，什么都不管不顾了，冷静下来，脑子里的水控干了，他还是能明白事理的。这些天，进不了城，还忙得不得了，训练、警备、勤务，找了个空闲，翰林摊开纸，想给荔雯写封信，告诉荔雯，这些天忙得不可开交，进不了城，那天在大本营前面，好不容易见到你，我却盯着你肚子，千不该万不该怀疑你这个怀疑你那个，我真是脑子进水了，你怎么会怀有身孕呢？我晓得你的，宁死也不会的！话又说回来，即使你怀有身孕，那也是罗恒义那个王八蛋耍流氓逼你坏了身子……他写到这儿，脑子又进水了，而且还是那些乱七八糟的脏水，刘翰林愤怒地扯乱信纸，撕得粉碎，发誓要砍了罗恒义这个臭流氓！王八蛋！

夏淑卉跑了一天的新闻，回到宿舍又累又困还饿着肚子，本想让闻励帮她买点儿粉肠之类的填饱肚子赶紧睡觉，却发现闻励一个劲儿地抹眼泪，淑卉一个激灵爬起来，摸摸闻励的头，没病没灾的你哭什么劲？又怎么了？撞见罗恒义那个臭不要脸的了？闻励摇头，哭着把她见到翰林时的委屈讲了一遍。夏淑卉是个典型的女权主义，对贞节牌坊、三妻四妾、三寸金莲这些压迫女人的封建东西恨之入骨，嗤之以鼻。淑卉气愤，大骂刘翰林封建脑瓜子，跟那些封建遗老遗少没什么两样，男人怎么这个德行？把女人的贞节看得比什么都重要，难道二十世纪了还要给他立个贞节牌坊不成？！夏淑卉把闻励拉起来，扯下床单，闻励猜到淑卉要找什么，就夺回来。淑卉说你把床单给我，我给他刘翰林寄过去，上面的血迹还在，我让他瞪大眼睛看好了，你前几天刚来过例假，让他这个没脑子的傻瓜问问他们军医，女人来例假说明什么？他也不动脑子想想，你逃出来都多长时间了，要是怀有身孕，肚子早就挺得老高的了，还用得着他瞪着眼珠子看？！我让伍剑鸣再揍他几下，狠狠地打，把刘翰林他脑瓜子里的封建思想污泥浊水全打出来！闻励想起上次伍剑鸣把刘翰林揍得鼻青脸肿的惨样子，就心疼翰林，劝淑卉算了，别打他了。夏淑卉恨铁不成钢，他刘翰林把贞节看得比你的名誉和生命还重要，你还为他求情！夏淑卉告诫闻励，这种德行的人，你幸亏没嫁！不要再理他了！闻励没想到淑卉气成这样，被吓着了，说翰林也是一时气糊涂了，他不是你说的那种人，没关系的，跟他结了婚，他就晓得我的身子坏了没有。闻励的阿爸是医生，经常有妇女来看病，闻励对妇女的事也知道一二，阿咪也曾悄悄叮嘱过她，女人要爱惜自己的身子。夏淑卉惊愕地叫起来，你还要等到跟他结婚，让他验明正身？伍剑鸣敢跟我这样，我立马就跟他一刀两断！闻励就问，伍剑鸣向你求婚了？夏淑卉苦笑，人家伍剑鸣才没这个闲情雅致呢！唉，他恐怕连贞节的事都不会问，随他，爱怎样就怎样！

刘翰林还在焦头烂额悔断肠的时候，王有田突然冲进来喊了声，苏联的枪到了！

刘翰林噌地站起来，真的？！撒腿就往码头跑。从他们走进黄埔岛，就一直听说苏联给军校支援了许多许多枪，一直盼着早点拿到手，持枪训练用的是他取笑为烧火棍的木头枪，刺杀训练也用的是那根烧火棍，他一气之下摔了烧火棍还被惩罚关进禁闭室！为枪的事，翰林一直埋怨严子轩教官是个骗子，要不是裕泰时常提醒他，他刘翰林差点骂一句老子不给你念了撒腿就走。苏联支援的枪终于到了，刘翰林兴奋，赵裕泰兴奋，伍剑鸣高应泉王有田他们都兴奋，码头上聚集了好多欢呼的学员，卸船，搬运，比过年还要开心，还要热闹。

发枪了！刘翰林终于有了属于自己的枪！擦枪的时候，他把零部件一个个卸下来，擦得干干净净一尘不染。伍剑鸣看着手里的长枪，感觉做工不如毛瑟枪精致。高应泉用惯了毛瑟枪，觉得毛瑟枪更顺手一些，刘翰林对各种枪械都了如指掌烂熟于心，他们手里拿的这支苏联产的步枪叫莫辛，莫辛纳甘 M1891，因为此枪 1891 年正式被俄军采用，属于第一代使用无烟药枪弹的步枪，不像以前的老式步枪，打一枪冒黑烟，半天不散。刘翰林也觉得毛瑟枪的外形不错，德国人的工艺讲究，但使用的是 8 毫米毛瑟弹，子弹弹头有点重，对精准度或多或少有点影响。你们看这莫辛纳甘步枪，3 线口径，什么是 3 线口径？俄国人 1 线等于 0.1 英寸，也就是 2.54 毫米，3 线等于 0.3 英寸，7.62 毫米。赵裕泰比画了一下，质疑 8 毫米和 7.62 毫米能差多少？翰林说你别看就差那么一丁点儿，8 毫米减 7.62 毫米等于 0.38 毫米，弹头里是什么？铅芯，外面是铜镍，那就轻不少了，子弹飞的时候，精准度就会更高。还有，打靶的时候，你们仔细听听，莫辛的枪声清脆，有点像水珠溅落，所以也叫"水连珠"。

广州城内，战争一触即发，商团联防总部迁往佛山，准备向广州进攻，并占领西关一带，构筑街垒。黄埔岛上，阴云密布，与黄埔隔江相望的新洲已经驻扎了军队，有人扬言要对黄埔军校动武。

教官让学员立即操练新枪，熟悉自己手里的枪，持枪训练，刺杀训练，射击训练，还加了一项夜间射击训练。漆黑的夜，没有月色，端着枪，很难找到射击目标。严子轩教官耐心教授他们，怎样不暴露自己，怎样寻找目标，怎样不让目标跑掉，怎样打得快还得打得准，严子轩把希望寄托在射击成绩好的刘翰林身上，学员的体会有时候比教官讲得更容易被接受。严子轩教官伏在刘翰林身边，寻问他找到目标没有，刘翰林也不谦虚，说我早就套牢目标了，如果枪里有子弹，对手至少被我撂倒三次。严子轩听了高兴，让刘翰林出列，把他摸索的经验传授给大家。这种示范的事，刘翰林从来都是乐意为之，不谦虚，而且有点骄傲地给赵裕泰、伍剑鸣他们传授经验，举枪后，要先晃动枪，轻轻地晃，动作别太大，为什么晃？晃动是为了找你的准星和缺口，看到垂直的，就是准星，看到向右弯曲的是缺口左侧，看到向左的是缺口右侧。找到准星缺口后，保持枪身稳定，慢慢降低枪口，让准星落于缺口内，使准星上端与缺口平齐，准星在缺口中间，这时候你就要慢慢扣压扳机，随时准备击发，然后，寻找目标，准星和缺口对准他的时候，果断击发，瞬间的犹豫，你就可能失去最佳时机。严子轩听了很满意，又强调了一遍，刘翰林同学讲得很具体，归纳起来就三个字：晃、平、扣！晃是为了发现准星和缺口，平就是准星和缺口平齐了，扣扳机要毫不犹豫。刘翰林暗自佩服严教官，他刘翰林讲了半天，严教官总结出几个字：姜，还是老的辣！

二十二

十月十号，刘翰林跟赵裕泰、伍剑鸣、王有田一道，随军校部分师生进城，去第一公园参加纪念辛亥革命十三周年。高应泉值班，留守黄埔警戒。参加集会的人很多，有广州许多家工代会及所属工会的人，反帝大同盟、民族解放协会、农民协会、学生联合会，还有新成立的工团军、农团军都派了代表，伍剑鸣欣喜地找到了中共广东区委的领导，王有田好久没进城了，看到这么多人，觉得比他们老家的庙会还要热闹。刘翰林猜想蔡荔雯也会来，四处寻找，没找到荔雯，跟裕泰商量是不是跑到报社去找荔雯，这么火热的革命形势，赵裕泰已经热血沸腾，哪有工夫跟翰林去找女同学？裕泰劝他留下来感受感受如火如荼的革命气氛，你看，工人农民海员学生都觉悟起来了，帝国主义的末日就要到了，军阀就要彻底完蛋了！刘翰林一心想找到荔雯，跟她赔礼道歉，那天的事，他越想越不该伤了荔雯的心。

接着是游行，伍剑鸣走在前列，时不时地高呼口号，打倒列强，打倒帝国主义，打倒军阀，赵裕泰给围观的路人散发传单，宣传政府对商团的宣言和公告，刘翰林跟在他们身后找寻着，会不会看见荔雯。游行队伍到了太平路，突然听到枪响，刘翰林警惕地循声望去，街道两侧，商团军竟然向游行队伍开枪，走在队伍前面的伍剑鸣中弹，刘翰林扑过去，扶住快要倒地的伍剑鸣，大喊裕泰，两人把伍剑鸣拖到墙角。队伍前头死伤无数，游行的人倒在血泊中，刘翰林用手捂住伍剑鸣冒血的肩膀，子弹再往下一点就击中伍剑鸣的心脏！王有田害怕被打死，连忙卧倒，一个翻滚，躲到墙角。游行队伍和围观看热闹的人顿时乱了，四处躲避，八方逃散，一个穿着工装的人中弹倒地，埋伏在路边的商团军冲出几个人，把那个工人拖到街心，当众剖腹割肠，刘翰林实在是看不下去，世上竟有如此残忍的王八蛋！刘翰林把王有田喊过来，让他帮赵裕泰把伍剑鸣抬走，他自己要冲过去救那个工人，赵裕泰死死拽住翰林，让翰林有田跟他一起抬走伍剑鸣！刘翰林看向那个工人，发现又有几个商团军冲过来，把洋油浇在那个工人身上，活活把他烧死！刘翰林惊呆了！骂了一声王八蛋，就要冲过去，赵裕泰把翰林拉过来，让他赶紧抱起伍剑鸣的腿，三人合力把伍剑鸣抬到一僻静处藏起来，等待救援。

夏淑卉和闻励当时在西瓜园采访，听闻太平路那边打起来了，匆忙赶过去，商团军正在打扫战场，抬走尸体，抓捕受伤的人。闻励看到地上的血迹，看到躺在地上呼救的伤员，看到身穿军装的学生尸体，一阵呕吐，她从小怕见血，闻励忍着恶心，冲过去呼喊翰林，呼喊裕泰，害怕翰林和裕泰也在游行的队伍里，害怕他们被打着了。夏淑卉目睹惨状，愤怒至极，冲过去责问商团军，为什么向手无寸铁的游行队伍开枪？被两个商团军抓住，闻励不顾一切地冲过去救淑卉，跟商团军解释淑卉是《七十二行商报》的记者，一个商团军打量夏淑卉，训斥夏淑卉你是《七十二行商报》的，怎么还帮别人说话？夏淑卉说我是记者，我站在正义一边，不帮谁说话！闻励害怕商团军又要抓她，赶紧拉走淑卉。夏淑卉不肯离开，我是记者，我不怕死，我要采访，我要把这里的惨状报道出去，让世人看看，太平路不太平，广州城充满了血腥！商团军控制了城里的许多地方，沿街筑垒炮台，设置障碍，封锁街巷，抓人捕人，闻励听见有人说要杀到黄埔岛，夺回全部枪械，心里为翰林和裕泰捏一把汗。

军校师生群情激愤，义愤填膺，黄埔军校学生中有 4 人被打死，游行队伍中当场被打死的有 20 多人，还有 100 多人受伤，不少人被商团军抓走。大元帅率北伐部队从韶关返回广州，成立革命委员会，明令肃清内乱，并向商团发出最后通牒，限 8 小时内解散，政府收缴武器，否则必以武力解决。

军校处于战备状态，战争一触即发。伍剑鸣肩膀上的枪伤虽不危及生命，也没伤到骨头，军医还是让他静养。刘翰林认为，罗恒义在的地方就不是什么好地方，商团仗着有钱有枪有外国人撑腰，就敢跟政府作对，翰林亲眼看到商团军枪杀游行群众，甚至往人身上浇洋油，活活把人烧死，太惨无人道了，这个仇必须报！他的态度非常坚决，扣押的枪械一个都不能给罗恒义这帮王八蛋，想要，问问我手里这杆莫辛答应不答应！赵裕泰知道上司对商团的态度非常强硬，他自然也十分强硬，主张坚决还击，打碎这腐朽的旧世界，还广州一个朗朗晴天。高应泉在广州城混过，了解广州城里各种势力明争暗斗，都想争地盘，都想多捞钱，但他没想到商团这种看家护院的武装，居然敢跟政府叫板，敢跟国民党和共产党作对，敢跟那么多协会联合会大同盟为敌，高应泉判定他们是在找死，迟早要得到惩罚。王有田那天在现场，眼睁睁地看见伍剑鸣被打伤，看见那么多人被打死，以前他听人家讲子弹不长眼，那天他是切身体会到这句话的含义，子弹真的不长眼，乱飞，要是那天打到他怎么办？伤着了怎么办？死了怎么办？家里的老爹老娘还有妹妹怎么办？他越想越觉得后怕，甚至有点后悔当初脑袋一热报考了军校，这军粮不是好吃的，这军饷不是好领的。说到军饷，王有田把积攒的钱又数了一遍，用纸包起来，让赵裕泰帮他写好了家里的地址，万一他挨了枪子，这些钱还得寄回家里去。

　　紧急集合，全副武装，又补发了子弹，刘翰林晓得杀罗恒义的时刻到了，为阿爸报仇的时刻到了，为荔雯雪恨的时刻到了！尽管赵裕泰再三跟他讲道理，消灭商团武装，是为了保卫革命政权，是为了平息广州城里的叛乱，是为了打倒支持商团的帝国主义，但对于刘翰林来说，那些意义和道理，集中在一点上，就是杀掉罗恒义！罗恒义现在混成了商团的副总，他和他的兵都是王八蛋，都得杀无赦！刘翰林不但不害怕，反而有些兴奋，他把他阿爸珍藏的那张四人合影的照片拿出来看了又看，又庄重地放进衣兜里，那是他阿爸留下的唯一纪念。

　　刘翰林和赵裕泰高应泉王有田他们连夜开赴广州城。黄埔学生军，还有从韶关撤回来的湘军，以及粤军，广州城的警卫军，加上工团军、农民自卫军，兵分五路，包围西瓜园、西关、太平门、普济桥等地。

西关，商团军在街头巷口架起了街闸木栏和堡垒，阻止革命军进攻。刘翰林观察，脑筋也转得飞快，这些街闸木栏必须除掉，打起来，挡道碍事，人冲不过去，堵在这里，对面子弹打过来，不晓得要死掉多少人，可以用斧头砍，但手里只有枪和刺刀，显然刺刀不能干这个活，最好的办法就是火攻，烧掉这些木栏堡垒，他们才好冲过去。正琢磨着，看见严教官跑过来，刘翰林刚要把自己的战术想法报告给教官，严教官传达命令，学生军要立刻烧毁这些街闸木栏，为前进的道路扫除障碍。随同严教官来的学生军还弄来了洋油，刘翰林抢过油桶，就要冲过去。严教官示意刘翰林避开对方的射击扇面。刘翰林拉着王有田跟他一起去开道，王有田有点害怕，推辞说他没干过，刘翰林晓得他胆子小怕死，就把他拽到前面，王有田被逼着跟刘翰林一起冲向街闸。

刘翰林贴着墙根，这正是商团军射击的死角，他和王有田拎着油桶，低身前进。

天微亮的时候，双方交火。严子轩教官指挥赵裕泰、高应泉他们掩护刘翰林、王有田。赵裕泰不紧不慢地瞄准一个打一个，高应泉向对方不停地射击。他明白，现在最要紧的不是击毙对方，而是要用火力压制对方，让对方抬不起头来，这样，才能掩护刘翰林他们接近街闸。

子弹落在刘翰林的身边，溅起的石屑崩在他们身上。王有田紧跟刘翰林身后。眼看就要到街闸跟前，对方似乎察觉他们的意图，密集的子弹纷纷飞过来，刘翰林、王有田只要一伸头，就有可能被击毙。赵裕泰、高应泉他们学生军奋力掩护，枪声也不断，刘翰林眼看一个学生军被子弹击中，如果再这样僵下去，街闸打不开，死的人恐怕更多。刘翰林看了一眼王有田，示意他打开油桶的盖子，使出全身的力气，将洋油桶扔向街闸木栏，洋油桶落地，油溅得满地都是，不停地往外流。王有田学着刘翰林的样子，把油桶扔出去，王有田力气大，扔得又远又准，砸在木栏上，赵裕泰举枪瞄准，子弹击中街闸边上的石头，溅起火花，洋油顿时点着了，火越烧越旺，刘翰林瞬间想起当初火烧罗恒义宅院的情景，这把火要把罗恒义这帮王八蛋盘踞的商团烧个底朝天。

火，烧毁了街闸木栏，在街闸里面抵抗的商团军失去屏障，边打边退。学生军趁胜追击，刘翰林冲向敌军，冲向商团总部。赵裕泰眼见刘翰林在枪林弹雨中奋不顾身地冲向商团总部，知道他是要去找罗恒义算账，裕泰担心翰林孤身闯入，害怕他吃亏，喊了一声高老兵，就冲过去，高应泉领会赵裕泰是去救援刘翰林，跟赵裕泰互相掩护，边打边追随刘翰林冲进商团总部大楼。

刘翰林端着枪冲进商团总部，那些商团军有的跪地举手，有的扔掉枪逃跑，有的见冲进来一个学生军，躲在柱子后面偷袭，被刘翰林击毙，刘翰林冲着举手投降的商团军喊叫着询问，罗恒义在哪儿？罗恒义你个王八蛋出来！有人就指向二楼，刘翰林如入无人之地，边打边冲向二楼，幸亏赵裕泰高应泉及时赶到，打掉了几个企图袭击翰林的商团军。赵裕泰追上楼，想拦住刘翰林，刘翰林根本听不见赵裕泰在喊什么，边打边冲向罗恒义的房间，一脚踹开房门，里面只有一个人，却不是罗恒义，刘翰林冲进屋，赵裕泰也跟着冲进屋，高应泉守在门口掩护。

　　刘翰林端着枪，眼睛里冒出凶杀的怒火，质问那个看上去年龄并不大的商团军士兵，士兵吓得直哆嗦，赵裕泰见房间里不可能藏着什么人，冲过去，拎起那个小兵，质问，罗恒义呢？士兵吓得直摇头，刘翰林举枪对着士兵的脑袋，士兵只得交代说罗副总他们早就跑了。刘翰林吼叫着问，王八蛋跑哪去了？士兵直摇头，刘翰林把枪口顶在那个兵的脑袋上，士兵吓得闭上眼睛，一个劲地摇手，赵裕泰见这个小兵恐怕确实不知道罗恒义的下落，就将他扔到角落，拉翰林撤出。刘翰林对着罗恒义的座椅就是一枪，喊叫，罗恒义！你个王八蛋！有种你就给老子滚出来！

　　平叛战斗很快就结束了，学生军和平叛部队占领了西瓜园、西关、太平门、普济桥等地，缴获了大量的枪械子弹。打扫战场的时候，刘翰林还在找罗恒义，见到好枪，就爱不释手地捡起来，身上背的，肩上斜挎着的，都是好枪、长枪、短枪。赵裕泰怕他又犯错误，提醒他，缴获的枪都得放在那边，你不要瞎拿，被抓起来可就不得了。刘翰林说我背一会儿还不行？见到俘虏，刘翰林问人家看见罗恒义了没有，要抽人家，逼人家交代。赵裕泰又把翰林的手抓住，不让他打俘虏，刘翰林不以为然，我吓唬吓唬这帮孬种！赵裕泰劝他别找了，这些军阀只会让士兵当炮灰，自己早就不晓得跑到九霄云天外了。刘翰林假装没听见，他也听不见，依然在找人，找好枪。

严子轩带着纠察队走过来，发现刘翰林身上背着挎着的都是枪，把他拦住。赵裕泰机灵，眼疾嘴快，有意扯着嗓子大声喊，刘翰林同学，枪统一放在那块。裕泰跑上来对纠察队的人解释说，他找不着地方，快，到那边去，把枪放在一起。刘翰林就顺坡下驴，屁颠屁颠地背着枪跑向收枪的地方，舍不得地一个个把枪放下。他喜欢一把手枪，小巧玲珑的样子，十分可爱，想留下，赵裕泰从他手里夺下，交给收枪的士兵，拉起他就走，再不拉走，刘翰林的眼珠子就盯在那些枪上拔不下来了。

凌晨，夏淑卉睡梦中突然听到噼里啪啦的响声，一开始还以为哪家新商铺开业放炮仗，闻励惊叫跳到地上，喊着打起来了！闻励是听过子弹乱响见过子弹乱飞的，当初，她和阿爸阿妈躲在药窖里，听见外面子弹噼里啪啦跟炒豆子一样，要不是阿爸跑出去拿药方，要不是炮弹落在她家屋顶上，她蔡荔雯不会落得家破人亡四处流浪。夏淑卉兴奋地拉起闻励就要冲出去，走，去看看！闻励抱着床，打死都不肯去。夏淑卉说，听人讲黄埔学生军昨晚开进城了，天没亮怎么就打起来了？闻励听说黄埔学生军进城，立刻想到翰林和裕泰，像是在问淑卉，又像是在问自己，翰林他们进城了？进城怎么就打起来了？拉起夏淑卉就冲出房间。

夏淑卉和闻励跑到西关，街上都戒严了，不让进，夏淑卉说她们是《七十二行商报》的记者，对方好像是个湘军的军官，讲一口湖南话，听不懂，大概是说子弹不长眼，打死你们谁帮你们收尸？无论夏淑卉、闻励怎么说，戒严的士兵死活都不让她们进去，直到子弹不响了，直到部队撤走了，她们才能进，可是满天的大火，进去真的就是送死了。

二十三

香漪戏院离太平路很近，离西关也不远，通常唱完戏，卸完妆，喝点茶吃一些点心，谭香漪洗洗上床睡觉都得下半夜了，那天刚睡着，就听得乒乒乓乓噼里啪啦一阵响，谭香漪以为哪家放炮仗，扯过被子捂住脑袋继续睡。何鹏宇打过仗，听见响声，分辨出是枪声，子弹呼啸着离此地不远，何鹏宇推醒谭香漪，说打起来了，要她起来躲一躲。谭香漪似醒非醒地听着外面的响声，越响越激烈，感觉都打到门口窗前了，就有些惊慌，连忙起身，收拾些细软值钱的，也不知道谁和谁打起来了，何鹏宇一直关注城里的事，知道商团和政府的对抗，多方调停不成，越闹越僵，没想到真打起来了。何鹏宇把事情简单说了一遍，孙中山已将北伐各军撤回广州肃清内乱，广州的警备队和黄埔的学生军也被调动起来了。翰林还是前次来见过阿妈一面，就再无音信，谭香漪也曾四处打听，让何鹏宇帮着找，可这广州城人山人海的，找一个人，跟大海捞针差不多。何鹏宇帮谭香漪分析，越罗湾翰林他恐怕是回不去了，那么，在广州，要不就是做工，要不就是当兵，谭香漪猜想翰林也许是做工去了，翰林手巧，干活不愁，翰林和小玉开过小火轮，会不会还去跑航运？可他上哪儿弄钱买船？谭香漪让何鹏宇陪她，去江边码头上找过，也没见着个人影，何鹏宇分析，那么，翰林十有八九是当兵去了，谭香漪说翰林不喜欢当兵，不会的。何鹏宇分析，那也不一定，现在几个军校都在招兵买马，翰林也许会去考军校。谭香漪虽然不信翰林会报考军校，但听说黄埔学生军也进城打仗了，自然担心她家的翰林，说不定翰林被抓去当兵了呢？说不定翰林头脑一热就去考军校了呢？谭香漪就埋怨责怪刘兆民不是解甲归田不打仗了吗？怎么还怂恿翰林考军校？何鹏宇就分析，刘兆民虽然解甲归田，但他骨子里还是个军人，自然希望他儿子从军。谭香漪担心考军校就算当兵了吧？当兵就非得去打仗？何鹏宇分析，当兵还能不打仗？谭香漪就咒骂刘兆民，她哪晓得刘兆民压根儿就不希望翰林当兵扛枪当炮灰，也不晓得翰林误打误撞考进了军校，更不晓得翰林考军校就是要弄到枪去杀掉罗恒义为他阿爸报仇。谭香漪想出去看看，找找翰林，让他到阿妈这里来，别在外面，枪子不长眼，死了就没命了，断胳膊少腿负了伤将来日子怎么过？何鹏宇拦住谭香漪，劝她躲一躲，这时候跑出去，满大街都是杀红了眼的扛枪打仗的兵，上哪找你家翰林？

枪声消停下来，谭香漪让何鹏宇陪她上街看看，街上烧得不成样子，有救火的，有抢救东西的，有呼天抢地的，不可能找到翰林。何鹏宇想去商团那边看看，他认识的陈总，还有罗恒义，到底怎样了？是被打死了，活捉了，还是跑了？谭香漪讨厌那个罗恒义，说要去你自己去，实在是看不下去，我到江边去看看，找找翰林。

　　走到西濠口的时候，谭香漪无意中看见前面两个姑娘，一个像极了在岭南大学演戏的那个学生，就是何鹏宇说的罗恒义小姨太太，蔡老医生家的闺女荔雯。闻励也认出了谭香漪，看看四周，那个油头粉面的臭男人不在她身边，闻励就礼貌地喊了声阿婶，向夏淑卉介绍说这是翰林他妈。夏淑卉快人快语，叫了声阿姨好，就问翰林过来了吗？谭香漪摇头，夏淑卉还是快人快语说黄埔学生军参加战斗了，他能不来？谭香漪疑惑，翰林在黄埔？夏淑卉开始疑惑了，哎哟，翰林他妈还不晓得她儿子在黄埔？谭香漪就问荔雯，到底是怎么回事？闻励也想跟翰林他妈好好说说话，就请翰林他妈进了一家茶室，要了壶茶，几样点心，两人坐下来聊天说话。

　　闻励哭着把她父母被炸死、她被罗恒义抢去、幸亏翰林去救她、翰林放火烧掉罗恒义宅院、她没做罗恒义小姨太太，她逃到广州、隐姓改名换了模样在报社做事、岭南大学演话剧、遇见阿婶和那个男人，那个男人去越罗湾喝喜酒，还不三不四地跟着人去闹，闻励直言阿婶身边的那个男人不是个正经的男人，看人家女孩子贼眉鼠眼色眯眯的，不怀好心，她没好当面说何鹏宇是油头粉面的臭男人。闻励说她害怕那个男人跟罗恒义是一伙的，害怕他告诉罗恒义，就再也不敢去岭南大学了，更不敢抛头露面了。谭香漪说怪不得找不见你，看你这个样子也不像是个怀有身孕的女人。说到怀有身孕，闻励气哭了，骂罗恒义缺德不得好死，我根本就没跟他在一起，怎么可能怀有身孕？！淑卉晓得的，我前阵子来例假不小心还把床单弄红了呢。说起见到翰林，闻励就高兴，说翰林抱过她，抱得可紧了，翰林还向军校打了结婚报告，军校没批。谭香漪这才知道蔡老医生家遭遇这么大的苦难，这孩子受了这么多的委屈，也知道翰林逃出来真的报考了军校，但没想到翰林居然要跟眼前这个女孩子结婚，还打了结婚报告！罗恒义强迫她做小姨太太，虽然听孩子自己说也没做成，这种强迫的婚姻，尤其是娶小姨太太这种事，早已被人唾骂，渐渐被淘汰了，革命政府更是不能容忍，但是，罗恒义这种流氓兵痞什么事都能干得出来，烧了他的宅院他都能满世界找翰林，要是娶了他相中的女人，那罗恒义还能善罢甘休？谭香漪就说，翰林还小，军校不让他结婚，自然有军校的章法，现在为娘最担心的是，翰林今天早上有没有进城打仗？伤着没有？是不是好好的？人在哪？闻励安慰谭香漪，翰林精得很，灵得很，巧得很，想要打死他，没那么容易，翰林一准是打完那些坏人就回黄埔了。谭香漪听她讲得那么自信，说子弹又没长眼睛，闻励说翰林长眼睛呀，翰林跑得快，躲得快，子弹怎么会打着翰林，不会的，肯定不会的，阿婶你放心！谭香漪心想没事就好，起身要走，闻励送谭香漪的时候，一而再、再而三地求阿婶不要把她的事告诉阿婶身边的那个男人，也不要把翰林的事告诉他，那人跟罗恒义熟，又不正经。

谭香漪记住"不正经"这三个字，一路上，想起何鹏宇的点点滴滴，看人家女孩子的眼神总是像被勾了魂似的。谭香漪推门进屋，何鹏宇惊讶地问她跑哪去了，到处是火，到处是死尸，到处是伤病员，兵荒马乱的，找不到你，你不晓得我有多着急吗？害怕你出事，害怕你……谭香漪没好气地回了他一句，我出事了，被乱枪打死了，你不正好去不正经吗？何鹏宇一头雾水，呆呆地看着谭香漪。谭香漪喝了一口凉茶，打量何鹏宇，你到越罗湾喝喜酒的时候，不三不四地去闹新房了？何鹏宇说，喝喜酒嘛，哪有不闹新房的，闹新房才热闹。谭香漪问他，闹新房你就色眯眯地不正经看人家新娘？何鹏宇为自己辩解，罗恒义那个馋鬼等不到晚上就急吼吼地跟小姨太太滚床单，我们进屋闹新房的时候……谭香漪生气地质问，那你都看到什么了？何鹏宇说我没看到什么呀，噢，看到那个小姨太太衣裳都来不及扣就要逃，被抓回来。谭香漪就数落何鹏宇，我还不晓得你是什么德行？见到漂亮女人就迈不开腿，眼睛死盯着人家，拔都拔不出来，你以为我没在意，我是在给你留面子！何鹏宇问谭香漪，你刚才去哪了？你见着罗恒义的小姨太太了？谭香漪说人家压根儿就不是他罗恒义的小姨太太！是蔡老医生家的荔雯，是闻励！他罗恒义别自作多情了，不是自作多情，是强抢民女！何鹏宇追问，你刚才说她叫什么名字？文丽？是吗？谭香漪说你打听她名字干什么？要给罗恒义通风报信？这种趁人之危强抢民女的下三滥，你离他远一点！

谭香漪一阵无名火，其实是在给自己出气，给翰林出气，给受委屈的女孩子出气。她自小跟戏班子学戏学艺，受过多少冷眼，挨过多少打骂，受过多少委屈，只有她谭香漪自己知道，她唱戏正在走红的时候，突然嫁给刘兆民，刘兆民尸骨未寒，她又嫁给何鹏宇，这其中……所有的一切，也只有她自己心知肚明。一个姑娘，一个漂亮女孩子，活在世上，有多么不容易，有多少辛酸，她谭香漪是过来人，满肚子委屈只能化作眼泪，在戏台上借着角色的情感，把眼泪洒落在舞台上，离开舞台，哪怕是从前台走到后台，她又得进入另一个角色，粤剧名流，著名花旦，陪笑陪喝陪吃还他妈的陪睡！她知道，如果她下了戏台，卸了妆，还像在戏台上那样随意挥洒感情，随意笑，随意哭，随意骂，也许，她就会一夜之间身败名裂，所有的一切都会灰飞烟灭，世道就这么残酷，就是这么无情，就是这么容不得漂亮女人！

何鹏宇毕竟是混过世面的人，谭香漪莫名其妙地将醋坛子醋瓶子摔在他身上，开始他有点蒙，但很快他就镇静下来，他不会跟谭香漪正面冲突争吵打骂，谭香漪是粤剧名旦，是广州地面上各路军政大人捧红的戏子，也是他的摇钱树，他何鹏宇不是斗不过女人，他是不跟她斗，斗赢了又如何？他何鹏宇又不能去那些军政大人家里唱堂会，更不能在台上挣大钱，斗输了，他何鹏宇就全盘皆输。刚才谭香漪一阵发飙，何鹏宇理出了几条清晰的线索：第一，罗恒义那个小姨太太就在附近，不远，否则谭香漪就不可能见到她。第二，这个女孩子死不承认是罗恒义的小姨太太，而且，谭香漪被她说服了，也不认为她是罗恒义的小姨太太，认定是强迫抢来的民女。第三，她改了名字，不叫蔡荔雯，而是叫文丽，荔雯，文丽，噢，只是把名字掉了个。现在的问题是，罗恒义呢？是被打死了，还是被烧死了，还是逃到什么地方去了？

罗恒义没死，活得好好的，他从越罗湾跳到商团，本来是想发财，没想去送命。商团多有钱？要人有人，要枪有枪，要钱有钱，管那么大的地盘，都是有钱的主，随便划拉一下就是钱。没想到进了商团，招兵，买枪，跟政府较上了劲，罢市，请愿，有用吗？你商团再有本事，充其量也不过是个看家护院的，敌不过政府，这么多人收拾你还不容易？商团的陈总仗着有港英撑腰，有几艘外国军舰停在珠江，就以为能把帅印夺过来，想得太容易太天真了，真正打起来，英国的军舰屁都没放一声，管用吗？罗恒义精明得很，他不能把自己的小命搭进去，命保不住，再有多少钱都白搭！眼看着商团与政府越闹越僵，他看这阵势，迟早要打起来，打起来，商团撑不了多久，他心里跟明镜似的。他罗恒义不能跟着陪葬，得为自己想好退路，钱，他早就藏得好好的，只要他不死，钱够他花一阵子。命，保住了也容易，打不过，还逃不过吗？只是逃了以后怎么办？他在心里算计，在广州的粤军、滇军和桂军都有实力，他娘的老家在广西，他舅也能搭上桂军有头有脑的人，他在桂军做过事，罗恒义托人找到了桂军总司令刘震寰，刘震寰自己也是个反复无常的人，正要扩充自己，也知道罗恒义这个人，算是广西老乡，愿意投奔过来，当然是求之不得。找好了退路，罗恒义就无后顾之忧了。那天早上，双方交火，罗恒义布置好阵势，说是要去太平门督战，他假装着在前面比画了两下，但没想到黄埔学生军那么勇猛，推进的速度比他想象的要快许多，要不是他事先设计好了逃跑的路线，激战中，说不定还真的逃不出来呢。他早就筹划好了，逃出商团军，他就跑去跟桂军请假，借口说是要回广西梧州看看他娘和舅舅，逃到广西避风头去了。

二十四

战术课上，教官结合平定杨刘叛乱的实践，讲评作战中的战术运用，刘翰林因求战心切，不讲战术，单兵盲目冒进，被教官点名批评。赵裕泰和高应泉掩护战友有功，被教官夸个没完。严子轩大讲特讲"战友"的含义，大讲特讲"友军"在作战中的协同作用，战斗时，不能逞个人英雄，不能不顾战友、不顾友军盲目冲杀，这样，不但把自己暴露在敌人的火力之下，还会伤及战友，危及友军，所以，协同战术非常重要，你刘翰林想冲进敌人指挥部，打掉敌人的指挥中心，擒贼先擒王，这个想法没错，但你错就错在求战心切，盲目冒进，你仔细想一想，如果没有赵裕泰和高应泉挺身掩护，没有工团军和农民自卫军的支援，恐怕你刘翰林早就死了好几回！你们都是军校生，是同学，更是战友，什么是战友？就是跟你一起拼杀的同伙，就是跟你同生死共患难的手足，就是可以为你挡枪子的兄弟！这种友情，没一起摸爬滚打，没一起出生入死，你就没法感同身受！战友，这两个字的分量，你们要用一生的时光去体会！去爱护！去珍惜！

刘翰林承认他确实是求战心切，一心想报仇，杀了罗恒义这个王八蛋，但批评他不讲战术，翰林就有点不服气，战术课，他最用功，成绩也好。小时候，他就跟他阿爸学会看军用地图，什么叫比例尺等高线，什么是地形地物地貌，怎样辨别方向方位，怎样标注山脊山谷山崖，这些他刘翰林早就晓得。上地形学课的时候，裕泰不会识图，还是翰林帮他的。战术课的成绩，他刘翰林也比别人好呀，进攻与防御，隐蔽与突击，佯动与迷惑，穿插和迂回，合同与协同，等等，他刘翰林没有不明白的，打仗嘛，就跟打架一个样，不让人打着自己，也就是战术课上教官讲的保存自己，打架你总得想尽一切正招歪招邪招把对手打倒，也就是教官讲的消灭敌人，打赢了才是硬道理。这些，刘翰林是懂的，是明白的，只是那天他报仇心切，把教官教的这些东西都抛到脑后了，刘翰林不服气，他不是不懂不会，只是忘了而已，至于批评成这样？

　　赵裕泰心知肚明，论战术理论课，他不如翰林。那天，天蒙蒙亮就打起来了，子弹嗖嗖地飞过耳边，眼看着身边的同学中弹倒在地上，赵裕泰实际上比王有田还要害怕，双方交了火，赵裕泰突然看见刘翰林冲向商团总部，晓得翰林是要去找罗恒义报仇，是要去杀掉罗恒义，翰林不管不顾地一个人冲在前面，裕泰本能地就呼喊提醒翰林，翰林根本不听他喊叫。枪声噼里啪啦地乱响，翰林恐怕也听不见，也不晓得怎么回事，裕泰好像忘记了害怕，拉起高应泉就去掩护翰林，就像小时候在越罗湾看到翰林跟人家干架，他也是本能地冲上去护着翰林，甚至有意拉偏架，暗地里帮着翰林打人家。赵裕泰和高应泉追随刘翰林冲进商团总部，打进罗恒义的房间，接着又掩护打疯了的翰林撤离，这一切，他赵裕泰真的就没想到什么害怕，直到他们撤到安全地界以后，赵裕泰才越想越后怕，他当时真想一枪托把这个天不怕地不怕的翰林打晕了，省得他惹事。战术课上，听见教官表扬他，夸他英勇无畏，赞他战术协同动作好，裕泰也觉得自己很英雄，冒死掩护战友，于是就有了一点趾高气扬，他得意地拍拍翰林的肩膀，语重心长地说翰林呀，教官讲得对，打仗讲的是战略战术，不能逞个人英雄，要协同作战，说着就要拉翰林跟他去散步。翰林晓得裕泰又要跟他讲什么道理，不耐烦地上下打量裕泰，回了裕泰一句，你是不是要我刘翰林把你赵裕泰刻一个石像放在炮台那边供着，跟你阿妈那样一天到晚给你烧几炷香磕几个头你才痛快？什么战略战术？什么逞个人英雄？什么协同作战？我晓得有你赵裕泰在，你当然得帮我，我就不怕！你赵裕泰不帮我，难道还帮罗恒义那个王八蛋不成？噎得赵裕泰愣在那里直翻白眼，一时无语，刘翰林却扬长而去。

礼拜天，伍剑鸣、赵裕泰、刘翰林都批了假，三人兴高采烈地来到夏淑卉的住处。夏淑卉打开门，看见三个英俊潇洒的军校生站在门口，伍剑鸣还是不露声色地礼貌一笑，夏淑卉原以为好久没见面，伍剑鸣会迫不及待地热情一下，至少该有点激动兴奋溢于言表，夏淑卉有点不高兴地扭过头，对闻励说，闻励，找你的。伍剑鸣弄了个没趣，把刘翰林和赵裕泰推到前面。闻励正在写稿子，看见翰林和裕泰，高兴地扔下笔，喊翰林，喊裕泰，站起身就要冲向门口，突然定住，想起那天在大本营见到翰林的情景，就顺势拉着进屋的赵裕泰，热情地让裕泰坐下，又请伍大哥坐，似乎最后才想起翰林，让翰林也坐。刘翰林见荔雯不冷不热的样子，晓得荔雯还在跟他计较那天在大本营翰林疑惑的眼神和盘问，就想当面向荔雯赔礼道歉。荔雯似乎有意躲着翰林，忙着给伍剑鸣和赵裕泰端板凳递水杯招呼他们坐下歇歇。赵裕泰见荔雯对他格外热情，反倒是来了情绪，关切地问闻励，那天平定商团叛乱的时候你在哪儿，害怕不害怕，说起那天打仗的事，大家都抢着说话，闻励说她和淑卉一直担心你们，也不晓得你们参加没参加打仗，伤着没有，她和淑卉还跑到西关那边去找你们呢。赵裕泰亢奋地把那天战斗过程炫耀了一遍，绘声绘色地说翰林冲进罗恒义的房间，对着罗恒义的椅子就是一枪，闻励问打死罗恒义了？赵裕泰告诉闻励，罗恒义早就跑掉了，一个兵要偷袭翰林，说时迟，那时快，我冲进去，一枪消灭了那个兵，掩护了翰林，拯救了战友。闻励自然就担心翰林，埋怨翰林，你一个人闯进去，多危险呀？翰林一把将闻励揽进怀里，把大家都给弄蒙了。闻励想挣脱，翰林抱得紧紧的，轻声说了声对不起，把闻励搂得更紧。

一声对不起，把闻励的眼泪又喊出来了，闻励悄悄抹掉眼泪，淑卉看见闻励抹泪，想起闻励的委屈和翰林的可恶，突然掀开闻励的床单，想让刘翰林亲眼看看闻励床上的血迹，告诉他这个不懂女人的混小子，闻励刚来过例假，身子好好的，淑卉大声喊刘翰林你给我……闻励连忙打断淑卉的话，抢着说翰林你给我坐下，趁势挣脱开翰林的拥抱，坐在自己的床上，顺手用被子盖住那块有血红印迹的地方。翰林说他们在军校养成习惯，不坐在床上。伍剑鸣夸刘翰林同学是我们队的内务标兵，他的内务最规范，所以，他从不坐在床上。

热情洋溢的赵裕泰看见刘翰林把闻励搂进怀，惊呆了，又发现闻励眼泪出来了，弄不明白闻励为什么会掉眼泪。小时候，翰林也当裕泰的面抱过她，帮她爬树，帮她翻墙头，但今天这一拥抱，有点出乎赵裕泰的意料。

夏淑卉被闻励瞪了一眼，制住她的话和行动，淑卉不情愿地抓住伍剑鸣的胳膊，本来想跟伍剑鸣说说刘翰林委屈闻励的事，却无意碰到了伍剑鸣的伤处，伍剑鸣皱起眉头，捂住肩膀。夏淑卉被吓着了，担心地问伍剑鸣，你受伤了？闻励惊叫地站起身，问伤得重不重。伍剑鸣就把那天游行的时候被商团军打伤的事说了一遍，告诉她们，不是平定商团叛乱战斗中负的伤，平定商团战斗，刘翰林同学和赵裕泰同学都十分勇敢，刘翰林同学和王有田同学火烧街闸木栏，赵裕泰同学和高应泉同学掩护刘翰林同学进攻。说起那天打仗，赵裕泰又抢过话题，说他冒着枪林弹雨掩护翰林，生怕他一个人盲目冒进孤军深入被商团军打了，生怕他闯进屋被罗恒义带着人围攻了，生怕他一个人对付几个人打吃亏了……翰林并不领情，说打起仗来要是怕这怕那还打什么？裕泰就有点儿生气，不仅仅是因为那天打仗翰林不领他掩护的情，也因今天当着大家的面他刘翰林拥抱闻励，裕泰没好气地说你刘翰林怕过谁？天不怕地不怕，什么事做不出来？小时候你就胆子大，不信你们问闻励。刘翰林说问荔雯干什么？我就是胆子大，怎么了？夏淑卉让他们别吵了，说你们再一口一个"荔雯"的了，蔡荔雯早就改名叫"闻励"了，新闻的闻，励精图治的励，励志的励，从今往后，你们也得改口，都叫闻励，不许再叫荔雯了。赵裕泰说他早就改口了，他觉得闻励的名字好，像个新女性。翰林说他改不过来，从小叫惯了。闻励帮翰林说话，说翰林从小就叫她荔雯叫习惯了，夏淑卉坚称，那也不行，现在，必须叫"闻励"！赵裕泰也劝翰林，跟他讲道理，闻励这个名字，好听，好记，洋气，有时代感，也符合闻励现在的职业。闻励晓得翰林的犟脾气，他不情愿的事，多少人说都没用。大家说得气氛热烈起来，夏淑卉建议，我们别在这小屋子里叽叽喳喳的了，走，到珠江边走走，赵裕泰很赞同，激情地说到珠江边去，面对帝国主义的军舰和大炮，让他们在我们面前发抖吧。

到了珠江边，没看见帝国主义的军舰和大炮，看见的都是船，大大小小的蒸汽机船，也就是小火轮，还有些老旧的木船，又勾起刘翰林的航运梦，要不是打仗，要不是罗恒义这个王八蛋，他家的小火轮也会经常跑到广州码头来，兴华航运不会只是一条小火轮，会有好几条，生意要做到广州，做到香港，做到东南亚，做到全世界，裕泰你们家丰裕航运也会发达的。裕泰不晓得他阿爸把丰裕航运做得怎么样了，自从离家出走，到现在也没家里的消息，但是，赵裕泰没刘翰林那样只盯着小火轮，只盯着航运，只盯着赚钱发财，赵裕泰早就向往着打倒列强打倒军阀、世界大同的新天地，到那时候，你刘翰林，他赵利丰，想开多少小火轮就开多少小火轮，想把航运做多大就做多大，世界都是我们的天下。伍剑鸣憧憬着没有压迫没有剥削的共产主义，那时候，物质极大丰富，人们觉悟极大提高，什么赚钱，什么买卖，统统都被淘汰，人们按需要分配，吃不完，用不完，到那个时候，他伍剑鸣就去当一个教书先生，教孩子们识字学文化，闲暇时，再开个书店，跟喜欢读书的朋友一起探讨知识。夏淑卉被伍剑鸣的理想所感染，想象到那时候，她就去当教书匠的妻子，帮他生孩子，帮他打理书店，闻励晓得，这是淑卉姐早就跟她在被窝里说过的理想生活，闻励没想到淑卉今天当着伍剑鸣的面，当着大家的面，大胆地说出来了，闻励晓得，淑卉姐不吐不快，说出来了，淑卉姐心里就舒坦了。伍剑鸣红着脸不说话，他也没想到夏淑卉会当着这么多人的面，直言不讳地对他表白心声，自从他伍剑鸣到广州报考军校，自从他接受夏淑卉的采访，伍剑鸣对夏淑卉的思想和觉悟是了解的，两人有很多共同语言，所以在一起的时候就探讨政治问题，分析形势。这方面的话题，一般的女生都没什么主见，夏淑卉能跟他伍剑鸣说到一起，政治观点也比较接近，但夏淑卉毕竟不是革命者，她身上的小布尔乔亚比较重，喜欢一些都市生活的情调，但这不影响伍剑鸣对这位新女性的整体评判，认为她还是同情劳苦大众有正义感的女记者，要说喜欢，伍剑鸣对夏淑卉也是喜欢的，但伍剑鸣从来没想到结婚这类的事，革命才刚刚开始，军阀没有打倒，列强还在作威作福，怎么可能谈及婚娶？今天，夏淑卉把她这个理想说出来了，伍剑鸣知道，夏淑卉快人快语，说出来也正是因为她还不是一个真正的革命者，他伍剑鸣将来有责任把夏淑卉这样的进步青年引向革命。刘翰林见伍剑鸣不说话，说你平时不是挺能讲的吗？怎么到了节骨眼上就没言语了？翰林这一逼问，逼得伍剑鸣不得不说话。伍剑鸣说每个人都有自己的理想，理想是要靠奋斗才能实现的……夏淑卉迫不及待地打断伍剑鸣的话，索性把话说开了，那我就奋斗一下，伍剑鸣，你不向我夏淑卉求婚，我夏淑卉屈尊向你求婚行不行？你娶我行不行？你不要问我愿意不愿意，我现在就告诉你伍剑鸣，我愿意，我夏淑卉愿意做你伍剑鸣的妻子！夏淑卉把憋在心里的话全都说出来，然后火辣辣地盯着伍剑鸣。伍剑鸣没有任何思想准备，居然埋怨夏淑卉当着这么多人的面瞎说什么呀？夏淑卉逼近伍剑鸣，对伍剑鸣一字一句认认真真地说，我就是要当着他们的面，向你伍剑鸣求婚，我没瞎说，将来他们都可以做证，我夏淑卉向你伍剑鸣求婚！我夏淑卉非你伍剑鸣不嫁！本来还在起哄的刘翰林和赵裕泰看夏淑卉说得这么认真，都不起哄了，等待伍剑鸣的答复。伍剑鸣被逼得脸更红了，也不甘示弱地宣称，你夏淑卉敢嫁，我伍剑鸣就敢娶。夏淑卉坚定地说我敢嫁，伍剑鸣也坚定地说那我就敢娶，伍剑鸣又补充说了一个条件，要等到革命成功以后。夏淑卉爽快地回应，我夏淑卉等你，等你伍剑鸣革命成功之日，等你伍剑鸣想结婚的时候。伍剑鸣看着夏淑卉，夏淑卉张开双臂，反问伍剑鸣，你就不能抱抱你未来的妻子？当着大家的面，伍剑鸣也不好意思，象征性地抱了一下夏淑卉，夏淑卉却把伍剑鸣搂得紧紧的。

闻励的眼泪又出来了，这次是为淑卉姐流的，为她高兴，为她欢喜，淑卉姐憋在心里的话终于对她爱的人表白了，淑卉姐终于被她爱的人搂在怀里了，淑卉姐一直担心伍剑鸣没这个意思，现在，淑卉姐这个担心没有了，闻励好羡慕淑卉姐，羡慕得含着泪水，脸却红了起来，低下头，不敢看裕泰，更不敢看翰林，她晓得翰林不管不顾的样子，说不定当着这么多人的面，像淑卉一样，向她求婚，她怎么回答？翰林天不怕地不怕的胆子，说不定当着这么多人的面，把她抱起来，她怎么办？闻励越想脸越红，头垂得更低。

越怕，越来什么，夏淑卉见闻励红着脸低着头，喊了一声，闻励，该你了，把你憋在心里的话，把你跟我在被窝里说的话，当着大家的面，痛痛快快地讲出来！

闻励羞得不行，红着脸，埋怨淑卉姐你瞎说什么呀，哪个跟你在被窝里瞎讲了？夏淑卉说闻励你不敢说，我可要帮你说了。闻励恨不得扑过去，捂住淑卉的嘴，不让她瞎讲！

赵裕泰打破了僵局，说夏淑卉同志，你别逼闻励了，闻励的心思她自己会说，现在不说，等想好了再说也不迟。闻励从心里感激裕泰，毕竟是从小一起长大的同学，太了解她了，危难之时，救了她一把。赵裕泰接着说他从小对闻励的了解，从闻励的第一篇作文开始，到那篇《木棉礼赞》，夸闻励的文笔好，感悟得很深刻，细腻，又不小气，她批裹小脚，痛斥三妻四妾之陋习，言辞犀利，一针见血，从前，我写的每一首诗，她都是我的第一个听众，她的每一篇作文，我都当成范文认真拜读，时而温习，闻励不仅文笔好，她还继承了她阿咪的善良，又传承了她阿爸医者仁心的美德，所以，我们越罗湾的人都喜欢她，我阿妈就特别喜欢她，跟我说过好多次……赵裕泰还沉浸在他对闻励的赞美中，大概是准备在赞美以后向闻励表白几句带有诗意的话，转身却看见翰林走向闻励，一把把闻励搂住，闻励挣扎了一下，就老老实实地偎依在翰林的怀里。赵裕泰只得把后面要讲的话，收回去，咽到肚子里。夏淑卉知道闻励喜欢翰林，就怂恿闻励，闻励，说呀，大胆地说！闻励哪敢像淑卉姐那样当着大家的面说这些，把头埋在翰林的怀里，更不敢抬头了。夏淑卉就怂恿刘翰林，翰林，你说，男子汉大丈夫说话呀！刘翰林嚷了一句，我都打了结婚报告了，还说什么呀？翰林把闻励搂得更紧，又补充一句，谁要是敢欺负荔雯，老子杀了他王八蛋！夏淑卉责怪刘翰林，你又犯规了，说好的，都叫她闻励，你怎么又叫她原来的名字？刘翰林犟得很，说我从小就喊她荔雯，你让我改口，我就能改过来？她一辈子都是我的荔雯！闻励劝夏淑卉，淑卉姐，你犟不过翰林的。

翰林想起他阿妈，自从上次逃到广州见过他阿妈一次，到现在都没去看他阿妈，尽管他不愿意踏进那个姓何的家门，但毕竟阿妈住在那里，他想好了，只见他阿妈，不理那个姓何的。翰林要带闻励一起去，闻励当然愿意，自从前次跟香漪婶聊得投机以后，闻励觉得香漪婶是同情她的，阿婶不像那个油头粉面的男人那样讨人厌。翰林拉裕泰一起去，裕泰也见过翰林他阿妈，但裕泰见翰林跟闻励又搂又抱的，他不愿意去当那个灯泡，推辞说他要去书店看看，买几本书，夏淑卉说是要陪伍剑鸣去十三街逛逛，实则是让伍剑鸣陪她去吃好吃的。伍剑鸣知道夏淑卉喜欢这样的小布尔乔亚，就答应陪夏淑卉一起去十三街那边看看，看看平定商团叛乱后的市集摊商。

翰林拉着闻励先去香漪戏院，今天没有谭香漪的演出，关着门，翰林只得硬着头皮去他阿妈家。闻励有点犹豫，不愿意见到那个油头粉面的男人，翰林安慰她，没关系，我们不进屋，只在门口看看阿妈，那个姓何的要是敢胡说八道，我正好要揍揍他，教训教训他。

两人走到谭香漪的宅子，看门的李婶老远就认出翰林，惊喜地喊翰林来了，又对屋里喊夫人，你家翰林来看你了。谭香漪快步走出，看见翰林，扑过来，喊着翰林翰林，想死你妈了，你还记得来看你阿妈呀，阿妈想你想得吃不下睡不着的，快进屋。翰林不想进屋，就把闻励拉到面前。闻励礼貌地叫了声阿婶，谭香漪惊喜地认出她，这不是蔡老医生家的荔雯吗？快，一起进屋坐坐，鹏宇，把茶换了，翰林来了。何鹏宇听见喊声，走到门口，见翰林，还有罗恒义那个小姨太太，就意外地有些惊讶，这不是罗恒义的……话还没说完，闻励就讨厌地转过身，翰林对何鹏宇警告说，姓何的，你再胡说八道，当心我揍你！何鹏宇不高兴了，这孩子！动不动就要揍人，你何叔打架的时候你还……谭香漪打断何鹏宇的话，责怪翰林，怎么跟你何叔说话？！翰林拉起闻励就要走，被谭香漪拽住。谭香漪生气地责问翰林，你一年到头不来见你阿妈一面，来了就要走？休想，今天你哪都不许去！陪你阿妈说话，陪你阿妈吃饭，鹏宇，你不是说你有事吗？你去办事吧，我陪翰林他们说说话，有李婶照应着，你忙你的去吧。何鹏宇倒是乖乖地听谭香漪的话，叮嘱李婶，让她把茶换了。何鹏宇走出院子，眼睛却一刻都没放过闻励，弄得闻励都不敢抬头，待何鹏宇走远了，谭香漪要拉翰林和闻励进屋，翰林不愿意进屋，就说里面热，在外面树荫底下坐一会儿，他还要赶到码头，赶上回军校的渡船。谭香漪死活要留翰林，翰林跟他阿妈解释，军校有纪律，超假不归，是要受到严厉处罚的。

谭香漪和翰林、闻励坐在树荫底下说话，李婶欢喜地给他们换上新茶。闻励要帮忙，问李婶有没有晒干的木棉花。李婶去找，闻励说天热，我来泡一壶木棉三花饮，清热，去暑，解湿。李婶就回屋里找出晒干的木棉花，还有金银花、菊花，闻励从小跟他阿爸学了不少中医食疗，就跟李婶一起，精心制作木棉三花饮。

趁着闻励不在身边的时候，谭香漪问翰林，听荔雯跟我讲，你给军校打了结婚报告？真的要跟这孩子结婚？你可想好了，罗恒义那个军阀流氓可是要娶她当姨太太的，翰林就跟他阿妈解释，荔雯没当姨太太，是被逼的，他一把火烧了罗恒义那个王八蛋的宅院，荔雯逃出来了，九死一生，历经坎坷，荔雯阿爸阿咪死于战乱，荔雯现在是个没爹没娘的孤儿，在这个世界上，我刘翰林就是她唯一的亲人。谭香漪倒是不拦他，说你们从小一起长大，知根知底，只要你们是真爱，就不要管别的，阿妈只是提醒你，当心罗恒义那个军阀流氓使坏，翰林说他敢？罗恒义那个王八蛋被我们革命军打得不晓得跑哪去了，也许早就被烧成灰了。谭香漪诅咒说死了倒好，他把你阿爸害死了，还想找你算账。翰林说我还想找他给阿爸报仇呢！翰林心里一直有个结，他不明白更不理解他阿爸尸骨未寒，阿妈就迫不及待地嫁给这个姓何的，翰林不满地嘀咕一句，阿妈你干吗急着嫁给这么个人？谭香漪叹了一口气，说阿妈的事，你不明白，也不懂，我跟你阿爸刘兆民……正要接着说下去，闻励和李婶端着茶壶茶杯过来了，谭香漪就收住话，翰林猜想他阿妈又要跟他说阿爸阿妈没有感情的那些老话。

闻励给阿婶倒好一杯木棉三花饮，双手递给阿婶，李婶夸这孩子泡三花茶泡得讲究，闻励说是跟她阿爸学的，翰林说荔雯她阿爸是老中医，谭香漪品了一口，味道挺浓的，示意李婶去忙别的事。翰林跟闻励陪他阿妈坐在树荫底下说话喝茶。谭香漪关切地问荔雯，还在岭南大学演文明戏吗？闻励说她早就不演了，谭香漪又打听报社怎么样，住得还好吧之类的事，闻励觉得阿婶跟她聊天说话好亲切，就一一解答阿婶的问话。翰林一看时间不早了，他还要赶回码头，赶上返校的渡船。谭香漪怎么留都不行，只好叮嘱翰林没事就来看看阿妈，陪陪阿妈，阿妈也就你这么一个亲人！翰林这回真有点儿舍不得他阿妈，但他得赶回码头，就匆匆跟阿妈告别。谭香漪拉住翰林的手，舍不得放开，一直送到街口，才让翰林脱手。闻励跟阿婶告别，翰林拉起闻励就奔向江边码头。

　　跑到官禄路路口的时候，刘翰林想起肖叔，也是好久没拜见肖叔了，肖叔是他阿爸的战友，严教官把"战友"两个字讲得分量那么重，这次平定商团叛乱战斗，翰林对"战友"二字才有切身体会，肖叔跟他阿爸一起在福建那边打过仗，一起出生入死，战友的情分，翰林现在才明白，为什么肖叔他们去越罗湾的时候，阿爸都特别高兴，喝酒喝得最爽快。翰林跟闻励说他跑去看一下肖叔，阿爸的好朋友，就在前面，去去就来，见个面，说几句话，让闻励在门口等着。两人跑到肖叔家，肖叔正好在家，翰林就进去给肖叔请安。肖叔好久没见到刘兆民的儿子翰林了，见他穿一身军装，有点意外，问翰林，你爸不是不让你当兵吗？你怎么穿上了军装？翰林告诉肖叔，他在黄埔上军校，这次还到广州城参加平定商团叛乱的战斗了。让翰林意想不到的是，肖叔直摇头，说你阿爸跟我打了一辈子的仗，都不愿意打了，所以才解甲归田，你阿爸做航运，我做买卖，你阿爸怎么也不会想到你刘翰林居然还是当了兵，给人家当炮灰，翰林就跟肖叔讲，他们军校的学员怎么受的教育，知道为谁打仗，为什么打仗。肖叔长叹一声，你还小，不懂，听你肖叔的话，青年人性子躁，血热，容易上当，容易被人家利用，你阿爸也算是个商人，你肖叔也是商人，商人跟商团不是一回事，商团跟商会也不是一回事，你看看这仗打的，烧了多少商铺？毁了多少家庭？大火烧了几天几夜，谁心疼？你不要跟我解释，你肖叔打过仗，听上司的命令，上司命令你们打什么你们就打什么，命令你们怎么打就怎么打，可是，唉！翰林呀，你还年轻，听肖叔的，趁早脱了这身军装，正儿八经地做点儿事，肖叔，还有你董叔和俞先生，会帮你的。翰林没想到肖叔会跟他说这些，眼看着时间不早了，连忙跟肖叔解释说要赶军校的渡船，今天就是来看看肖叔，下次专程进城，听肖叔的指教。肖叔也不远送，挥挥手说你赶渡船去吧，翰林，给你阿爸上坟的时候，别穿这身军装！

刘翰林从肖叔家跑出来，心里一直琢磨肖叔跟他讲的话，肖叔的语重心长，还有在军校上课时教官的谆谆教导，在翰林的脑子里打架。

何鹏宇被谭香漪支出来，心里就堵得慌，他对谭香漪这个儿子刘翰林一直喜欢不起来，自从他和谭香漪好上了，翰林见到他总是用敌视的眼光看他，总觉得是何鹏宇占了翰林他阿妈多少便宜，跟谭香漪结婚后，翰林更是耿耿于怀，甚至可以说是怀恨在心，一直不肯踏进这个家门，弄得谭香漪哭哭啼啼总是埋怨，今天居然还把罗恒义那个小姨太太带回来。何鹏宇一路走一路在心里想着主意，想到罗恒义，可以借罗恒义之手，敲打敲打这个碍手碍脚又堵心的刘翰林，或者索性给弄掉，反正是罗恒义干的，谭香漪要恨只能恨罗恒义，恨不到他何鹏宇头上。可是罗恒义这个家伙跑哪去了呢？商团那天被打散，一大片房子烧了，却没听说罗恒义被打死或是被烧死的消息，跑，跑哪去了？跑到香港了？总得有个消息吧。找不到罗恒义，何鹏宇就走到江边，他还有几船生意要做。

闻励依依不舍地送刘翰林到江边，翰林看时间快到了，就加快步子，闻励可怜地跟在翰林后面小步跑着，翰林看见军校的渡船了，进城的教官和学员陆续返回上船，闻励实在是跑累了，就索性蹲在江边喘气，翰林眼睛瞟着渡船，随时准备奔过去，心疼地弯腰寻问荔雯累了要不要坐下来歇一下，渡船就在那边，汽笛响了他奔过去都来得及。翰林看见卖报纸的，就习惯地去买了几份报纸，带回去再看。

闻励坐在江堤上，看着江里的大小货船，无意中发现一个人影很熟，定睛细看，是那个跟翰林他阿妈在一起的油头粉面的男人。闻励碰了一下翰林，示意他看斜前方。翰林发现在船上指手划脚的那个男人就是何鹏宇。船吃水很深，翰林是做过船运的，脑子里闪现那次他阿爸让他和小玉运货到广州，吃水也是很深，差点被罗恒义盘查勒索。刘翰林就皱紧眉头，猜想何鹏宇的货船上装了些什么、吃水这么深？正琢磨着，汽笛声响，刘翰林晓得军校的渡船催人上船了，就跟闻励告别，让她早点回去歇息，他要上船回黄埔了。

闻励送翰林上船，翰林跟兔子一样，眨眼工夫就跑到码头，一个飞跃就跳到船上去了。闻励舍不得翰林走，站在码头上看着翰林，一直到看不见渡船影子了，她才返身回去。

陶铭德教官今天也进了城，他看见岸上送刘翰林同学的那个女孩，认出是报社的记者，到过黄埔采访。等见不到岸上的人影时，陶铭德走到刘翰林身边，问岸上的那个女孩就是上次上岛采访的女记者？翰林盯着何鹏宇那条船，有点心不在焉地嗯了一声，见是陶教官，连忙向陶教官敬礼。陶教官还了礼，又问你们认识？刘翰林依然盯着何鹏宇那条船，还是心不在焉地嗯了一声，又觉得对教官不能太敷衍了，补了两个字，同学。陶铭德顺着刘翰林的视线，看向远方的那条船，问刘翰林怎么一直盯着那条船。刘翰林若有所思地说，吃水不浅呀。陶铭德问船里装的是什么？刘翰林像是自语地问，金子？又摇摇头，猜测船上装的货恐怕不轻，沉得很。陶铭德敏感地问，会是什么？刘翰林还是摇头。陶铭德记住那条汽轮的船号粤6618，刘翰林还在琢磨何鹏宇的船上装的是什么货。

　　闻励送走翰林，去了一趟报社，校对了两篇稿子，回来已经很晚了，进屋，淑卉已经睡着了。闻励洗洗，睡前，摊开日记本，把一肚子的话写下来。

　　　真为淑卉姐高兴！淑卉胆子真大，那么多人，她
　　敢当面向她爱的人求婚，这恐怕是我这辈子第一次听
　　说女的向男的求婚，要不是我亲眼看见，我都不敢相
　　信，淑卉真是敢爱敢恨的新女性！我知道淑卉，今天
　　她要是不把憋在心里的话讲出来，她都快要憋疯了，
　　但我真的万万没想到当着这么多人的面，淑卉都敢
　　讲！淑卉把话讲出来的那一刻，我的心都快跳出来了，
　　担心伍同学不回应淑卉的话怎么办？担心伍同学不答
　　应淑卉姐的求婚怎么办？要是伍同学不答应，淑卉姐
　　跳进珠江怎么办？好在伍同学应了，谢天谢地！静下

心来想。淑卉真是令我钦佩的好姐姐，是我在走投无路之时的救命恩人，是我记者生涯的引路人，也是我能在她被窝里讲悄悄话的人。淑卉还让我把在被窝里跟她说的悄悄话讲出来，那怎么敢？悄悄话是不能当着那么多人的面讲的。

让我提心吊胆的是裕泰，裕泰和翰林都是跟我一起长大的，也是从小就对我好的。今天，他当着大家的面，把我夸了一通，我感觉到，他也许会当场朗诵一段爱情的诗歌，急死我了，裕泰要是说出什么话来，我怎么办？我要是不答应，他跳江怎么办？诗人跳江的不少，屈原就是跳江自杀的。说心里话，我也是喜欢裕泰的，但这种喜欢，跟喜欢翰林好像不一样。怎么说呢，喜欢裕泰，心里喜悦，暖暖的，喜欢翰林，心跳得特别快，紧张，脸红，我也说不清怎么回事，反正不一样。听裕泰夸我赞我，急得我拿眼睛瞟了好几下翰林，我晓得，麻烦时候，关键时候，危难时候，翰林肯定会救我的！幸好翰林过来搂住我，翰林不像裕泰那么会说，他什么事都实打实地闷头做就行，没跟我商量，翰林就给军校打报告结婚，也没跟我说什么好听的话，就一把抱住我。不过，我打心眼里喜欢他抱我的感觉，在翰林怀里，心里踏实。

翰林带我去见他阿妈，上次跟香漪婶见面聊了好长时间，我把心里的话都跟香漪婶讲了。这次，香漪

婶好像比以前哪次见她都觉得亲，只是，她身边那个
油头粉面的男人讨厌，翰林也不喜欢那个油头粉面的
男人，以后躲着他就是了。

淑卉睡着了，看她睡得甜甜的，想必是在做什么
美梦，也许，梦见她披着婚纱，被伍同学牵着手，但
愿淑卉姐梦想成真。不早了，我也要上床睡觉了，做个
跟淑卉姐一样的美梦，但愿我和淑卉姐都能梦想成真。

闻励收好日记本，钻进淑卉的被窝里，搂住淑卉，她还是
睡不着，还有好多悄悄话要跟淑卉姐讲，还有好多心里话要写
在日记上。

二十五

陶铭德回到军校就把记在纸上的船号"粤6618"交给手下
人，让他们尽快查询那条船的背景，很快就得到报告，那条船
属于在香港注册的一家公司所有，实际掌控这家公司的老板叫
何鹏宇，从前在粤军做过事，跟陈炯明常有来往，暗地里帮陈
炯明做事。陶铭德令人严密监视这家公司的商业来往，特别是
何鹏宇的行踪。

刘翰林随便翻看带回来的那些报纸，被报纸上那个"民主
共和"的名字吸引住了。记得他阿爸还在的时候，翰林在家里，
翻看小玉给他阿爸带回家的报纸，也看到过这个名字，曾经写
过一篇揭蒋介石短处的文章，题目好像是"蒋介石故技重演，

摆挑子给谁看"，除了分析蒋介石当时摆挑子辞职不干，还抖搂了蒋介石过去的一些往事，这次又是这个人，分析商团事件，讲的话，和肖叔跟翰林讲的那些话差不多，有点相似，但肖叔没骂蒋介石，这篇文章又提到蒋介石，说他现在，手里有了学生军，羽毛丰满了，翅膀长硬了，提醒人们要防这个手里有兵权的人。刘翰林看到这些，心里一惊，担心被别人看见，就把报纸藏起来，带回宿舍，又仔细看了一遍，悄悄让裕泰也看看。赵裕泰看了那篇文章，愤怒地把报纸给撕了，告诉翰林，这是站在商团立场的人，是攻击我们的，是反对革命的，他们都是剥削工人、榨取工人剩余价值的资本家。翰林说也不都是，有的只是做些小买卖，跑跑运输，就像我阿爸和你阿爸一样，还有肖叔，都是规规矩矩的商人。裕泰郑重其事地警告翰林，你千万不要被他们这些说辞动摇了军心，消磨了革命意志，他们纠结商团，对抗革命政府，仗着有帝国主义撑腰，仗着手上有枪，就要跟革命政府作对，甚至扬言推翻革命政府，打死游行群众，打伤伍大哥，你都是亲眼看见的，对付这些人，当然要用革命的武器来消灭他们，不消灭他们难道还能任由他们胡作非为？翰林讲不过裕泰，觉得裕泰讲得也有道理，可肖叔跟他讲的话，又在翰林的脑子里打架，肖叔跟他阿爸刘兆民是好朋友，是一起出生入死打过仗的好战友，也是帮他刘翰林买小火轮的好叔叔。肖叔的话，在翰林心中还是有分量的。翰林在心里琢磨，下次进城去看肖叔，多坐一会儿，听听肖叔讲讲这些，到底是怎么回事。

罗恒义在广西老家住了一段时间，打听到广州市面还算太平，就悄悄潜回广州，到西濠十三街那一带转了转，商人照样开店铺，买卖人照样起早贪黑地忙着生意，好像没打过仗，没死过人，没烧过房，一切似乎都没曾发生过。罗恒义吃了碗炒粉，要了两碗花生米炖猪蹄，抹干净嘴，就去投奔刘司令。刘震寰在广西是有头有脸的人物，讨过袁，打过陈炯明，现在是大元帅府任命的桂军总司令，本来不想要这个陈炯明的老部下，罗恒义坚称他是广西人，在陈炯明那里只是混个差，并不孝忠陈家军，看在他舅舅的面子，刘总司令给了罗恒义一个团副的官职，桂军也正需要人扩充自己的实力，现在，有人有枪有实力，你说话才有人听你的。

罗恒义虽然不满自己只混了个团副，但毕竟刘总司令在他走投无路之时收留了他，他对刘总司令还是感激的。团副事也不多，闲暇之时，他就转到了香漪戏院。谭香漪正在化妆，下午加演一场，在镜子里看见罗恒义，委实吓了一惊，感觉是遇见了鬼，听何鹏宇讲过，这个罗恒义被打败了烧死了，怎么突然出现在谭香漪的化妆镜里，还了魂？谭香漪扭过头，看见罗恒义实实在在地站在她的化妆室里，还挤出一脸难看的笑容。谭香漪讨厌这个人，现在更不想理他，转过身，继续化妆，见罗恒义还站在屋里，告诉他，要看戏去买票，别站在这碍手碍脚的。罗恒义厚着脸皮说我不看戏，就是来看你，谭香漪不理他。罗恒义问谭香漪，你家那个兔崽子翰林呢？把他叫来，我跟他算账。谭香漪回敬罗恒义，你跟他阿爸的账还没算呢。

罗恒义说好呀，那就一块儿算。谭香漪不理他，晓得这个人难缠，就说我要上台了，没工夫跟你扯。罗恒义又问何鹏宇呢？没想到谭香漪说我哪晓得他死到哪块去了，听口气，显然是对何鹏宇不满，罗恒义就觍着脸凑过来打听，小两口吵架了？谭香漪躲闪开，离他远远的，舞台监督匆匆跑过来催谭老师上场，谭香漪正好脱身，罗恒义还不依不饶地堵在门口。谭香漪没好气地说在江边，西濠口那边的码头，罗恒义这才让开身，谭香漪避鬼一样躲开罗恒义，酝酿了一下情绪，上台唱戏。

　　西濠口那边的码头，罗恒义以前听何鹏宇讲起过，不费什么力气就找到了。何鹏宇先是一愣，然后好像很惊喜地认出罗副总！罗恒义告诉何鹏宇，他现在不是副总，只是个团副。何鹏宇说那有什么关系，有兵有枪就是草头王。罗恒义跳到船上，瞅着舱里，你又倒腾什么发财呢？何鹏宇说是大米，罗恒义看看船帮吃水挺深的样子，犯起疑惑，你哄我？这大米是金子做的？这么沉？何鹏宇不想让罗恒义多管闲事，就拉着罗恒义跳上岸，好久不见了，咱哥俩找个地方喝口茶吃些点心。

　　两人找到一个茶楼，点了些酒水茶点凤爪猪蹄烤乳鸽，边吃边喝边聊。酒足饭饱之余，何鹏宇悄悄告诉罗恒义，我见着你那个小姨太太了，罗恒义从酒劲中惊醒，嘴里的猪蹄差点卡住了嗓子眼，瞪大眼睛盯着何鹏宇，何鹏宇神秘地问罗恒义，你猜跟谁在一起？罗恒义把没咬碎的猪蹄吞进肚子里，刚要说话，何鹏宇告诉他，跟刘翰林在一起。罗恒义瞪大的眼珠子差点儿掉下来，把嘴里的骨头吐出来，骂了一句小兔崽子，老子弄死他！说着就要起身找刘翰林算账去。何鹏宇把罗恒义拽住摁下，你上哪找他？人家现在是黄埔军校的学员，罗恒义一听就急了，他娘的，打商团军的就是黄埔学生军，有刘翰林这个小兔崽子？早晓得老子一枪毙了这个兔崽子再跑也不迟！何鹏宇就对罗恒义说，刘翰林在黄埔，一般人上不了岛，你一个人去，也不过是去送死。罗恒义急着要去找谭香漪，让谭香漪把她那个小兔崽子儿子刘翰林叫过来算账。何鹏宇说你现在就去找谭香漪，这不是打我脸吗？我好心好意告诉你，你却把我推到不仁不义的地步，我好歹也是谭香漪的男人，也算是刘翰林的继父，你打人不看脸，至少也得看个时辰。罗恒义举起酒杯要敬何鹏宇，夸何鹏宇仗义够朋友，帮他找到了小姨太太，还找到了刘翰林这个小兔崽子，行，不让你为难，算账的事，我慢慢跟他这个小兔崽子算。又喝了几杯酒，罗恒义犯嘀咕，听人讲黄埔军校管得严，学员还能带女人上岛？何鹏宇摇头说好像不行。罗恒义就问，他小姨太太那个叫蔡荔雯的姑娘呢？在哪？何鹏宇也不晓得在哪儿。罗恒义又敬何鹏宇三杯酒，千谢万谢拜托何鹏宇帮他打听荔雯的下落，找到小姨太太，我罗某人一定重谢！

　　自打何鹏宇把刘翰林上黄埔军校以及蔡荔雯跟刘翰林在一起的事告诉了罗恒义，罗恒义在街上见到黄埔学生军就不厌其烦地盘查打听，见到女学生和漂亮的小姑娘也要走近了仔细打量，有几次被女孩子瞪白眼骂讨厌甚至激怒了女孩子身边的男人，但依旧没有见着刘翰林这个小兔崽子，也没发现他自认为已经娶到手的小姨太太蔡荔雯。

礼拜天，刘翰林获准批假，进了城，先没去看阿妈，也没去找闻励，而是直奔肖叔家。翰林进了屋，看见肖叔的背影，站在窗户边，一直看着外面，翰林喊了声肖叔，肖叔半天没有反应，翰林就站在肖叔身边，又不敢坐下，眼睛瞅着肖叔，不晓得肖叔什么意思，无意中看见肖叔桌子上的报纸，有那篇"民主共和"说商团事件的文章，翰林心想，肖叔肯定也看过这篇文章，他正好想问问肖叔关于商团的事。肖叔转过身，见到刘兆民的儿子刘翰林，翰林又喊了声肖叔，发现肖叔皱着眉头，打量翰林身上的军装，翰林这才想起肖叔说过，给他阿爸上坟的时候，别穿这身军装，肖叔和阿爸不是穿过军装打过仗的吗？怎么这么讨厌军装？刚想跟肖叔解释说他跟着军校的渡船进城的，所以没脱掉这身军装，肖叔却突然告诉翰林，你董叔死了，死在珠江里，死得莫名其妙，死不瞑目！肖叔越说越激动，骂了句卑鄙下流！又转过身，站在窗户边，看向远方的珠江。翰林对董叔没什么印象，听他阿爸说，小时候还抱过翰林，董叔的大名叫董梅共，是个资深的报人，对董叔的记忆，翰林只晓得这些。肖叔跟董叔，还有他阿爸，噢，还有广东大学的俞先生，他们应该是很熟的，是一起出生入死打过仗的战友。翰林他阿爸给他留下唯一纪念物，就是那张四人合影的照片，是他们四个战友在福建打仗的时候拍的。翰林到广州的时候，曾想看看董叔和俞先生，不承想董叔突然就死了，按肖叔的说法，死得莫名其妙，死不瞑目。翰林悄声问，董叔是怎死的？肖叔也没回头，告诉翰林，有船夫在江里看见的，捞上来，人都死了好几个时辰了。翰林央求肖叔带他去看看董叔，肖叔说你回去吧，好几天的事了，梅共早就被烧成灰了，埋了。翰林见肖叔一直站在窗户边，也不理他，翰林再看看桌子上的那张报纸，那篇"民主共和"的文章，想跟肖叔问的话聊的天都没法再说下去了，只好说肖叔您保重身体，我先走了，下次进城再来看您。肖叔只是重重地叹了口气，没回头送翰林。

刘翰林从肖叔家出来，走到街上，琢磨肖叔的话，董叔怎么会死得莫名其妙？怎么会死不瞑目？

翰林见到闻励，说起董叔董梅共的死，闻励也听说过这个老报人，报社同人也在议论，董老的文笔犀利，锋芒毕露，恐怕是得罪了什么人，但这种无头案，只是猜测，讲不清楚的。翰林说起报纸上看到的那篇"民主共和"的文章，闻励也拜读过，代表了一部分商人的声音，报社有的同人私下里还说写得好，至少应该有不同的声音，让眼明心亮的读者自己去判断。翰林一直琢磨肖叔的话，想着董叔的死。闻励看他伤心的样子，看他心事重重的表情，只好劝翰林节哀，董老，还有翰林他阿爸，闻励她阿爸阿咪，都死于非命，这个战乱的年代，这个拿生命不当回事的世道，活着，便是成功。临上渡船返校的时候，翰林叮嘱闻励，看看能不能帮他找到董叔在报纸上的文章，他想看看，毕竟，董叔跟他阿爸是一起出生入死的好战友，他想琢磨琢磨肖叔说的董叔怎么会死不瞑目。

第五章

二十六

　　伍剑鸣看报纸最喜欢看第一版时事新闻，他从报纸上看到，冯玉祥在北京举行政变，囚禁曹锟，电请孙中山赴京，陈炯明伺机反攻，随后，孙中山发表《北上宣言》。作为军校总理，孙中山临行前视察黄埔军校，观看学员演习，临别赠言，希望大家拿出本钱来，把自己的聪明才力都贡献给革命。

　　钱小玉随大本营军政部陆军讲武学校编入黄埔军校，跟刘翰林、赵裕泰成了一期同学。刘翰林自然是高兴，小玉虽然是翰林他阿爸雇来开船的，按裕泰的话说小玉是被翰林他阿爸剥削剩余价值的工人，实际上，过日子的时候，小玉跟翰林在一起，跟亲兄弟一样，小玉喊翰林他阿爸喊表叔，喊翰林他阿妈喊表婶，小玉从小也是跟裕泰一起玩的，三个人终于又走到一起了。

军校成立教导团，刘翰林被任命为副班长，班长是赵裕泰，管着王有田、高应泉，还有几个士兵。裕泰成了翰林的顶头上司，再往上，就是排长伍剑鸣，连长是严子轩教官。钱小玉没跟他们在一起，因为他会开汽轮船，懂得机械，被分到大元帅府铁甲队。

战术训练，班进攻，排进攻，连进攻，严子轩教官抓得都特别紧，分秒必争，他警告学员单兵动作再好都不算真本事。打仗，不是你一个人的事，必须讲究战术，练好班进攻、排进攻、连进攻，营里和团里还要统筹好营团兵力的部署和调配。军校和教导团抓紧战备，商团事件刚刚平息，陈炯明又在蠢蠢欲动，打着救粤的旗号，企图卷土重来，进攻广州，甚至扬言要踏平黄埔，缴了学生军的械。

严子轩连长找伍剑鸣排长布置战术训练，讲完了，顺便教教这个学生兵新排长怎样带兵，慈不掌兵，严，是对兵的爱，铁的纪律才能带出铁的队伍，兵的生命就在官长的手里，大意不得，马虎不得，又问起排里士兵的情况。说到刘翰林，严子轩提醒伍排长，这个兵是个好苗子，愣头青，犟得很，要时常修理修理才好长成个样子。谈及刘翰林父母的事，伍剑鸣也不太清楚，据说他妈是个唱戏的，粤剧名旦，在广州很有名。严子轩皱起眉头，他查看过刘翰林的登记表，父亲填的是刘照明，在香港跑运输，母亲填的是刘谭氏，在老家，刘谭氏，姓谭？

伍剑鸣就跟严教官解释，刘翰林同学不愿意让人知道他妈是个唱戏的，刘翰林他自己好像对唱戏的有些偏见，严子轩若有所思地点点头，又叮嘱伍排长多关爱自己的兵，把他们当成你的亲兄弟，好好管，好好带。

夏淑卉和闻励都为伍剑鸣、刘翰林他们担心，陈炯明不同于商团，他在广东根深蒂固有实力，这次是组建了救粤军，打着救广东、解放广州的旗号，统编了七个军，还联络了湖南江西的军阀。广州里里外外倒是有兵，但捏不到一起，形同散沙，黄埔才多少人？只编了两个团，悬殊太大了。夏淑卉本来要拉闻励一起去黄埔，劝伍剑鸣、刘翰林不要跟着起哄，鸡蛋往石头上碰，毕业就不要再穿军装了，进城做点别的事，闻励劝淑卉，马上就要到礼拜天了，兴许，他们会进城来看我们，要是来不了，等过了礼拜天，我们再去黄埔看他们也不迟，仗也不是说打就打起来的。

礼拜天，夏淑卉终于见到了伍剑鸣。伍剑鸣和刘翰林请假进城，直奔夏淑卉的住处，夏淑卉扑进伍剑鸣的怀里，弄得伍剑鸣措手不及。刘翰林还是把闻励搂进怀里，看见闻励眼里有血丝，关爱地问她是不是没睡好？说起陈家军，聊起军校教导团、伍排长、赵班长、刘班副，闻励高兴得跳起来，说你们都当军官了，是不是就可以随便……她没好意思说随便结婚，刘翰林告诉她，排长才是军官，伍大哥是我们的长官，班长副班长还是个兵，夏淑卉激动地问伍剑鸣，军官是不是就可以结婚了？急着要拉伍剑鸣一起去结婚，伍剑鸣就跟夏淑卉解释，说着说着就跟夏淑卉吵起来了。夏淑卉不依不饶地追问，你伍剑鸣当着大家的面，答应要娶我的，你现在就兑现，娶我，别去给人家当炮灰，结了婚，我们一起好好过日子。伍剑鸣没想到夏淑卉觉悟这么低，低得无法理喻！伍剑鸣声辩，我是当着翰林他们的面，答应过娶你，没错，但我说过，革命成功了就娶你。夏淑卉步步进逼，你什么时候革命成功？你都毕业了，当了官长，还要怎样成功？伍剑鸣问夏淑卉，帝国主义打跑了吗？反动军阀打倒了吗？劳苦大众解放了吗？你当初的理想不也是要打倒列强、打倒军阀吗？你向往的生活不是要人人平等、个个自由的新世界吗？你的理想你的向往你的革命激情呢？夏淑卉生气，质问伍剑鸣，理想激情能当饭吃还是能当衣裳穿？你结了婚，照样可以打倒列强打倒军阀，你知道不知道陈家军的厉害？人家七个军，后面还有洋人，还有湖南江西的军阀，你们呢？多少人？我不管，你伍剑鸣答应跟我结婚的，你现在就要兑现！伍剑鸣觉得夏淑卉是在无理取闹，太任性，就跟她讲道理，陈家军号称几万人，可是他的兵他的官佐没有革命理想，不知道为主义为正义而战，而黄埔学生军虽然人少，但我们有理想有主义，我们会像火种一样，走到哪里，都会烧起革命的熊熊烈火，这熊熊烈火就会烧掉旧世界，烧掉帝国主义，烧掉陈家军和一切反动军阀，烧出一个红彤彤的新世界！夏淑卉觉得伍剑鸣幼稚好笑，你这火要烧到什么时候？打仗你不是不知道，是要死人的，枪子是不长眼的，那天翰林他们平叛商团后，我跟闻励去西关太平路那边看了，地上躺着的都是死人，伤胳膊断腿的，大火烧得房倒屋塌，惨不忍睹，当时就把我跟闻励吓死了！我告诉你，伍剑鸣，那天看到打仗的场景，我就在心里发誓，要你伍剑鸣跟我结婚，要你远离打仗，要你躲开枪子，要你平平安安的！我夏淑卉说到做到，决不让你去送死！伍剑鸣无论怎么跟夏淑卉讲道理，分析形势，夏淑卉就是听不进去，执意要跟伍剑鸣结婚，而且必须马上结婚！伍剑鸣诧异地望着失态的夏淑卉，这还是我认识的那个激进的新女性夏淑卉吗？怎么会变成这样小布尔乔亚？这么贪生怕死？这么不可理喻？！

刘翰林和闻励一会儿劝伍剑鸣，一会儿又劝夏淑卉，翰林分析，陈家军号称几个军，但有的军才两三千人，投降过来的一部分滇军和湘军都不是陈家军的嫡系，我们教导团虽然才两个，但确实个个都跟我一样能打，士气旺，不是我吹牛，打起来，我们一个顶他好几个！还有许崇智的粤军、刘震寰的桂军和杨希闵的滇军，左中右三路大军，在战术上互相支援，各个击破，胜算应该在我们，不在陈家军。听了翰林讲得有理有据，夏淑卉似乎平静了一些，闻励的担心也好像放下了一些，不过还是再三叮嘱翰林和伍大哥，打起来，机灵着点儿，别往枪子多的地方瞎跑，护着点儿自己，千万别让人家打到脑袋，夏淑卉说伤胳膊断腿的也不行，说着就要检查伍剑鸣肩膀的伤，伍剑鸣说早就好了，留下一个疤，算是纪念。

时局紧张，报社的事多，夏淑卉和闻励要去报社编稿子，伍剑鸣要去中共广东省委汇报工作，刘翰林想去看看他阿妈，闻励让翰林向阿婶问好，她要跟淑卉去报社，就不能陪翰林一起去了。夏淑卉坚称，干什么事都不能饿着肚子，拉着大家一起吃顿午饭，到了餐馆，夏淑卉又开心地点这点那，吃不了的东西就推给伍剑鸣，弄得闻励都看不下去，悄悄提醒淑卉姐，别把什么东西都推给伍大哥。夏淑卉说他饭量大，平时哪能吃这么好吃的，你问翰林是不是？伍剑鸣在这些小事上也不争，心里暗笑，淑卉看着这么成熟，还像个孩子，哭也是她，闹也是她，笑也是她。大家匆匆吃到饱，各自忙自己的事去了。

刘翰林跑到香漪戏院，他阿妈下午加演一场，戏院里锣鼓家伙都响起来了，这时候也不好去后台看他阿妈，就自己买了张票，摸黑进了戏院，找了个边角的座位坐下来，正是他阿妈在台上演唱，台下叫好的鼓掌的热闹得很，翰林看那些起哄叫好的戏迷观众，无意间看见一个熟悉的影子，定睛一看，意外得很，居然是严子轩教官，现在他们的连长！翰林疑惑，严教官也是他阿妈的戏迷？怎么没听说过？也是，翰林从来没跟军校的人讲起过他阿妈唱戏的事，大概只有裕泰晓得。刘翰林盯着严子轩，严子轩一反在操场上凶巴巴的样子，居然还跟着谭香漪的节拍用手敲击自己的膝盖，嘴也在动，只是动的幅度不大，但翰林看出来，严子轩是默默地跟着他阿妈的戏词曲调在哼唱。刘翰林怎么也不会想到严子轩居然也喜欢粤剧，居然也是他阿妈的戏迷，还会哼唱？这跟严子轩平时的样子完全是两个人！刘翰林生怕被严子轩看见，悄然离开，脑子里却一直装着严子轩在戏院里的样子，有时候，翰林甚至怀疑看错了，但他确信，坐在台下打着节拍跟着他阿妈曲调哼唱的观者就是严子轩!

出了戏院，刘翰林又去夏淑卉住的地方，想去看看闻励。门锁着，夏淑卉和闻励都没有回来，闲得无聊，翰林就走到江边看看，看那些小火轮蒸汽船，要不是那场战争，要不是罗恒义这个王八蛋，他刘翰林也许跟这些船工一样，正忙着装卸货物，兴华航运肯定能做强，生意四通八达，裕泰家的丰裕航运不晓得做成什么样了？裕泰离家出走，到现在也没家里的消息，翰林想起裕泰他阿妈对自己的好，应当劝劝裕泰回家看看他阿爸和阿妈，裕泰现在的心思全在他信奉的主义上了，比他阿妈磕头烧香还要虔诚。

夏淑卉和闻励在报社改好了稿子，本来要一起去西濠口那边逛逛的，闻励看看太阳已经偏西，猜想翰林他们恐怕要开船了，要是真的去打仗，不晓得什么时候才能再见面。夏淑卉被闻励说愣着了，待在报社门口，站了一会儿，越想越不对劲，是呀，要是真的去打仗，不晓得什么时候才能再见面。夏淑卉拉起闻励就向江边跑，一边跑一边对闻励说，她要拦住伍剑鸣，要在码头上举行一个简单的婚礼，再求他们官长把伍剑鸣留下，住一段时间，结了婚，怀了伍剑鸣的孩子，他伍剑鸣要是还想去打仗，再放他去也不迟，闻励，你先到报社住几天，就当是值班，等伍剑鸣回去了，你再搬回来住。闻励有些惊讶，伍大哥能答应淑卉姐在码头上举行婚礼？军校能让伍大哥留下？打仗的事，又不是想去就去，想回就回的事，说不定明天一早就打起来呢。闻励边跑边劝淑卉姐别急，淑卉说能不急吗？火都烧到眉毛上了，说不定他明天一早就扛着枪去打仗了，打起来，万一……啊呸，没什么万一，伍剑鸣不能有万一，他必须跟我结婚，必须好好的，不能有什么三长两短！

跑到码头，军校的船还在，刘翰林看见她们，喜欢地迎过来，说我还去你们住的地方找你们呢，夏淑卉问伍剑鸣呢？刘翰林向船上张望，没看见，夏淑卉让刘翰林赶紧上船帮她找伍剑鸣，把他拖上来，我夏淑卉在这等他。刘翰林不明白怎么回事，看向闻励，闻励示意翰林上船去找，翰林跳上船，没找到伍剑鸣，却看见严子轩教官已经坐在船舱里，坐得笔直的，翻看报纸。刘翰林向严子轩敬了个礼，又去找，居然看见赵裕泰！刘翰林问裕泰，你不是没请成假吗？怎么也进城了？赵裕泰示意一旁看文件的陶铭德，悄声告诉刘翰林，跟陶教官进城办事，问翰林找谁。刘翰林拉走赵裕泰，说荔雯和淑卉在码头上找伍剑鸣呢。两人上了岸，刘翰林摇头说伍剑鸣还没回来，应该快了。夏淑卉双手作揖，两眼在江边搜寻着，闻励也帮淑卉，在过往的人群中寻找。

刘翰林和伍剑鸣请假外出，刚走，赵裕泰就被陶教官叫去，让裕泰跟他进城去办事。陶铭德上次听刘翰林同学报告发现编号为粤6618的货船吃水太深，回岛后就打电话，让大本营帮着查询，经查，粤6618货船归香港注册的鹏腾飞宇航运公司所有，注册老板是香港人，在海关备案的货物是稻米和食油，但为什么吃水深？刘翰林同学问得好，难道是金子做的？陶铭德就带着赵裕泰进城查看，终于发现在香港注册的鹏腾飞宇，幕后的掌舵人是广州的何鹏宇，陈炯明的老部下，曾经是粤军军官。陶铭德布置大本营的人监视鹏腾飞宇公司，严令赵裕泰守住军事秘密，不得对任何人泄露，否则军法处之。赵裕泰当然不能对翰林讲这些事，只说他跟随陶教官到大本营办事，翰林问什么事？裕泰推辞说教官进去办事，我怎么晓得？

　　正说着，伍剑鸣跑过来了。一到码头，就被夏淑卉拦住，伍剑鸣还挺高兴的，没想到夏淑卉跑到码头来送他，也许会当面给他赔礼道歉认个错。夏淑卉拉着伍剑鸣要立马结婚，就在码头上办个简单的婚礼，正好你们船上的人都在，见证一下我们结婚，我再求你们官长，放你几天假，等那边打起来了，你要是想回去也不迟，我保证送你上战场，不耽误你打仗。伍剑鸣觉得夏淑卉好像是疯了，看看翰林，再看看裕泰，赵裕泰显然是蒙了，不晓得怎么回事。刘翰林就劝夏淑卉说船马上就开了，来不及，结婚这么大的事，要报告军校一层层批了才行，又不是喊一嗓子说结婚就结了的事。他刘翰林当初的结婚报告就没批，他懂。夏淑卉果真喊了起来，对着船喊，我夏淑卉和伍剑鸣现在就举行婚礼，伍剑鸣要娶我为妻，我要嫁给伍剑鸣，你们上来，一起见证我们的婚礼。船上的人听了好奇，都围过来看热闹，一时间，船头倾斜，船工急着喊大家都别挤到船头。陶铭德被惊动了，走出船舱。伍剑鸣见陶教官都走出来观望了，觉得夏淑卉简直给他丢人丢大了，一下子就火了，毫不客气地喝令她立刻滚回去！夏淑卉从来没见过伍剑鸣生气发火，翰林和裕泰也没见过伍大哥生这么大的气，连忙劝伍剑鸣不要发火，赶紧上船，翰林劝闻励拉走淑卉。闻励见伍大哥这么温文尔雅的人发这么大的火，吓着了，拉着淑卉姐就要走。夏淑卉哪受得了这个气，我一个女的，主动向你伍剑鸣求婚，跑来求你办一个码头婚礼，你竟然冲我嚷起来？居然让我滚？！夏淑卉气得不得了，一时找不出话来说，看见一个年长的人走过来，猜想一定是他们的老师或是什么官长。伍剑鸣刘翰林赵裕泰都转身向陶教官敬礼，陶教官还礼。夏淑卉冲到陶铭德面前，问他，你是他们官长吧？伍剑鸣见夏淑卉跑到陶铭德教官面前闹事，连忙上前拽住她，把她差点儿拽倒，陶铭德问怎么回事？让伍剑鸣住手，听那个女的说，陶铭德认出是上次去岛上采访的女记者，夏淑卉也认出是陶教官，就说，陶教官，我向伍剑鸣求婚，伍剑鸣答应了，我要跟他在码头上现在就举行婚礼，你再批他几天假……伍剑鸣上前就拽开夏淑卉，说你讲什么疯话，马上就要打仗了，你还想着结婚这些事？夏淑卉说正因为你要去打仗，我才要你马上跟我结婚，这有什么不对？陶铭德倒是很有涵养，说夏记者，我们也是老相识了，你要嫁给我们军校生，我们当然欢迎，而且你那么勇敢，主动向我们军校生求婚，不追求奢华，要在码头上办一个独特的婚礼，令人钦佩，先祝贺你！夏淑卉得意地瞪了伍剑鸣一眼，你看人家陶教官都祝贺了，你还有什么为难的？陶教官话锋一转，但是，停顿了一下，伍剑鸣听过陶教官的课，赵裕泰和刘翰林也知道陶教官的习惯，"但是"后面才是重要的。陶教官接着"但是"后面的话，陈炯明已出任救粤军总司令，扬言要进攻广州，战争已经打响，教导团已接受任务，随时准备开拔。夏淑卉打断陶教官，所以我现在就要跟伍剑鸣结婚，再送他上战场。陶教官劝夏淑卉，"但是"，军校有军校的纪律，学员结婚，是要打报告的，批准了，才能结婚。夏淑卉求陶教官帮忙，特事特办，现在就批准伍剑鸣结婚。此刻，船上汽笛鸣响了，催大家上船，伍剑鸣像听到了救星的呼唤，不管夏淑卉的胡闹，转身奔向渡船，跳上甲板。夏淑卉还想追，闻励拉住她，夏淑卉挣脱，刘翰林一把拽住夏淑卉，把她推到闻励的怀里，叮嘱她们，赶紧回去，伍大哥都发火了，没看见？赵裕泰拉走陶教官，悄声向陶教官解释，伍剑鸣同学的女朋友，急着要嫁给伍剑鸣，陶教官向夏淑卉挥挥手，友善地说，感谢你，夏记者，欢迎到岛上去采访，去看伍同学也好。赵裕泰搀扶陶教官走上船甲板，刘翰林挡住夏淑卉和闻励，叮嘱她们，千万别再闹了，再闹，回去恐怕要关伍大哥的禁闭了。翰林一说关禁闭，夏淑卉就替伍剑鸣担心，她们上次去黄埔，看见刘翰林在禁闭室的样子，想想都害怕。夏淑卉让翰林回去跟老师官长解释，都是她夏淑卉的错，不怪伍剑鸣，千万别关他的禁闭。赵裕泰催喊翰林，翰林一转身，跳到即将离岸的船上。夏淑卉一把鼻涕一把泪地向离岸的渡船挥手告别，却不见伍剑鸣的身影。

二十七

又是一年木棉花开的季节，广州城里的木棉花虽不如越罗湾开得艳丽红火，也一枝一枝一树一树地开起来了，闻励拣了一些木棉花，洗干净，晾晒起来，从小养成的习惯，每到木棉花开的季节，闻励都要拣拾一些木棉花，给阿爸做药，给阿咪泡茶熬汤，也跟阿爸阿咪学会了用木棉花泡茶做汤调成简单的中药。看着一朵朵红彤彤的木棉花，闻励想起小时候跟翰林裕泰一起拣木棉花的情景，想起翰林给她的红珊瑚木棉花项链坠子，一直挂在脖颈上，贴在胸口。淑卉知道闻励喜欢木棉花，也帮她拣，淑卉仔细端详，觉得木棉花又红又艳，像火，像血。闻励跟淑卉描述越罗湾的木棉花，红彤彤的，开遍了山坡、河畔、路边和庭院，那篇《木棉礼赞》就是闻励发表的第一篇文章，记得当时翰林和裕泰还争过，赵裕泰说"木棉花红艳如血"，翰林不喜欢"艳"字，说是太女人香粉气了，不如"血染木棉花更红"，国文老师喜欢裕泰说的"艳如血"，给我们讲了好半天"艳如血"三个字，字字比喻生动，恰到好处，寓意深远。闻励问淑卉姐觉得哪一个好？淑卉反问闻励，你自己呢？你肯定是偏爱翰林说的血染木棉花更红？闻励觉得哪个都不好，她不喜欢带血的字，倒是喜欢"木棉花开红似火"。闻励长叹一声，感慨这一年时光荏苒，真是岁月如梭。去年，她和翰林裕泰还在越罗湾捡木棉花，这一年的风风雨雨坎坎坷坷，仿佛把他们都推向了另一个世界，连她自己的相貌名字都变了！夏淑卉也感慨，都是打仗惹的祸，去年，一场突如其来的战争，打得你们家破人亡；今年一开年，打仗的呼声又响起来了，而且越来越响，说不定哪天就真的打起来了，夏淑卉真是不明白，这些人为什么喜欢打仗？打来打去的，有什么好？！

战争的阴云笼罩着广州城的上空，广州的报纸铺天盖地报道孙中山北伐、陈炯明救粤军声势浩大、东征军整装待发，各种消息弄得夏淑卉和闻励提心吊胆，广东商团陈廉伯助饷陈炯明 150 万块钱，汕头放假，商人停业庆贺救粤军，深圳召开商民大会，发售救粤公债，日本一家报纸评论，陈家军兵力不能与联军抗衡，军费军械亦甚缺乏，另一方面的消息，东江人民呼吁政府东征，分析时局，认定不出三月，陈军即可扫平。夏淑卉仔细算了算，三个月，多长时间呀！要是三个月打不下来怎么办？闻励相信翰林只要打，就能赢，还有裕泰、伍大哥一起，准能成。

赵裕泰把刘翰林、王有田、高应泉以及全班的人都召集在一起，并请伍排长坐镇，认认真真地学习军校刚刚制定下发的《革命军连坐法》，班长同全班退，杀班长！排长同全排退，杀排长！班长不退而全班皆退以致班长阵亡，则杀全班兵卒。排长不退而全排皆退以致排长阵亡，则杀排长所属之班长！连、营、团以此类推。高应泉觉得这招够狠的，不过打仗嘛，他也知道，逃兵必杀，那就看你有没有本事脱身了。王有田吓得求大家都别怕死，千万别往后退，要不然，害了赵班长，全班的人都得杀掉。刘翰林打架打仗从来就不晓得个退字，裕泰提醒他，你是副班长，你殿后，刘翰林跟他急，凭什么我殿后？你当班长的，金贵，你殿后，我在前，在越罗湾打架，哪回不是我冲在前？伍排长提醒刘翰林副班长，现在不是打架，是真刀真枪地打仗，刘翰林当然晓得，不就是跟打商团一样打陈家军吗？打仗跟打架一样，你越尿越怕越被人欺负，就像严教官教我们刺杀那样，你一声大嗓门吼出去，杀！吓都得把对手吓尿裤子，气势上绝对不能输给对手！

战事越来越紧，大本营决定讨伐陈炯明，军校举行东征誓师典礼，随后水陆并进，很快就抵达虎门，黄埔学生军加入联军右路，攻石龙，克东莞，所向无敌，东莞商务公会举行隆重的欢迎东征军大会，新来的政治部周主任强调军士打仗是为人民而打的，希望东莞人民通力合作，促使革命成功。伍剑鸣调到政治部做宣传，开会刷标语印发传单，忙得一刻工夫都不停。赵裕泰顶替伍剑鸣升任排长，刘翰林由副班长转为班长。

伍剑鸣跟着政治部宣传队一起进城，进城后，伍剑鸣就忙着张贴《安民布告》，对不识字的民众解讲《安民布告》的要点，他指着自己胸前的红布巾，告诉大家，这是我们的记号，我们是来保护人民的，决不和陈家军一样抽捐收税，也不和其他军队一样，骚扰人民，对被蒙蔽的民众，伍剑鸣列举陈家军的罪状，谄媚北军，勾结土匪，扰乱东江，陈贼不除，东江战火永无止息，我们是打反叛、除奸贼、光明正大的军队，我们是保人民、安地方、公正和平的军队。随后，伍剑鸣又按宣传队的要求，发放《劝逆归顺布告》，告诫那些盲从子弟，认清形势，限即日自首，以往罪过，一概免究，予以自新之路，若仍怙恶不悛，一经察觉，定当依法惩处！

子弹炮弹打断了木棉树，震碎了木棉花，花朵花瓣落了一地，红彤彤的，像满地流着血，红艳娇嫩的木棉花哪经得住无情的战火，一瓣瓣，一朵朵，烧焦熏黑，惨不忍睹。翰林心想，要是喜欢木棉花的荔雯看到这般景象，一定会心疼得要命。翰林想起荔雯那篇作文，后来登在报纸上起名叫《木棉礼赞》：

> 木棉花盛开的季节，山，是红的；水，也是红的，那些随风飘落在河里的花瓣，铺满了河，漂到江里，流到海里；海，也被染红了，红红的海，风平浪静时，一望无际，想象踏在这红毯之上，飘飘然如仙，心醉。惊涛骇浪时，怕岸惊起，溅起的浪花，如同喷出去的血，令人心碎。

翰林捡起几朵没受到炮火伤害的木棉花，放进河里，看它漂流，顺着小河，木棉花会漂到东江，漂到珠江，漂到大海……

刘翰林班长和赵裕泰排长被严子轩连长叫走，带他们去参加一个联席会议，他们匆匆忙忙赶到一座祠堂，桂军几个官长已经等在那里了。刘翰林跨进祠堂，突然发现眼前的桂军军官好眼熟，一眼就认出是罗恒义。刘翰林敏捷地举起手中的枪，冲过去就顶住罗恒义的脑袋，罗恒义你个王八蛋还活着？！老子一枪崩了你！罗恒义也不含糊，瞬间掏出手枪，也顶在刘翰林的脑门上，骂刘翰林你个小兔崽子，老子今天就跟你算账！双方剑拔弩张，罗恒义带来的人都举起了枪，赵裕泰晓得是怎么回事，上前要拉走刘翰林，悄声提醒翰林，现在人家是桂军，是联军的中路军，严子轩喝令刘翰林放下枪。刘翰林哪听得见，吼道他这个王八蛋杀了我阿爸！罗恒义也吼起来，你个兔崽子烧了我家的宅院，还抢走我的小姨太太。刘翰林大骂罗恒义放屁，兵痞流氓厚颜无耻不要脸！严子轩上前，一个擒拿动作，下了刘翰林的枪，斥责刘翰林，罗团副现在是友军，对待友军官长，不得无礼！刘翰林不依不饶要揍罗恒义，被严子轩挡住，厉声呵斥刘翰林，你再对友军官长无礼，就军法处置！刘翰林没想到罗恒义成了他的友军，翰林指着罗恒义大骂他欺负好人，搜刮民众，贪财好色，滥杀无辜，帮着商团打我们，这种罪该万死的王八蛋，就该一枪崩了，老子跟他成什么友军？早晓得这样，老子就不给你……赵裕泰冲上前，捂住刘翰林这张臭嘴，生怕他喊出老子就不给你干了，生怕他拍拍屁股走人，战场上走人，就是逃兵，逃兵是要就地正法的，按连坐法，他这个排长也得担责任！赵裕泰死命地拉走刘翰林，翰林不管不顾地要挣脱，严子轩突然掏出枪，顶着刘翰林的脑门，喝令刘翰林退出！刘翰林愣住了，他崇拜追随的严教官居然帮着罗恒义拿枪顶着他？！赵裕泰趁机强拉硬拽，把刘翰林这头犟驴拖出祠堂。

刘翰林的班长被撸了，改由高应泉接班，刘翰林不在乎这个。赵裕泰以排长的身份跟他谈话，刘翰林说我服从命令，班长可以不当，我甘愿当个大头兵，但在战场上别让我见到罗恒义这个王八蛋，见到一次我杀他一次，我才不管他是什么友军呢！赵裕泰警告刘翰林，你要是胆敢伤害友军，我见到一次就惩罚你一次！刘翰林气着追问赵裕泰，罗恒义那个王八蛋什么德行，别人不晓得你还不晓得？他杀了我阿爸，害得荔雯家破人亡，还要把荔雯抢去当小姨太太，这个仇，我憋了一年了，不报此仇，我誓不为人！裕泰，我告诉你，你别想挡我，谁挡我，我杀谁！赵裕泰拿刘翰林一点儿办法都没有，也晓得他的脾气，翰林认准的事，不要说他赵裕泰能拦住，多少人多少头牛都拉不动，人家是撞了南墙才回头，他刘翰林就是撞了南墙也不回头的！非得把南墙撞倒了才罢休！

淡水一仗打得异常惨烈，三路进攻，激战一天，硬是拿不下淡水城！晚上，刘翰林觉得十分憋屈，这么多人打一座城，居然没攻破，高应泉跟赵裕泰排长献计，趁着夜黑风高，派几个人摸进去，明天一早打起来，里应外合，准能攻破。王有田说这黑灯瞎火的，恐怕摸不进去，不如上山砍些柴，烧着了，扔进城，来个火烧连营。高应泉笑王有田，你以为是在你们老家山寨里呢，扔一把火就能烧掉？这么高的城墙，你扔得过去？扔过去人家不会浇灭了？刘翰林觉得高应泉老兵还是厉害，他主动报名，强烈要求偷袭，他白天观察到城墙边有几棵高大的木棉树，他爬树顶能，上了树，趁对方没人的时候，抓住树枝，荡到城墙上，落进城内。赵裕泰打断翰林的假想，说你以为这是小时候你爬树翻墙呢，这是打仗，打仗的事由上司操心，叫你怎么打你就怎么打好了，大家赶紧睡一会儿，天一亮又要打起来了，打起来，我们班不能后退，只能前进，谁都不许当孬种。

天还没亮，上司就让挑选人，组成奋勇队，刘翰林晓得这就是古书上说的敢死队，抢着报名，赵裕泰晓得拦不住他，严子轩连长觉得非刘翰林莫属。刘翰林跟十几个人组成一个奋勇队，连他加起来一共15个人，发云梯一个。战斗打响，先是炮兵对城里一阵狂轰烂炸，炮火掩护下，几组奋勇队跃进城墙根，炮火刚停，奋勇队就架着云梯人梯，攀登城墙。刘翰林一手拎着枪，一手扶着云梯，敏捷地攀爬，小时候在越罗湾，爬树翻墙他刘翰林是高手，可那时候没人在上面打你，而且也没这么高。云梯上，不停地有人被子弹击中，栽下，刘翰林尽量贴着云梯，减少暴露面，他晓得，一秒钟都不能耽误，随时都有可能被守城的官兵击中，这时候没别的想法，更没别的退路，就是一个信念，爬上去，打这些王八蛋！刘翰林冒着子弹，飞快地登上城墙，守城的一个兵冲他要开枪，刘翰林像个猛虎扑过去，把那家伙扑倒，随即举枪打倒了另一个扑过来的守城兵，又举枪捅死倒在地上爬起来要刺他的守城兵，依然没忘记严教官教他的吼着嗓子喊叫一声"杀"！气势上不输给敌人！一时间，城墙上杀声震天，震得敌军屁滚尿流，冲上城墙的奋勇队士兵越来越多，迅速打开一块阵地，大家按照教官教的战术，相互掩护，登城的学生军上了来了，迅速扩大战果，向两边突破，守敌溃败。刘翰林和学生军打开城门，学生军边打边喊叫着涌进城，势如破竹，摧枯拉朽，刘翰林觉得这仗打得过瘾！痛快！

淡水城被陈炯明吹得固若金汤，照样被刘翰林他们攻破了！刘翰林站在城门楼上，趾高气扬，一只手挥动着长枪，一只手晃着缴获来的短枪，这时候他才相信，严教官没骗他，只要练好了，长枪短枪随你打！

淡水一战，奋勇队队员刘翰林由士兵直接提升为排长，跟赵裕泰平起平坐，两人还成了竞争对手。刘翰林背着长枪，挎着短枪，耀武扬威地有意在赵裕泰眼前晃悠，裕泰，打起仗来我可不会让你，你得加把劲，你不信，下一战，我就从排长直接顶替严教官当你的连长。

　　在淡水休整的时候，伍剑鸣抽空来看翰林裕泰他们，称赞翰林真是奋勇，不怕死！刘翰林说那时候怕死就等于自己找死，不是我冲上去，就是被他们王八蛋打下来，只能冒着子弹往上冲。伍剑鸣在政治部宣传队，知道的事多，说这次淡水一役，歼敌三千多，还抓了好多好多俘虏，缴获的枪有两千多支，长短枪都有！刘翰林得意地说我就拣了好几把，赵裕泰看他，刘翰林说你看我干什么？我背了一阵子过过瘾就都上交了。谈及其他各路军的战况，伍剑鸣生气，骂这些军阀就知道保存自己的实力，左路杨希闵的滇军，中路刘震寰的桂军，根本不跟我们联合，滇军从广州到增城，也就50多公里，走了一个礼拜，其后一直在增城和博罗之间徘徊，与陈家军一仗都没打。桂军的任务是要攻打陈家军把守的重要据点惠州，到达惠州附近，20多天居然没一点儿动静。刘翰林骂罗恒义这个王八蛋，他跑到桂军去了，桂军收留这样的人渣，还能有个好？我要杀掉这个王八蛋，裕泰还不让。赵裕泰说严教官也不让，人家是友军，伤害友军是要……刘翰林打断赵裕泰的话，什么狗屁友军，下次见到罗恒义这个王八蛋，我先杀了他再说！

　　夏淑卉和闻励一直关注东江的战事，把所有能看到的报纸都翻了一遍，黄埔学生军打到哪，每次看到伤亡数字，都默默祈祷伍剑鸣、刘翰林、赵裕泰他们都没事，好好的，平平安安的。闻励似乎理解裕泰他阿妈每天烧香磕头的辛苦。报纸上又刊登了"民主共和"的文章，分析滇桂军为何迟迟不动的原因，认为滇桂军还在观望，不清楚将来主持粤局者，到底姓孙还是姓陈，局势没有明朗之时，何必与陈军为敌？段祺瑞执政后，主张各省争端均由善后会议解决，如若实现，何必急着与陈军对阵？云南唐继尧出兵广西，实则窥粤，此刻更宜保存实力，以便应付，实际上，杨希闵、刘震寰都没闲着，而是忙于疏通各派势力。淑卉担心，说好了几路人马合伙打陈家军，现在他们都不动，翰林、裕泰他们刚毕业的学生能打得过人家几万陈家军吗？闻励晓得，在粤东，都是陈家军的地盘，陈家军经营了那么多年，强龙压不过地头蛇，打不赢怎么办？两人也不懂军事，跟着报纸上的报道，查找伍剑鸣、刘翰林、赵裕泰他们学生军行进路线，还好，已经解放了淡水，已经攻占了博罗，已经打到平山了，前面就是棉湖，闻励对这一带还是熟的，小时候，有时跟着阿爸去看病人，走亲戚，访朋友，去过河源、紫金，也到过惠州，项伯就在惠州，打陈家军恐怕是要打惠州的，闻励晓得，惠州城不好打，城墙又高又大，还有水，不晓得翰林他们打不打惠州？项伯可好？

　　"民主共和"那篇文章，刘翰林也看到了，是伍剑鸣从宣传队拿过来的。伍剑鸣认为此人分析得还是有道理的，所谓旁观者清，刘翰林对这个笔名感兴趣，最早看到这个名字，还是在他阿爸买的那些报纸上看到的，在肖叔家也看到过这个名字的文章，这个名字显然是笔名，没听说姓民主的，那写文章的到底是什么人？

在没有所谓的友军支援策应下，右路军继续追打陈家军，联军没打惠州，而是直扑陈炯明的老巢潮汕。刘翰林他们接到命令，轻装上阵，除了枪支弹药，其他被装物资统统交军需保管，学生军冒着阴雨急行军，做战略大迁回。粤东这一带，刘翰林非常熟了，他跟小玉开着小火轮，沿东江跑运输，沿江的城镇河流山脉村庄都熟记在心，行军途中，他跑到裕泰身边，悄声跟裕泰说，眼看就要到越罗湾了，你还不回家看看你阿爸阿妈？我也回去一趟，给我阿爸坟头烧个香磕几个头。赵裕泰拉住刘翰林，生怕他溜了，警告翰林，你可是我带的兵，不许溜掉。翰林就不服气，我刘翰林什么时候成了你赵裕泰带的兵？赵裕泰说我是你的排长，你是我的兵，刘翰林说现在不是，我跟你一样，也是个排长。赵裕泰说你刘翰林还晓得你是个排长？排长有溜号的吗？前面就要打仗，打大仗，直捣陈家军的老窝，你还有心思溜回越罗湾给你阿爸烧香磕头？你阿爸要是问你，陈家军打败了没有？仇报了没有？你怎么回答？还有脸回去见你阿爸？刘翰林想想也是，他阿爸要是问这些，刘翰林总不能告诉他阿爸，陈家军没打败，仇没报，罗恒义这个王八蛋还成了他刘翰林的友军，刘翰林真的要一头磕死在他阿爸坟前了。

刘翰林他们在棉湖西北山地与陈家军的主力相遇，敌人多他们十倍都不止，战斗从拂晓一直打到太阳偏西，死伤无数。校长和周主任，还有苏联顾问，都到前线督战，党代表廖先生都参加运送弹药，仗越打越激烈。刘翰林打红了眼，准备拼刺刀，此时，忽听几声炮响，在敌群中炸了锅，敌军腹背受敌，渐渐打不下去了，丢盔弃甲，仓皇逃跑。

　　夏淑卉和闻励在报纸上看到棉湖大捷的消息，报道说黄埔学生军以一个团的兵力击溃陈家军的两万多，学生军个个神勇无比，实战过程可以称得上惊天地泣鬼神，双方死伤无数。无数是多少？伍剑鸣在这无数中间吗？翰林呢？还有裕泰怎样？棉湖祝捷大会的报道铺天盖地，也没说谁死谁伤着了，照片上也分不清人，不晓得伍剑鸣、刘翰林、赵裕泰他们在不在？黄埔学生军只晓得进，不晓得退，连外国报纸都赞扬他们英勇，可是夏淑卉和闻励翻遍了报纸，就是没有他们几个人的消息，闻励晓得翰林打急眼了，肯定是只晓得进不晓得退的，可是死伤无数，而且是双方都死伤无数，这无数到底是多少呀？夏淑卉说与其她们在广州着急，不如到潮汕那边找他们，看看他们是死是活，胳膊大腿还在不在？闻励晓得潮汕那边离广州还老远，不是一两天就能跑过去的，而且战乱时期，船恐怕也不敢到那边去。

　　刘翰林他们乘胜追击，奇袭五华，攻占兴宁，陈家军仓皇逃往福建。刘翰林听他阿爸和肖叔讲过，他们曾经去福建打过仗，跟陈炯明还有蒋校长都是援闽粤军，陈炯明是孙大元帅任命的援闽粤军总司令，蒋介石当时只是陈炯明手下的一个支队司令，才几年工夫，世道似乎完全变了。现在，刘兆民的儿子刘翰林，跟随蒋校长来打以前的总司令、后来背叛孙大元帅的陈炯明。

赵裕泰是在兴宁得知孙中山先生已经在北京去世了，孙中山是军校的总理，也是赵裕泰崇拜的伟人，赵裕泰立志为实现孙先生的遗愿而奋斗，打倒帝国主义，打倒军阀，救国救民，告慰孙先生在天之灵。伍剑鸣这几天忙得不行，搭灵堂，布置追悼孙中山先生及阵亡将士大会会场，刘翰林、王有田、高应泉都参加大会，誓师要彻底铲除陈炯明叛军势力，统一广东，统一全中国。

二十八

广州城再次动荡，夏淑卉和闻励为报社采访最新消息，关注事态发展。号称参加联军一起攻打陈炯明的杨希闵、刘震寰竟然秘密赴港，与陈炯明、段祺瑞等人密谋，企图推翻革命政府。

"民主共和"又在报纸上发表一篇社评，详尽列举滇桂军在广州期间的各种劣迹和罪行，开放烟赌，毒害社会，酒楼林立，妓馆淫所比比皆是，并派军队加以保护，军官大吃大喝大嫖大赌，士兵成了步枪加烟枪的双枪军。滇桂军不但垄断了税收，还索要粮饷，纵兵抢劫，坐车吃馆子经常不给钱，并在广东大肆扩充实力。怪不得孙中山生前痛心说他们"戴着我的帽子，来蹂躏我的家乡"！社评分析杨希闵、刘震寰心怀叵测，以为自己实力雄厚，准备西联云南唐继尧，北联军阀段祺瑞，又与英帝国主义和北洋军阀暗中勾结，阴谋策划发动军事叛乱，图谋颠覆广州革命政府，吞并东征果实，控制广州局势。社评公开声称，此害不除，广州永无宁日！

刘翰林看到"民主共和"的社评，一直猜想这究竟是什么人？对广州乃至广东以及全国的形势都十分了解，几篇文章分析十分透彻到位，前几篇文章，或列举蒋介石之劣迹，警示人们提防他的惯用伎俩撂挑子，或分析商团与商人商会之异同，或公开滇桂军这些罪行，没有历史知识和深邃的眼光，是写不出来的。看来他阿爸和肖叔也是喜欢这个人的文章，赞同这个人的观点，否则不可能收藏这个人的文章。

黄埔学生军奉命要打回广州，保卫革命大本营，平息杨刘叛乱。刘翰林有点不明白，他的家乡刚刚被解放，潮梅地区刚刚被我们占领，陈家军被我们打得屁滚尿流向福建江西边境逃窜，只要我们再加把劲，继续追击，就能把陈家军给全歼了，东江的祸患也就铲除了，越罗湾，还有潮汕紫金惠州东江这一带都太平了，民众想干什么就干什么，裕泰家的裕丰航运，还有翰林家的兴华航运都做起来，国泰民安，多好？此刻，如果我们班师回广州，陈家军不但有喘气机会，还一定会卷土重来，继续在东江作恶，家乡的父老乡亲们就更苦了。赵裕泰跟他讲道理，你刘翰林不要只盯着越罗湾，盯着东江，广州才是我们的大本营，大本营不保，还怎么革命？

伍剑鸣忙着宣传，跟一时不理解的士兵宣讲大本营和指挥部的决定，放弃潮、梅，班师平叛，是为了铲除革命的障碍，巩固革命的大本营，提醒大家，这次平叛，恐怕要比打东江还要艰苦，前有杨刘叛军，后有陈炯明叛军，我们的前后左右都是敌人，环境非常险恶，几乎是无路可走，所以我们只能进，不能退，也没有一点退路，退就是死。

谭香漪这几天着急上火，不能唱戏，翰林到东江打仗，不晓得死活，本来说是跟黄埔学生军一起打陈家军的杨司令、刘司令，突然打回广州城里来了，跟大元帅府大本营势不两立，眼看就要打起来。上次学生军打商团，死了多少人伤了多少人烧了多少房子，这次要是打起来，不晓得会烧成什么样子。谭香漪收拾细软，劝何鹏宇赶紧去香港躲些时日，待局势平稳了再回来。何鹏宇经历过打仗，他时刻关注着联军与陈家军的每一场战斗，也时刻关注着杨司令刘司令以及黄埔学生军的动态，何鹏宇劝谭香漪唱累了，歇息一下，也好，但此时逃到香港，并非上策。他们争权争地盘打来打去，我们该唱戏的唱戏，该做生意的做生意，还能少得了我们饭吃？谁主政广州，都要莺歌燕舞唱大戏的，都要让人做生意好抽捐收税的，不过世面上乱得很，这几天不出门为好，有什么事，我上街帮你办。经何鹏宇这么一说，谭香漪倒安下心来，她泡了一壶用木棉花做的三花茶，清火，降燥，拿起报纸，在报纸上查找翰林的蛛丝马迹，希望能看到翰林的一点儿消息。

滇军摆开阵势，在广州外面由东向西构成一道大弧形防线，桂军在广州以西和南面也有布防，叛军占领了省长公署、粤军总司令部、财政部、市公安局、电报局、电话局等重要机关，市内战斗已经打响。

班师回城的东征军与滇桂军在石龙、石滩一带展开激战，随即向瘦狗岭、龙眼洞进攻。刘翰林带着他的一个排冲锋在前，奋勇杀敌，抓到俘虏，刘翰林就问罗恒义在哪儿？后来才晓得桂军不在这边。严子轩带着刘翰林和赵裕泰两个排作为前锋，攻打瘦狗岭，两个排摽着劲，谁都不想落后，敌军勇猛超出他们的预想，打来打去，总是攻不上，双方处在胶着状态。刘翰林着急，带着高应泉贴近了侦察，高应泉知道滇桂军里都是些老兵油子，仗打得多，有经验，沉着，不慌，枪法还准，硬拼，拼不过他们。刘翰林急了，高老兵你别两个字两个字地往外蹦，说快点，你说怎么办？高应泉知道这些老兵都有两杆枪，一杆长枪，一杆鸦片烟枪，过足了烟瘾，这帮人能打着呢。正说着，一个烟鬼跑出来撒尿，差点尿到高应泉头上，高应泉一个鱼跃，把那个撒尿的老兵油子拖下来，老兵油子还以为是自己人，怒了，骂道，你他妈的别闹，老子撒尿呢，刘翰林用短枪顶着老兵油子的头，问他们是哪个师哪个团的，上面有多少人，老兵不屑地瞥了翰林一眼，不搭理，翰林急了，要揍他，高应泉上前就夺过老兵油子身上的鸦片烟枪，老兵油子这下慌了，一口气把上面什么事都交代得清清楚楚，高应泉把烟枪还给他，老兵油子急着吸了几口鸦片烟，刘翰林发现这帮兵油子把烟枪看得比步枪还重要，心里明白，前几次进攻冲锋，冲不上，就撤回来，准备一下，再战，而这准备的时间，正好给这帮兵油子抽鸦片烟了，他们抽足了，过了烟瘾，再打，果然很猛。刘翰林让王有田去报告赵裕泰排长，让赵裕泰他们排跟刘翰林的排相互配合，交替硬打，一刻都不停，不让这帮烟鬼有抽鸦片烟的机会。王有田把刘翰林的话传给赵裕泰，赵裕泰还在猜想刘翰林怎么想到这种战术？灵不灵？就听到刘翰林那边已经打起来了，那边枪声稀疏了，这边赵裕泰就命令士兵们狠狠地打，两边交替射击，守敌被打得抬不起头，上面的枪声越来越稀疏。刘翰林带头跃起，冲向敌军阵地，守敌来不及还手，就举手投降了，刘翰林和赵裕泰刚缴了那帮老兵油子的枪，老兵油子们已经开始抽鸦片烟了。刘翰林看高应泉，问他，你以往打仗不会也是这样丢人吧？高应泉急了，说你当排长了，别瞎鸡巴扯胡说八道，让人听见了，毁坏我的名声！刘翰林笑他心虚，开不起玩笑。

　　总攻开始，刘翰林带领他的排像把尖刀猛往敌军里面插，一直打到西村，刘翰林抓到一个俘虏，问清楚是刘震寰的部队。刘翰林晓得，罗恒义就在刘震寰的桂军里，刘翰林就抓一个问一个，终于让他问着了，那个桂军士兵向刘翰林直求饶，刘翰林吓唬他，你敢跟老子玩猫腻，老子一枪就崩了你。士兵连说不敢不敢，就带着刘翰林跑向一间草屋，士兵往里面喊，罗团副，有人找，罗团副从里面探出头，果然是罗恒义这个王八蛋。罗恒义见是刘翰林，知道事情不好，这小兔崽子是来报仇的，立马掏出手枪，刚要对着刘翰林射击，刘翰林一枪打掉罗恒义手上的枪，罗恒义撒腿就跑，他哪跑得过刘翰林，几个弯跑下来，罗恒义被刘翰林扑倒在一堆柴草上。高应泉老兵见排长追敌人的一个大官，跟着刘翰林，护卫着排长，刘翰林把罗恒义摁在地上，罗恒义还想挣脱，刘翰林两拳砸下去，罗恒义就老实了。刘翰林把刺刀顶在罗恒义的嗓子眼上，就要往下插，罗恒义一个劲地向翰林求饶，翰林饶命，翰林你听我跟你讲，你阿爸不是我杀的。刘翰林把刀尖顶着罗恒义的嗓子，都扎出血来了，你个王八蛋临死还想狡赖，你抓了我阿爸，死在你家，不是你杀的，还能是谁？！罗恒义求饶，翰林，你阿爸真的不是我杀的，我把你阿爸抓来，关在小屋子里，本来是想给他点厉害教训教训他，没想到你个小兔崽子，噢，不，我没骂你，没想到你跑来一把火烧了我的宅院，小屋子倒是没烧着，我打开门，发现你阿爸已经死了，脖子给人抹了。刘翰林说我晓得，我进院子的时候，去了小屋，见我阿爸的脖子已经让你给抹了，血流得身上地下都是。罗恒义求翰林，我真的没杀你阿爸，真的不是我杀的，我要是有一句假话，就天打五雷轰，就出门挨枪子，就不得好死。刘翰林见他发咒这么狠，问罗恒义，不是你杀的，是谁杀？罗恒义翻着白眼，我也不晓得！刘翰林又把刀尖往罗恒义的嗓子眼里捅，皮都捅破了，血流出来了，罗恒义吓得惨叫，我真的不晓得谁杀的，那天晚上喝喜酒的人多，我也不晓得你阿爸跟谁有仇，我哪晓得会有人暗地里下手把你阿爸的脖子抹了！刘翰林问，都有谁？罗恒义说人多，真的想不起来，连广州的朋友都来了，噢，对了，那个何鹏宇，就是后来娶了你阿妈的那个何鹏宇，也许他早就跟你阿妈有一腿，翰林，你别扎我呀，也许他何鹏宇早就想杀掉你阿爸，好娶你阿妈呀，是不是这个理？噢，还有，广州的陶铭德也去了。刘翰林说你瞎扯，陶铭德跟我阿爸无冤无仇，他凭什么杀我阿爸？罗恒义眨巴着眼，我哪晓得，那天晚上，陶铭德倒是问起你阿爸刘兆民了，还问刘兆民最近都忙什么？噢，想起来了。赵利丰，他跟你阿爸有仇，早就想除掉你阿爸，他让我帮他挤掉兴华航运，让他的裕丰航运吃他妈的独食，他答应把荔雯的事告诉我，要不是他告诉我，我一大早还不晓得去把荔雯抢回家呢。不过，赵利丰倒是没说要杀了刘兆民，只是想让刘兆民滚，别挡他赵利丰的生意，我跟你阿爸讲了，让他远走高飞，你阿爸那个脾气，压根儿就不听，我就把你阿爸绑起来，关在小屋子里，真的，翰林，我没杀你阿爸！刘翰林一心想为他阿爸报仇，却没想到仇人就在他刀下，这个仇人竟然不是杀他阿爸的凶手！刘翰林在心里琢磨这到底是怎么回事，罗恒义见刘翰林分心，一个蛮劲，推开压在他身上的刘翰林，捡起落在地上的手枪，刘翰林见状，一个鱼打挺，踢掉罗恒义手上的枪，扑到罗恒义身上，两人扭打起来，高应泉举枪就要打罗恒义，但两人翻过来滚过去，高应泉不敢下手，打着了刘排长可不得了。刘翰林毕竟年轻，又跟他阿爸学过擒拿格斗，深得严教官指点，罗恒义岁数大，这几年吃得脑满肠肥，又受了伤，哪打得过刘翰林，刘翰林一个猛摔，把罗恒义重重地摔在地上，罗恒义还想爬起来逃跑，刘翰林使出全身的力气把罗恒义压得死死的。罗恒义看向站在一边的高应泉呼救，兄弟，我投降！我投降！罗恒义知道，黄埔学生军有一条铁的纪律，不杀俘虏，如果杀了俘虏……刘翰林才不管这些，他一腔怒火，将刺刀狠狠地扎进罗恒义的脖子，使劲一抹，用力过猛，差点儿把罗恒义的脑袋割掉。

高应泉拉起刘翰林就撤，好在外面都是冲过来的学生军，高应泉护着刘排长，边打边冲，刘翰林仿佛像个木偶，任由高应泉拉着他冲锋。刘翰林满脑子都在问：到底谁杀了我阿爸？！

二十九

闻励得知罗恒义被翰林杀了，高兴得竟然哭起来！她这一年受的屈辱，遭的罪，流的泪，翰林终于帮她报了仇，雪了恨，她可以光明正大地走在大街上，不戴那副平光眼镜，不怕再被人认出，不怕再被军阀抢去，不怕再被人说她是罗恒义的小姨太太！这么高兴的事，翰林怎么坐在那里闷闷不乐？翰林还是在意她是不是被罗恒义坏了身子？是不是怀有身孕？闻励心想，到他们结婚的时候，翰林就晓得了。闻励安慰翰林，偎依在翰林的怀里，总算为你阿爸报了仇。

翰林却只说了一个字，没，闻励抬起头，疑惑地盯着翰林，愣愣地看着翰林，你不是说把罗恒义杀掉了吗？怎么说没？翰林告诉闻励，罗恒义临死前说，他罗恒义没杀我阿爸，闻励说罗恒义的话你也信？不是他罗恒义杀的会是谁？刘翰林确信他的判断不会错，罗恒义临死前说的话，不像是在骗他，也不像是在推卸罪责，我翻墙进院子的时候，在小屋里发现我阿爸已经被人抹了脖子，已经死了。闻励坚信是罗恒义这个兵痞流氓干的事，别听他胡说八道，就是他杀了你阿爸。翰林摇摇头，咬着牙说我刘翰林一定要查清到底谁杀了我阿爸！闻励见翰林这么坚定，也就顺着翰林的思路，猜想越罗湾谁跟翰林他阿爸有仇，想来想去，似乎一个都没想出来。

翰林想一个人到江边，安安静静地想想，闻励陪翰林来到江边，坐在江堤上，翰林在心里琢磨，他阿爸在越罗湾不怎么出门，整天在家看报纸，打打拳，很少跟人交往，街坊邻居有什么事，拉个货，捎个人，他阿爸都乐意帮忙，老人孩子都跟他阿爸客客气气，要说是仇人，只有罗恒义，可罗恒义临死前的表白，当然是为了说明他自己清白，没杀刘兆民，向翰林求饶。翰林从罗恒义的语气和眼神看出来，罗恒义似乎不是在说谎，尽管罗恒义谎话连篇，什么事都能干得出来，但那一刻，临死前的那一瞬间，罗恒义似乎说的是实话。那究竟是谁杀了他阿爸？罗恒义说陶铭德当晚去过，也打听过他阿爸，但陶铭德教官跟他阿爸似乎无冤无仇，也从来没听他阿爸提到过这个人的名字，阿爸和肖叔他们在福建打仗的时候，陶铭德还在广州城里，似乎也没在战场上对过手，没道理怀疑陶教官。裕泰他阿爸赵利丰因为航运生意上的事，可能对翰林他阿爸有怨恨，感觉是翰林他阿爸抢了他赵利丰的生意，但裕丰航运做得也不错，赵利丰不至于要杀他阿爸，赵利丰也没那个胆子杀刘兆民，即使刘兆民被捆绑在小屋里，就是罗恒义给赵利丰一把刀，赵利丰都不敢杀刘兆民，况且他阿爸脖子被抹了一刀，干净利索，要是赵利丰下手，肯定会哆哆嗦嗦抖着手不晓得拉了多少刀才能把他阿爸杀死，也没道理怀疑赵利丰。剩下来的就是何鹏宇，翰林他阿爸没死，就传出何鹏宇跟谭香漪在一起的事，翰林在他阿妈那里也多次见过这个不要脸的人，何鹏宇也打过仗，下手会是狠的，杀人动机和杀人手法。何鹏宇确实是最值得怀疑，那天晚上，何鹏宇不辞辛劳，长途奔波，就是为了去越罗湾喝罗恒义的两杯喜酒？显然不是，醉翁之意不在酒，翰林越想越觉得非何鹏宇莫属。

裕泰！闻励一声惊叫，惊醒了沉思的翰林，翰林顺着闻励的视线，看见赵裕泰跟随陶铭德教官匆匆走过。刘翰林连忙站起身，向陶教官敬了个礼，陶教官还了礼，一脸严肃地走过去。翰林又给陶教官身边的韩教官敬了礼，韩教官也是军校的，好像是校办的，没教过他们，但翰林认识，见过面的。翰林上次被严教官惩罚后，见了教官就敬礼，不但是他，队里其他人也一样。翰林盯着裕泰，裕泰看了看翰林和闻励，悄声说有事，急匆匆跟着陶教官走过去，翰林也不好再多问，闻励好奇地问翰林，裕泰干什么去？翰林也不晓得裕泰有什么事，看上去好像是什么急事。

看着时间还早，翰林想去看看他阿妈，也想当面问问阿妈，何鹏宇跟他阿爸到底有没有仇？会不会是何鹏宇杀了他阿爸？闻励本来也想跟着翰林一起去见香漪婶，但听翰林要问他阿妈这些事，感觉她跟着去挺别扭的，她要回报社去忙稿子。

谭香漪好久没见着儿子了，见到翰林，高兴得让李婶去泡三花茶，今年现采的木棉花，天气这么热，让翰林去去湿，解解暑。谭香漪拉着翰林的手，问翰林打仗害怕不害怕，伤着哪没有，听人讲黄埔学生军去打陈家军，害得我天天翻报纸，看有没有儿子的消息，这个陈炯明也是的，当过广东省省长、援闽粤军总司令、粤军总司令，你阿爸当年就跟他们一起到福建打过仗，你何叔当年也在粤军跟他共过事，好好的，有什么不能商量的，非打得头破血流？翰林问他阿妈，何鹏宇，翰林从来不喊他何叔，何鹏宇跟阿爸一起在福建打过仗？谭香漪想了想，你何叔没去过福建打仗，只在广州，当时陈炯明在广州当头的时候，你何叔在粤军做过事。翰林弄明白了，何鹏宇没跟他阿爸还有肖叔他们在福建打过仗，又问，何鹏宇跟我阿爸有仇？谭香漪一愣，你这孩子怎么问起这个？李婶把三花茶递上来，给夫人和少爷各倒了一杯，就悄悄退下去了。谭香漪喝了一口茶，你何叔跟你阿爸谈不上什么仇不仇的，要说有仇呢，你何叔总觉得你阿爸碍事，总骂骂咧咧地咒你阿爸。翰林问，咒我阿爸死？好让你们名正言顺地在一起鬼混？谭香漪不高兴，你这孩子怎么跟你阿妈说话的？我跟你阿爸的事，你不晓得，阿妈也不想让你晓得，你不要管。翰林直接了当地问，是不是何鹏宇杀了我阿爸？谭香漪一惊，放下手里的茶杯，好像不认识地打量翰林，你阿爸不是罗恒义杀的吗，怎么会赖在你何叔身上？翰林逼视他阿妈，罗恒义说他没杀。罗恒义的鬼话你也信？谭香漪真的生气了，你信你阿妈的还是信那个兵痞的？翰林平静地说，我就是想弄清楚，到底谁杀了我阿爸？当然是罗恒义了！谭香漪气愤地说。翰林问阿妈，你怎么这么肯定？谭香漪生气了，语速也快了许多，像是在念戏里的对白，不是你说的吗？你说罗恒义杀了你阿爸，你一生气，就烧了罗恒义的宅院，罗恒义还到处找你算账。翰林不说话，心里在琢磨，阿妈到底晓得不晓得？谭香漪掉下眼泪，翰林心想，唱戏的人，眼泪来得快。谭香漪含着泪说，翰林你不晓得你阿妈有多苦，我跟你阿爸……不说这些了，我不怪你阿爸，他是好人，真的，好人，你何叔确实恨他，有兆民在，你何叔怎么都像个偷鸡摸狗的，但要说你何叔杀了你阿爸，他真的不会，你看不出来？你何叔能打得过你阿爸吗？翰林说，罗恒义把我阿爸绑起来了，他就摸进去把我阿爸的脖子抹了。谭香漪不敢相信，谁说的？不可能！你何叔从来没跟我讲过，他也不会干这种事，你别看你何叔扛过枪打过仗，他何鹏宇也就是扛着枪跟人家喊着叫着放几枪，真要是让他杀人，他没那个胆，况且你说是拿刀抹了兆民的脖子，绝不会是你何叔能干的事！

李婶急急忙忙跑过来，惊叫，他何叔被人抹脖子了！谭香漪一惊，什么？鹏宇？在哪？李婶说刚接到码头那边来的电话，他何叔在船上，被人抹了脖子，血流得一船上都是，人都断气了。谭香漪刚站起身，听到这，又晕倒在椅子上，翰林扶住阿妈，心里也是一惊，何鹏宇被人杀了？也是抹脖子？谁杀的？为什么？

何鹏宇被杀，翰林他阿妈很伤心，翰林也不好留下来帮他阿妈处理何鹏宇的后事，只是劝慰他阿妈，不要哭坏了身子，叮嘱李婶，拜托李婶，关照好他阿妈。刘翰林跑回码头，赶上回黄埔的渡船，心里一直琢磨何鹏宇的死。赵裕泰跟陶教官也在船上，裕泰见翰林心事重重的样子，问他怎么了，翰林不愿意跟人说何鹏宇的死，算什么？他继父？后爸？他刘翰林从来就没认何鹏宇这个继父，也从来没跟人说起过何鹏宇，这毕竟是家丑的事，尤其是对他阿爸刘兆民，更是个耻辱，他刘兆民的儿子，怎会说这些？刘翰林趴在船栏杆上，望着远方，想起好多天以前，他还在码头这边看见何鹏宇在船上忙着，当时翰林还琢磨何鹏宇的船吃水那么深？难道船上装的是金子？难道跟他刘翰林钱小玉从越罗湾运货被罗恒义卡住的那条船一样？装的是枪弹？翰林记得，当时陶教官还问翰林，琢磨什么，翰林还跟陶教官讲起他的疑惑。没想到，何鹏宇怎么就突然被人抹了脖子？翰林一直琢磨到黄埔码头，上了岸，进了宿舍，翰林还是闷闷不乐，脑袋涨得疼，嗡嗡响，他刚怀疑何鹏宇杀了他阿爸，何鹏宇就被人杀了，而且，也是抹了脖子，怎么回事？

裕泰见翰林茶不思饭不想，吃饭的时候脑子里不晓得想什么，呆呆的样子，吃完饭，裕泰就拉着翰林一起散步走走，翰林不想跟裕泰一起走，生怕裕泰又跟他讲什么道理，他这时候没心思听裕泰跟他瞎扯。走到偏僻处，裕泰兴奋地告诉翰林，你猜我今天跟陶教官一起执行什么任务了？翰林在码头上看见他们匆匆走过去，不晓得他们去干什么，也不想打听这些，就摇摇头。裕泰兴奋地说，除掉一个通敌分子！翰林疑惑地看着裕泰，通敌分子？通哪个敌？裕泰神秘地告诉翰林，通陈炯明呀，悄悄给陈家军运送军火，陶教官让大本营查出来的，就带着我和韩教官一起，我在码头上把风，陶教官带着韩教官假装跟船老大谈军火生意，进了船舱，陶教官开宗明义告诉对方，你私通陈家叛军，贩卖军火，破坏东征，该当死罪，还没等对方反抗，陶教官就上前，干净利索地把那人给抹了，赵裕泰做了一个抹脖子的动作。刘翰林惊讶，看裕泰抹脖子的动作，问船老大是谁？叫什么名字？赵裕泰说他在码头上把风，没跟着进船舱，听韩教官讲，陶教官藏着一把锋利的匕首，说时迟，那时快，一挥手，就把船老大的脖子抹了，一点儿声响都没有，利索！刘翰林问赵裕泰，船都是有船号的，你看清了没有？赵裕泰自豪地说他过目不忘，记得清楚，粤6618。刘翰林脑袋嗡的一声！粤6618！这是何鹏宇的船号，那天在渡船上，刘翰林盯着那艘吃水很深的船，跟陶教官讲过他的疑惑。陶教官查了，居然查出何鹏宇私通陈家军，贩卖军火。翰林想起他阿妈说过，何鹏宇在粤军跟陈炯明共过事，这一切，怎么会这么巧？！难道是他刘翰林出卖了他阿妈的新婚丈夫何鹏宇？！抹脖子？难道他阿爸也是被陶铭德这样的人抹了脖子？！翰林他阿爸被杀的当天晚上，陶铭德去越罗湾喝罗恒义的喜酒，难道是陶铭德杀了他阿爸刘兆民？！这到底是怎么回事？！究竟是为什么？！

三十

夏淑卉死死地抱着伍剑鸣，生怕伍剑鸣离开她，这几个月，夏淑卉担惊受怕，天天看报纸消息，夜夜睡不着觉，失眠，吃不下饭，真的是为伊消得人憔悴。伍剑鸣心疼夏淑卉，宽慰淑卉，没事，别怕，革命军战无不胜，所向披靡，所到之处，敌人闻风丧胆，屁滚尿流。伍剑鸣给夏淑卉讲战斗故事，讲他们宣传队鼓舞士气，发动民众，讲赵裕泰带着全排进攻，讲刘翰林参加敢死队攀登云梯，攻进淡水城，讲他们冒着酷暑回师广州，杨刘叛军顷刻土崩瓦解。伍剑鸣本来是想讲这些战斗故事，鼓舞夏淑卉同志的士气，安慰她不要害怕，却事与愿违，伍剑鸣越讲这些打仗的事，夏淑卉就越害怕，就越为他们担心，翰林真是胆子大，那么高的墙，上面还有那么多敌人开枪扔石头，打死翰林怎么办？敌人把梯子踢翻了，翰林还不摔死？他一个人爬上去，怎么打得过那么多敌人？剑鸣你千万别跟闻励讲这些，吓都要吓死闻励了。夏淑卉求伍剑鸣不要再去打仗了，她实在受不了这种精神上的折磨，做梦都被吓醒！伍剑鸣安慰夏淑卉，陈家军已经被打跑了，杨刘叛军被打败了，革命就要成功了，夏淑卉央求伍剑鸣，你说革命成功就结婚的，这次你正好回广州，我们赶紧把婚给结了，我不要美丽的婚纱，我不要奢华的婚宴，我只要你伍剑鸣。伍剑鸣很感激淑卉对他的爱，爱得这么炽热，爱得这么强烈，爱得这么无私，他也想马上跟夏淑卉结婚，但一想到陈家军还没有完全被消灭，帝国主义列强还没有被打倒，广东乃至全国的反动军阀还没有被铲除，劳苦大众还没有被解放，他作为一个革命者，怎么能贪图自己的安逸，过起老婆孩子热炕头这种小布尔乔亚的生活，可是，这些道理跟夏淑卉怎么讲都不行，夏淑卉就是要跟他结婚，马上结婚，两人讲着讲着就吵起来，最后，夏淑卉哭着喊着把伍剑鸣轰走！

伍剑鸣这些天忙着声援上海人民反帝斗争的事，"五卅惨案"的消息传到广州，爱国青年无不愤慨，香港工人罢工，广州工人罢工，声势越来越大。平定杨刘叛乱后，伍剑鸣按照上级的指示，联络黄埔军校的学生，还有岭南大学以及许多学校的进步青年，去东校场参加集会，声讨帝国主义在上海制造"五卅惨案"。刘翰林也痛恨帝国主义，以前，他和小玉开船到香港做生意跑买卖，外国人总是看不起他们，欺负他们，后来虽然不做航运，但他一直关注航运，听说中国人的航运被外国人挤得快没活干了，他要拉着裕泰一起去参加伍剑鸣他们张罗的集会，一向积极参加这种活动的赵裕泰却推辞有事，不肯去。翰林晓得裕泰最近跟伍大哥闹得不开心，两人时不时抬杠吵嘴，各说各的理，翰林实在是看不下去，把裕泰拉到一边，说你骂我是头犟驴，你也是头犟驴，比我还犟，伍大哥也是头犟驴，几头犟驴拴在一个槽里，磕磕碰碰吵吵闹闹也是免不了的，但你别伤了和气，别伤了战友的情分。赵裕泰就跟翰林讲道理，你不懂，这不是和气的事，不是战友情分的事，是原则问题，原则问题怎么可以随便妥协让步？翰林就笑他，什么原则问题？你，我，还有高老兵和有田，当初都是参加中国青年军人联合会的，都是跟伍大哥一起喊着革命口号的，革命军人联合起来，打倒买办阶级，打倒帝国主义，打倒军阀，怎么闹到现在就不能在一个槽里了？赵裕泰还是跟刘翰林讲道理，翰林你真的是觉悟低，你不懂，你看看中国青年军人联合会里面都是什么人？几乎全是共产党人！刘翰林说共产党人有什么不好？孙中山的三大政策就是联俄联共扶助农工，军校也是国共合作一起办学，还有苏联人支持，我们打商团，东征打陈家军，讨伐杨刘叛军，哪一样不是我们一起干的？为什么要分你我？裕泰，凭良心讲，你们的孙文主义学会有点过，不讲别的，就讲上次东征到梅县，联欢的时候，人家在台上讲话讲得好好的，你们孙文主义学会的人冲上台就把人家架走，当着那么多老百姓的面打架。赵裕泰急了，翰林你又不在场，你帮他们说什么话？翰林也急了，我不在场，但我晓得自己人不打自己人，后来的处理决定我听人讲了，打架的被撤职查办了。翰林说裕泰你别跟我吵，都是军校的同学，一起摸爬滚打，一起出生入死，一起打仗，别跟伍大哥他们闹别扭了，做生意还讲和气生财呢，何况一起打仗？赵裕泰笑他刘翰林就晓得做生意赚钱发财，你就不晓得什么是主义，说到底你还是不懂什么是革命！刘翰林急了，裕泰你别拿革命两个字来吓我，我刘翰林自己有眼睛，自己有脑袋，我自己能分得清看得明，你也该记住我阿爸的话，过过脑子，别跟着瞎起哄！赵裕泰晓得，犟不过刘翰林，他认准的死理，不要说九头牛，多少头牛都拉不回来，撞南墙都不回头的！

那天集会，军校去了好多人，到了东校场，人就更多了，数都数不清，王有田问翰林，是不是广州城里的人都跑来了？高应泉说要是都跑出来，江边，马路上，巷子里，恐怕都站满了人。周主任，还有几个人都讲了话，大家群情激昂，接着就是游行，走到长堤，走到西堤，走到沙基大街，埋伏在沙面租界的英国兵，还有法国和葡萄牙的兵，突然用大炮机关枪步枪向游行队伍扫射，眼看着一批批人倒在血泊中。刘翰林眼疾手快地扑倒王有田。伍剑鸣冒着子弹，呼喊大家不要慌，疏导大家躲避。高应泉躲在墙角，喊伍剑鸣快躲起来。伍剑鸣好像没听见，大声喊叫，还没觉醒的劳苦大众们，你们睁开眼睛看看，帝国主义列强视我中华民族如蝼蚁，必欲杀尽灭绝而后已，同学们，战友们，爱国同胞们，国已危矣，民族将亡矣，起来吧，奋斗吧，拿起我们的刀枪，打倒帝国主义，复我中华民族之大仇……夏淑卉和闻励也参加了游行，眼看着外国兵的子弹跟下雨一样落在伍剑鸣身边，夏淑卉不顾一切地冲到伍剑鸣身边，抱着还在激昂演讲的伍剑鸣，摔倒在地上，用她自己的身子挡住沙面那边飞过来的子弹。闻励看见地上全是死伤的人和红红的血，吓得晕倒在地。刘翰林看见闻励，冲过去，抱起闻励撤到墙角隐蔽起来。

　　沙基惨案，让夏淑卉更觉得恐怖可怕，炮弹子弹满天飞，伍剑鸣还在喊还在讲，哪个听得见？伤着了怎么办？打死了怎么得了？夏淑卉当时不顾一切地扑上去，后来越想越害怕，实在是可怕，商团军向游行队伍开枪那次，夏淑卉不在现场，看不见，他们打仗，夏淑卉也没在现场，看不见，这次，夏淑卉可是真真切切地看见炮弹子弹满天飞，人一个个倒下，血流得到处都是，报纸上报道的数字，当场死亡五十多人，重伤者过百，轻伤者无数！

　　淑卉姐崩溃了，彻底崩溃了，其实，我也快崩溃了！眼睁睁地看见一个个鲜活的生命，刚刚还在喊着口号的人，被子弹打倒，被炮弹炸飞，血，红艳艳的鲜血，从人的身体上往外喷涌，简直是惨不忍睹，我见血就晕，没办法不晕，太可怕了。

　　从翰林他们去东江那边打仗，淑卉姐和我就惦记着翰林，惦记着裕泰，惦记着伍大哥，还有小玉。淑卉姐几乎天天夜里做噩梦，常常是一身冷汗，喊叫着坐起来，吓得我抱住淑卉姐，两人抱头痛哭。其实，我何尝不害怕？我也做噩梦，只是没敢喊，没敢说。怪不得翰林他阿爸解甲归田，不愿再打仗了，打仗一点儿都不好玩，打仗是要死人的。没想到翰林长大后，却扛枪打仗了，这自然不是他阿爸的意愿，也不是我想看见的，我晓得，也不是翰林的初衷，唉，为什么要打仗？为什么那么多人喜欢打仗？这两年，打来打去的，就没消停过，我诅咒打仗！让那些喜欢打仗的兵痞军阀去挨枪子吧！

　　闻励埋头写日记，忽听淑卉叫喊，看见淑卉猛地从床上坐起，知道淑卉又做噩梦了。闻励放下笔，跑过去，搂住淑卉，抱着她，两人一起痛哭、战栗。

突如其来的事件，让刘翰林他们立刻紧张起来。军校党代表廖仲恺先生被暗杀，军校师生都十分痛惜，臂缠黑纱，参加送葬和追悼大会。赵裕泰提醒刘翰林，让他擦亮眼睛，站稳脚跟。

廖案的事，众说纷纭，刘翰林很想听听肖叔他们的看法，也许旁观者清，他阿爸在世的时候，多次提醒翰林，过过脑子，他也养成了过过脑子的习惯，什么事喜欢琢磨，琢磨机器，琢磨枪，琢磨一时难解的事。刘翰林请假进城，船靠码头，看见报摊，刘翰林买了几张报纸，一边走一边翻看，这也是他阿爸的习惯，喜欢看报纸，以前是喜欢看边边角角犄角旮旯那些好玩的事，现在也喜欢看看新闻了解一下时事，过过脑子。无意中，又看见"民主共和"的名字，那篇文章谈到廖案，分析得比较透彻，最后一段却让刘翰林吃惊，文章说大元帅府改为国民政府，蒋介石只在军事委员会当了个一般委员，又玩起撂挑子的老一套。廖案一事，让蒋介石有了翻盘崛起的机会，驱赶了政敌，又逼走了对手，把许司令的部队归到自己麾下，粤军的愤怒可想而知，要不是刺客想让他死得明白，蒋介石早就一命呜呼了，文章说蒋的羽毛丰满了，翅膀硬了，现在广州，恐怕没有一支军事力量能与蒋介石抗衡了，文章再次提醒大家警惕，不要让兵权落在新军阀手里。

刘翰林到肖叔家，没见着肖叔，却看见同样的报纸和那篇同样的文章，陈师傅教过翰林和小玉开小火轮，熟识，见到翰林，自然就拉起家常，问翰林小火轮开得怎么样了，翰林就把小火轮被兵痞抢去的事简单说了一遍，陈师傅说肖老板去广东大学找俞先生了。翰林晓得，俞先生也是他阿爸和肖叔他们一起打过仗的战友，从福建打仗回来后，当了个教书先生，原来在广东省立法科大学当老师，后来学校几经改名，合并到广东大学，俞先生是有名的法学教授。

刘翰林赶到广东大学，打听俞佑主教授的名字，很快就找到俞先生家。俞先生住的是个小别墅，僻静得很，房门虚掩着，刘翰林在门口轻声呼喊俞先生，没人应，敲门也没人搭理，刘翰林轻轻推开门，走进房间，门突然被关上，一支冰冷的枪口顶在刘翰林的脑袋上，刘翰林还算镇静，没动，只是轻声说我找俞伯伯俞先生，枪口就放下了。"翰林？"刘翰林转身看那人，居然是肖叔，十分意外。"肖叔？！"肖叔收起枪，问翰林怎么过来的？翰林就把去肖叔家没找见肖叔，陈师傅告诉他，肖老板在广东大学俞先生家，翰林就找来了。肖叔收起枪，长叹一声，说你我都来晚了，带翰林进俞先生书房，俞先生坐在椅子上，头耷拉着，胸前和地上都是血，桌子上摊开的报纸，正是"民主共和"那篇文章，翰林惊讶地看肖叔。肖叔告诉翰林，俞先生一个人住在学校，刚才接到他学生电话，说是俞先生被杀了，肖叔赶过来，人已经凉了，翰林问警察来过这儿？肖叔说广州城暗杀成风，连廖先生都被人暗杀，警察知道了，也没什么用，俞先生无权无势又不是阔佬，谁管？刘翰林看俞先生的死状，跟他阿爸当年一个样，头耷拉着，只是没被捆绑，翰林抬起俞先生的头，察看脖颈，嗓子眼处也是被抹了一刀，干净利索。刘翰林脑子里突然闪现出他阿爸刘兆民，还有何鹏宇，又闪现出陶铭德，还有赵裕泰，这几个人脸快速在他脑海里切换，最终都落到那一抹刀口上。

回去后，刘翰林把赵裕泰叫到僻静的树林里，问裕泰你今天去广东大学了？裕泰一惊，脱口问你怎么知道的？刘翰林一拳砸过去，裕泰熟悉翰林的套路，敏捷一闪，拳头落在裕泰的肩膀上，差点把裕泰打倒。翰林质问裕泰，俞先生跟你们有什么仇？什么地方得罪你们了？你们竟敢光天化日之下抹了他脖子？！裕泰明白翰林知道俞先生被杀的事，也就不瞒他了，劝翰林别犯糊涂，现在广州城革命与反革命的较量越来越白热化，翰林你先冷静冷静，坐下来，我跟你慢慢讲，赵裕泰问翰林，一个叫"民主共和"笔名的人，老是在报纸上乱发议论。翰林说"民主共和"的文章，我看过，怎么了？裕泰就跟翰林分析，"民主共和"的文章我都看了，靠猎奇取胜。抖搂蒋介石在福建打仗的往事，永泰失守，兵败如山倒，大家都慌不择路，幸好那位谢娘把蒋介石藏进水缸里，救了他一命，这种不光彩的事，你晓得就行，千万别在外面乱说，这些人抖搂这些，用意何在？你我都设身处地地想一想，你刘翰林要是当上了大人物，我把你爬树翻墙的事，把你跟老师干架的事，把你撂挑子说老子不给你念了的事，都抖搂出来，你愿意吗？你高兴吗？当然不舒服了！这次，此人的文章更是明火执仗地站在反革命一边，指名道姓说蒋介石借廖案，逼走了这个和那个，夺了粤军的兵权，提醒大家警惕，不要让兵权落在新军阀手里。翰林问裕泰，到底是谁让你们去杀俞先生的？裕泰说他不晓得，只听陶教官的，陶教官教导过他，做部下的，要体察上司，想上司之想，急上司所急，办上司想办又不好办的事，不能当算盘珠子，上司拨拉一下动一下，那你还有什么出息？还有什么前程？翰林追问裕泰，伍大哥议论过蒋介石，难道你说伍大哥也是反革命？一个把革命当成自己的事业，连结婚都要等革命成功的人，居然也会是反革命？裕泰劝翰林别听伍剑鸣煽动，伍剑鸣是共产党人，他讲的都是共产党那一套。翰林觉得伍大哥讲得有道理，共产党人怎么了？共产党人不是跟我们一起建军校？一起学习？一起打仗？一起闹革命？你赵裕泰当初不也是崇拜伍大哥，还抄伍大哥的笔记，现在怎么弄得水火不相融？赵裕泰说当初我是被蒙蔽了，现在认清了，觉醒了。刘翰林说你是越来越糊涂了，跟伍大哥作对，还跟着陶教官去杀人。赵裕泰纠正翰林的用词，那不是杀人，是消灭反革命！

第六章

三十一

刘翰林担心的事还是发生了。革命军班师回广州平定杨刘叛乱，撤出东江地区，给陈家军有了喘息机会。陈家军很快就卷土重来，在东江变本加厉地搜刮民财，对革命力量进行血腥反扑，并叫嚣要进攻广州，推翻国民政府。刘翰林本想从东江回广州，安顿下来，就打报告跟蔡荔雯结婚，他现在已经不是学员，而是一个军官，结婚报告不会再被队长退回来的。可是，陈炯明死灰复燃，步步逼进，前锋距广州只有一百多公里了，刘翰林他们没能喘口气歇息一下，又进入紧张的战备。

夏淑卉又天天翻报纸，关注战事，几乎夜夜失眠，弄得闻励也紧张得要命，预感翰林他们马上又要扛枪打仗了，这仗打得没完没了，什么时候才是个头？夏淑卉叹息，没个头！夏淑卉把报纸摊在床上，跟闻励分析，这次陈家军来势凶猛，还有港英当局资助，北京的段祺瑞不但给陈家军钱，还要派军舰南下，配合陈家军行动，陈炯明又联络海南、福建、江西、湖南的军阀，这些人至少口头上答应配合陈家军，相机向广东进攻。闻励也看到报纸上的消息，她老家越罗湾那一带，河源、紫金、海丰、惠州，现在都是陈家军的天下，不过，还好，罗恒义被翰林杀掉了，闻励不害怕了，夏淑卉警告闻励，罗恒义死了，还有那么多军阀，他们一个比一个坏，一个比一个凶残。闻励壮着胆子劝淑卉姐，不怕，有翰林，还有裕泰、小玉，还有伍大哥。提起伍剑鸣，夏淑卉越发烦燥不安宁，这提心吊胆的日子什么时候才是个头？！

　　闻励心里惦记翰林，想起翰林他阿妈，听人讲跟在他阿妈身边的那个油头粉面的男人也死了，闻励也就放心了，抽空去了趟香漪戏院，想看看香漪婶。戏院白天没有戏，人少，好像墙上门上卖票的地方也没从前那些招贴画和演戏的戏目海报，闻励跟翰林去过香漪婶住的地方，香漪婶家的李婶见过闻励，招呼她进屋，见香漪婶。闻励礼貌地向香漪婶请安，香漪婶坐在窗户前，好像生病的样子，太阳光底下，脸白得晃眼，闻励以为香漪婶生病了，谭香漪苦笑了一下，说离死也不远了，吓得闻励蹲在香漪婶身边，拉着香漪婶的手，冰凉。谭香漪没病，只是心情不好，极不好，何鹏宇被杀，原本以为何鹏宇吃她的软饭，却没想到离了何鹏宇的人脉，离了何鹏宇不遗余力的张罗，看戏的人越来越少，人少，谭香漪唱得就没情绪，越没情绪，观众越少，这几天，戏院索性关门停演，谭香漪天天坐在窗户边上晒太阳，一坐就是大半天，思考这半辈子走过的路，遇见的人，经历的事，寻思后半辈子怎么过。蔡老医生家的荔雯过来看她，谭香漪心情好一些，脸上的红光渐渐又上来了，谭香漪问翰林怎么没来？闻励没想到翰林他阿妈也没见到翰林，就安慰香漪婶，说翰林忙，香漪婶不高兴地埋怨翰林忙什么？忙打仗？你看这广州，打来打去，死了多少人？还打！闻励也不明白为什么那些人喜欢打仗，她也不晓得翰林到底忙什么。香漪婶执意留闻励陪她一起吃饭，闻励觉得香漪婶挺可怜的，就留下来，陪香漪婶吃饭，陪香漪婶聊天。谭香漪从前唱戏没工夫，很少回越罗湾，也不怎么跟翰林在一起，闻励就跟香漪婶讲翰林小时候的事，调皮捣蛋的事，跟老师吵架嚷嚷着老子不给你念了，香漪婶听了好开心，脸上红润了许多。香漪婶越讲越高兴，劝闻励赶紧跟翰林结婚，就住在妈这儿，阿妈不唱戏了，帮着李婶一起给你们带孩子。闻励听了也高兴，她只会一个劲儿地说，听翰林的。

国民政府决定第二次东征，刘翰林当上了连长，赵裕泰成了他刘翰林的副连长，王有田和高应泉两个都当了排长，都在翰林他们这个连里面。伍剑鸣忙着宣传，张贴《告东江各界人民书》《告东江农民书》《安民告示》，宣讲《告东征将士宣言》，站在高台上，声嘶力竭地鼓动士兵和民众，同志们，用你们的枪与刺刀，使敌人知道国民革命军是不可小视的，是不可战胜的，你们永远不会有打败的时候，你们只有胜利，战地的人民，正等你们救他们于敌人的压迫和蹂躏之下，你们身后的人民，完全支持你们。伍剑鸣又把《重征东江训诫》的十条，写成标语，制成小卡片，其中革命军十不怕，写得十分工整对仗、不怕死、不怕穷、不怕冻、不怕痛、不怕热、不怕饥、不怕疲、不怕远、不怕重、不怕险。还有，革命军只有前进，不许后退，退却是军人一生无上之耻辱，等等。

惠州一战，打得异常惨烈！刘翰林对惠州很熟，小时候来过好多次，后来跟小玉开着小火轮跑运输，也时常到惠州城里拉货运货。惠州城就在东江边，是个老城，好几百年了，城墙又高又大，比淡水城的城墙厚多了，城墙上头可以赶马车，听说是用糯米汁把大青石严丝合缝一块一块地砌成的，更不好打的是三面环水，只有西门外有一段不宽的陆地，墙高水深，不好打，城外还有飞鹅岭，听人讲，从古到今，惠州城打了几十次仗，从来没被攻破，翰林记得小时候，国文老师教他们背一首描写惠州城的古诗：铁链锁孤舟，白鹅水上浮。任凭天下乱，此地永无忧。翰林带着裕泰和王有田、高应泉抵近侦察，发现陈家军用大石块把几个城门都封死了，只留一个东门出入，还在水上架了浮桥，翰林分析，这不是让人走路的，是为他们逃跑准备后路的。赵裕泰叹息，早晓得今天打惠州，以前来惠州玩的时候，悄悄在城里侦察好，画上图，就好打了。翰林说惠州都在他心里呢，水路通到哪，陆路哪里好走，哪有桥，哪人多，他都晓得。裕泰记得闻励家好像在惠州城里有熟人，她那篇《木棉礼赞》就是惠州城里一个老先生帮她发在报纸上的。翰林说他阿爸在惠州也有不少朋友，可现在进不去，也不晓得这些人在城里怎样。

指挥部决定采用淡水攻城的办法，组织奋勇队，攻城成功后，每人重奖，队员每人犒赏30块，最先登城的，奖100块。王有田争着要报名，翰林一开始不让王有田参加奋勇队，理由很简单，有田你不能死！死了，你家里阿爸阿妈还有阿妹谁养活？刘翰林把连里的指挥权交给赵裕泰，赵裕泰劝翰林，你是连长，不能冲杀在前面，翰林说连长不冲在前面谁冲在前面？你别啰唆，把连队带好，我回来，少一个人，我跟你算账！伍剑鸣向刘翰林他们宣讲革命军给奋勇队的布告，杀贼立功，名留百世。登城者赏，后退者诛。攻城不克，一生奇耻。这次奋勇队的人比淡水奋勇队的人多了好多，加起来恐怕有上千人，5名队员就一个长竹梯。刘翰林叮嘱王有田，你跟在我后面，别往前面跑，你要是敢死在我前面，我一拳砸死你。高应泉连连呸了好几下，不让翰林讲不吉利的话，翰林笑高老兵打过那么多仗，还怕这些。高应泉急了，威胁翰林，你他妈的刘翰林再讲一句不吉利的话，当心我一拳先揍扁了你，打仗，哪来那么多屁话？翰林不讲话了，眼睛盯着城墙，护着身后面的有田。

国民革命军的飞机飞过来了，在惠州城丢了好多炸弹，还撒了各式各样的传单，接着，炮兵向城里开炮，摧毁陈家军的目标。总攻开始，刘翰林带着王有田、高应泉他们抬着毛竹梯子，向城墙跃进，城墙上的敌人向奋勇队员开火，敌人两侧的机枪也一起扫射，刘翰林瞅准时机，间隙性地跃进，冲到前面，发现敌人设置了重重木障，地上还撒了三角铁钉，真他妈的王八蛋，缺大德的，刘翰林一边骂，一边过过脑子，不能死拼，打商团军的时候，他带着王有田去烧木障，那时候手里还有洋油，现在手里只有毛竹梯子，总不能把毛竹梯子烧了去引火烧掉路障，拿什么登城？连续几次冲锋，死伤无数，一次次被打回，只得撤回，听闻那边有个团长带人冲锋，被打死了，死前还喊着一定要打进城！

刘翰林琢磨，惠州城果然不好打，这样硬冲，敌人在高处，火力猛，冲不上去的，刘翰林想起他火烧罗恒义的宅院，想起打商团军他火烧木障，建议索性用火攻。高应泉说他妈的城墙那么高，狗日的火力那么猛，我们人都靠不近，怎么火攻？刘翰林又琢磨，火攻不行，我们就拿烟熏，熏死这帮王八蛋，王有田说烟熏得把柴火搞湿了，高应泉说烟熏倒是个办法，熏得这帮狗日的看不见我们，大家呼啦啦一起登城，总有一个登上去的。这个办法不错，刘翰林报给严子轩营长，严子轩又报上去，听人讲，好几拨人都想到了这个烟熏火燎的主意，上司正在想办法呢。

第二天，炮兵向城里的敌人打炮，炸掉敌人的机枪，北门城楼被炸出一个口子，革命军把洋油浇在湿稻草湿柴火上，四处点火，弄得浓烟四起，遮天蔽日，奋勇队抬着毛竹梯子向城墙冲锋，敌人密集的子弹打得跟下大雨似的，眼看着一个个倒下，又眼看着一个个队员冲上去。刘翰林见时机不能再耗了，带着王有田高应泉他们冲向城墙，把毛竹长梯搭在城墙上，第一个爬上梯子，奋勇登城。王有田紧跟在翰林后面，刘翰林终于登上了惠州城，敌人还在拼命反抗，城墙上好几处都有攻上来的革命军，喊杀声震天响，不晓得从哪飞来一颗子弹，击中王有田。王有田惊叫一声，倒在地上，捂住大腿又喊又叫，刘翰林瞅见王有田负伤，冲过去，扶住王有田，见王有田大腿冒血，刘翰林脱下自己的上衣，三下两下捆住王有田流血的腿，扎紧，刘翰林光着膀子，边打边掩护王有田，刚扶起有田，一发炮弹落在他们身边，爆炸，高应泉刚登上城，眼见刘翰林和王有田被炮弹炸飞，一个气浪，把刚登上城的高应泉掀翻，摔倒，高应泉眼疾手快，抠住城墙砖头，没掉下城墙，高应泉憋足了劲，翻上城墙，城墙上死伤无数，有我军的，也有敌军的，身体炸烂的，断胳膊断腿的，血肉模糊，高应泉在人堆里寻找，呼喊，不见翰林，也找不见王有田！

惠州城攻下了！伍剑鸣随宣传队进城，忙着贴安民告示，安抚难民，宣讲革命军政策。赵裕泰找到高应泉，问翰林呢？高应泉哭着喊着报告赵裕泰，他登城时看见一发炮弹落在刘翰林和王有田身边，等他爬起来，怎么也找不见他们俩了！赵裕泰急了，命令全连的人搜索寻找刘翰林和王有田！高应泉哭喊着，他在城墙上都找了，喊都喊不应。赵裕泰坚称翰林他命大，不会死，王有田不能死，死了他家里人怎么办？城墙上找不到，就到城墙下面找，活要见人，死要见尸！

在城墙下面，搜到好多遗骸和断肢残体，只找到王有田的尸体，炸断了好几截，也烧得不成个样，一直没找到刘翰林，烧焦的尸首，残断的肢体，飞落满地的遗物，收集在一起，各连派人辨认。高应泉找到一件军装上衣，炸烂了，从里面找出一张四人合影的照片，也炸得面目难以辨认，赵裕泰一眼就认出来了，是翰林他阿爸的照片，小时候，裕泰在翰林家见过这张四人合影照片，也听翰林他阿爸讲过这照片是在福建打仗时拍的，是翰林他阿爸留下来的唯一纪念，翰林珍贵得很，一直藏在身上，衣裳都炸烂成这样，人恐怕也炸烂了，烧焦了，分不清哪块尸首残体是翰林的。赵裕泰拿着那张翰林他阿爸的合影照片，流出眼泪，他跟翰林从小一起长大，情同手足，昨天还在一起想办法出主意怎么攻惠州，今天连翰林的尸首都找不见，回城怎么对闻励说？怎么对翰林他阿妈交代？

伍剑鸣听说刘翰林和王有田牺牲了，悲痛得很，翰林和有田跟他们在一起摸爬滚打好几个月，同学情、战友情、同志情，情深得很。这次攻打惠州，歼敌两千多，缴获枪械无数，革命军威武，打破了惠州天险从宋朝以来攻不破的神话，对敌的震慑作用更大。东征军也付出了巨大的代价，伤亡上千人，刘团长，还有营连里面的党代表好多都英勇牺牲了。伍剑鸣匆匆看望赵裕泰和高应泉就忙去了，忙着准备追悼大会。

东征军追悼阵亡将士大会在惠州第一公园举行，横幅"阵亡将士精神不死"，两旁的挽联"一鼓克天险惠州，取义成仁，长留浩气""余事为后死本责，鞠躬尽瘁，共建殊勋"，伍剑鸣忙前忙后，赵裕泰跟大家一样，为失去最亲密的战友而悲愤，暗自发誓，一定要为阵亡将士报仇！

广州城举行声势浩大的祝捷大游行，人们高举克复惠州的旗帜，燃放鞭炮，散发传单。夏淑卉和闻励也参加了游行，她俩惦记的是伍剑鸣和刘翰林他们到底怎么样了，夏淑卉期盼早点打完，早点凯旋，早点革命成功，这种提心吊胆的日子，夏淑卉希望早点结束。闻励对惠州是熟的，惠州的项伯不晓得怎么样？翰林跑惠州跑得多，熟门熟路的，他脑筋又好使，跑得比兔子还要快，既然是大捷，既然攻克了惠州，闻励相信翰林不会有事，他刘翰林要是有事，惠州怎么攻得下来？但没有翰林他们确切的消息，只晓得打了大胜仗，闻励在心里，还是为翰林他们担心，默默祈祷翰林没事，裕泰没事，小玉没事，伍大哥也没事，伍大哥要是有什么三长两短，淑卉姐真的是没法活了。

原来天天唱戏，谭香漪忙得没工夫，现在闲下来，总是想翰林，天天翻报纸，查看东征军的消息，既然打下了惠州，陈家军撑不了多长时间，翰林就要回到他阿妈身边，谭香漪想好了，等翰林一回来，就张罗着把翰林的婚事办了，跟儿子儿媳住在一起，享受天伦之乐，不再唱戏，不再看人脸色，不再去应酬那些无趣的喝茶吃酒。

攻克惠州后，东征军乘胜东进，势如破竹，几乎是追着陈家军打，攻东部岭宋公岭，打海丰陆丰，激战华阳双头，占潮州汕头，击溃陈家叛军，扫荡害民之贼，东征胜利结束。

三十二

赵裕泰把刘翰林牺牲的消息告诉闻励，闻励压根就不相信，翰林怎么会死？裕泰把惠州攻城的战斗经过和搜寻烈士遗体遗物的事详细讲了一遍，闻励还是不信，坚称翰林不会死，现在只是你们没找到，翰林说不定躲起来了，说不定回越罗湾了，说不定打累了，跑到哪睡觉歇息了。裕泰把翰林衣裳口袋里那张炸烂了的照片递给闻励，闻励认得翰林他阿爸，收起来，帮翰林藏好了，等翰林回来再给他，裕泰跟闻励再三说明，高老兵亲眼看见炸弹在翰林和有田身边炸的，他带着全连的人在城墙上上下下，在战场，犄角旮旯儿都找遍了，都没找见翰林，后来发现翰林的军装，都被炸烂了，跟翰林在一起的王有田都被炸碎了好几截。无论怎么解释，闻励就是不信翰林会死，闻励一滴眼泪都没有，还生气裕泰你干吗总是说翰林牺牲了？你跟翰林一起长大，还不晓得翰林的本事？翰林怎么会死？

夏淑卉见到伍剑鸣，第一句话就问他，你打完陈家军，革命算不算成功？伍剑鸣明白夏淑卉的意思，摇了摇头，夏淑卉反问，你是不是还要打到南京？打到北京？伍剑鸣盯着夏淑卉，奇怪你怎么知道的？夏淑卉说，你们军校讲的，阵亡将士为革命而死，为打倒帝国主义走狗陈炯明而死，以后我们要继续他们的精神，去打南京、北京。夏淑卉逼问伍剑鸣，你打完了陈家军还要打谁？伍剑鸣告诉夏淑卉，湖南福建上海北京全国好多地方还有大大小小的军阀……夏淑卉打断伍剑鸣的话，反问，你打得完吗？伍剑鸣坚信，当然能打得完，而且必须全部消灭，革命军打完广东，就要北伐，统一中国。夏淑卉气得逼问伍剑鸣，你是不是非要为革命死而后已才算完事？讲到为革命而死，伍剑鸣为痛失刘翰林这样的好兄弟而伤心，伍剑鸣让淑卉安慰安慰闻励，多关心关心闻励，劝闻励面对现实，节哀顺变。夏淑卉没好气地说我跟闻励的事，不用你瞎操心，我会安慰闻励的，你自己关心关心你自己好了。

赵裕泰找到香漪戏院，找到翰林他阿妈的家，把翰林牺牲的事告诉阿婶，谭香漪见过赵裕泰，知道他是翰林从小的同学和玩伴，谭香漪坐在窗前，看着窗外，一直流眼泪，一直不说话，赵裕泰也不好多讲，还要赶回去，说几句安慰的话就准备离开，阿婶不要太伤心，保重身体，抽空裕泰再来看你，翰林跟我赵裕泰亲如兄弟，阿婶有事，就叫我过来好了，裕泰见翰林他阿妈不说话，就跟阿婶告别，准备走了，谭香漪回头，满脸都是泪，对裕泰说，把翰林的遗物埋了，做个衣冠冢。裕泰告诉翰林他阿妈，军校正在甄别核实，准备在黄埔建个东征烈士墓，把这次东征牺牲的烈士埋在一起，已经从惠州河源淡水收集烈士遗骸二百多具，举行了国葬，翰林他们很光荣。谭香漪长叹一声，仿佛是唱戏念的戏文，光荣，是不能当饭吃的。裕泰本想跟翰林他阿妈讲讲为革命光荣的道理，想起翰林他阿爸教翰林的话，过过脑子，裕泰觉得这时候跟一个失去儿子的母亲讲道理，似乎不是很妥，就收住了话，跟阿婶告别，离开了翰林他阿妈的家。

从翰林他阿妈家里出来，赵裕泰就跑到邮局，按照王有田生前给过他的地址，给王有田家里寄去一笔钱，王有田积蓄下来的，牺牲烈士的抚恤金，裕泰自己又添了些钱，赵裕泰在汇款单上写了几句话，说儿在广州挺好的，近期赚了一笔钱，给家里多寄了些，叮嘱父母大人保重身体，叮嘱拿钱给阿妹上学读书识字。王有田牺牲后，赵裕泰跟伍剑鸣、高应泉商量好的，有田家里的钱，照样寄，不间断，有田的父母就是他们的父母，有田的阿妹就是他们的阿妹。

　　闻励虽然坚信翰林不会死，但裕泰把翰林身上那张炸烂的照片交给她，裕泰讲得有鼻子有眼，讲得跟真的似的，淑卉又劝她安慰她，伍大哥也说翰林牺牲了，闻励真的撑不住了，夜深人静的时候，闻励越想越害怕，越想越伤心，眼泪流了好多，闻励摊开日记本，把心中的思念、委屈和害怕都写出来。

　　　翰林不会死！我不信翰林会牺牲！不！翰林千万
　　别死！

　　闻励满肚子的话，写在本子上，就这两行字，闻励实在是撑不住了，丢下笔，失声痛哭，吓得淑卉连忙爬起床，搂住闻励，一个劲地安慰她，说着说着，淑卉跟闻励一起哭。淑卉哭她的伤心，哭她的委屈，哭她的命苦，她那么爱伍剑鸣，为他担惊受怕，人都比黄花瘦了，伍剑鸣却不理解，非要打倒所有军阀，非要打倒帝国主义列强，非要革命成功，革命，是你想成功就成功的吗？结婚和革命，又不矛盾，结了婚，我又不是不让你去革命，怎么就不行？为什么非要等到革命成功了才结婚？这是什么道理？！

哭着哭着，闻励不哭了，站起身，对淑卉说，我要去惠州找翰林！淑卉惊愕，伍剑鸣、赵裕泰那么多人都没找见翰林的尸首，你一个姑娘家跑去上哪找翰林？听伍剑鸣讲，翰林的衣裳都被炸烂了，闻励说衣裳被炸烂了，人呢？她要找翰林，活要见人，死要见尸！东江那边的仗都打完了，我不害怕！惠州我熟，我去找！淑卉劝闻励别去，你还说翰林犟，你比翰林还要犟！闻励请淑卉姐帮她请个假，就说老家有个急事，急着赶回去。淑卉见闻励坚决的样子，也不劝了，叮嘱闻励路上一定要注意安全，防着坏人，不要走夜路，别哭坏了身子，找不到就赶紧回来！

惠州紧邻东江，水网地带，炸弹坑里都积了水，到处都是烧焦的树桩，城墙炸得断壁残垣，城里房倒屋塌，有的还没来得及清理，上哪找翰林？闻励喊破了嗓子，也不见翰林的踪影。闻励去项伯伯家，还好，项伯伯依然健在，房子也没被打坏，说起革命军攻城的事，项伯伯还是有点儿害怕，那仗打得，子弹比炒黄豆炸得还要急，噼里啪啦地响了两天，炮弹震得人家耳朵都疼，天上还有飞机扔炸弹，革命军真猛，厉害，自从宋朝到民国，几百年上千年，多少次多少人攻打过惠州？天险呀，从来就没人攻破过，革命军竟然攻下来了，不怕死，前赴后继，真是玩命，不得不佩服这帮年轻人。闻励哭着，把她这次来惠州的意图讲给项伯伯听，项伯伯望着闻励，长叹，喝茶，然后说项伯伯帮你找，不过，你也别太死性了，这仗都打了好多天了，他要是命大，活着，恐怕早就归队了，要是……闻励坚称她要找到翰林，翰林不会死的！

项伯伯让惠州的亲戚朋友帮着一起找，城里，城外，断壁下，废墟里，水塘水沟护城河一直找到东江，找了一些断枪烂衣子弹壳，大号的炮弹壳早就给人捡走了，做锅做铲子做剪刀，老百姓过日子，能省就省，况且，听说炮弹壳是铜做的，耐用，仗打完了，城里和乡下老百姓的日子该怎么过还得怎么过。在惠州找不到，闻励还是不死心，千谢万谢项伯伯，闻励又沿着东江，找回越罗湾，罗恒义早就被翰林打死了，没人敢欺负她了，闻励不怕。

沿着东江走，两岸的木棉树已经开出花苞了，零零散散地开了几朵，还没到完全绽放的时候。闻励边走边看，在村庄歇息的时候，也留意打听，一路上都没找见翰林，也没打听到翰林的音讯。跑到越罗湾，跑到她家原来的地方，房倒屋塌的废墟已经铲平了，翰林家的房子还在，好久没人住，破烂得不行，看情景，翰林没回来过。闻励在石桥那边的巷口，见到那个小脚老阿嬷还在做"阿嬷叫"，老阿嬷也没认出闻励，闻励买了两个阿嬷叫，想起小时候，翰林跟她一起吃阿嬷叫的情景，不禁又哭得流眼泪。越罗湾没别的亲人，只有裕泰家还在，闻励吃完了两个阿嬷叫，走到裕泰家，裕泰他阿妈谢婶一眼认出这不是荔雯姑娘吗？欣喜地拉着荔雯进屋，问裕泰呢？翰林怎样？闻励不想让谢婶伤心，没跟谢婶讲翰林的事，告诉谢婶，裕泰现在当了军官，神气得不得了，裕泰他阿爸赵叔生气地骂裕泰不孝之子，他神气个屁，差点儿把他老子气死，你告诉裕泰这个不孝顺的东西，他神气他有本事，老子不稀罕，有种就别回来气他阿爸！谢婶劝了几句，不顶用，就拉着荔雯走进隔壁的房间里，闻励晓得，那是谢婶的佛堂，谢婶虔诚地给佛添了香，跪在佛龛前，念念有词祈祷了半天。

闻励想起他阿爸和阿咪，还是裕泰他阿妈请人做善事，把蔡老医生夫妻俩从废墟里刨出来，买了棺材，埋在山坡上，紧挨着翰林他阿爸的坟。谢婶带着闻励去上坟，闻励给阿爸阿咪烧了纸钱，磕了头。又到翰林他阿爸坟前，给翰林他阿爸烧了纸钱，磕了头。刘兆民坟上长了好多草，荒得很，坟前也没人动过，闻励猜想，翰林可能没回来过。站在山坡上，闻励看越罗湾，木棉树有的开花了，不多，但红艳艳的，稀罕，反而显得珍贵。闻励的手抚摩着翰林给她的红珊瑚木棉花项坠，想起小时候，他们在这里欣赏满山满坡满河岸的木棉花，红彤彤的一片，想起她的那篇作文，后来被项伯伯看中并推荐给报纸发表的《木棉礼赞》，想起翰林裕泰在这给她过生日……仿佛就在昨天，掐指一算，也就是两年的工夫，唉，这两年，经历了多少事？过了多少坎？磨了多少难？他们都长大了，想起这些，闻励又流泪了。谢婶以为荔雯哭她阿爸阿咪，就劝她，非要留荔雯在家吃饭，还要做荔雯和裕泰小时候最喜欢吃的木棉花鲫鱼汤。

吃过晚饭，闻励帮谢婶收拾好碗筷，谢婶非要跟闻励睡在一起，闻励晓得，谢婶是想跟她说些悄悄话，晚上，躺在床上，闻励回答了谢婶问的好多事，都是跟裕泰有关的事，又听谢婶讲好多事，越罗湾的事，裕泰家里的事，仗打来打去的，航运生意不好做，洋人的小火轮比木船跑得快，裕泰他阿爸的生意清淡得很，裕泰离家出走，他阿爸也灰了心，不想把生意做大，做大了又有什么用？裕泰又不稀罕这几条破船生意，裕丰航运不死不活地还是用木船跑生意，短途，帮人拉个货，送个人，连惠州那边都轻易不去，也好，乡里乡亲的，做熟了，也不缺口饭吃。闻励安慰谢婶，等裕泰发达了，等裕泰成家了，让裕泰把您二老接到省城里享福去。谢婶直摇头叹气，说不指望了，他阿爸打死也不会跟裕泰到省城里过日子的，也好，在越罗湾，不愁吃，不愁穿，隔壁邻居的都熟，我这还有佛堂，日子舒坦就行。

一夜几乎没睡，跟裕泰他阿妈闲扯了一个晚上，第二天一早，闻励要回广州，谢婶收拾了一大包东西，有的是给她带在路上吃的，有的是让她捎给裕泰的，赵叔骂骂咧咧地说不让给裕泰那个不孝顺的东西带吃的，还不如喂狗喂猪呢，谢婶说你就是嘴硬，你不给裕泰带东西，你天不亮就弄这么些钵仔糕敛糕砰米糕，还有姜糖酥糖，都是裕泰小时候喜欢吃的，你这是让荔雯带到广州去喂狗喂猪的？赵叔不言语了，闻励就觉得好笑，当长辈的，气话归气话，心里还是惦记着他儿子！

回到广州，闻励给裕泰写了封信，告诉裕泰，她回来了，没找到翰林，回越罗湾见到他阿爸阿妈了，还给他带好多东西，让他抽空来取。

淑卉姐颓废起来了，居然抽烟，还喝酒，不是骂伍剑鸣，就是哭自己跟个傻子似的爱伍剑鸣，骂女人没出息，爱一个人，就什么都不管不顾了，可是，又有什么用？人家还是把革命看得比你还要重！闻励安慰淑卉姐，劝她别抽烟了，别喝酒了，闻励她阿爸是医生，看病的时候，总是劝病人不要抽烟，把酒戒了，可是，这东西好像就是戒不掉，听说上瘾，不晓得淑卉姐是不是也上瘾了，要是上瘾了，戒起来，难。

赵裕泰一进门，夏淑卉就神经质地问，伍剑鸣呢？他怎么没来？赵裕泰最近跟伍剑鸣经常争论吵架，早就不怎么来往了，但对夏淑卉，赵裕泰还是不提这些，还是帮伍剑鸣说话，他忙得不得了，抽不出空，夏淑卉一听，更伤心，更气愤，他伍剑鸣忙，你就不忙？我就不忙？闻励就不忙？他不想来看我就算了，别找那些没用的理由！闻励见淑卉姐又歇斯底里了，劝淑卉姐别瞎想，伍大哥不是那种人，夏淑卉越说越气，索性说，我去找他！打开门就冲出去。闻励还要追淑卉姐，裕泰说她上哪找伍剑鸣？黄埔，她又去不了，就是上岛了，伍剑鸣好像是进城开什么会去了，淑卉找不见伍剑鸣的。

说起找人，裕泰就劝闻励，别再费工夫找了，找不见翰林的，面对现实吧，我们跟你一样，也是不愿翰林英年早逝，就这样离开我们。见闻励还在抹眼泪，裕泰就把话题引到他家，问他阿妈还好吧？闻励说你阿妈还是老样子，你阿爸怪想你的，裕泰有点惊讶，我阿爸不恨死我就算我妈给我烧高香了，还想我？闻励就把带来的东西一一打开，你看，这是你阿爸天不亮就起来做的，看到那些钵仔糕敛糕砰米糕，裕泰晓得那都是他阿爸的手艺，味道也没变，吃着吃着，居然就有点儿想家了，鼻子有点儿酸，眼眶湿湿的，闻励安慰裕泰，劝他忙完手里的事，回家看看他阿爸和阿妈。裕泰看见桌子上的酒，以为也是他阿爸带过来的，这种酒在他们老家，都是自己酿的，甜甜的，后劲大。闻励告诉裕泰，这是淑卉姐买来的，淑卉姐现在抽烟喝酒颓废得很，裕泰就讲起古诗，都说借酒消愁，其实，愁更愁。裕泰拿起淑卉的酒，倒了两杯，感慨地说，吃了家乡的敛糕，喝了家乡的酒，突然勾起了乡愁，怪想念家乡的，想念我们小时候在一起那种无忧无虑的开心，还有欢声笑语，翰林就喜欢看你笑，听你笑，其实，我赵裕泰又何尝不是？我也喜欢看你笑，听你笑，真的，有时候做梦都是你。闻励见他讲酒话，劝裕泰少喝点，裕泰越说越来劲，其实，我赵裕泰在心里就一直喜欢你，你语文好，我会写诗，都喜欢文学，有共同语言，而且，我赵裕泰不像翰林只晓得小火轮赚钱，翰林就没什么远大理想，我赵裕泰……闻励见他喝得不少，不许他再说翰林的坏话。赵裕泰红着眼，盯着闻励，你就晓得帮着翰林说话，从小就这样，我赵裕泰哪点儿不如他刘翰林？闻励不让裕泰再喝了，就要收起酒瓶，赵裕泰一把夺过酒瓶，对着嘴，把剩下的酒都灌进嘴里，眼睛红红的，凑近闻励，闻励想躲闪，被赵裕泰拽过来，搂进怀里，闻励躲着赵裕泰的嘴，制止裕泰，让裕泰喝点水，醒醒酒，赵裕泰反而更来劲，强行亲吻闻励，闻励躲不赢，就往后退，赵裕泰趁势把闻励搂倒在床上，亲吻闻励，撕扯闻励的衣裳，闻励反抗，挣扎，急了喊翰林！赵裕泰听闻励喊翰林，更来气，把闻励压在身子底下，撕扯闻励的衣裳，闻励哪能挣脱，被赵裕泰压得死死的，嘴又被裕泰的嘴堵死了，越挣扎越没力气，裕泰反而越撕扯越有劲。

闻励差点被裕泰压死，缓过神来，急忙坐起，抓起衣裳遮住自己的身体，呀！一声惊叫，惊醒了裕泰，顺着闻励惊愕的视线，裕泰看见闻励的被单上一大片血迹，红彤彤的，他突然明白这就是破处！闻励还是个处女！罗恒义根本没坏了她的身子，更谈不上怀有身孕！当初，翰林还傻乎乎地质疑，那么在乎！赵裕泰得意地笑起来，闻励气得拿起枕头砸裕泰，你干坏事还有脸笑？赵裕泰笑得更放肆，说我笑翰林当初……话还没说完，闻励一脚把赵裕泰踹到床下！闻励扯起那块血染的床单，冲裕泰喊起来，裕泰！你坏了我的身子，我这怎么办怎么办怎么办？！

三十三

刘翰林没死！

攻打惠州城的时候，他带着王有田冲上城墙，眼看着一发炮弹落下，眼疾手快的刘翰林扑向王有田，在翰林的心里，有田不能死，有田死了，他家里人怎么办？翰林扑上去，想用自己的身体挡住炸弹，王有田也看到炸弹落在身边，他看见刘翰林扑过来，知道翰林是要救他，他不能让翰林每次都冒着生命危险救他，王有田突然使出全身的力气，将扑过来的刘翰林猛地推开，炮弹炸了，王有田没来得及躲开……刘翰林的身子被王有田推开，又被炮弹和气浪掀出老远，身上被炸了好几个窟窿，刘翰林飞出城墙垛，落进东江……

刘翰林醒过来的时候，已经过去好多天了，翰林艰难地睁开眼睛，迷迷糊糊感觉自己躺在一间草房子的木板床上，隐隐约约听见一个清脆的女孩声音，阿嬷！阿哥醒了！跑进来两个老人，阿嬷欣喜地一连说了好几遍醒来就好，阿公掀开盖在翰林身上的布单子，察看翰林身上的伤口，说好了些。翰林感觉全身光着，一丝不挂，阿嬷和小阿妹在身边看他，他本能地想动一下，想拉起单子盖住自己，但他没力气抬起手臂，阿公摁住他的手，让他别动，把单子给他盖好，阿嬷给他喂了几口温热的什么汤水，翰林又迷糊过去了。

翰林再次醒过来，看见窗外的木棉花，红彤彤的，木棉花都开了？什么时候了？阿公一边给他换药，一边给他讲捞上他的事，阿公和阿嬷在东江边打渔，挖野菜，看见水边上有个白花花的东西，猛一看，以为是一条大鱼，又不像，没见过这么大的鱼？两人壮着胆子，走近了细看，以为是上游漂下来的尸体，河源惠州那边前阵子打仗，江里时不时会漂下来死尸，还有一些断胳膊断腿的，在水里泡久了，涨起来，不成个人样。你这白花花的，身上也没件像样的衣裳，没涨起来，阿公和阿嬷就好奇地把尸体拖到岸边，阿公是老中医，懂得医术，手搭在脉上，还有微弱的跳动，鼻子也有微弱的气息，还没死，两人菩萨心肠，跑回家，卸了门板，把他抬回家，清洗干净，身上好几个枪眼，还有炮弹片。阿公就把子弹和炮弹片一一取出来，上了阿公自己配的药，多少天过去了，也不见好转，眼看着救不过来了，这个阿仔迷糊着不省人事，也睁不开眼睛。阿嬷都有点儿绝望，这孩子身上也没个衣裳，也没个物件，也不晓得阿仔是哪一拨的，是广州那边打过来的，还是陈家的兵？要是陈家的兵，广州那边的官兵晓得了，恐怕要问罪。阿公坚称只要还有脉相还有气息，就能救，不管他是哪拨的，救人，总没得错。阿公不死心，调理各种方子，给阿仔治，终于不发烧了，终于气息重了，终于救过来了，阿公很自豪，扬扬得意他的高超医术，阿嬷给阿仔喂汤喂药，察觉到阿仔看窗外的木棉花。阿嬷就让小阿妹去外面拣了一朵又大又红的木棉花，递到阿哥的眼前，让他看。翰林想起荔雯，想起荔雯喜欢木棉花，想起送给荔雯那枚红珊瑚木棉花项坠，翰林支撑起身体，想要给荔雯写封信，无奈身体虚弱，起不来，阿公明白阿仔的意思，找来纸笔，要帮翰林写，翰林想想，还是等自己好些了，能拿动笔，自己写。

　　阿公听说翰林是广州过来的革命军，就告诉翰林，革命军厉害，惠州城都攻得下来，惠州号称是天险，从宋朝那年月就没人攻破过，翰林从阿公的口中，晓得革命军打下了惠州，打下了潮汕，东江一带都解放了，队伍早已班师回广州了，阿公还告诉翰林，听说南边的陈家军，也都被革命军打败了，广州应当是太平了。翰林撑着身体，给荔雯写了封信，告诉荔雯，他在东江边上的一个老阿公家养病，等伤好就回广州看她，让她别担心。他本来也想给裕泰写封信，但想想仗打得那么猛烈，裕泰是死是活也不晓得，有田呢？高老兵呢？还有伍大哥呢？不晓得是不是都在，就让荔雯给他们说一声，也让荔雯给他阿妈说一声，报个平安。信交给阿公，阿公藏在身上，去镇上买药的时刻，详细察看了信封是不是封好了，地址是不是写好了，有地址，也有报社的名字，《七十二行商报》，也有收信人的名字，蔡荔雯，都写得清清楚楚，阿公帮翰林把信寄出去。

战乱时候，信辗转得慢，走了好多天，才到了报社。报社来稿来信很多，收发室管收信的大爷，不晓得报社里还有个叫蔡荔雯的，问了好几个人，都不认识，信放在窗台上，好多天了，也没人认领，收发室怕耽误人家的信，就盖了个"查无此人"的戳，把信退回去了。也怪刘翰林他自己犟得要死，人家都改了名，大家都叫她闻励，刘翰林偏不，还是按小时候的叫法，喊她荔雯，翰林改不了口，他认定的事，改不了。

木棉花越开越多，越开越红，翰林的伤势也好多了，可以在江边走走，还带着小阿妹打渔，小阿妹欢喜地捡了好多木棉花，说是要给阿公配药，翰林想想荔雯小时候也是这样，给她阿爸捡好多木棉花，做药，泡茶，三花茶，还用木棉花熬汤。阿嬷也喜欢用木棉花煲汤，各式各样的汤，木棉花鲫鱼汤，木棉花骨头汤，给翰林补身子。翰林看着老阿嬷，想起越罗湾桥头巷子口那个做"阿嬷叫"的小脚老阿嬷，他和荔雯，还有裕泰，常去吃老阿嬷做的"阿嬷叫"，现在想想都流口水，太好吃了。

谭香漪听说黄埔要建东征阵亡烈士墓，专程去了一趟，赵裕泰听说翰林他阿妈来，老早就在码头上等候，接到阿婶，赵裕泰向烈士的母亲庄重地敬了个军礼，刚要领阿婶进校，就被严子轩教官领走了。赵裕泰看严子轩教官没把翰林他阿妈领进军校，而是领着谭香漪走向江边，裕泰猜想，严教官可能想单独安慰翰林他阿妈，劝劝翰林他阿妈节哀顺变保重身体之类的。

刘翰林是你儿子？走到无人处，严子轩盯着谭香漪，问。

谭香漪也盯着严子轩，反问，你是什么时候知道的？

我早知道了。

谭香漪皱起眉头，疑惑地问：还知道什么？

是你和刘兆民的儿子？严子轩追问。

要你管？谭香漪躲开严子轩的目光，望向滚滚的江水，严子轩也许看出来了，谭香漪眼里满满的是泪。

沉默了好久，严子轩突然问：刘兆民是谁杀的？

谭香漪没想到严子轩会问这个问题，转过头，打量严子轩，问：不会是你杀的吧？

我要杀刘兆民恐怕等不到现在，早在十几年前就杀了他。严子轩顺着谭香漪的视线，望着江水，江水翻滚，夹带着泥沙和树枝残叶向前奔流。

谭香漪眼里的泪越积越多，装不下了，流出来。她不想跟严子轩谈十几年前的事，扭头往军校里面走，要去看看翰林留下的遗物。严子轩紧跟几步，追上谭香漪。

刘翰林是个好兵，严子轩由衷地夸赞他的学生。

谭香漪站住，没回头，回敬严子轩，翰林他就不应该当兵！

是我推荐他考军校的。严子轩为推荐这样的好学生而自豪。

谭香漪惊讶地盯着严子轩。

我看他玩枪玩得特别溜，是个好苗子。严子轩解释。

跟他阿爸学的。谭香漪丢下这句，匆匆走向军校。

门口的哨兵挡住谭香漪，严子轩走过来，哨兵向严子轩敬礼，严子轩还礼后，对哨兵说，通知赵裕泰连长，命令他立刻跑步过来，陪同烈士家属。

谭香漪转过身，不看严子轩。"烈士家属"，谭香漪觉得这几个字好重，压得她快要站不住了。

严子轩独自走进军校，走出去老远，回头看，谭香漪依然没有转过身，依然站在门口，等待赵裕泰。

听见脚步声走远，谭香漪的眼泪流出眼眶，滚落下来，她连忙掏出手帕，擦掉那些不争气的眼泪。

赵裕泰跑过来，领着翰林他阿妈走进宿舍，察看翰林整洁的床铺，还有依然摆放整齐的用品，夸翰林的内务是最好的，是标兵，高应泉，还有其他班排长和士兵，听说是刘连长的母亲，都向谭香漪敬礼，裕泰告诉阿婶，将来翰林的东西，军校会有统一安排，阿婶如果想要，可以拿一件，留作纪念，谭香漪莫名其妙地问了一句，严子轩教过你们？赵裕泰一时愣住了，高应泉抢着回答，严教官一直教我们，严教官对翰林可好了，夸翰林悟性好，学得快，肯吃苦，不怕累……谭香漪转身离开，高应泉不晓得自己说错了什么，赵裕泰见阿婶走了，连忙追出去，一直送到码头，送上船，送到船开走好远，看都看不见了。

赵裕泰想起翰林跟他讲过的，翰林他阿爸教翰林凡事要过过脑子，赵裕泰站在江边，过过脑子，翰林他阿妈跟严教官认识？到底是什么关系？

三十四

那天，赵裕泰去找闻励的时候，夏淑卉说是要去找伍剑鸣，跑到江边码头，她也清醒过来，她既不能上岛，也不可能找到伍剑鸣，夏淑卉就在江边走走，吹吹江边的凉风，清醒清醒自己发热的脑袋。夏淑卉从外面回来，见闻励抱着双膝在流泪。见到淑卉回来，闻励哭得更凶，吓着淑卉了，顺着闻励的眼神，淑卉发现闻励的床单上一大片鲜红的血迹，淑卉惊讶，闻励，你不是刚来过例假，怎么又来了？怎么弄得床单上都是？洗干净不就得了，这有什么好哭的？闻励哭着把赵裕泰坏了她身子的事讲了一遍，夏淑卉还真的吓着了，这怎么办？刘翰林那么在乎你的身子，上次罗恒义说你怀有身孕，他都问了个底朝天，这回怎么跟刘翰林交代？闻励哭得越发伤心，淑卉劝闻励别哭了，翰林已经牺牲了，没人再会问你这个。闻励坚称翰林不会死的，他会回来的，回来了怎么办？淑卉也不晓得怎么办，劝闻励面对现实，翰林已经牺牲，高老兵亲眼看见的，伍剑鸣赵裕泰他们都找了，你不是也去找了吗？听说都炸飞了，炸烂了，上哪找去？裕泰跟你也是从小一起长大的，也是喜欢你的，他也是借着酒胆，才敢坏了你的身子，既然翰林不在了，裕泰也是个不错的选择。闻励直摇头，连说几个"不"字，喜欢裕泰跟喜欢翰林不是一回事，我要等翰林回来。夏淑卉先哄闻励别再哭了，翰林等不回来，裕泰既然已经坏了你身子，他就应当对你的身子负责。好了，不说，不说这些，赶紧把床单洗干净，这都成什么样了，怎么流了这么多血？夏淑卉也没结过婚，也不知道男人和女人在一起有这么恐怖，我的天啦，真不晓得会是这样，感觉比杀一个人流的血还要多！

更恐怖更不可收拾的事还在后面！闻励发现自己该来例假的日期，反而不来了，等了好几天，还是一点血丝都没有，心里忐忑得不行。夏淑卉被她弄得没办法，陪她去医院看了医生，医生高兴地对闻励说，恭喜呀，你要当妈妈了。闻励惊愕，医生再三恭喜她，你怀孕了。闻励突然犯晕，夏淑卉连忙抱住闻励，医生叮嘱，孕妇要注意营养，特别是头三个月，容易掉，千万别乱动乱跑乱跳。闻励的眼泪不停地流，她抹掉眼泪，跑出医院就乱蹦乱跳，使劲蹦，使劲跳，怎么也蹦不掉，怎么也跳不掉，夏淑卉抱住她，不让她蹦了，不让她跳了，蹦坏了身子，跳坏了身子，你后悔一辈子！

晚上，夏淑卉又买了酒，自斟自饮，说些酒话，我还真是巴不得伍剑鸣强迫我做这个，你别生气，也别笑我，有时候做梦，就是《西厢记》里那种春梦吧，真的就不想醒过来，那种感觉挺特别的，尽管我夏淑卉至今还不知道什么滋味，但梦里有过，好舒服好舒服，闻励你别笑我。闻励不听她的春梦，好像她是做什么运动的运动员，只管蹦，只管跳，从桌子上往下蹦，从床上往下跳，跳得一身汗，跳不动了，倒下就哭。哭得没眼泪了，又跳起来抱着淑卉，哭喊着淑卉姐，我怎么办？怎么办？你别喝酒了，我怎么办呀？！

夏淑卉见闻励这样折腾，早晚会把她身子给折腾坏了，而且随着时间一天一天过去，闻励的肚子会越来越大的，那时候真的不知道该怎么办了。夏淑卉找到伍剑鸣，想跟他商量个办法，也是想试探伍剑鸣对结婚的想法，如果伍剑鸣同意，索性她和闻励一起当新娘，闻励赶紧嫁给赵裕泰，顺带着，凑个热闹，夏淑卉也嫁给伍剑鸣，这样两全其美，鸳鸯蝴蝶，好事成双，多好的主意？伍剑鸣断然地把这条好事成双的路给堵死了，坚持革命成功才能谈个人的事，夏淑卉懒得跟他争这个了，吵也没用，就问伍剑鸣，那你说闻励的事怎么办？伍剑鸣把赵裕泰叫出来，把闻励怀孕的事告诉赵裕泰，赵裕泰惊喜地问夏淑卉真的？他简直不敢相信这是真的！夏淑卉一字一句地强调这是真的，千真万确，医生看的，没得错。赵裕泰感激夏淑卉的主意和安排，只要闻励同意，他赵裕泰立马就打报告跟闻励结婚，他现在是连长了，当军官了，可以结婚了。

闻励死活都不干，夏淑卉一个劲儿地劝她，跟她讲道理，讲利弊，讲面对现实，讲应对措施，闻励都是直摇头，夏淑卉急了，借着酒劲，把闻励大骂一通，那你就折腾吧，看你自己能折腾个什么样？刘翰林好，刘翰林喜欢你，刘翰林说是要打报告娶你，可是他人不在了，牺牲了，你又没嫁给他，难道还要为他守节？给你立个贞女牌坊？生是他刘翰林的人，死是他刘翰林的鬼？闻励，你醒醒吧！你摸摸你自己的肚子，这是千真万确"怀有身孕"，不是假的！你蹦你跳你折腾，你肚子里的东西掉下来了吗？一根毫毛都没掉下来！这是什么？这是天意，就是不让你弄掉这块肉肉！你不嫁给赵裕泰你怎么办？肚子越来越大，孩子生出来，你一个姑娘家怎么办？怎么见人？人家裕泰这事做得确实不地道，可裕泰也是喜欢你的，翰林不在，你嫁给裕泰，光明正大地挺着大肚子，光明正大生下孩子，光明正大当妈妈，这有什么不好？你别死犟了，这事不能由着你瞎折腾，听我和伍大哥的，我们给你们做主，马上结婚，刻不容缓，越快越好！

闻励又哭了一晚上，摊开日记本，想写什么，又不晓得写什么，拿着翰林送给她的红珊瑚木棉花项坠，淑卉生气地要拉她上床睡觉，你马上就要嫁人了，我呢？我还在为那个不肯娶我的人提心吊胆！我都没哭，你哭什么哭？！睡觉！闻励收起红珊瑚木棉花项坠，在日记本上只写了几个字：翰林，对不起！又抱头痛哭。

婚礼办得仓促，既不是中式的夫妻对拜向父母磕头，也不是西式的像夏淑卉曾经想象的那种在白色教堂里的小布尔乔亚式的，夏淑卉一手张罗安排，请了赵裕泰的几个朋友，也没几个人，见证一下而已，伍剑鸣、高应泉，还把钱小玉也找来了。裕泰本想请陶教官主婚，想请严教官证婚，伍剑鸣劝他算了，军校正忙着东征阵亡烈士的事，心情都悲伤得很，你别不搭调了，闻励也不愿请来那么多人，她觉得人家会来看她笑话，不是看热闹，所以，人越少越好。本来，小玉她都不想请过来，小玉毕竟是翰林家的人，当着小玉的面，嫁给裕泰，闻励感觉不是滋味，但裕泰还是把钱小玉请来了，他们也有好些日子没见面了。

婚礼，简单，也简朴，最后是大家喝酒，赵裕泰有些兴奋，他终于娶到了他从小就心仪的蔡荔雯！裕泰喝了不少酒，有点醉，当着大家的面，把闻励发表的文章几乎都背诵了一遍！特别是那篇《木棉礼赞》，背诵得抑扬顿挫，声情并茂。

太阳照在花蕊上，红彤彤的，像一团团燃烧的火焰。花瓣透着阳光，仿佛能看见里面的经络。落在花瓣上的露珠，娇艳欲滴，清澈透明，蜜蜂飞来了，蝴蝶飞来了，木棉花带来了春天，带来了生机，朝气蓬勃。木棉树高大挺立，不管不顾地向上向上一个劲儿地向上，一定要超过身边的伙伴，那些花草树木争不过他，似乎只能对他仰视，任由他去挡风遮雨。红花绿叶两相痴，连理同根栖一枝。木棉花似乎不屑于绿叶的扶衬，急匆匆地独自绽放，开得满山满坡满世界都是。木棉花盛开的季节，山，是红的；水，也是红的，那些随风飘落在河里的花瓣，铺满了河，漂到江里，流到海里；海，也被染红了，红红的海，风平浪静时，一望无际，想象踏在这红毯之上，飘飘然如仙，心醉。惊涛骇浪时，怕岸惊起，溅起的浪花，如同喷出去的血，令人心碎。

像是哭嫁的新娘，闻励一晚上都没露出过笑脸，听了裕泰激情朗诵，闻励终于笑起来了，没想到裕泰这么有心，这么用心，把她的文章都收藏起来，都背诵出来，让闻励有些感动。

本来，赵裕泰坚持要去租一套房子，时间紧，任务急，夏淑卉带着闻励跑了好几个地方，都没找到合适的房子，眼看确定的结婚时间就到了，夏淑卉索性让出房间，她临时搬到报社，她就一个人，值班也好，跟同事挤挤也好，这房子，就给你们当新房了。夏淑卉心想，反正赵裕泰跟伍剑鸣一样，是要革命的，赵裕泰当几天新郎官，他去革他的命，他去打那些没完没了的仗，到时候，她夏淑卉再回来，跟闻励还住在一起。

送走伍剑鸣、高应泉、钱小玉他们，夏淑卉去报社值班。刚回到房间，赵裕泰就把门关得死死的，扑过来，把闻励抱到床上，嘴里还朗诵着不晓得是哪个诗人写的情诗，闻励感觉她什么都听不进去，挣扎着要推开裕泰，埋怨裕泰你喝多了，赶紧睡觉吧，你睡我床上，我睡淑卉姐床上。赵裕泰哪听闻励的，抱着闻励就要脱她的衣裳，闻励不愿意，想推开裕泰，借口她怀有身孕，不能碰，裕泰喝了不少酒，劲大得要命，不管不顾地扒掉闻励的衣裳，把他自己的衣裳扔得满地都是，抱着闻励，又亲又摸，上一次，闻励只顾反抗挣扎，只感觉恐怖疼痛，这一次，闻励从心里不愿意，讨厌，厌恶，可又没力气推开裕泰，裕泰又一次疯狂抱紧她，闻励忍住眼泪，心里想，从今往后，趴在她身上的这个人不再是她小时候一起玩的裕泰，而是一个名字叫赵裕泰的男人，一个大家都称为闻励丈夫的男人，一个自私得只顾自己快活的男人，这样一想，闻励倒也不流泪了，索性不再挣扎，扭过头，不让赵裕泰充满酒气的嘴碰她的嘴，闻励像个木偶，任由赵裕泰在上面拼命忙活喘气喊叫……

三十五

肖老板，黄埔的严子轩严教官求见，人，就在门外。

肖祥和听门房匆匆过来通报，本能地抽出手枪，把子弹推上了膛。严子轩没跟肖祥和共过事，但都是行武出身，肖祥和听说过严子轩这个人，早年在日本军校学过，回国后参加过几次起义，也打过仗，此人正直，不偏不倚，秉公无私，带兵以严出名，在军界口碑不错。肖祥和在朋友的饭局上也曾与严子轩见过面喝过酒，都只是酒桌上的你好我好大家好的交情，严子轩不合群，通常只是坐坐，不讲什么话，纯属应酬，后来，这种应酬也很少见到严子轩，所以肖祥和与严子轩没什么深交，来往也不多。此刻，身为黄埔教官的严子轩突然光临寒舍，而且事先没有任何征兆，也没预约，不知道历来严谨的严子轩有何公干，或有什么私事？肖祥和仔细琢磨了一下，料想严子轩独自登门，不会对他有什么威胁和伤害，就把手枪放在桌上，拿报纸盖好，以防万一。肖祥和让门房请严教官，并出门迎接。

严子轩一身便装，双手抱拳，向肖老板请安，歉意地说子轩不请自来，登门拜访，打扰肖老板了，肖祥和也客气地双手抱拳，说些客气话，子轩大驾光临，令寒舍蓬荜生辉，祥和不知子轩来访，有失远迎，还望子轩海涵。宾主谦让，下人送茶，常规的客套，只是觉得有些生疏。严子轩说了些肖老板生意兴隆，买卖做得好，肖祥和自谦说他解甲归田，做点小生意，养家糊口而已，严子轩敬佩肖老板大隐隐于世，肖祥和请严子轩喝茶，揣摩严子轩突然造访的来意。

严子轩进门就察觉到桌上报纸下面的手枪，喝了几口茶，有意拿起桌上的报纸，肖祥和还没来得及动手，严子轩已经把手枪拿到手上欣赏起来，转轮手枪，也叫左轮手枪，射击精度高，稳定性好，不卡壳，也不容易走火，安全，只是后座力有点大，装弹少，对枪手个人的素质要求比较高，说起转轮手枪，还和船舵有关系，美国人科尔特远洋好望角，看见舵手操舵，时而左转，时而右转，来了灵感，设计出这种转轮手枪，科尔特那时候坐的是双桅船，不同于现在的小火轮蒸汽船，说起小火轮蒸汽船，我有一个学生，跟他阿爸学做航运生意，开的就是小火轮，有一天，这小伙子跳进我的房间，把我挂在墙上的手枪拆了卸卸了装，闭着眼睛，不费吹灰之力，得心应手，我一看是个玩枪的好苗子，就推荐他考上了军校，这个学生就是刘兆民的儿子刘翰林，刘兆民跟肖老板一起打过仗，肖老板应该也认识刘翰林吧？肖祥和在心里揣摩，严子轩说了这么一大通，可能是为翰林而来的，就关切地问翰林现在如何？严子轩很为刘翰林这样的学生惋惜，在攻打惠州城的时候牺牲了。肖祥和一惊，翰林牺牲了？严子轩点点头，一再惋惜，可惜了。肖祥和长叹，真是没想到，兆民在世的时候，不想让翰林扛枪打仗，没想到是你严子轩推荐他刘翰林考的军校，兆民解甲归田后，在越罗湾做航运生意，我还帮翰林买过小火轮，实指望翰林把他阿爸的兴华航运做起来，接好这个班，没想到他阿爸刚走，翰林这么年纪轻轻的也走了，太可惜了，兆民真是不幸。严子轩把转轮手枪的子弹退出来，放回桌上，再次拿报纸盖上，抬头盯着肖祥和，问，刘翰林是刘兆民亲生的儿子？肖祥和一愣，没有立刻回应，端起茶杯，喝了两口茶，肖祥和在心里揣摩严子轩到底知道什么？知道多少？清光绪二十六年，庚子年，刘兆民参加惠州起义，与清军打仗的时候，被炸坏了命根子，刘兆民大难不死，回广州休养，没过几年，娶了当时唱粤剧的戏子谭香漪，那时候，谭香漪还没现在这样出名，肖祥和，还有老董俞先生都反对，你刘兆民命根子都没了，娶个戏子供在家里当花瓶使？刘兆民不听劝，依然固执地娶了谭香漪，不久，谭香漪生了个儿子，取名刘翰林，刘兆民视为己出，疼爱呵护，除了肖祥和他们几个亲密战友，没什么人知道刘兆民命根子都没了的事。严子轩今天突然来访，唐突地寻问刘翰林是不是刘兆民亲生的，难道严子轩知道了什么？除了谭香漪会走露这个秘密，没其他人会说，老董和俞先生都死了，知根知底的，就剩他肖祥和了。肖祥和喝完茶，放下茶杯，也不明说，客气地留严子轩一起吃饭，严子轩客随主便，欣然答应，倒是出乎肖祥和的意料，原本只是客气地催客，没想到严子轩跟以往不一样了，居然要跟肖老板多喝几杯。

　　肖祥和留严子轩吃饭，也不完全是客气，他也想从严子轩的嘴里，听听黄埔军校的事，听听东征的事，酒过三巡，聊着聊着，说起了陶铭德，此人肖祥和也是认识的，不太熟，听说现在跟蒋介石跟得挺紧，严子轩不屑地说何止是紧，简直是唯蒋介石马首是瞻，借着酒劲，严子轩把陶铭德拍马屁抱大腿追随蒋介石的事抖搂出来。严子轩曾经去日本上过军校，也算是老资格的军人了，但他不喜欢跟人拉帮结伙，不合群，不入伙，该教学的教学，该训练的训练，该打仗的打仗，有时候还发几句牢骚。陶铭德提醒严子轩，让他识相一点，把严子轩说火了，严子轩拎起陶铭德，教训他，老子发几句牢骚，提提建议，你个跟屁虫敢来教训我，滚！肖祥和也借着酒劲，大骂那些见风使舵的跟屁虫，巴结上司的马屁精，这种人，为了主子，什么事都干得出来，明面上看着觉得是忠臣，实际上鬼肚子里不晓得打着什么算盘，还不都是为自己找根大腿抱抱，巴望着主子赏识他，给他点儿好处，让他飞黄腾达。两人越说越亲近，有点儿相知恨晚的意思，说着说着，又聊起刘兆民，肖祥和就把刘兆民打仗失去命根子的事，娶戏子谭香漪的事，做航运的事，都讲给严子轩听。严子轩不虚此行，恍然大悟，刘翰林不是刘兆民亲生的儿子，那是谭香漪和谁的孩子？！

　　从肖祥和家里出来，严子轩心里生出一大堆疑问，他索性去找谭香漪。谭香漪在家，坐在窗前，见李婶带着严子轩进屋，十分意外，也十分生气，冲着严子轩喊叫起来，我家翰林呢？你严子轩让他当兵，教他玩枪，带他出去打仗，你回来了，翰林在哪？！李婶见状，知趣地要退出，谭香漪让李婶上茶。严子轩见女佣去备茶了，就不客气地走过去，坐在谭香漪的对面，看着谭香漪，谭香漪抹掉眼泪，嗅了嗅鼻子，你喝酒了？严子轩承认他喝了一点。谭香漪不高兴地扭过头，我不跟酒鬼讲话。李婶送上泡好的茶，谭香漪示意李婶可以走了。严子轩端起茶杯，喝了一口，烫得差点吐出来，谭香漪没看他，责怪严子轩，你喝茶就不能慢点儿？严子轩放下茶杯，亲切地称呼她香漪，你就不能看着我讲话？谭香漪扭过身，看着严子轩。严子轩盯着谭香漪的眼睛，直截了当地问，刘翰林到底是谁的儿子？瞬间，谭香漪眼泪就涌出来，她也不抹不擦，任由眼泪流淌。严子轩盯着谭香漪，我刚听说，刘兆民根本就没有生儿子的本事……谭香漪的眼泪更是没办法控制住了，不停地往下流。严子轩不依不饶地追问，你匆匆忙忙嫁给刘兆民，匆匆忙忙生下儿子，到底是怎么回事？谭香漪实在是控制不住眼泪，索性哭起来，哭得伤心，哭得泣不成声，哭了一会儿，谭香漪才告诉严子轩，当年你反清，被清廷追捕，逃得无影无踪。严子轩解释说，你知道的，我逃到日本了。谭香漪长叹一声，那是我后来才知道你逃到日本了，当时，我四处找你找不到，清兵白天黑夜搜捕你，我也东躲西藏，不敢在戏班子待着，生怕被清兵抓到，没想到，我怀孕了……严子轩问，谁的？我？谭香漪哭着说，越说越快，越说越激动，不是你的还能是谁的？你说你要八抬大轿子娶我，可你严子轩人呢？八抬大轿子在哪？我一个学唱戏的，还没嫁人呢，眼看着肚子越来越大，我叫天天不应，叫地地不灵，我怎么办？那时候，刘兆民喜欢看戏，喜欢听我唱，喜欢请我喝茶，我就想到了他，我得找个人嫁出去，才能名正言顺地把孩子生下来！刘兆民看出我的难处，知道我怀了孕，他也没问是谁的，我也一直没告诉他，刘兆民为我张罗了一个婚礼，请了好多人，要让我嫁得体面，我才能在台上见人。嫁过去，我才发现，刘兆民不行，听说是打仗打的，命根子打坏了。生下翰林，刘兆民倒是挺喜欢的，比他自己亲生的还亲。严子轩用手使劲搓自己的脸，说我从日本学成回国就去找你，却发现你……谭香漪打断严子轩，你那时候回来管什么用？严子轩说怎么不管用？你告诉我孩子是谁的……告诉你又怎样？我都嫁给刘兆民了，翰林都满地跑了，还能认你这个亲爹？我还能跟刘兆民离了再嫁给你不成？我只能把眼泪吞到肚子里。严子轩埋怨谭香漪，你不该那么狠心拒绝我。谭香漪哭着说，我让你走，你就是不肯走，我不狠心，难道让你一天到晚地来缠着我这个有夫之妇？难道让你一天到晚地来缠着我这个有儿子的母亲？难道让你一天到晚地来缠着我这个越唱越红的花旦？严子轩不理解，是花旦重要，还是幸福重要？谭香漪笑严子轩，什么是幸福？一个唱戏的红了，不就是她向往的幸福？我成功了，成了名角。子轩，你别打断我，听我说，在舞台上，我是风光，有人捧着，有人追着，有人请喝茶，有人请吃饭，也有人打我的主意，唱完戏，我一个女人，一个花样年华的女演员，晚上回家，身边睡着个废男人，快活吗？幸福吗？只有我自己才知道那种守活寡的煎熬。严子轩没想到谭香漪过的是这样的生活，所以，你跟何鹏宇……我知道你要说鬼混，随你们怎么说，我自己幸福就好，他何鹏宇喜欢我，追我，给我拉场子，帮我应酬，晚上，我唱完戏，他何鹏宇给我买好吃的，帮我挡那些无聊的男人，还帮我暖被窝，让我享受一个女人应该享受的快活，我当然就不回越罗湾，不回刘兆民身边，刘兆民也心知肚明，从来不问，也不管我这些，只是，面对翰林想要阿妈的时候，刘兆民哄翰林，阿妈在城里唱戏，阿妈在城里忙，我在心里才感到有愧，越想越觉得这一辈子，我最对不起的就是刘兆民！严子轩不高兴地说，刘兆民刚死，你就迫不及待地嫁给何鹏宇，至于吗？谭香漪说我不嫁给何鹏宇，难道还等你八抬大轿子来娶我？子轩，有些事，错过就错过了，别问为什么，也别怪谁，天意，缘分。严子轩万万没想到刘翰林就是他严子轩的亲生儿子，是他把亲生儿子带进军校，是他手把手地教他亲生儿子走队列操枪拼刺射击，是他带着他亲生儿子去打仗……谭香漪抹了抹眼泪，这就是命，命里你严子轩就没儿子，可你严子轩不该把我谭香漪的儿子弄丢了，打死了，回不来了！严子轩虽然没哭，也没掉一滴眼泪，可他那颗坚硬的心恐怕也碎了，碎成八瓣，碎得全是血！

三十六

刘翰林的伤势好多了，江边的木棉花都开了，红彤彤的，让他想起越罗湾的木棉花，想起喜欢木棉花的荔雯，想起荔雯的《木棉礼赞》，想起木棉花茶，还有木棉花鲫鱼汤。翰林养伤的小村子，也是在东江边，翰林和小玉开小火轮去广州跑生意的时候，应该路过，顺着江，就可以到越罗湾。翰林心想，趁着自己的伤还没全好，趁着没归队前，回越罗湾看看，归队后，出门又要请假，回来一趟不容易。

　　刘翰林顺着东江，搭船，走路，很快就到了越罗湾，物是人非，阿爸不在了，蔡老医生和荔雯的阿咪也不在了，荔雯裕泰小玉也都去广州了，裕泰还好吧？打惠州的时候，他没参加奋勇队没登城，应当没事。翰林先到山坡上，给他阿爸上坟，没带香，也没带什么供品，捡了几朵木棉花，放在阿爸的坟前，给阿爸磕了几个头，就坐在阿爸的坟前，告诉阿爸，他把罗恒义杀了，可是杀父之仇好像还没报，罗恒义死活不承认是他杀的，究竟谁杀了你？你给翰林说一声，托个梦，儿子给您报仇。坐在阿爸的坟前，看见他们家的房子还在，荒凉得长了许多杂树杂草，码头也荒废了，他从小生活的越罗湾就在眼前，可是，他却无家可归，翰林就一直这么坐着，想着，琢磨着，忽听到后面有脚步声，翰林敏捷地站起身，回头看，认出是裕泰他阿妈谢婶！翰林亲切地叫了谢婶，裕泰他阿妈仔细辨认了一会儿，翰林？你是翰林？老远看见一个人坐在兆民坟前，半天不动，我就在心里寻思，会是哪个？除了你，不会有别人来给兆民上坟的，这两年，我抽空就来给兆民和蔡老医生两口子的坟上拔拔草，上上香，放心，有你谢婶在，你阿爸不会成了荒坟野鬼的。翰林感激谢婶，谢婶说翰林你这孩子跟你谢婶还讲客气话，走，跟我回家，吃顿饭，想吃什么？谢婶给你做。翰林给蔡老医生和荔雯她阿咪的坟上也放了几朵木棉花，磕了头，谢婶告诉翰林，荔雯前阵子回来，也是阿婶陪她来上的坟，也给你阿爸磕了头。翰林没想到荔雯回来过，谢婶告诉翰林，荔雯姑娘在她家住了一晚，陪阿婶讲了一夜的话，还打听翰林你回来过没有。早晓得这样，你们约上裕泰，一起回来，多好？唉，裕泰这孩子，跟他阿爸闹别扭，拍拍屁股走人，不要他阿爸，总得回来看看他阿妈吧？气死我了，想死我了。翰林搀扶着谢婶，一路上跟谢婶讲裕泰这两年的事。谢婶听了翰林的话，总算晓得裕泰的详情，前阵子荔雯姑娘回来，也没讲明白，还是翰林你跟裕泰亲，从小在一起，跟兄弟一样，什么事都晓得。

裕泰他阿爸赵利丰见到翰林，生气地先把裕泰骂一通，翰林劝赵叔别生气了，裕泰都当了军官，将来给你娶个漂亮的城里媳妇，带着您孙子回来光宗耀祖，你风光得很。赵利丰说老子不稀罕，他当军官有什么了不起的？回来照样得给老子跪下磕头认错，要不然，就别想进老子的家门，老子打断他的腿！谢婶埋怨道，你跟翰林骂这些话干什么？骂你儿子，咒你儿子，有什么好？赵利丰还生气，裕泰要是老老实实在家，裕丰航运能弄得这么糟吗？翰林还晓得买个小火轮回家，他呢？整天就晓得什么诗不诗的，能当饭吃？翰林跟赵叔聊天，晓得裕丰航运做得也不景气，被洋人挤的，没什么生意，要是按裕泰讲的道理，都是帝国主义压迫剥削掠夺的。吃完饭，翰林要赶回广州，谢婶不放心，让翰林在家过夜睡个觉，明天一早再赶路。翰林说他在外面时间长了，得赶回去，一个小伙子，走夜路不怕，东江这一带，翰林也熟悉，赵利丰客气地要拿船送翰林一截，翰林晓得裕泰他阿爸抠门得很，出一趟船，送他一个人，会心疼得要命，再说，也送不了多远，翰林千谢万谢，让二老放心，裕泰在广州好好的，这次回去，打也要把裕泰打回来看看二老。赵利丰还不忘生气，叮嘱翰林，告诉裕泰这个不孝的东西，要想进这个家门，先给老子磕三个响头，认了错，才许他迈进门。谢婶舍不得，劝不住翰林，就叮嘱翰林，你要走，就早点赶路，别听他阿爸瞎讲，翰林，你跟裕泰讲，光宗不光宗，耀祖不耀祖的，没关系，回来看看阿妈就行，回来捎个话，阿妈到桥头迎他，看哪个赶拦在门口不让我儿子进家门？！

刘翰林一路上搭船，走路，到长洲岛的时候，珠江两岸的木棉花已经开得红红火火。高应泉见到刘翰林，不敢相信，都烈士了，怎么还活蹦乱跳地回来了？刘翰林跑过来，抱住高老兵，高应泉趁机用力搂住刘翰林，又掐了掐翰林，翰林疼得叫起来，高应泉这才确信他见到的不是鬼魂，而是实实在在的刘翰林。翰林被掐疼，撩开衣裳，胳膊膀子，还有身上，好多处弹孔伤疤。高应泉刚要抡起拳头捶翰林，看到这些伤疤，手悬在空中，说你刘翰林居然还活着，还以为你跟有田都死了呢，都把你们当烈士了，向你们鞠了好几次躬了。翰林这才晓得，最不该死的王有田却牺牲了，得知裕泰和伍大哥都好好的，翰林就急着要见他俩，想伍大哥，想裕泰了。高应泉告诉翰林，赵连长在城里休婚假，翰林有点意外，裕泰这么快就结婚了？娶了什么个漂亮媳妇？高应泉告诉翰林，就是你们那个叫闻励的同学，刘翰林以为高应泉讲错了，疑惑地盯着高老兵，谁？

高应泉知道自己说漏了嘴，不敢再讲了。刘翰林逼问高应泉，你刚才说什么？闻励？蔡荔雯？高应泉肯定地点点头，就是你先前打报告要结婚的那个闻励。刘翰林骂了一句，瞎扯！当心我揍你！刘翰林丢下高应泉，跑去找伍剑鸣问个究竟。

一路上，伍剑鸣跟刘翰林讲这事的经过，劝刘翰林冷静，面对现实，赵裕泰也是觉得你牺牲了，心疼闻励，才娶她。伍剑鸣没敢跟刘翰林讲实话，没敢告诉翰林，裕泰把闻励弄怀孕了，不结婚不行。伍剑鸣对刘翰林说，闻励听说你牺牲了，哭得死去活来，也是没办法，才嫁给裕泰的。刘翰林一路上憋着红脸，一句话都不讲，伍剑鸣担心刘翰林闹出什么事，各种好言好语相劝，刘翰林红着眼睛，不让伍剑鸣再讲了，你唠唠叨叨地没完了，嘴长在你身上累不累？伍剑鸣做好一切应变准备，不能让刘翰林撒野打架，打出人命来，处罚倒是次要的，革命军的声誉就要被玷污了。

快到夏淑卉住处的时候，伍剑鸣快跑几步，冲在前面，敲开了门，淑卉正好也在，跟裕泰和闻励一起吃饭，淑卉惊喜地要拉伍剑鸣一起吃饭，伍剑鸣抢先告诉他们，翰林回来了，想让他们有个准备，话音刚落，刘翰林就冲进屋，盯着闻励和裕泰。闻励见到翰林，猛然站起，极度意外地瞪大眼睛，喊了一声翰林，就要晕倒。夏淑卉连忙扶住闻励，刘翰林见闻励要晕倒，本能地冲过去，要抱住她，赵裕泰提醒翰林，闻励怀有身孕，别碰她！刘翰林突然像被电住了，定在那里，怀有身孕？好熟悉的词，当年，罗恒义在报纸上登寻人启事的那句话，现在被裕泰说出口了。闻励清醒过来，气得直跺脚，赵裕泰！你瞎讲什么呀？！赵裕泰不管闻励怎么叫喊，他要保护怀孕的妻子，上前要扶闻励，指着夏淑卉说，不信，你问问淑卉，淑卉陪闻励去看医生的……闻励推开赵裕泰，冲出家门，向江边跑，闻励觉得她没脸见翰林，心一横，跳进珠江，死了算了！赵裕泰、伍剑鸣连忙追出门，刘翰林愣在那里，夏淑卉推翰林，你还不去救闻励？！

闻励发疯似的往江边跑，赵裕泰和伍剑鸣在后面追，翰林跑得快，追到江边，跑在闻励的前面，挡住闻励，闻励不敢看他，左躲右闪，翰林就左挡右拦，就是不扑上来抱住她，闻励在心里明白，翰林不会抱她的，她坏了身子，怀有身孕，翰林不会再碰她了，也不会拉她了，不会抱她了，心里更伤心，一头往江里扎。赵裕泰追过来，拽住闻励，想要抱住她，闻励不想让赵裕泰抱她，特别是在翰林面前，不想让赵裕泰碰她，闻励使劲推开赵裕泰，一跃，从江堤上跳下，摔倒，爬起来，还想往江里跑，刘翰林跳下来，追上闻励，一把拽住她，闻励大着嗓门喊叫，别碰我！拼命挣脱！翰林松开手，闻励抱头痛哭，翰林，你死哪去了？！你让我死？你为什么不让我死？！赵裕泰和伍剑鸣跳下江堤，冲进江水中，拉住还要往江里跑的闻励。闻励号啕大哭，跌坐在江水里。夏淑卉跑得慢，好不容易跑过来，喘着气，突然惊叫起来，指着闻励的下身，江水被血染红了，血透过闻励的裤子往江水里流。赵裕泰惊愕，明白是怎么回事，揪住刘翰林就要挥拳打过来，刘翰林一手紧紧拽住裕泰的臂膀，一手握紧拳头，要回击，伍剑鸣冲过来，将刘翰林和赵裕泰都踢倒在江水里，夏淑卉喊叫，别打啦！求求你们都别打啦！赶紧送闻励去医院！

闻励流产，需要在医院住几天，夏淑卉害怕有什么意外，白天夜里都陪着。闻励就晓得哭，一个劲地哭，医生护士劝闻励当心身体，不要哭坏了身子，这次流产，挺严重的，以后，能不能怀上，还要看你恢复得怎样。真是年轻不懂事，怀有身孕，就不能乱蹦乱跳，现在哭，有什么用？淑卉心里明白，闻励不是哭这些，闻励是在哭她的命，痴情的苦命！

刘翰林去看他阿妈，刚到门口，李婶盯着翰林看了半天，翰林喊了声李婶，就推门进院。李婶撒腿就跑，跑向房子，一边跑一边呼喊，夫人，少爷回来了！你家翰林回来了！谭香漪听见李婶喊叫，推开门，见是翰林，不相信地上下打量他，翰林走近，喊阿妈，谭香漪一把拉住翰林，手在翰林的脸上身上摸过来捏过去，都把翰林捏疼了，这才把翰林搂进怀里。翰林也抱住阿妈，眼泪控制不住地流出来，翰林索性抱住阿妈痛哭一场，自从听到荔雯嫁给裕泰，翰林一直没流泪，没哭过，即使荔雯哭得昏天黑地，翰林也强忍着眼泪，他本来不想哭，自他记事起，他几乎就没哭过，他阿爸被杀，他只是愤怒，只是要报仇，没有眼泪，荔雯嫁人，他只是想弄个明白，到底是怎么回事？也没哭过，今天，却在阿妈的怀里哭得稀里哗啦。谭香漪见翰林哭得伤心，抚摩翰林，安慰翰林，活着就好，回来就好，回来阿妈就高兴，翰林不哭，可是小时候不爱哭的翰林却抱着阿妈哭得没完没了。谭香漪觉得不对劲，好像意识到什么，严子轩把什么话都跟翰林讲了？严子轩认翰林这个儿子了？谭香漪警觉地瞪大眼睛，双手抓住翰林的胳膊，紧张地问，翰林，你见到严子轩了？翰林没想到阿妈怎么会在这个时候问起严子轩教官？惊讶地看着阿妈，想起上次在戏院里见到严教官坐在观众席看他阿妈唱戏，就好奇地问，阿妈，你跟严教官认识？谭香漪没有否认，点点头，不放心地追问翰林，严子轩跟你讲什么了？翰林告诉他阿妈，我刚回来，还没来得及去看严教官，就听高老兵讲，裕泰娶了荔雯，我就跑来找荔雯，发现荔雯居然怀孕了。谭香漪这才放下心，严子轩没见着翰林，没跟翰林乱讲什么。谭香漪有点纳闷儿，荔雯姑娘前阵子来看我，身子还好好的，我还跟她讲，阿妈不想唱戏了，等你们结了婚，就搬来跟阿妈一起住，怎么这么快就跟裕泰结婚了？这女孩子怎么这么随便？翰林说荔雯不是个随便的女孩，谭香漪就问，那怎么会这么快就跟裕泰结了婚，还怀了孕？翰林痛苦，懊恼，也不晓得是怎么回事，谭香漪问荔雯姑娘怎么跟你说的？翰林就把荔雯哭得死去活来，荔雯要跳江，荔雯流产的事，跟他阿妈讲了一遍，阿妈像是有什么心思，重重地坐在凳子上，呆呆地，不说话，翰林问阿妈怎么了？谭香漪反而掉眼泪了，翰林更是搞不明白怎么回事，谭香漪抹掉眼泪，体贴地说荔雯姑娘也许有什么难处，一个姑娘，怀了孕，你又不在，牺牲了，她不嫁给裕泰，她还能挺着大肚子让人戳脊梁骨？谭香漪关爱地握住翰林的手，问翰林，你们是不是在一起让荔雯姑娘怀了孕？翰林直摇头，其实，翰林也一直在琢磨这件事，谁坏了荔雯的身子？谁让荔雯怀了孕？！谭香漪琢磨了好半天，盯着翰林，又看了好半天，翰林，阿妈问你，你是不是喜欢荔雯姑娘？刘翰林点头。爱她吗？刘翰林还是点头，翰林告诉阿妈，从小我就喜欢荔雯，爱荔雯，我还给荔雯买过项链坠子，红珊瑚木棉花的样子，我还给军校打过报告要跟荔雯结婚，当时军校没批。罗恒义那个王八蛋胡说八道，登报纸找她，还说荔雯怀有身孕，骗人的，荔雯根本就没跟罗恒义在一起！这回，荔雯真的坏了身子，怀有身孕……刘翰林长叹一声，用拳头捶自己的脑袋。阿妈把翰林拉到身边，坐下，跟翰林讲，翰林，你要是真爱荔雯姑娘，你就不要在乎她是不是坏了身子，是不是怀了别人的孩子，你们男人就那么在乎女孩子是不是坏了身子？贞节难道比爱情还重要？翰林呀，阿妈是过来人，你听阿妈的话，要是真心爱她，你就赶紧回去找荔雯，你要是不听阿妈的话，你会后悔一辈子！刘翰林还在犹豫，迈不动腿脚。谭香漪为儿子着急，推翰林快去，翰林脚步硬得很，挪不动，谭香漪就用小拳头捶了翰林几下，你怎么连你阿爸刘兆民都不如？！刘翰林惊疑，盯着阿妈，琢磨阿妈的话，谭香漪觉得失言，连忙推走翰林，快去呀，人家荔雯姑娘心里比你还要难过！

初春的江风还是有点冷飕飕的，翰林从阿妈家出来，沿着江堤，边走边琢磨阿妈的话，越琢磨，仿佛心里越乱，走到医院门口，翰林犹豫了好长时间，进去了，又出来，出来了，又进去，终于咬了咬牙，迈进了医院，敲响闻励的病房。闻励听见敲门，听见翰林的声音，哭着喊着让翰林走，别来看我，以后不要再见面了，也别碰我！翰林重重地敲门，闻励哭着就是不开门，护士跑过来，问翰林是干什么的？是不是病人家属？病人不愿意见你，请你不要影响医院的……刘翰林猛地把门撞开，冲进屋，就要抱闻励，闻励挣扎，不让翰林碰她，护士急了，拉住翰林，让他立刻出去，闻励趁机逃出病房，钻进女厕所，把门关得严严的，捂住嘴，不让自己哭出声来。医生护士见翰林还在闹，都来制止他，翰林也没法跟医生护士解释，一气之下，掉头就走，跑出医院！

刘翰林满腹心思地回到住地，不想见人，却被严子轩教官看见。严子轩已经得到报告，刘翰林活着回来了，去宿舍看他，听说他请假进城了，想必是看他母亲，却没想到在路上遇见了，严子轩教官一眼就认出刘翰林，惊喜地问，是刘翰林同学吗？刘翰林见到严子轩教官，想起当初因见到教官没敬礼被惩罚的教训，立刻精神起来，整了整军装，立正，敬礼，报告严教官，刘翰林伤愈归队。严子轩还了礼，打量刘翰林，听说伤得不轻，好好把身体养好，身体好了，还是那句老话，长枪短枪随你打。严子轩仔细打量刘翰林，满意地点点头，既没有流露出惊喜，也没有过多的言语，就这样无声无息地离开了。刘翰林不明白严子轩教官点点头是什么意思，他心里的疑惑还没解开，他要问个明白，就喊住严教官，严教官，我母亲找过你？严子轩看着刘翰林，依然一脸严肃地告诉刘翰林，收集安葬东征阵亡烈士遗骸遗物的时候，你母亲来过军校，赵裕泰同学接待过她，具体怎么安排的，你可以问问赵裕泰同学，说完，走了。刘翰林站在那里，想想他阿妈见到他的时候，问翰林，严子轩见到过没有，那神态和语气，恐怕没这么简单，阿妈来军校就是收拾我的遗物？！可严教官讲得严肃认真，刘翰林也琢磨不出其他什么含意。

听说刘翰林养伤回来了，陶铭德教官让人通知刘翰林到他办公室去一趟。刘翰林一身军装，在门口报告。陶铭德让他进来。见到刘翰林，陶教官亲切地拉着刘翰林的手，亲热地关心他的伤势，听完刘翰林的报告，陶铭德教官对刘翰林讲，东江人民长期受陈家军的压迫剥削，其境况惨不忍睹，迫切盼望革命军赶走陈家军，救他们于水深火热之中。我们奋勇向前，战无不胜，深得东江人民的爱戴和欢迎，东江人民冒着生命危险救你，治好你，这就是最好的见证。翰林，你把你英勇攻城的事迹整理出来，你的事迹太感人了，你的成长太说明问题了，你所见到的东江人民最有代表性了，你要现身说法，把革命道理融会到你的亲身经历中，教育那些还没有觉悟的人，感化那些还在犹豫彷徨的人。刘翰林被说得一头雾水，流露出为难情绪。陶教官察觉到，谆谆教导刘翰林同学，你要抓住机会，好好表现，不要辜负大家对你的期望。刘翰林感激陶教官的赏识，但还是不晓得怎样才算"好好表现"。陶铭德见他有点儿不开窍，索性点拨他，翰林，国民党二大的报告你学了吧？你仔细琢磨琢磨人事上的变化，现在，革命和反革命的阵营已经非常明显，对付反革命，唯一有效的手段就是消灭他们。刘翰林听得一身汗，大会的报告和宣言，他虽然没赵裕泰、伍剑鸣学得那么认真，但也知晓一些，国民革命与苏联和一切殖民地半殖民地民族结为统一战线，大会还致电苏联，表示携手合作，共同打倒帝国主义，也承认先总理容纳共产党员加入国民党，共同努力，更明确工农群众是国民革命的主力军，文件上写的，怎么跟陶教官讲的不一样？翰林习惯性地过过脑子，并没有跟陶教官讨教这些，陶教官显然比他刘翰林知晓得多，刘翰林再三感谢陶教官的赏识，学生不才，一定好好表现，牢记孙先生的教导，革命尚未成功，同志仍需努力，奋斗到底，实现大元帅的宏图大业。这些话，都是课堂上老师讲的，翰林当然记得，只是怎样才算"好好表现"，刘翰林同学还是不晓得，他本来想问问赵裕泰，但一想到赵裕泰不仁不义，翰林就气，就愤怒，他不愿去见赵裕泰，更不愿再听赵裕泰讲什么道理了！再也不会！

钱小玉听说翰林活着回来了，专程跑过来看他，小玉察看翰林的伤疤，感慨说要是蔡老医生在就好了，越罗湾好多人都是蔡老医生治好的。翰林问小玉，你参加裕泰的婚礼了？小玉告诉翰林，裕泰托人找到他，说是请他去参加赵裕泰的婚礼，小玉当然是高兴，到场一看，裕泰娶的是蔡老医生家的荔雯，着实让小玉有点意外，可是，一想，你翰林不在了，裕泰可能是安慰荔雯吧，让荔雯有个家。翰林问婚礼上都讲了些什么？小玉回想那天在一起吃饭喝酒，都是些喝喜酒闹新房之类的恭喜话，什么革命伴侣、白头偕老，什么喜结良缘、早生贵子之类的。翰林不想听这些，就打断小玉的话，问小玉在铁甲车队那边干得怎么样？小玉就把他在铁甲车队的事告诉翰林，其实，我们一直在支援你们，东征的时候，我们在后方掩护，平定杨刘叛乱的时候，我们也参加了战斗，我们已经改为独立团了，翰林，我跟你讲一件事，你不要告诉别人，刘翰林让小玉讲，小玉看看身边没别人，悄声告诉刘翰林，我加入中共了。翰林有点意外，没想到小玉加入中共了。小玉告诉翰林，铁甲车队里好多人都是共产党员。翰林问小玉，你晓得共产党是做什么的？小玉讲得很明白，共产党是为我们穷人打天下的，是要解放天底下所有的穷人，领着我们穷人过好日子的。翰林说你又不是穷人，小玉说我怎么不是穷人？我一没地，二没钱，三没资产，是真正的无产阶级。翰林过过脑子，琢磨，共产党是穷人的党？小玉点头，翰林自言自语地问，共产党是无产阶级的党？小玉欣喜地说翰林你讲得一点儿都没得错，就是这个道理。

见到翰林，谭香漪反而睡不着觉了，好几个晚上失眠，她给严子轩写了封信，请他过来一趟，有话说。严子轩一进谭香漪家，谭香漪就打发李婶去忙别的，把门关严了，请严子轩到窗户边上坐下，弄得很神秘。谭香漪问严子轩，你见到翰林了？严子轩告诉谭香漪，见到了，翰林身体好多了。谭香漪追问，你跟他讲什么了？严子轩告诉谭香漪，我跟翰林说你阿妈来过军校，谭香漪不高兴地一惊，生怕他乱说什么。严子轩说没错呀，你去军校办理阵亡烈士遗骸遗物的事，我还让赵裕泰同学接待了你。谭香漪还是不放心，一再追问严子轩，你还讲了什么？严子轩笑了，笑得谭香漪不知所措，严子轩跟谭香漪讲，香漪你放心，我不会跟翰林讲那些过去的事，谭香漪警告严子轩，子轩，我们俩的事，不许跟翰林讲，不许你瞎讲你跟他是什么关系，不许你把他当儿子！翰林这孩子，长这么大就知道一件事，刘兆民是他阿爸！子轩，这么多年，我就求你这一次，你答应我，你要是不答应，你要是敢把我们俩的事告诉翰林，我就杀了你！严子轩笑了，谭香漪发狠誓，我杀不了你，我就死给你看，你信不信？严子轩说他信，虽然这么多年没在一起，你谭香漪的脾气我严子轩还是知道的。不过，我要纠正你一句话。哪句话？不是我们俩的事，是你我还有翰林我们仨的事。谭香漪急了，严子轩，你要是敢瞎讲，不是我杀了你，就是我死给你看，不信，你就试试？不许试！听我的，不许说！不许你告诉翰林一个字！

第七章

三十七

　　肖祥和看到报纸上披露蒋介石又在玩撂挑子的把戏，黄埔军校刚成立的时候，他就玩了一把，现在又故技重演，肖祥和是熟悉这个喜欢撂挑子的人，此人多疑，这次玩撂挑子，是出于不满，还是试探，或是以退为进？肖祥和虽然经商，但早期投身革命的时候，打仗的时候，跟刘兆民一样，养成了习惯，天天看报，关注时局。肖祥和想写点文章，分析时局，提醒人们警惕。他摊开纸笔，写下"再谈蒋介石故技重演撂挑子的把戏"，署名"民主共和"，正要往下写，听说全城戒严，断绝广州的内外交通，一打听，才知道蒋介石派兵占领了停泊在黄埔的中山舰，逮捕了海军局代局长、中山舰舰长、共产党人李之龙，扣押了第一军中的共产党员，包围了省港罢工委员会，收缴了工人武装。

刘翰林和赵裕泰执行命令，去城里参加戒严，翰林不晓得怎么回事，突然之间，伍剑鸣，还有那么多跟他一起摸爬滚打一起出生入死的战友都被退出了革命军，翰林想起他阿爸的话，过过脑子，但怎么想也想不明白。裕泰说，翰林，不管我们以前怎样现在又怎样，但我俩毕竟都是从越罗湾一起出来的，我要提醒你，人生的关键时刻，千万不要迈错了步子走错了路，大是大非面前，千万不要跟错了人站错了队，陶教官不是让你好好表现吗？现在就是考验你的时候，是你好好表现的时候。翰林说我要把这些事都"过过脑子"，到底是怎么回事我还没弄明白，你让我怎么好好表现？裕泰告诉翰林，你别过过脑子了，跟着陶教官，跟着我，别犯糊涂！

翰林还是糊涂，伍剑鸣，还有那么多跟他一起摸爬滚打、一起出生入死的共产党人有什么不好？得罪了谁？为什么都被赶走？裕泰进校的时候，对伍大哥崇拜得五体投地，伍大哥给他的书，他爱不释手，伍大哥的笔记本，他借过来工工整整地抄写，朗诵《海燕》，跟翰林讲他新学来的剩余价值道理，说翰林他阿爸剥削小玉的剩余价值，气得翰林差点揍他，打仗的时候，搞宣传的时候，伍大哥毫不含糊，也是冲在前的，怎么就不能在一起共事？就因为伍大哥是共产党人？这也太不讲义气了吧？太不地道了吧？翰林又想起小玉，小玉跟翰林说过，他加入了中共，说共产党是穷人的救星，是为天底下劳苦大众打天下过好日子的，不晓得小玉怎样了？翰林越想越糊涂，他在心里默默地祈祷，也许跟兄弟俩闹别扭那样，过些天就会好的。

"民主共和"又在报纸上发表文章，分析中山舰事件后的广州形势，直接点名揭露蒋介石假借中山舰造反，夺了海军的权，清除了军队中的共产党力量，背叛了孙先生联俄、联共、扶助农工的三大政策，赶走了对手，排挤了苏联顾问，可谓一箭三雕，文章警告世人，这个手握军权的人野心很大，手段也很高明，为了达到自己的目的，可以不择手段，这个叫"民主共和"的人，强烈呼吁倒蒋。此文一出，引起轰动，也引起各种猜疑，这样犀利的文章究竟出自谁手？

刘翰林琢磨"民主共和"这篇檄文，想起曾经看过此人诸多文章，最早是在越罗湾，翻他阿爸的报纸，看到此人写的蒋介石撂挑子给谁看的文章，后来，阿爸被杀，翰林到广州后，也陆续看过此人的文章，在肖叔家也看见肖叔喜欢此人的文章，桌子上放了好多张刊登"民主共和"文章的报纸，最蹊跷的是，廖案以后，"民主共和"的文章刚发表，翰林去看肖叔，肖叔去了广东大学，翰林发现俞先生被抹了脖子，翰林想起他阿爸的话，过过脑子，把这些事连在一起想，越想越觉得蹊跷，越想越觉得可怕，翰林拿出他阿爸留下的那张四人合影，虽然攻打惠州时，被炸得破损了，但他阿爸刘兆民和肖叔他们几个人脸还看得出来，翰林看照片下面他曾用笔标记的名字，刘兆民、肖祥和、董梅共、俞佑主，看着看着，刘翰林惊愕得张大嘴巴，这四个人的名字最后一个字，组合起来，不正是"民主共和"吗？难道是阿爸他们四个战友的笔名？刘兆民他们跟蒋介石在福建打过仗，知晓蒋介石的往事，说蒋介石撂挑子那篇文章出来没多久，阿爸被杀，商团事件那篇文章出来，董叔死在珠江，廖党代表被杀后，"民主共和"的文章刚出，俞先生就被人抹了脖子，翰林还看到陶教官和赵裕泰匆匆去执行任务，这不可能是巧合，也许是有内在的联系，难道……翰林醒悟过来，立刻请假跑去看肖叔，还没进肖叔家，就看见肖叔家门前摆放着花圈，扯着黑帐，肖叔的照片已经框在黑纱里面，似乎盯着他刘翰林。

刘翰林找到赵裕泰，质问他是不是去肖祥和肖老板家了？赵裕泰盯着翰林，有点意外和惊讶。翰林问还有谁？是不是又是陶铭德？赵裕泰不可思议地问翰林你怎么知道的？翰林揪住裕泰，逼问裕泰，谁指使你们的？赵裕泰甩开翰林的手，整理好军装，理直气壮地对翰林说，这种事还用谁指使吗？你要替上司着想，替上司办事，办他想办又不好办的事，你才能被上司赏识器重，上司才能把你当成自己人，当成心腹，你才能平步青云，飞黄腾达，前途无量。翰林说你跟谁学的这一套？裕泰告诉翰林，是陶教官教他的，陶教官还教他好多官场上的生存法则，裕泰劝翰林，你别犯糊涂，对付反革命，必须干净彻底消灭掉！刘翰林挥拳就要打裕泰，赵裕泰早就料到翰林会出这一手，掏出手枪，顶在翰林的脑门上，翰林，尽管我俩从小一起长大，情同手足，跟亲兄弟一样，今天，我赵裕泰再次警告你，你刘翰林要是还不觉悟，甚至站在反革命一边，我赵裕泰照样可以一枪消灭你！刘翰林才不怕赵裕泰消灭他，用脑门顶着他的手枪，你消灭我试试？你赵裕泰敢一枪崩了我刘翰林，我变成鬼都不饶你！打呀，开枪呀，消灭我呀！趁赵裕泰走神的瞬间，刘翰林敏捷地下了赵裕泰的枪，三下五除二，干净利索地退出子弹，连枪和子弹扔在地上，指着赵裕泰的鼻子，嚷道，我刘翰林没你这个兄弟！刘翰林愤然离开，丢下赵裕泰，头都不回！

刘翰林独自坐在江边，过过脑子，寻思了好长时间，杀害他阿爸的凶手，可能真的不是罗恒义，恐怕就是一直教授他们的陶铭德，陶铭德当天去越罗湾喝喜酒，就在现场，而且，他还跟罗恒义打听过刘兆民的事，其后，董叔、俞先生，还有肖叔，恐怕都是陶铭德杀害的。其理由，就是阿爸他们跟蒋介石一起在福建打过仗，知道他打败仗逃跑躲躲水缸这种不光彩的隐私，还以"民主共和"的笔名写文章，抖搂出来，揭露此人的阴谋和野心。所以，陶铭德就替他的上司彻底消灭掉刘兆民他们四个人。刘翰林理出这些头绪，不寒而栗，大家都在打着革命的旗号，打倒这个，消灭那个，草菅人命，究竟谁是革命？谁是反革命？面对杀父仇人，面对器重我的教官，我刘翰林该怎么办？！

夏淑卉看到报纸上报道共产党人被赶出革命军的消息，她又恐慌起来，为伍剑鸣担心，伍剑鸣也是共产党人，会不会被抓？夏淑卉找到伍剑鸣，郑重其事地劝伍剑鸣，你既然被赶出来了，就不要再去了，结了婚，广州这么大的地方，还能饿着你？伍剑鸣觉得夏淑卉这个说法太幼稚，他们不让我革命，我就不革命了？他们不让我革命，正说明他们现在已经变成反革命，应该群起而攻之，打倒他们，这个时候，更不能退缩，退缩就意味着把革命成果拱手让给反革命新军阀！夏淑卉不想跟伍剑鸣讲这些道理，她承认，她讲不过伍剑鸣，夏淑卉认真地问伍剑鸣，我再问你一次，结不结婚？伍剑鸣在原则问题上是不会让步的，也再次郑重声明，等革命成功了，再结婚。夏淑卉这次倒是很平静，说希望你革命早点成功，生气地拂袖而去。

赵裕泰在外面看好一处房子，要闻励搬去住，赵裕泰最近总是跟伍剑鸣争吵，都是为主义为革命的事，两人越闹越僵，赵裕泰不想再住在伍剑鸣女朋友的房子里，执意要搬出去。夏淑卉劝住闻励，别花那个冤枉钱了，我马上就要结婚，我搬出去。闻励欣喜地为淑卉姐高兴，伍大哥同意结婚了？夏淑卉笑了，我夏淑卉要当新娘，新郎却不是我死皮赖脸追求的伍剑鸣。闻励简直不敢相信，问淑卉，那是谁？婚姻大事，淑卉姐你千万别弄得跟我一样，嫁错了人，你后悔都来不及！夏淑卉淡定地告诉闻励，我跟伍剑鸣最后通牒了，他还是咬着他的革命不放松，死活要等革命成功了再结婚，好吧，他等得及，我等不及，女人再等就不是黄花了，就成了黄脸婆，到那时，人家娶不娶我都难说，即使人家娶了我，又有什么意思？失去了多少好年华？还不如找个人嫁了，享受几天是几天，对不？闻励着急，你讲了半天，到底要嫁给谁？怎么事先一点征兆都没有？夏淑卉说还要什么征兆？婚礼那天，你就见到了，闻励，你是我的伴娘，必须的啊！闻励还想问新郎官到底是什么人？淑卉姐说，反正不是他伍剑鸣！

夏淑卉的婚礼办得豪华奢侈，闻励这才见到淑卉的新郎陈先生，陈先生名门望族，岁数虽然大了点，也是一表人才，家里的生意从广州到香港一直到南洋都有。伍剑鸣没来参加夏淑卉的婚礼，赵裕泰自然是嘉宾，刘翰林倒是来了，他来是想看个究竟，看看夏淑卉突然改变主意，到底嫁给一个什么样的男人！刘翰林见到了新郎，觉得这个陈先生除了有钱，其他都不如伍剑鸣！翰林也见到了闻励，两人见面，很是尴尬，赵裕泰在身边，反客为主，让翰林别客气，坐下喝茶，翰林打量闻励，也不晓得该讲什么，就随意说了声闻励这身衣裳不错，闻励竟然就掉下了眼泪，弄得赵裕泰不晓得刘翰林这个乌鸦嘴又瞎说了什么，闻励今天是要当伴娘的，你把闻励惹哭了，算怎么回事？刘翰林也不晓得怎么把闻励惹哭了。闻励心细、敏感，依然在乎翰林，翰林打量她，她就感觉翰林又在看她是不是怀有身孕，心里就难受得要命，听翰林喊她"闻励"，而不再喊她荔雯，翰林犟，即使大家都喊闻励的时候，他也不改，固执地一直喊她荔雯，闻励听翰林喊她"荔雯"心里热乎乎的，感觉翰林只能喊她荔雯，小时候就这么叫她的，一直没改过，现在，翰林却改口喊她"闻励"了，闻励心想，也许，在翰林的心目中，那个笑得开心的"荔雯"早就不在了，站在他刘翰林面前的，只是赵裕泰的妻子闻励，所以，闻励心酸得直掉眼泪。

婚礼开始没多久，刘翰林就走了，他就是来看看这个新郎到底是谁，看到了，他的目的就达到了，再在这里，既无趣，也尴尬，不如溜之大吉。闻励在人群中寻找，不见翰林的踪影，赵裕泰明白闻励在找谁，说翰林早就溜掉了。闻励刚要坐下，却意外地见到了岭南大学那位热爱话剧的生物老师爱丽莎！爱丽莎去云南传教，刚回广州，听说夏淑卉结婚，自然是欢喜地专程来祝贺，爱丽莎跟夏淑卉谈得来，也很要好，是夏淑卉带闻励去岭南大学听课才认识的爱丽莎，后来阴差阳错地顶替爱丽莎演话剧。闻励本来不想让爱丽莎知道她结婚的事，但赵裕泰热情过分地凑过来，爱丽莎看赵裕泰过分亲热的样子，就拿疑惑的眼光看闻励。闻励只好向爱丽莎介绍这是她的丈夫赵先生，爱丽莎听了好高兴，呀，你们都结婚了，太好了，早知道，你们应该去教堂办个西洋式的婚礼。爱丽莎要给闻励传授教义，闻励当伴娘，没工夫，答应爱丽莎，抽空去看她。

　　刘翰林从夏淑卉的婚礼上溜出来，就回去陪伍剑鸣，本来以为伍剑鸣会很不爽，想跟伍大哥一起喝一顿酒，安慰安慰伍大哥，伍剑鸣却并没有刘翰林想象的那么伤心抓狂，甚至并不把夏淑卉嫁人当回事，人各有志，何必强勉？这就像干革命一样，有人真革命，有人假革命，甚至有人反革命。两人喝酒聊天，翰林就把东征回来以后看到的想到的迷茫的，都讲给伍大哥听。伍剑鸣对刘翰林说，中山舰事件，要我看，就是一个阴谋，就是有人借此排挤中共，赶走共产党人，有人嘴里喊打倒军阀，实际上已经变成了新军阀，有人嘴里喊着革命，实际上已经成了反革命。刘翰林问伍剑鸣，革命对你来说就那么重要，比娶夏淑卉还要重要？伍剑鸣笑那些小布尔乔亚，笑那些在暴风雨来临之前呻吟着的海鸥海鸭企鹅们，笑那些革命不彻底的人，笑那些遇到金钱美女就动摇的人，笑那些遇到挫折就打退堂鼓的人，我伍剑鸣从加入中共开始，就立志要把革命干到底，决不半途而废，革命不成功，什么个人的事都不予考虑！刘翰林悄声问伍剑鸣，我可以加入你们中共吗？伍剑鸣端详刘翰林，问他为什么想加入中共？刘翰林也讲不出什么道理，觉得国民党那边有些人不地道，不仁义，比如赵裕泰，比如陶铭德，比如……他想了想，没再比如下去。伍剑鸣说，在国民党右派排挤中共的时候，你刘翰林愿意加入中共，中共当然是欢迎的，我了解你，愿意当你的入党介绍人，你刘翰林不是不过脑子的人，你显然是深思熟虑过的，我会把你的申请向组织上如实反映，相信组织上也会慎重考虑你的请求，就我个从而言，当然是非常欢迎你的。

　　从婚礼回来，闻励借口要去报社值班，想躲开醉醺醺的赵裕泰，结婚后，赵裕泰只要一回来，闻励都觉得是一场灾难，吃完饭就要上床，上了床，就没完没了地折腾，尤其是喝酒回来，更是不放过闻励，闻励痛苦不堪，烦得要命，怕得要死，几乎是恐慌恐惧恐怖了。越是这样不情愿，赵裕泰弄得她越疼，越疼就越排斥。闻励看赵裕泰酒劲又上来了，想夺门逃走，赵裕泰一把拽住她，把她拖到床前，抱起她就要亲热。闻励先是借口喝了点酒头疼，赵裕泰还是心急火燎地压住她，脱她的衣裳，闻励说来例假了，赵裕泰不在乎这些，扒掉闻励的衣裳，闻励忍无可忍，挣扎的时候，一脚踹翻了赵裕泰，赵裕泰火了，光着身子扑上来，抽打闻励，左右两个耳光，打得闻励眼睛冒火花，赵裕泰一边发泄地抽打闻励，一边借着酒劲，把他憋在心里的愤怒都骂出来，翰林回来你就没把心放在我身上，你天天带着翰林送给你的这个红珊瑚木棉花，你以为我瞎，没看见？淑卉婚礼上，你跟翰林眉来眼去的，翰林一讲话，你就掉眼水，你哭什么丧？你嫁给我，是我的人，就得乖乖服侍我，就得让我想干啥就干啥，想怎么干就怎么干，你有本事叫翰林来救你，翰林来了，我照样干你，当他的面干你！提到翰林，闻励更是气，爬起来就要逃，赵裕泰拽住她，抽打她，要夺下她挂在胸前的红珊瑚木棉花项链坠子，闻励死命地护着，突然冲过去，拿起剪刀，对着赵裕泰。赵裕泰冷笑了一声，把手枪的子弹推上膛，举着枪，对着拿剪刀的闻励，闻励把剪刀对着自己的胸膛，你吓唬谁？开枪呀，打你老婆！我早就不想活了，罗恒义把我抢去，我就死了一把，你强奸我，坏了我的身子，我算是死过一回，医生告诉我怀孕了，又死过一回，结了婚，你要把我折腾死，我都不晓得死了多少回了，我还怕你开枪打死我？赵裕泰扔掉手枪，扑过去，抱住闻励，哭喊着对不起，我是爱你的，真的爱你，闻励要推开赵裕泰，赵裕泰紧紧地抱着闻励，死活不放手。闻励也挪不动身子，就哄赵裕泰，大半夜的，别闹了，赶紧穿上衣裳睡觉。赵裕泰不肯穿衣裳，又把闻励扔到床上，疯狂地压在闻励身上，使劲折腾，折腾得闻励快要死了，几乎喘不过来气，闻励想哭，但眼泪都流干了，哭不出来，心里想，就当我死了，他赵裕泰是在奸尸！

三十八

打倒列强，打倒列强，除军阀，除军阀，努力国民革命，努力国民革命，齐奋斗，齐奋斗……广州的大街小巷都飘荡着北伐的歌声和口号，钱小玉随独立团登上专列军车，作为北伐军的先遣队，踏上北伐征途。刘翰林送到车站，跟钱小玉握手，相约武汉见。

赵裕泰自作主张地给闻励报名，逼着她去军人家属妇女救护员传习所参加战地救护培训。闻励最害怕打仗，见到血就晕，死活不肯去，赵裕泰坚称你是军人家属，你阿爸又是医生，你不去，人家怎么看我？闻励说你打你的仗，我在报社当记者，我去不去，与你有什么相干？赵裕泰说我现在是革命军人，这个传习所就是为军人家属开办的，你是我老婆，你不去，我怎么动员其他人的家属去？你不去，我怎么做人？传习所不但教授战地救护，还要培训战地宣传，你还可以当战地记者。闻励还是不愿意去，借口传习所离家远，来回路上太辛苦。赵裕泰说你不用来回跑，跟姐妹们住在一起。这话倒是说动了闻励，闻励问真的？赵裕泰哄她，我还能骗我老婆？闻励心想，住在集体宿舍，跟姐妹们在一起，赵裕泰晚上就不会折腾她了，也就答应先去试试。赵裕泰连哄带拽地硬是把闻励送进了妇女救护传习所。传习所讲授的都是止血、固定、搬运、包扎这些战地救护技术，一见到血，闻励就恶心，就要吐。也是巧，岭南大学那位生物老师爱丽莎也过来帮忙，见到闻励在厕所里呕吐，关切地问她是不是怀孕了，闻励直摇头，爱丽莎知道闻励见血就晕，就从生物学的角度给闻励讲血的生物特性。血只是人和高等动物体内循环系统中的液体组织，红色，有点腥气，血由血浆、红细胞、白细胞和血小板组成，它在人体中的作用很大，血液把养分和激素输送给体内各个组织，又收集废物送到排泄器官，还调节人的体温，有效抵御病菌。闻励说她不是来学生物的，干不了这行，爱丽莎耐心地跟闻励讲战地救护对于生命的意义，不管那些士兵是为谁打仗，他们的生命都应该得到应有的尊重，伤兵必须得到有效的治疗和看护，上帝不能眼睁睁地看着一个血肉之躯倒在血泊中无人救护。

闲暇时，爱丽莎带闻励去教堂，给她传教，闻励原来是不信教的，小时候，在越罗湾，看赵裕泰他阿妈虔诚地烧香磕头，只觉得菩萨挺慈祥，并没有求菩萨保佑什么。到广州，当初在岭南大学结识爱丽莎的时候，发现爱丽莎祈祷的基督和圣母跟裕泰他阿妈磕拜的菩萨不一样，但也觉得挺慈祥的。这两年的经历和无助，这两年的痛苦和磨难，她有时候在心里祈祷，不晓得祈祷哪个神仙菩萨是好，有时候祈祷老天爷，有时候祈祷菩萨，有时候祈祷上帝，有时候一起祈祷。现在听了爱丽莎的传教，觉得上帝的痛苦跟她一样，她听上帝的旨意，心里好像舒坦多了，开朗多了，安静多了，渐渐地就信了。爱丽莎送给闻励一个精致的十字架，祈祷上帝保佑你和你的家人平安。闻励把十字架握在手心，跪在上帝面前，默默祈祷了好长时间。

夏淑卉嫁给陈先生以后，辞掉了报社工作，在广州买下了几座戏院，其中就有香漪戏院。自何鹏宇被杀后，香漪戏院一直不景气，观众越来越少，有时只能关门歇业。夏淑卉看中的香漪戏院的地界，要改造成美奂大舞台，引进香港的歌舞。以前这个戏院不是叫美仑戏院吗？现在改成美奂，美仑美奂，好记。闻励听说后，找到夏淑卉，求淑卉姐看在翰林的情面上，给他阿妈留条活路。夏淑卉说翰林的情面在你那值钱，在我这一分钱不值，再说，谭香漪又不是你闻励的婆婆，你这么护着她干什么？我们家陈先生是做生意的，又不是做慈善的。闻励说翰林和我的事，你不是不知道，翰林他阿妈，就跟我阿咪一个样，不管翰林对我怎么样，我闻励跟香漪婶虽不能婆媳一场，但情分还在，你就算看在我的面子上，不要买香漪戏院，不要把它改成歌舞厅。夏淑卉当然知道闻励对翰林的感情，勉强答应闻励，但是……闻励你别打断我的话，闻励说你都答应了，还要说什么"但是"？夏淑卉给闻励分析广州的演出市场，谭香漪唱的粤剧，年轻人没工夫看，也不怎么喜欢，看粤剧的观众都是些中老年人，要占领演出市场，必须瞄准年轻人，闻励，你听我把话讲完了再打断我，我是想，既然谭香漪还能唱，我就帮她，帮她打场子，帮她拉观众，帮她维持下去，闻励，你也帮我想想，这样好不好？我找香港的团队帮谭香漪包装一下，下午场，谭香漪的粤剧专场，晚上场，歌舞，怎么样？闻励想，这样也好，既保住了戏院，也保住了香漪婶在粤剧界的地位，对香漪婶来说，有场子，有戏迷，有演出，她应当心满意足了，翰林在外面，不管是打仗，还是跑生意，也会放心了。

　　说到戏院改造，夏淑卉拉闻励去戏院门口，向闻励介绍她的设想和规划，闻励心想，这要多少钱？淑卉姐现在是不怕花钱，是怕钱花不出去，淑卉正讲得津津乐道，突然停住了，闻励顺着淑卉的视线，居然看见了翰林！翰林也意外，脱口叫了声"荔雯"，而不是"闻励"，闻励的眼泪又情不自禁地涌出来。夏淑卉见闻励的眼泪又不争气了，连忙圆场，就问起北伐的事，翰林说他们马上就要开拔，他是来向阿妈告别的。说起翰林他阿妈，闻励就把淑卉姐的安排和规划讲给翰林听，翰林十分感激淑卉，救了他阿妈，救了他阿妈心中的戏院和粤剧，他阿妈最近身体一直不好，听李婶讲，在窗口一坐就是一整天，闻励让翰林不要担心他阿妈，香漪婶这边，我会经常过来看她的，你专心专意去打仗，别分心，机灵一点，躲着子弹，淑卉见闻励叮嘱翰林，借口陈先生还在家等她，给闻励和翰林单独说话的机会。

　　淑卉走了，翰林也想走开，闻励喊住翰林，让翰林等一下，讲几句话，耽误不了你打仗，闻励从胸口取下那个十字架，虔诚地用双手递给翰林，翰林说我又不信这个，还是你自己戴着吧。闻励执意塞给翰林，说你信不信都戴在身上，主会保佑你的，上帝与你同在，翰林要还给闻励，闻励竟哭起来。翰林，你要是不拿走这个十字架，我就把这红珊瑚木棉花也还给你，说着就要摘下红珊瑚木棉花项链坠子。翰林不让她摘，说我收下。闻励非要翰林挂在脖子上，藏在胸口，你就当是我在求上帝保佑你，保佑你平安，保佑你不伤骨头不伤筋，好好地回来，你不要不信，不信你也别乱讲，上帝无时不在，无时不在保佑你。翰林没想到闻励信教了，信得还那么虔诚，只好答应闻励，挂在脖子上，放在胸口，翰林看见闻励笑了，闻励拢了拢头发，却露出了青淤，翰林凑近了看，荔雯，这是怎么了？谁打你了？告诉我，我给你报仇。闻励连忙掩饰，用头发盖住青淤，不让翰林看，越是藏，翰林越要看，追问到底是哪个王八蛋敢对你下手这么狠？告诉我！闻励眼泪流得满脸都是，委屈地告诉她最亲最爱的翰林，是赵裕泰。翰林惊住了，怎么会是赵裕泰？为什么？闻励只是哭，死活不说话。

刘翰林跑回去，赵裕泰正在为即将举行的北伐誓师大会写发言稿，刘翰林一把揪住赵裕泰，把他拎到僻静处，一顿暴打，赵裕泰莫名其妙，不晓得刘翰林又发什么疯，赵裕泰哪打过刘翰林，从小打架就不是翰林的对手，只有招架之功，毫无还手之力，赵裕泰骂翰林你到底发哪门子疯？凭什么打我？刘翰林指着赵裕泰吼叫，赵裕泰，你把荔雯娶了，我没揍过你，但是，你不哄她不宠她，还敢打她？还是个人吗？赵裕泰，我今天告诉你，你要是再敢打荔雯一下，我就揍你十下，你再敢动荔雯一根汗毛，我就剁了你的手，打断你的腿，劈了你！刘翰林撂下狠话，扬长而去。

北伐誓师大会后，刘翰林他们随部队浩浩荡荡向湖南湖北挺进。赵裕泰本来也是跟刘翰林在一起的，但被陶铭德教官留下了，随何军长防守潮梅，护卫广东东部边境，以防福建之敌，赵裕泰又回到他老家粤东地区。而此时，闻励已随妇女救护队跟着主力部队开赴湖南，天算不如人算，赵裕泰算计到最后，却与闻励天各一方，更让他不放心的是，刘翰林就是在那一方。

严子轩原本是被要求他留守广州，他却找了个理由，强调这批学员是他亲手带出来的，他要随这批学员到战场上检验，总结经验教训，研究战略战术，以便改进今后的教学训练。理由倒是非常充分，只是像他这样资历的教官，都委以重任，都是团长师长甚至是军长，临时给他安排个什么？高了，就得让别人挪位置，低了，对他不公，严子轩再三说他就是去战场上研究教学，不要什么一官半职，最后只好尊重他的意愿，在刘翰林所在的团挂了个副职。严子轩如愿以偿，跟着刘翰林踏上北伐征程。

临行前，伍剑鸣专门来为刘翰林送行，也是告别，组织上安排他去上海，指导上海工人武装起义，以响应北伐。刘翰林关心他加入中共的事，伍剑鸣告诉翰林，组织上还在考验他，考验成熟了，会有人通知他的，伍剑鸣认为，北伐期间，翰林留在国民党内更合适一些。

三十九

北伐军占长沙，攻武昌，刘翰林高应泉随部队直捣江西，切断孙传芳企图援救被围困在武昌的吴佩孚军队，打下修水、铜鼓，直逼南昌，与友军形成对南昌的合围。早在出发前，严子轩就向上司请战，为了掌握第一手战斗经验，将来更好地培养军事人才，他主动申请到刘翰林他们连督战。

南昌打得异常激烈，刘翰林他们很快就攻进城，城内的警察和警备队毫无抵抗能力，守军闻听北伐军攻城，望风而逃，革命军占领南昌，不久，刘翰林又接到命令，撤出南昌，刘翰林大为不解，以为听错了。严子轩教官打听到消息，援军未及时赶到，孙传芳调兵，对攻进南昌的革命军南北夹击，如果继续在城里孤军作战，很可能腹背受敌，形势十分危急，刘翰林他们陷入敌军重重包围之中，虽然奋勇作战，依然伤亡惨重。战败退出的队伍一片埋怨，叫苦不迭。严子轩提醒刘翰林，现在不是发牢骚的时候，你当连长的，首先要稳定士兵的情绪，重振士气，听上司的指挥。严子轩告诉刘翰林连长，拿下南昌是迟早的事，让刘翰林把必胜的情绪传染给手下的士兵。

闻励她们的救护队随增援部队赶到南昌，立即投入抢救伤员中，闻励见到伤员就打听刘翰林，无人知道，这么多部队，打得昏天黑地，谁知道谁呀？闻励不死心，一路上，只要救到一个喘气的能说话的，她就问，在心里祈祷，求上帝保佑，有她送给翰林的那个十字架，相信上帝一定会代她保佑翰林平安的。

第二次攻打南昌的战斗，集中在城门，德胜门、章江门、永和门，还有顺化门、贤门、惠民门、广润门等，都分配到各师各团，还是采用攻打惠州城的战法，机枪大炮轰击，敢死队扛着云梯，手里拿着步枪机枪手榴弹，奋勇登城，刘翰林有经验，带着高应泉和士兵们冲杀，奋勇向前，接近城门的时候，城内外突然大火，刘翰林命令大家停止前进，观察敌情。审问俘虏，才知道敌城防司令为阻止革命军破城，竟下令工兵用水龙头喷射煤油硝磺，纵火将城门外的好几条街上的店铺和民房都烧着了，滕王阁都被烧了，攻进城的革命军被埋伏在各处的敌军闭门攻打，死伤无数。高应泉骂道，他妈的鬼东西这是跟老子学的呀，翰林，我们打惠州，也是烧湿稻草湿柴火，熏得陈家军睁不开眼睛，这回，他妈的鬼东西守着城墙，熏老子了。严子轩提醒刘翰林、高应泉，敌人烧毁民房，视野更开阔了，防止敌人机枪。冲锋号再次吹响，身边的革命军奋勇跃起，冲向城墙，前面打倒了，后面扛起云梯接着冲。刘翰林不甘落后，捅了一下高应泉，带着士兵，扛起云梯就往城墙上冲。一梭子弹打过来，鲜血溅到刘翰林的脸上身上，刘翰林抹掉脸上的血，看见高应泉栽倒在前面的水坑里，无声无息，身上的弹孔冒出鲜红的血。刘翰林扑过去，抱起高应泉，呼喊高老兵！高应泉已经没动静了。城墙上的机枪还在喷射，攻城部队还在奋勇向前，炮弹子弹还在满天飞，打红了眼的刘翰林扛起云梯，喊着为高老兵报仇，带着兵，冲向城门。严子轩边打边掩护刘翰林，制止他的冒险，勒令刘翰林立即撤退，一串子弹扫过来，严子轩扑向刘翰林，用身体挡住了射向刘翰林的子弹。刘翰林的身上被血水浸染，严教官的血流到翰林身上，还是热的、鲜红的。翰林呼喊严教官，翻过身，拖住严教官，往后撤。

刘翰林把严子轩教官放在一处炸塌的民房墙根下，察看严子轩的伤口，伤势非常严重，身上好几处枪眼在流血，心口处的枪眼，血流出好多，还在不停地流，刘翰林用手捂住枪眼，呼喊卫生兵，没人搭理，刘翰林脱下军装，光着膀子，把军装系在严教官的伤口处，几处枪眼，堵不住。严子轩拉着刘翰林的手，盯着翰林，一向严肃的严教官居然笑了，笑得挺开心的样子，翰林预感到不好，搂住严教官，严教官说翰林，你是我教过的最好的学生。翰林，记住，打仗，要过过脑子，翰林听到"过过脑子"，感觉很熟，好亲切，这是他阿爸刘兆民曾经一再提醒他的话，翰林说我对不起教官，打红了眼，打急了，报仇心切，急脾气又犯了。严子轩很慈祥，用手抚摸翰林的脸，用尽最后一点力气，喊了一声"翰林，你阿爸……"话还没说完，手就滑落下去。刘翰林呼喊严教官，扯着嗓门吼叫卫生兵。

刘翰林绝望之时，仿佛是迷迷糊糊看见两个女兵，抬着担架冲过来，刘翰林喊她们，快，快把严教官抬下去抢救！"翰林！"闻励惊喜地认出刘翰林，翰林意外地打量她，荔雯？！你这身军装穿起来都不敢认了，快，把严教官抬下去！闻励发现翰林脸上身上都是血，吓得冲到翰林身边，你怎么了？伤到哪了？脸上身上怎么都是血？翰林没时间解释，让她赶紧救严教官，闻励和救护员解下绑在严教官身上的军装，察看伤口，用止血带绑住。闻励看翰林光着膀子，脖子上挂着那个十字架，心想有上帝保佑翰林，闻励让翰林穿上军装，别光着膀子打仗，翰林一边穿上军装，一边说你还怕我像上次打惠州城那样，军装都炸烂了……闻励不许翰林乱讲，将那枚红珊瑚木棉花掏出来让翰林看了一眼，闻励和翰林一起把严教官抬上担架，翰林叮嘱，荔雯，严教官是我这一生遇到的贵人，是我的救命恩人，是我的再生父母，你们一定要救活他！闻励和救护员抬起担架，边跑边叮嘱翰林当心，机灵着点，躲着子弹，别往子弹堆里钻！

第二次攻城再次失败，伤亡惨重，撤回来的刘翰林惦记严子轩教官到底怎么样，是不是救过来了？闻励从小就怕血，在战场上救护伤员，见到血还会晕吗？

闻励把严子轩抬到战地救护所，就接着又去抢救别的伤员，等大家都撤出来，远离城墙，闻励想起翰林的再三叮嘱，去救护所察看，严子轩已经不见了，问谁，谁都不知道，救下来那么多伤员，有的很快就死了，有的重伤员转走了，闻励猜想，翰林救的这个严教官，也许，牺牲了，也许，运到后方医院去了。

夜深人静的时候，闻励摊开多日没写的日记本，匆匆写下几行字：

> 终于在南昌见到了翰林！翰林光着膀子，脸上身上都是血，吓死我了，还好，还好，有上帝保佑，翰林好好的，我这不安的心总算安宁了，感谢上帝，祈求上帝保佑翰林，帮我保佑翰林平平安安！

撤退后，刘翰林去找战地救护所，救护所早就撤了，不晓得撤到什么地方，战地上乱得很，断壁、焦木、残骸、死尸……根本找不到闻励。刘翰林接到命令，退守，等待下一次进攻。

第三次攻城，火力最猛的是在南昌的北面，革命军先后占领九江、南浔，切断敌人的退路，城内孙传芳的残部被团团围住，此时，革命军兵力和攻势明显占上风，刘翰林跃跃欲试，随时等待命令，攻进南昌城，砍了孙传芳，为严教官和高应泉报仇。令刘翰林懊恼的是，孙传芳的残部一个个成了孬种，打着白旗投降了！打进城的刘翰林，抢过一挺机枪，发泄地对着孙传芳的令旗扫了一梭子。

四十

赵裕泰随部队驻守粤东，天天看到报纸上报道北伐军节节胜利的消息，北伐军强渡汨罗江，汀泗桥大捷，贺胜桥大捷，攻打武汉三镇，攻打南昌……赵裕泰在地图上推演，猜测刘翰林、高应泉他们是打武汉三镇了？还是去打南昌了？闻励跟救护队到什么地方了？赵裕泰着急，再不参加战斗，就恐怕捞不到打仗的机会了，等刘翰林胜利归来，还不晓得他要神气成什么样！陶铭德教官批评赵裕泰不冷静，正因为我们守住广东的东部边境，帝国主义及其走狗才不敢轻举妄动，我们牵制了福建和赣南的敌人，支援了攻打南昌的友军，赵裕泰只好提高认识，教育自己，也教育他手下的士兵，认识坚守粤东的重要意义。在粤东坚守了近两个月，赵裕泰终于盼到了战斗，先是迎战福建方面的来犯之敌，接着一路向北作战，也是节节胜利，捷报频传，从永定、长汀打到漳州、泉州、永泰直至福州，由闽入浙，直捣杭州，逼近上海。

伍剑鸣离开广州后，很快就到了上海，按照组织的要求，他整天跑工厂，联络工会，组织工人罢工，为配合北伐军攻打南昌，反对军阀孙传芳的统治，上海工人举行武装起义，失败后，伍剑鸣又秘密参加筹划总同盟罢工，北伐军占领杭州后，罢工被镇压，继而发展成第二次武装起义，失败后，伍剑鸣他们依然不灰心，秘密筹划新的行动。北伐军陆续向苏州、常州、松江进军，对上海形成包围圈，为配合北伐军，上海工人又举行了第三次武装起义，工人武装占领上海，并成立了上海特别市临时政府。

南昌战役后，刘翰林他们转入浙江，一直打到上海。闻励也跟随救护队来到了上海。刘翰林听说上海工人武装起义胜利，给军阀部队有力的打击，他就打听伍剑鸣，见到工人纠察队队员就问，很容易就找到了伍大哥。广州一别，好几个月了，伍剑鸣参加了三次工人武装起义，险些被反动军阀抓捕。说起革命形势，伍剑鸣非常激动，北伐军势如破竹，工人力量强大，帝国主义和他们的走狗就要被彻底消灭，革命眼看就要成功了。伍剑鸣通知刘翰林，组织上已经批准刘翰林同志加入中共的请求，一直没机会通知你，伍剑鸣伸出有力的大手，握住刘翰林强劲的手，同志，我们一起奋斗，去迎接一个没有剥削没有压迫的美好世界。刘翰林心想，幸亏找到了伍大哥，要不然还不晓得自己已经是伍大哥的"同志"了呢。伍剑鸣又问赵裕泰和高应泉，刘翰林把严子轩教官和高应泉牺牲的事告诉伍大哥，闻励跟着妇女救护队，在南昌见过一面，后来就一直没见着，赵裕泰驻守粤东那边，不晓得现在在哪。伍剑鸣早已听说，驻守粤东的北伐军部队，从福建打到浙江，一直打到上海来了。刘翰林惊喜，裕泰也到上海了？我去找裕泰。

　　刘翰林没找到赵裕泰，却在一家医院撞见了闻励。刘翰林的一位战友，打衢州的时候腿上负伤，当时简单地包扎了一下，一路上行军打仗，到了上海，伤口恶化，医生要把腿锯掉，翰林不肯，跟医生急了，这么大的医院，怎么就治不好？你们是医院，又不是木匠铺，怎么就晓得锯人家的腿？争吵时，翰林的嗓门特别大，正在医院护理伤员的闻励听到吵闹声，听着听着觉得耳熟，是翰林！闻励跑过来一看，果然是翰林，误以为医生要锯掉翰林的腿，着急地问翰林你腿怎么了？翰林就把事情跟她讲了一遍，闻励拉走翰林，说医生也不是木匠，他也不忍心锯掉人家的腿，你没看那条腿都黑了，再不锯，恐怕命都保不住，这事，你就别犟了，听医生的。翰林匆匆说了南昌分别后的一路战事，荔雯，我还见到了伍大哥，就是夏淑卉喜欢的那个伍剑鸣。闻励没想到伍剑鸣也到上海了，自然是惊喜，翰林说伍大哥早就来上海了，还参加了工人武装起义，配合我们北伐军。翰林见没什么人，悄悄告诉她，荔雯，告诉你个事，你千万别对人讲，我加入中共了。闻励一开始没听明白，你加入什么了？翰林一字一字地告诉她，我刘翰林加入中国共产党了。闻励以为翰林犟脾气，还在跟赵裕泰斗气，赵裕泰为国民党说话，翰林就跟着共产党，刘翰林很严肃地说，我不是跟他赵裕泰斗气，是过了脑子的，我觉得，陶铭德，还有赵裕泰，还有我认得的几个国民党人，不怎么地道，不怎么讲义气，没伍大哥人品好，噢，荔雯，小玉你还记得？钱小玉，早在广州的时候，他就告诉我，他参加了中共，小玉说共产党是穷人的救星，是真心真意为天底下劳苦大众谋好日子的。闻励在广州的时候，报社里有国民党，也有共产党，两拨人原来还都好好的，后来总是吵架，还打起来。闻励说，只要你们不打架，入什么都行。翰林说伍大哥还问起裕泰了呢，裕泰在哪？闻励摇头，她不晓得赵裕泰在哪，也从来没打听过。

赵裕泰进驻上海后，忙得不可开交，陶铭德教官拉着他东跑西颠，执行这样那样任务，好多事情，陶铭德都带着赵裕泰忙活。赵裕泰随陶教官慰问医院的伤病员，打听到妇女救护队也跟着部队开进了上海，赵裕泰就向陶教官请假，去救护队寻找，找到了救护队所在的医院，也打听到了闻励，正好不巧，闻励去护送重伤员转院了。赵裕泰知道闻励也来上海了，兴奋地回去就租了房子，匆匆收拾好，带着汽车和士兵，又赶到救护队所在的医院，一眼就认出了正在忙活的闻励。

闻励正在清洗纱布，满盆的血水，几个月的战地救护，看多了血，天天手上身上沾满了血，闻励渐渐地不怕血，不晕血了。赵裕泰看见低头在血水盆里洗纱布的闻励，简直不敢相信这是见血就晕的闻励！裕泰担心认错了人，低头察看，闻励见有人看她，抬起头，居然是赵裕泰！吓得弄翻了水盆，溅得赵裕泰干净的军装上全是血水。赵裕泰要接闻励回家，车就在门口，兴奋地告诉闻励，我已经租了房子，是我们的家。闻励直摇头，害怕进那个家，她晓得只要迈进那个家门，赵裕泰就会关上门，又要往死里折腾她，她想想都恐怖。赵裕泰坚持要拉闻励回家，救护队的姐妹们听说闻励的丈夫来接她回家，都羡慕得要死，以为闻励不回家是怕耽误救护的事，就劝闻励跟她丈夫回家，这里的事，由她们来做，都打到上海了，医生护士多的是，也不差你一个人，闻励还是不情愿，姐妹们就推推搡搡地跟她说笑，让她别不好意思，回家好好享受享受。赵裕泰带来的几个兵，像是他的跟班，或是警卫，跟赵裕泰一起架着不情愿的闻励，走向汽车，赵裕泰硬是把闻励推进车，关上门，汽车一溜烟离开了医院。

赵裕泰一路上讲他怎么打过来的，好像挺英勇的样子，闻励似乎没听见，也不讲话，害怕赵裕泰回家折腾。一路打仗，一路救护，救护队里都是军人家属，夜里，不免私下里聊起各自的男人，聊起床上的事，有的喜欢，有的讨厌，有的觉得无所谓，男人喜欢干就让他干呗，女人也不出力，不舒服，就躺着，舒服了，就哼几声，有位大姐，原来在老家喜欢一个男人，后来嫁给现在的男人，晚上被逼着做那事，一百个不情愿，疼得要命，后来，这位大姐想了个招，她丈夫在她身上忙活的时候，她就闭着眼睛，想象着是她喜欢的那个男人，还真的不一样了！也不疼了。闻励心想，她也可以在心里想着翰林，也许，跟那个大姐一样，会好受一些。

一进家，闻励就忙着收拾，打扫卫生，擦擦抹抹，做个不停，以此消磨时间。赵裕泰早就等不及了，急吼吼地把闻励扳倒在床上，三下五除二，扒光了闻励的衣裳，又在闻励身上使劲折腾，开始闻励想挣扎，疼，不情愿，后来闻励索性闭上眼睛，任由赵裕泰在她身上挥汗如雨地折腾，闻励心里默默祈祷，这是翰林，是翰林，好像进入另一个境界，闻励不疼了，赵裕泰折腾得更凶，闻励倒觉得有几分舒服，突然，仿佛是什么电击了她一下，她浑身一颤，尖声叫起来，她叫的不是别的，叫的是"翰林"！赵裕泰感觉闻励这次不一样，原以为她也是久别胜新婚，赵裕泰就折腾得更起劲，猛然间听见闻励喊"翰林"，也像被电击了一样，突然停住，颓然倒下，闻励就势把赵裕泰掀到一边，赶紧拿被子盖住自己的身子。

好长一段时间，赵裕泰仿佛死了一般，一动不动，稍许，他点燃一支烟，抽了两口，问，你见着翰林了？闻励也不隐瞒，说是打南昌的时候，见过一面。赵裕泰又追问，翰林来上海了？闻励点头，嗯了一声，她不想跟赵裕泰再为翰林的事争吵，就想把话题引开，说翰林来上海，见到了伍大哥，伍大哥参加上海工人武装起义，为你们扫清了军阀的队伍。赵裕泰吐出烟，告诉闻励，北伐路上，好多地方，工人纠察队还有农民自卫军不得了，力量大得很，不可小看。闻励说这不是很好吗？孙中山先生在世的时候，就联俄联共扶助农工，歌里不是唱工农兵联合起来向前进吗？讲起这些，赵裕泰似乎忘了刚才的扫兴和不快，跟闻励讲其中的内幕，工人农民都是共产党煽动起来的，他们做大了，夺取政权了，北伐的功劳算谁的？革命的成果归谁？闻励说算大家的呀，国共合作嘛，蒋介石到上海，听说还派军乐队给上海总工会纠察队送了一面"共同奋斗"的锦旗呢，还说对上海工人表示敬意，报纸上都登了，你没看见？赵裕泰笑她幼稚，笑她傻，只知道明面上的事，不晓得其中的内幕，也不晓得暗地里的动静，赵裕泰对闻励说，这其中的事你也不懂，一时也讲不清楚，闻励，你记住我的话，少跟伍剑鸣他们来往，少跟共产党人在一起，赵裕泰预感，迟早要对他们动手。

动手来得那么快，半夜，闻励被一阵噼里啪啦的子弹声吵醒，赵裕泰早已不在身边，她迷迷糊糊地到外面想看个究竟，听说工人纠察队被人打了，她猜想，应该是军阀的残匪，向工人报复，听这枪声，恐怕要死伤不少人，闻励穿上衣裳，往医院跑，一路上，见到穿军装的人，追杀工人，闻励眼见着一个穿工装的青年倒在血泊中，跑上前救护，发现已经断了气。闻励不顾一切地跑到医院，医院里已经送来了好些伤员，有的送进来已经死了，闻励立刻加入救护，救护中，才知道工人纠察队被打了，枪械被缴了，好多人被逮捕了。她听翰林讲过，伍大哥在工人纠察队，不晓得伍剑鸣怎么样了。

事发突然，伍剑鸣参加工人罢工和群众集会，冒雨游行，要求收回工人武装，严惩凶手，释放被捕工人，抚恤死难烈士家属，游行队伍遭到镇压。听说工人纠察队被镇压，好多手无寸铁的工人群众被打死打伤，刘翰林蒙住了，革命军怎么会打支持革命的工人群众？！伍剑鸣是不是在游行队伍里面？打死了没有？伤着了没有？刘翰林急着要去救伍大哥，想起伍剑鸣也许在纠察队，直奔过去。

陶铭德率领赵裕泰又去执行任务，抓捕纠察队里的"共党分子"。赵裕泰随陶铭德赶到纠察队，伍剑鸣还在书写传单，陶铭德命令士兵把纠察队里的工人和那些领头的统统抓走，伍剑鸣制止陶铭德这种暴行，竟意外地看到裕泰也在其中，就质问赵裕泰，凭什么向游行队伍开枪？这跟商团军有什么区别？跟沙基惨案中的帝国主义有什么区别？陶铭德用手枪顶住伍剑鸣的脑袋，命令赵裕泰上前捆绑伍剑鸣。赵裕泰犹豫，不敢直视伍剑鸣的眼睛，虽然他在军校的时候，经常跟伍剑鸣争吵，但不至于捆绑伍剑鸣，更不至于抓捕他，赵裕泰知道，把伍剑鸣捆绑起来抓走，其结果……他不敢想象伍剑鸣会落到什么样的下场。正在僵持之时，刘翰林闯进来，见陶铭德用枪顶着伍剑鸣，赵裕泰手里拿着绑人的绳子，立刻就明白怎么回事。刘翰林冲上前，用枪顶着陶铭德的脑门，勒令陶铭德把枪放下，勒令赵裕泰把绳子扔掉，赵裕泰劝翰林别犯糊涂。陶铭德微笑地看着刘翰林，说刘翰林同学，我们都对你十分器重，欣赏你的勇敢，也希望你忠诚。刘翰林不想听陶铭德讲这些，用枪顶着陶铭德的脑袋，勒令他放下枪，撤出去，陶铭德依然微笑，扔掉手里的枪，劝刘翰林识时务，不要受共产党蛊惑，趁刘翰林勒令赵裕泰扔掉绳子的时候，陶铭德一个转身，躲闪，迅捷地掏出一把尖刀，指向刘翰林的脖子。刘翰林明白，下一步就是陶铭德的惯用伎俩，抹脖子。刘翰林两眼怒火，以迅雷不及掩耳之势开枪击中陶铭德，陶铭德企图挣扎，刘翰林一不做二不休，向陶铭德连开四枪，打得陶铭德瞬间就毙了命。赵裕泰惊讶，刘翰林居然向陶教官连开四枪？！赵裕泰恐慌地嚷起来，翰林你打死了陶教官，这下惹了大祸，怎么办？翰林你一枪就要了陶教官的命，还连打四枪，你看，都打成筛子了，为什么？！刘翰林没工夫告诉赵裕泰，拉起伍剑鸣就往外跑。赵裕泰跪倒在地上，哭起来。

　　闻励跟救护队的姐妹们赶到纠察队这边来救护，听见几声枪响，闻励循着枪声冲过来，发现赵裕泰跪在地上，陶教官已经死了，闻励惊愕，赵裕泰，你杀死了陶教官？！赵裕泰惊恐地站起来，声辩不是他杀的，是翰林杀的，刘翰林向陶教官连开了四枪。闻励在屋里没见着翰林，问，翰林呢？赵裕泰告诉闻励，翰林抢走伍剑鸣，跑了。闻励就要去追翰林。赵裕泰挡住门口，一把拽住闻励，警告闻励，翰林他跑不掉，伍剑鸣更跑不掉，全上海都戒严了，到处都在抓共产党人……闻励惊叫，翰林就是共产党人呀，你们凭什么要抓他？！赵裕泰盯着闻励，不敢相信，刘翰林是共产党人？他什么时候加入的？你怎么知道？闻励不理赵裕泰，挣扎着要出去追翰林，赵裕泰说翰林犯傻，你不要跟着犯傻！闻励挣脱赵裕泰的手，死活要挤出门，赵裕泰用枪顶着闻励，闻励，你是我老婆，我不许你犯糊涂，不许你跟着刘翰林他们去送死！闻励见赵裕泰用枪顶着她的脑门，笑了，赵裕泰，你小时候记忆那么好，长大了，怎么犯糊涂？不记事了？在广州的时候，我就跟你讲过，我都死了好几回，还怕你拿枪打死我？你赵裕泰有本事就向我开枪呀！我闻励与其死在你赵裕泰的枪口下，不如跑出去跟刘翰林一起死！

闻励愤怒地撞倒赵裕泰，毅然跑出去。

一声尖厉的枪声，闻励猛然站定，听见头顶上方扑棱扑棱的响声，她抬起头，看见高楼窗台上，一只鸽子被枪声惊飞，飞出窗外，飞向自由的天空。

2021 年 3 月 13 日于北京